IVY

Susie Yang est née en Chine et a émigré enfant aux États-Unis. Après son doctorat en pharmacie, elle a fondé à San Francisco une start-up de codage informatique avant de reprendre des études de *creative writing*. Après avoir vécu en Amérique, en Europe et en Asie, elle réside désormais en Grande-Bretagne. *Ivy* est son premier roman.

SUSIE YANG

Ivy

TRADUIT DE L'ANGLAIS (ÉTATS-UNIS) PAR JESSICA SHAPIRO

CALMANN-LÉVY

Titre original :
WHITE IVY
Publié par Simon & Schuster, 2020, New York, NY, U.S.A.

ISBN : 978-2-253-08002-2 – 1re publication LGF

L'oie des neiges n'a nul besoin de se baigner pour se faire blanche.

Proverbe chinois

PREMIÈRE PARTIE

1

Ivy Lin était une voleuse, mais rien chez elle ne le laissait deviner. Le problème venait sans doute de là. Jamais personne ne s'en doutait – si bien qu'elle en devenait imprudente. Elle avait des traits si communs, si ordinaires, qu'il ne fallait au cerveau qu'une fraction de seconde pour la comprendre dans son intégralité : jeune fille asiatique maigrichonne, réservée, docile à l'excès face aux adultes en uniforme. Sa façon de marcher, les épaules en avant, le menton rentré, les bras à peine mobiles, la rendait invisible, à la façon des pigeons et des agents d'entretien.

Ivy aurait échangé sans hésiter son visage chinois contre les yeux bleus et les cheveux blonds des jumelles Satterfield, ou même contre la chevelure cuivrée et les taches de rousseur de Liza Johnson, plutôt que de conserver ses lèvres trop fines, son front ridiculement grand, ses deux joues aussi rondes que des pommes mûres avant la cueillette d'automne. À cause de ces joues, on la prenait souvent pour une élève d'école primaire quand elle avait quatorze ans – inconvénient fâcheux dans tous les domaines sauf dans celui du vol, où son apparence enfantine s'avérait un camouflage fort utile.

Ivy ne tirait vanité que de ses yeux. Ceux-ci étaient gracieusement ronds, positionnés de façon symétrique, de couleur brun cacao, avec des coins retroussés telles les extrémités d'un ravioli farci. Sa grand-mère lui avait coupé les cils quand elle était bébé afin de « stimuler la pousse », et cela semblait avoir fonctionné, car elle disposait à présent d'une surabondance d'épais cils noirs que les autres filles ne pouvaient imiter qu'à renfort de copieuses couches de mascara, et encore.

Elle avait incontestablement de jolis yeux – surtout pour une Chinoise – qui compensaient son visage par ailleurs ordinaire.

Comment donc cette modeste fille aux grands yeux en était-elle venue à voler, exactement ? De la même manière que l'eau s'infiltre dans les plus minuscules interstices entre les rochers, sa personnalité s'était façonnée en formes biscornues autour de la structure rigide de son éducation chinoise.

Quand Ivy avait deux ans, ses parents avaient immigré aux États-Unis, la laissant aux soins de sa grand-mère maternelle, Meifeng, à Chongqing, leur ville natale. Des trois années qu'elle passa ensuite en Chine, elle ne garda presque aucun souvenir, si ce n'est celui, vivace, d'avoir enfoui son visage dans les fibres rêches du manteau de sa grand-mère pour crier : « Tu m'as menti ! Tu m'as menti ! », quand elle s'était aperçue que Meifeng l'avait abandonnée chez une voisine pour faire quelques heures supplémentaires au bureau. À l'époque, déjà, Ivy ne faisait pas montre de l'amabilité candide des autres enfants ; son amour était passionné mais singulier. Dévotion totale ou pas de dévotion du tout.

Quand Ivy fêta ses cinq ans, Nan et Shen Lin avaient enfin économisé assez d'argent pour faire venir leur fille. « Tu vas aller vivre dans un magnifique État d'Amérique qui s'appelle le *Ma-sa-zhu-sai* », lui annonça Meifeng. Elle avait vu les photos que ses parents leur avaient envoyées, des scènes pastorales représentant des mares, des pelouses carrées, des ciels bleus, des arbres qui ne donnaient que des fleurs rose vif et fuchsia – arbres que sa mère aux joues pâles, dont elle ne se souvenait plus, tenait toujours par les branches fines, semblables aux bâtonnets de prunes confites qu'Ivy mangeait au Nouvel An. Tout cela causa une grande effervescence – elle adorait partir en voyage avec sa grand-mère – mais à la dernière minute, après avoir remis Ivy à une hôtesse de l'air élégamment vêtue d'une veste aux fascinants boutons dorés, Meifeng disparut dans la foule.

Dans l'avion, Ivy vomit, et sanglota presque tout le temps que dura le vol. Après avoir atterri à l'aéroport de Logan, elle hurla quand l'hôtesse la poussa vers deux Asiatiques qui attendaient à la sortie avec un bébé en pleurs, pas plus grand que les radis daikon qu'elle aidait Meifeng à arracher de terre, et dont les poings blancs serrés étaient maculés de traces crasseuses. Ivy traîna des pieds, marcha sur son lacet et se retrouva à genoux.

« Lève-toi tout de suite », dit l'homme, lui tendant la main. La femme continuait à bercer le bébé. Elle s'adressa à son mari d'une voix lasse : « Où sont ses valises ? »

Ivy s'essuya les yeux et prit la main de l'homme. Elle avait déjà compris que les larmes ne serviraient à rien avec ces gens au visage de marbre, si différents des taties bienveillantes de Chine, qui, au moindre signe de mécontentement, l'amadouaient avec une boîte de craies toutes neuves ou des bonbons au lait White Rabbit.

Cela resterait le tout premier souvenir qu'Ivy garderait de sa famille : les doigts durs et calleux de Shen Lin sur les siens, son odeur particulière de tabac et de dentifrice à la menthe ; la lumière cristalline de l'hiver qui filtrait par les fenêtres immenses derrière lesquelles des avions décollaient et atterrissaient ; son frère, Austin, ce petit paquet enveloppé de couches malodorantes entre les bras de Nan. Alors qu'elle marchait avec eux sans pour autant être des leurs, Ivy éprouva un étrange sentiment de dissociation, un peu comme celui d'être submergé dans une baignoire, tout lui paraissant à la fois vaste et comprimé. Dans les années à venir, chaque fois qu'elle ressentirait l'envie de pleurer, elle invoquerait cette impression de submersion et les larmes se disperseraient dans ses yeux en une mince pellicule brillante avant de s'écouler dans l'eau du bain.

L'éducation mise en place par Nan et Shen reposait énormément sur les châtiments corporels mais beaucoup moins sur les corvées. Par conséquent, si Ivy n'était pas tenue de faire son lit, elle développa en revanche une forte tolérance à la douleur. Comme nombre de parents immigrés, Nan et Shen ne voulaient qu'une chose pour leur fille : que celle-ci devienne médecin. Ivy n'avait qu'à s'écrier : « Je veux être docteur ! » pour voir le visage de ses parents s'illuminer de satisfaction, ce qui chez eux se rapprochait le plus de l'amour et qui était tout aussi rare.

Quoique bourrue, Meifeng s'était montrée affectueuse envers Ivy. Mais pas Nan. Ivy ne sentait la chaleur des bras de sa mère que lorsqu'il y avait des invités. Il s'agissait généralement de Ping, la sœur cadette de Nan, et de son mari, ou de l'un des collègues chinois de la petite société informatique où travaillait Shen. À l'occasion de ces samedis festifs, passés à grignoter des graines de tournesol et des litchis, la bouche boudeuse de Nan se redressait comme une voile dans le vent, et elle se transformait en une mère plus gentille et décontractée, sans ce petit pli entre les sourcils. Ivy attendait tout l'après-midi le moment de se rapprocher de sa mère sur le canapé… plus près… plus près… puis, d'un mouvement presque imperceptible, elle se glissait sur ses genoux.

Parfois, Nan passait ses mains autour de la taille d'Ivy. D'autres fois, elle lui caressait par intermittence la tête d'un air absent, comme si elle ne se rendait pas compte de ce qu'elle faisait. Ivy s'efforçait alors de rester immobile. C'était là un plaisir volé terrifiant, mais elle avait tant besoin du contact d'une poitrine, ou d'un genou charnu sur lequel se reposer. Elle pensait qu'elle se montrait extrêmement maligne, que sa mère n'avait pas la moindre idée de ce qui se passait. Mais quand elle retenta la même manœuvre à six ans, Nan se raidit. « Tu n'es pas un peu trop vieille, pour ça ? »

Ivy se figea. Les adultes présents gloussèrent. « Qu'est-ce qu'elle est *ni-ah*, ta fille », s'exclamèrent-ils. Dans le dialecte du Sichuan, *ni-ah* signifie « collante ».

Ivy s'efforça d'écarquiller les yeux. En vain. Elle sentait le goût du sel sur ses lèvres.

« Regarde-toi, la réprimanda Nan. Ils te taquinent ! Ce que tu peux être susceptible. Tu es grande, maintenant, tu devrais être plus courageuse. Allez, sois gentille et *ting hua*. Va te moucher. »

Ivy se rappellerait jusqu'à sa mort ce qu'elle avait ressenti : la honte, la confusion, la peine, la défiance, et une terrible solitude qui la renfermerait à jamais sur elle-même, si bien que lorsque Meifeng lui raconta par la suite qu'elle avait été un bébé confiant et affectueux, elle crut que sa grand-mère l'avait confondue avec Austin.

Ivy devint une enfant renfermée, ne partageant sa vie intérieure avec personne – si ce n'est parfois avec Austin, qui lui l'approuvait sans réserve, contrairement au reste de la famille. Il va sans dire qu'aucun des parents d'Ivy ne fournissait de ressources à son imagination fantaisiste ; quel genre de vie serait la sienne, quelles aventures et histoires d'amour l'attendaient à l'avenir ? Ivy complétait ces menus détails par des livres.

Elle apprit facilement l'anglais – elle ne se souvenait en effet pas de l'époque où elle ne comprenait pas cette langue – et devint une lectrice précoce. La minuscule bibliothèque mal entretenue de West Maplebury, administrée par une bibliothécaire à moitié sourde, servait à Nan de baby-sitter gratuite. C'était l'endroit qu'Ivy préférait au monde. Les intrigues lugubres l'attiraient : orphelins, amants maudits, enfants captifs d'oncles lubriques et de belles-mères malfaisantes, pom-pom girls anorexiques et marginaux solitaires. Elle se retrouvait dans chaque récit. Toutes ces héroïnes avaient une chose en commun : leur beauté. Ivy en conclut que la beauté extérieure était la fontaine d'où jaillissaient toutes les autres caractéristiques désirables – l'intelligence, le courage, la volonté, la pureté de cœur.

À l'école primaire, sa scolarité se déroula sans difficulté, ni parmi les premiers de la classe, ni parmi les derniers, ni populaire ni impopulaire, mais ce n'est que lorsqu'elle rejoignit le collège privé de Grove Academy en sixième – son père y ayant été embauché comme technicien informatique, elle ne payait pas de frais de scolarité – qu'elle découvrit l'objet principal de la vie à laquelle elle aspirait : un certain type de garçon, typiquement américain, propre sur lui, qu'elle ne connaissait pas jusqu'alors. Le genre de garçon qui allait au catéchisme et cueillait des pâquerettes pour sa mère le jour de la fête des Mères. Il s'appelait Gideon Speyer.

Ivy comprit très vite qu'il faudrait un véritable miracle pour qu'un garçon tel que Gideon la remarque. Il était gentil avec elle, ils avaient même échangé leur numéro de téléphone dans le cadre d'un devoir de littérature américaine, mais à Grove, les filles qui tournaient autour de Gideon portaient des mocassins couleur cognac avec des chaussettes montantes en coton blanc tandis qu'Ivy portait des bas noirs démodés et ses grosses chaussures à lacet et aux semelles en caoutchouc. Elle tentait d'imiter au mieux la tenue et les manières de ses camarades de classe avec ses ressources limitées : elle maintenait ses cheveux à l'aide d'un bandeau cousu dans un vieux foulard de soie, lançait des *cents* sur la statue de saint Mark couverte de lierre qui se dressait dans la cour, mangeait son yaourt allégé et ses Skittles sous les peupliers au printemps – sans pour autant parvenir à trouver sa place.

Comment pourrait-elle un jour obtenir ce qu'elle voulait dans la vie alors qu'elle était timide, pauvre et plutôt laide ?

Le mantra de ses parents : Plus tu travailleras dur, plus la chance te sourira.

Le mantra de ses professeurs : Traite les autres comme tu aimerais être traitée.

Seule Meifeng lui avait enseigné quelques compétences pratiques. Sa grand-mère adorée reçut enfin sa *green card* quand Ivy avait sept ans. Chez les enfants, deux ans paraissent aussi longs qu'une décennie chez les adultes. Ivy aimait toujours Meifeng, mais cet amour était devenu abstrait, né de souvenirs nostalgiques, d'oreillers trempés de larmes, et du manque. En chair et en os, Meifeng lui semblait intimidante, brusque et bruyante, trop bruyante. Ayant oublié une grande partie de son vocabulaire chinois, Ivy répondait aux questions incessantes de sa grand-mère avec lenteur et maladresse ; lorsqu'elle ne se trouvait pas à la bibliothèque, elle lisait ses livres en louchant, pelotonnée sur le canapé comme un escargot.

Meifeng s'aperçut qu'elle n'avait pas de temps à perdre. Elle pensait qu'il était de son devoir d'inculquer à sa petite-fille les deux qualités nécessaires à la survie : l'autonomie et l'opportunisme.

En Chine, cela impliquait pour elle de falsifier les comptes depuis son poste de commis pour un marchand fortuné qui vendait des gants et des chaussures en cuir. Le marchand escroquait ses clients en gonflant les prix de ses articles, y compris les accessoires en faux cuir ; ses clients compensaient la différence avec de la fausse monnaie et des tours de passe-passe. La femme du marchand elle-même piquait dans la caisse pour ses parents et ses frères et sœurs. Et Meifeng notait toutes ces opérations, additionnant mentalement des nombres à quatre chiffres aussi vite qu'une calculatrice, une pièce ou deux passant dans sa propre fiche de paye à chaque transaction.

Une fois dans le Massachusetts, incapable de trouver du travail alors qu'elle bouillonnait d'impatience entrepreneuriale, Meifeng mit à profit ses compétences d'autrefois afin de faire des économies. Elle se mit à voler à l'étalage, à échanger les étiquettes et à réclamer des réductions sur des articles pour des défauts qu'elle leur avait infligés. Elle cachait aussi plusieurs articles dans un même emballage et n'en payait qu'un seul.

C'est à la friperie du coin, le magasin d'occasion le moins cher de la ville, que Meifeng recruta pour la première fois Ivy. Celle-ci était en train de fouiller dans un coffre en bois plein de bijoux fantaisie et de broches en forme de fleur quand sa grand-mère l'appela par son sobriquet, Baobao, et lui tendit un pull en laine qui sentait la naphtaline. « Aide-moi à décoller cette étiquette, dit Meifeng. Ne l'arrache pas. » Elle lança à Ivy un regard qui sous-entendait : tu as intérêt à le faire correctement, sinon…

Ivy glissa son ongle sous le coin de l'étiquette blanche affichant 2,99 $. Elle repoussa l'autocollant millimètre par millimètre jusqu'à ce qu'elle parvienne à en attraper un morceau entre le pouce et l'index.

Puis elle le retira tout doucement, veillant à n'y laisser aucune saleté, avant de le donner à sa grand-mère. Meifeng le colla sur un t-shirt jaune hideux. Ivy répéta alors l'opération avec l'étiquette du t-shirt à 0,25 $, qu'elle ajusta soigneusement sur le pull, lissant les coins.

Meifeng était satisfaite. Ivy le remarqua à la demi-grimace que fit sa grand-mère, le seul sourire qu'elle arborait jamais. « Je t'achèterai un donut en rentrant », lui promit Meifeng.

Ivy poussa un cri de joie et se mit à tourner sur elle-même, renversant dans son allégresse un présentoir de foulards. Rapide comme l'éclair, Meifeng attrapa l'un des foulards, qu'elle fourra dans sa manche gauche. « Mets-en un dans ta veste, n'importe lequel. Vite ! »

Ivy s'empara d'un foulard orné de roses (celui-là même qu'elle découperait et transformerait en bandeau pour les cheveux, des années plus tard) et le roula en boule dans sa poche. « Il est pour moi ?

— Cache-le bien », répondit Meifeng, tirant Ivy par le bras jusqu'à la caisse, une pièce de vingt-cinq *cents* brillante à la main, prête à payer le pull en laine. « Que ça te serve de première leçon : donne d'une main et prends de l'autre. Personne ne regardera les deux. »

Quand la friperie ferma un an plus tard, Meifeng avait déjà découvert mieux encore – ce que les Américains appelaient vide-greniers, et qu'elle apprit à repérer grâce aux panneaux en carton peints à la main attachés aux arbres du voisinage. Tous les week-ends, Meifeng sillonnait les trottoirs à la recherche de ces panneaux, entraînant ses petits-enfants vers les maisons aux clôtures blanches, aux drapeaux américains qui flottaient aux fenêtres et aux pommiers sauvages alignés sur les pelouses. Meifeng marchandait dans son anglais sommaire, levant ses doigts arthritiques pour indiquer des chiffres, tout en protestant : « Moins cher, moins cher » d'une voix de stentor, jusqu'à ce que les propriétaires, trop gênés pour discuter, donnent leur assentiment d'un hochement de tête. Elle glissait alors la main dans son pantalon, d'où elle tirait des pièces et des billets froissés d'une pochette en tissu attachée à sa culotte par un cordon.

Les articles de plus grande valeur, Meifeng se contentait de les passer à Ivy afin que celle-ci les cache dans son sac à dos en nylon rose. De l'argenterie. Des ceintures. Une montre Timex qui fonctionnait encore. Personne ne prêtait attention aux enfants qui couraient dans le jardin ; et si, après leur départ, le propriétaire découvrait qu'il manquait un ou deux objets, il attribuait tout simplement cela à sa mémoire défaillante.

Alors qu'elles regagnaient leur maison près du ruisseau après l'une de ces excursions, Meifeng confia à Ivy que tous les Américains étaient stupides. « Ils sont trop paresseux pour surveiller leurs biens. Ils ne *aï shi* pas leurs affaires. Pour eux, rien n'a de valeur. » Elle posa la main sur la tête d'Ivy. « N'oublie pas ceci, Baobao : quand les vents nouveaux se mettent à souffler, certains construisent des murs. D'autres construisent des moulins à vent. »

Ivy répéta l'expression. *Je suis un moulin à vent*, pensa-t-elle, s'imaginant en train de se balancer à ciel ouvert, une brise douce caressant ses bras mécaniques.

Austin se faufila entre les deux femmes. « Je peux avoir des bonbons ?

— Qu'est-ce que tu as fichu de la sucette que t'a donnée ta sœur ? aboya Meifeng. Tu l'as encore fait tomber ? »

Et Austin, se remémorant sa perte, se décomposa et éclata en sanglots.

Ivy savait que son frère détestait ces week-ends avec leur grand-mère. À cinq ans, Austin ne possédait pas l'habile retenue de sa sœur au même âge. Il hurlait à pleins poumons et frappait le sol de ses poings potelés jusqu'à ce que Meifeng l'apaise en lui promettant de lui offrir un jouet – « un jouet acheté ? » – ou de l'emmener faire un tour au McDonald's, ce qui était en général réservé aux grandes occasions. Meifeng n'aurait jamais accepté qu'Ivy se comporte de la sorte, mais les membres de la famille Lin cédaient toujours à Austin, le cadet, et un garçon de surcroît. Ivy aurait voulu être un garçon. Un désir qu'elle ressentit plus ardemment encore à douze ans, quand elle se réveilla un matin et découvrit que sa culotte était tachée d'une couleur rouille mat. Le passage à l'âge adulte s'avéra aussi incommode qu'elle l'avait craint. Nan ne possédait ni maquillage ni produits pour la peau. Elle se coupait les cheveux elle-même et se lavait le visage tous les matins avec de l'eau et un gant de toilette. Une semaine par mois, elle portait une serviette hygiénique en tissu – renforcée par de l'essuie-tout les jours où ses règles étaient plus abondantes – qu'elle rinçait le soir dans le lavabo et laissait sécher sur le balcon. Mais les femmes américaines avaient des besoins différents :

serviettes jetables, tampons, soutiens-gorge, rasoirs, pinces à épiler. Il était impensable qu'Ivy réclame des choses pareilles. L'idée d'ôter les poils de ses jambes ou de ses aisselles pour des raisons esthétiques aurait glacé d'horreur sa mère, comme l'aurait fait celle de se taillader la peau. À cet égard, Nan et Meifeng étaient sur la même longueur d'onde. Ivy savait qu'elle ne pouvait compter que sur elle-même pour obtenir ces objets. C'est à ce moment-là qu'elle passa des vide-greniers aux deux grandes surfaces de la ville : Kmart et T.J.Maxx.

Sa première conquête : des tampons, du gloss, une boîte de cartes de Saint-Valentin, un paquet de rasoirs jetables. Plus tard, elle se fit plus téméraire : des sandales en caoutchouc, une brassière, du mascara, une bague en aigue-marine ainsi que son butin le plus précieux à ce jour – un journal intime relié de cuir et doté d'un cadenas en or. Elle cachait ces articles de contrebande dans les recoins de son placard, loin des regards puritains. La nuit, Ivy sortait en douce son journal pour y copier de belles phrases tirées de ses romans – *Car le visible passe, alors que l'invisible est éternel* – et au cours de ces deux dernières années de collège, écrivit des lettres d'amour à Gideon Speyer : *J'ai fait un rêve très réaliste ce matin, il était si passionné que je me suis réveillée endolorie… je tenais ton visage entre mes mains et tremblais… si seulement je n'avais pas si peur de t'approcher… si seulement tu n'étais pas si parfait en tout point.*

Ainsi Ivy grandit-elle à la façon d'une branche rebelle. Plantée à la même racine que sa famille mais tendue vers quelque chose hors de leur portée. Les années passées à concilier les enseignements de sa grand-mère avec ses valeurs américaines avaient abouti à la certitude confuse mais tenace que pour devenir la jeune fille bonne et *ting hua* que tout le monde attendait qu'elle devienne, elle devait avoir recours à des méthodes « intelligentes ». Mais jamais elle n'avoua combien ces méthodes lui plaisaient. Jamais elle ne se montra trop cupide. Jamais elle ne se montra imprudente. Surtout, jamais elle ne se fit prendre. Même si on l'accusait un jour de quelque méfait, ce serait sa parole contre celle de l'accusateur. Cette idée la rassurait – et s'il y avait bien une chose dont elle s'enorgueillissait, en dehors d'être une voleuse, c'était d'être une menteuse hors pair.

2

Hormis Meifeng, seul le garçon du quartier, Roux Roman, savait qu'Ivy volait. À dix-sept ans, il avait la carrure d'un poteau téléphonique, des cheveux noirs et des yeux gris-bleu constamment plissés de dédain envers tous les imbéciles qui l'entouraient : les gamins hispaniques bruyants qui traînaient sur les marches des maisons (« casseurs de burnes »), les invalides qui récupéraient des bons alimentaires (« feignasses de parasites »), ses bons à rien de profs de lycée qui enseignaient que le monde n'était autre qu'une méritocratie, et, par-dessus tout, sa propre mère célibataire, qui de notoriété publique était une putain, même si personne n'osait prononcer ce mot quand Roux se trouvait dans les parages.

Ils avaient fait connaissance quatre ans plus tôt, quand Ivy l'avait surpris alors qu'il entrait par effraction dans l'abri de jardin d'Ernesto Moretti. Chaque été, les Moretti passaient leurs vacances près de Cape Cod, un événement dont Ernesto se vantait des mois auparavant ; leur berline rouge brillante avait déjà quitté leur allée lorsque Ivy tomba sur Roux occupé à retirer les clous des coins du lourd cadenas noir de la porte en bois. Au lieu de s'occuper de ses affaires, comme Meifeng lui avait toujours enjoint de faire (*l'arbre le plus droit est le premier que l'on abat*), elle lança : « Qu'est-ce que tu fais ? »

En la voyant, Roux lâcha un juron mais ne nia pas avoir été pris la main dans le sac – ce qui plut aussitôt à Ivy. Roux Roman la fascinait depuis longtemps ; elle sentait, sous ses dehors bruts, une âme sœur pleine d'initiative. Il faisait régulièrement le tour du quartier, proposant de vous apporter vos courses ou de déneiger votre voiture en échange d'un peu d'argent, bien qu'il n'ait jamais tenté de dégager la vieille Ford des Lin, ayant assez de bon sens pour reconnaître une cause perdue. En l'occurrence, ses yeux s'étaient empreints de défiance et il lui avait même décoché un petit sourire narquois qui semblait dire : *Qu'est-ce que j'ai l'air de faire ?*

Ivy hésita à évoquer le mot *police*, mais personne à Fox Hill, y compris les Lin, ne comptait sur les autorités pour résoudre ses problèmes. « Je peux faire le guet », proposa-t-elle.

Les sourcils noirs de Roux se haussèrent jusqu'à la naissance de ses cheveux. « T'es qui, déjà ? »

Elle lui donna son nom. « On est voisins, ajouta-t-elle.

— Mets-toi là-bas et avertis-moi si tu vois une voiture arriver. »

Ivy s'assit dans l'herbe et fit semblant de se plonger dans l'album du *Club des Baby-Sitters* qu'elle avait apporté, ayant prévu d'aller « camper » dans les bois touffus derrière chez les Moretti, cet après-midi-là. Elle balaya assidûment du regard la rue sinueuse en quête de voitures, sans qu'une seule n'apparaisse. Cinq minutes plus tard, Roux sortit de l'abri de jardin portant les roues du vélo d'Ernesto – « par vengeance », selon lui, mais lorsqu'elle lui demanda ce que lui avait fait Ernesto, Roux ne voulut rien ajouter. Elle le regarda réinstaller le cadenas, essuyer ses empreintes digitales (ce détail l'impressionna : il lui parut un criminel adroit) puis, avant qu'elle ait le temps de réagir, il lui arracha son album des mains et en feuilleta les pages cornées. Il lui décocha un regard empreint de dérision et d'un peu de pitié. « Eh ben, t'es vraiment bizarre comme fille. » Au milieu des silhouettes du magazine sur papier glacé qui portaient les noms des héroïnes du *Club des Baby-Sitters* – Kristy, Stacey, Mary Anne, Dawn, Mallory –, Ivy avait remplacé le seul personnage asiatique, une Japonaise du nom de Claudia Kishi, par une photo d'elle dans sa robe bleue préférée aux manches en dentelle et à la ceinture large comme la paume de ses mains.

« C'est pour rire, dit-elle.

— C'est ça fit Roux. Et moi, je suis le papa Noël. »

Ivy n'eut pas le temps d'aller « camper », ce jour-là. Roux et elle passèrent le reste de l'après-midi dans l'aire de jeu désaffectée de Fox Hill, avec son toboggan en plastique et ses balançoires rouillées, où ils lancèrent aux pigeons des bouts du sandwich à la mortadelle qu'Ivy avait préparé pour son pique-nique. Par accord tacite, ils se retrouvèrent chaque jour, tout le reste de l'été. Le parc. La bibliothèque. La supérette. Le ruisseau. L'aire de jeux de Fox Hill où ils passèrent nombre d'heures léthargiques à se gaver de mûres directement cueillies sur les ronces qui déferlaient par-dessus le grillage. Un après-midi, Roux lui montra son carnet à spirale élimé dans lequel il avait dessiné à l'encre de Chine des maisons à hélices, des vélos flottant sur des bulles de savon, des voitures dotées d'immenses ailes noires comme celles d'une chauve-souris. Ivy savait que c'était sa façon de s'ouvrir à elle. En retour, elle lui prêta ses livres de bibliothèque préférés et alla même jusqu'à lui recopier, sur du papier à lettres rose qu'elle avait trouvé dans l'un des magazines de son voisin, un poème de Sylvia Plath qu'elle aimait, le lui présentant d'un air magnanime. Donner d'une main et prendre de l'autre. Mais pour l'instant, elle préférait taire les humeurs de sa mère, les coutumes chinoises de sa famille, ses propres larcins. Que ce soit des informations ou de l'argent, il était imprudent de donner sans rien exiger en retour. Jamais on ne pouvait les récupérer.

L'été suivant, Ivy découvrit un nouveau secret au sujet de Roux. Alors qu'elle était en train d'acheter au *deli* Moretti les cinq livres de mortadelle qui lui servaient à préparer le déjeuner qu'Austin et elle emportaient habituellement à l'école, elle fit tomber une pièce de vingt-cinq *cents* dans l'allée des sodas et la suivit le long du couloir jusqu'à une porte laquée rouge entrouverte. Des gens se trouvaient de l'autre côté. Elle entendit des chuchotements pressants puis un halètement et un grognement d'homme. Prenant ces sons pour des sons de douleur, elle jeta un coup d'œil par l'entrebâillement de la porte. Elle vit, devant un lourd bureau noir, la mère de Roux agenouillée devant le père d'Ernesto. Les bras maigrelets de Mme Roman entouraient le ventre replet de celui-ci, et sa joue était appuyée contre sa cuisse.

Ivy crut tout d'abord qu'ils se battaient – ils se cabraient et s'agrippaient et grognaient à la façon de ces bœufs chinois qu'elle avait un jour vus s'affronter à coups de cornes à propos d'un arbuste malingre – avant de s'apercevoir qu'il s'agissait de bruits d'extase. Sur le ventre bronzé et arrondi de M. Moretti, une ligne de poils noirs courait le long de la peau brune tel un chemin planté d'arbres le long d'une montagne, et lorsqu'il se tortillait, les arbres s'agitaient dans la brise douce. Elle les observa un long moment, assaillie à la fois de crainte et d'une curiosité furtive qui la clouait sur place. Mme Roman termina ce qu'elle était en train de faire. M. Moretti émit un gémissement sourd. Il leva les yeux et aperçut Ivy. Lentement, sans bouger la tête, il tendit la main vers la mère de Roux et lui donna une tape sur la joue, presque une gifle, mais Ivy ne vit pas ce qui se passa ensuite car elle tourna les talons et s'enfuit.

Dehors, Roux fumait une cigarette, toujours vêtu de son maillot de bain après qu'ils eurent passé l'après-midi au bord du ruisseau. Il avait refusé d'entrer avec elle dans le *deli*, affirmant que les vipères y grouillaient. Quand Ivy sortit précipitamment, dans tous ses états, elle l'attrapa par le bras et voulut l'éloigner en lui criant : « On y va ! Allez ! » mais il était trop tard. Quelques secondes plus tard, Mme Roman poussa la porte en toute hâte, arrangeant ses cheveux sombres. Deux profonds sillons marquaient les coins internes de ses yeux, s'écartant du nez en une expression d'épuisement perpétuel. Elle parla rapidement en roumain.

Roux regarda sa mère. Il regarda Ivy. Il jeta sa cigarette sur le trottoir et l'écrasa de son talon. « Allons-y. » Son ton était neutre, son visage impassible. Mme Roman continua à lui crier après quand ils disparurent au coin de la rue. Même si l'une parlait roumain et l'autre chinois, Ivy remarqua l'étrange similitude entre les cris de Mme Roman et ceux de Nan, pareils à une nuée de corbeaux furieux, les consonnes abrégées et durcies par la colère. Peut-être la colère était-elle l'unique langage universel.

Sur le chemin du retour, Roux était parfaitement silencieux. Ivy se sentait salie par ce qu'elle avait vu mais aussi vaguement ravie ; cela l'avait un peu remuée, comme un doux soupir. Elle baissa les yeux sur sa main, qui tenait toujours la bouteille en plastique sur laquelle perlait la condensation froide. « Oh ! J'ai oublié de payer mon soda !

— Et c'est ça qui t'inquiète ? » fit Roux d'un air dégoûté.

Ivy ouvrit la bouche pour dire… quoi ? Qu'elle ressentait la honte du garçon comme s'il s'agissait de la sienne ? Que leurs mères criaient comme des corbeaux furieux ? Au lieu de cela, elle se surprit à lui raconter ses chapardages.

Roux en fut enchanté. « Je me doutais que tu cachais quelque chose. Je savais que j'avais raison à ton sujet.

— D'accord, mais…

— Ta propre grand-mère ?

— Elle a seulement…

— Quelles maisons ? »

Ivy tenta de lui expliquer qu'il ne s'agissait pas vraiment de vol, qu'elles ne faisaient que prendre de petits objets sans valeur aux yeux des Américains. Roux s'en moquait. Il la regardait déjà avec un respect accru – et avec quelque chose d'autre aussi, un je-ne-sais-quoi d'insistant et d'affamé. Elle remarqua la fossette sur sa joue droite, pareille à une virgule sur une page vierge, et se demanda pourquoi il ne cherchait pas à soigner son apparence. Il serait sans doute mignon s'il y mettait un tant soit peu du sien. S'il portait les bons habits, se faisait couper les cheveux, souriait à quelques filles, alors bim ! – transformation. Lui qui pourrait si facilement passer pour le jeune Américain type ne faisait aucun effort dans ce sens ; alors qu'elle, qui se donnait tant de mal à parfaire ses tenues et ses manières, aurait toujours la peau jaune, les cheveux noirs et le nez épaté, son moi extérieur dissimulant le fait qu'elle était américaine ! Américaine ! Américaine ! Une telle injustice la blessait profondément.

« Ce petit Russe est un vaurien », déclara un jour Nan à brûle-pourpoint.

Ivy sut immédiatement à qui elle faisait référence. « Il est roumain, dit-elle.

— Ce garçon est idiot. Comment pourrait-il faire autrement, sans père ? Et sa mère, qu'est-ce qu'elle fait pour lui ? Rien. Je la vois rentrer chez elle le matin avec ses cheveux attachés n'importe comment. Où est-ce qu'elle va, toute la nuit, en laissant son fils seul à la maison ? Il n'y a que deux sortes de personnes qui sortent toute la nuit : les cambrioleurs et les femmes de mauvaise vie. Ne t'approche pas de lui, c'est compris ? »

Ivy remua son riz.

« En plus, ils sont pauvres, ajouta Nan. Ils habitent ici.

— Nous aussi.

— Nous, c'est différent, rétorqua Nan d'un ton sec. Baba a une maîtrise. »

Ivy fit remarquer que le père de Roux pouvait très bien avoir un doctorat.

« Arrête de dire n'importe quoi. Va aider mamie avec le dîner. Je dois étudier. » Quand Nan ne rangeait pas les courses des clients de l'épicerie Hong Kong sur la Route 9, elle était plongée dans son minuscule dictionnaire bleu chinois-anglais dans le cadre d'un programme qu'elle avait elle-même organisé et qu'elle seule comprenait. Un soir au dîner, Ivy souligna sur le ton de la plaisanterie que Nan apprendrait peut-être plus vite l'anglais si elle rangeait les courses dans un supermarché américain. Ce fut la seule et unique fois où son père la frappa – à l'arrière du crâne, sans un mot, suffisamment fort pour lui faire encore mal aux oreilles des heures plus tard.

Cet automne-là, Shen prit son nouveau poste de technicien informatique au collège privé de Grove et Ivy fut transférée dans sa nouvelle école. Elle savait que c'était à cause de Roux, bien sûr, même si ses parents ne voulaient pas l'admettre.

« Mais qu'est-ce que tu portes ? » railla Roux la première fois qu'il la vit dans son uniforme si fraîchement sorti de son emballage qu'il sentait encore le plastique. « C'est une cravate à clip ? » Il tendit la main vers son cou – il avait l'habitude de lui arracher tout des mains – et Ivy ne put se reculer assez vite pour éviter que ses doigts graisseux, qui quelques instants plus tôt tenaient une part de pizza de chez Giovanni, ne salissent son col blanc immaculé.

« Regarde ce que t'as fait ! » cria-t-elle, mais il se contenta de ricaner de l'air condescendant qu'il arborait toujours. Elle lécha son pouce pour frotter la tache. « C'est l'uniforme de Grove Academy, poursuivit-elle d'un ton cassant, sachant d'instinct qu'il en serait blessé. C'est là que je vais, maintenant. À Andover.

— Ta famille a gagné au loto ?

— J'ai réussi l'examen d'entrée, mentit-elle, et j'ai obtenu une bourse. » Elle avait lu des tas de romans sur des élèves boursiers dans des internats chics, qui enjambaient le fossé social grâce à un mélange de courage, de charme et de beauté (surtout de beauté) et trouvaient l'amour au milieu des bruyères et des écuries. Jusque-là, s'imaginer à l'école publique du quartier, comme tous les autres enfants de Fox Hill, lui suffisait amplement. Désormais, c'était indigne d'elle.

Par la suite, elle s'efforça d'éviter Roux, sentant grandir l'abîme qui les séparait, mais lui qui savait pourtant flairer l'embarras d'Ivy avec la plus grande sagacité se méprenait totalement sur ses intentions envers lui, prenant sa réticence pour de la timidité. Il ne comprit que le jour où il lui demanda, pour la cinquième fois, de traîner avec ses « potes » – ceux-là mêmes qu'il traitait autrefois de casseurs de burnes – et qu'Ivy finit par exploser.

« Je ne traînerais jamais avec *ces gens-là*.

— Allez, quoi, ils sont pas méchants.

— Ce sont des pauvres pouilleux. » L'expression de Nan. Ivy en avait parcouru, du chemin.

Roux blêmit, ses oreilles seules virant au rose vif.

Ivy pouvait voir une couche de sueur sur sa lèvre supérieure, là où l'ombre légère d'une moustache commençait à pousser.

« Je savais pas que t'étais une pétasse coincée.

— Je savais pas que t'étais un gros loser. »

Roux leva une main. Ivy se protégea instinctivement, mais il ne faisait que fouiller dans sa poche arrière. Il lui jeta quelque chose de petit et jaune qui vint frapper contre sa poitrine avant de tomber à ses pieds. Elle le ramassa. C'était une vieille photo d'elle dans une robe bleue râpée, de toute évidence dégotée par Meifeng à un vide-greniers, sa jupe ballon luisant comme un costume bon marché. Elle ignorait où Roux avait pu trouver la photo – ce n'est qu'en la retournant et en voyant les coins de colle séchée qu'elle se souvint de son vieil album, des silhouettes de magazine, de la fois où elle avait découvert l'espace vide entre Stacey et Kristy et où elle en avait conclu que sa propre photo s'était détachée et perdue.

Sans Roux, Ivy n'avait pas un seul ami. Elle se sentait seule, pourtant ce n'était pas d'amitié qu'elle avait envie. Filles et garçons « traînaient » à l'école, mais les choses passaient à la vitesse supérieure en dehors du collège, aux fêtes ; or Ivy n'était jamais invitée à aucune fête. Elle avait appris (en théorie) le mécanisme des jeux populaires tels que celui de la carte, de la bouteille, des sept minutes au paradis, de la pomme, du clin d'œil, ou d'action ou vérité – un grand classique – ainsi que d'autres actes qui ne relevaient pas de jeux mais de la vraie vie. Dans le vestiaire des filles, elle entendit Liza Johnson raconter que Tom Cross avait défait sa braguette et guidé la main de la jeune fille vers son entrejambe – « pendant que mon père était en train de conduire ! » s'exclama Liza avec une horreur feinte. Ivy se demanda si Gideon aussi faisait ce genre de choses. Tom et lui étaient meilleurs amis, ils faisaient tout ensemble. Ivy se demanda comment elle réagirait si Gideon attrapait sa main et la guidait vers cette virilité mystérieuse et légèrement grotesque sous son short, ou se penchait pour l'embrasser avec la langue, comme Henry Fitzgerald avait embrassé Nikki Satterfield dans son uniforme de pom-pom girl, lors de la dernière fête d'avant-match, un pompon pendillant de la main de Nikki comme une pluie de confettis blanc et bleu. Mais jamais Ivy n'avait embrassé ni même tenu la main d'un garçon ; elle ne se sentait désirable que lorsqu'elle regardait la photo d'elle dans sa robe juvénile bleu brillant (pourquoi Roux l'avait-il gardée toutes ces années ?). Un désir fébrile palpitait alors dans tout son corps, l'empêchant de dormir la nuit, et elle se réveillait, les yeux cernés et douloureux, si bien que Meifeng lui touchait le front pour voir si elle avait de la fièvre.

Puis, un matin, deux semaines après le début des grandes vacances, Gideon Speyer téléphona. Il voulait l'inviter à fêter son quatorzième anniversaire – « juste une soirée pyjama avec quelques amis » ; entre deux bégaiements et gloussements haut perchés, Ivy parvint à répondre d'une voix étranglée qu'elle irait. Après quoi, elle se précipita dans la chambre qu'elle partageait avec Meifeng (« Où tu cours comme ça, maintenant ? ») et enfonça sa tête sous son oreiller jusqu'à ce que sa bouche pleine de coton étouffe ses cris de joie et de panique. *À présent, tout va changer*, écrivit-elle dans son journal, cette nuit-là.

Mais restait à obtenir la permission de Nan. Ivy annonça à sa mère qu'elle était invitée à passer la nuit chez Una Kim, sa camarade de classe. Elle eut même recours à cette phrase qu'elle réservait aux cas d'urgence : *Si tu ne me laisses pas me faire des amis, alors pourquoi tu m'as envoyée dans cette école de riches ?* Par chance, Una vivait à trois rues de chez Gideon, dans une de ces nouvelles maisons d'Andover. L'air renfrogné de Nan, qui n'avait dit ni oui ni non, était mauvais signe, puisque le temps passant, elle devenait généralement plus paranoïaque.

En prévision de la fête (elle avait décidé qu'elle sortirait en douce s'il le fallait, Meifeng ayant l'habitude de dormir à poings fermés), Ivy se perça les oreilles avec une aiguille à coudre ; quelques jours plus tôt, elle avait volé une paire de boucles d'oreilles pendantes en forme de cœur, qu'elle avait cachée sous la pile de sous-vêtements dans le tiroir du bas de sa commode. Elle eut du mal à passer la boucle dans le trou et grimaça de douleur en enfonçant la tige en métal de-ci de-là, cherchant le point de sortie dans la chair. Quand enfin elle réussit à mettre les deux boucles d'oreilles, ses lobes étaient chauds et sensibles au toucher. Elle jubilait.

Malheureusement pour elle, le verrou de la salle de bains s'était descellé dans l'après-midi et Nan entra alors qu'Ivy se regardait dans le miroir, la bouche en cœur et l'aiguille à la main. Folle furieuse, Nan gifla Ivy une fois, deux fois, puis essaya de retirer les boucles d'oreilles des lobes fraîchement percés de sa fille – sur quoi Meifeng arriva au pas de course et se mit à frapper Nan avec la tapette à mouches, tout en criant : *Tu vas lui arracher les oreilles ! Tu vas lui arracher les oreilles !* La bagarre sembla durer une éternité, pendant qu'Austin, effrayé, et Shen, stoïque, habitués à de telles démonstrations, s'abritaient dans la chambre.

Après cette dispute, Nan n'évoqua plus les oreilles percées. Les quatre jours suivants, elle se montra d'ailleurs plus indulgente envers sa fille. C'était typiquement chinois : le châtiment corporel suivi d'un excès de gentillesse. Nan frappait tout le temps Shen, puis elle lui préparait sa soupe préférée et s'inquiétait de sa santé. Quand elle le poussait à bout, Shen aussi frappait Nan, avant de lui promettre d'arrêter de fumer. Meifeng ne levait jamais la main sur Ivy, mais elle filait des roustes à Austin presque tous les jours, affirmant que c'était pour son bien, qu'il devrait être reconnaissant qu'elle prenne la peine de le discipliner, lui, son petit-fils, sachant que ces pauvres petits Américains aux grands-parents paresseux devenaient des voyous mal-fessés et mal-aimés. Ensuite, elle l'emmenait manger un Happy Meal chez McDonald's. Chez les Lin, on vous récompensait d'avoir été puni. Ainsi Ivy eut-elle le droit d'aller à la soirée pyjama.

Elle se rendit chez Kmart pour « chercher » un cadeau d'anniversaire pour Gideon. Elle aurait préféré aller au grand centre commercial d'East Maplebury, mais cela impliquait de demander à Shen de l'y conduire et de lui donner de l'argent, puis de lui expliquer qu'elle achetait un cadeau à « Una ». Au lieu de quoi elle flâna dans le rayon électronique de Kmart, un œil sur l'employée qui feuilletait le magazine *People* derrière le comptoir ; cinq clients passèrent devant elle sans que la femme ne lève la tête. Rassurée, Ivy s'approcha d'une paire de jumelles marines qu'elle avait repérée. Le petit fascicule qui les accompagnait indiquait qu'elles étaient étanches à l'eau et au brouillard et dotées d'une coque en caoutchouc qui les protégeait des chocs ; l'optique à lentilles multicouches permettait une excellente transmission de la lumière. C'était l'objet idéal pour un garçon qui aimait naviguer, qui avait collé des photos de bateaux dans son casier et qui lisait *Yacht World* comme les autres garçons lisaient *Playboy*. Au moment même où elle se décidait à les fourrer dans son sac à dos, elle aperçut Roux. La surprise fut mutuelle. Ils ne s'étaient pas adressé la parole depuis l'incident de la photo, près d'un an auparavant. Elle vit qu'il portait le polo rouge des employés et un badge blanc avec son nom accroché à la poche de poitrine. Comme tous les uniformes, le polo effaçait son individualité tout en paraissant révéler son moi le plus authentique et le plus essentiel.

Il la rejoignit à grandes foulées tranquilles. « Qu'est-ce que c'est que ça ?

— J'essayais de voir ce que cette femme était en train de lire. » Ivy leva les jumelles comme une espionne, puis les replaça sur l'étagère avec une parfaite indifférence.

Un léger sourire ironique se dessina sur le visage de Roux. « Je travaille ici, maintenant – au cas où tu l'aurais pas remarqué – alors tu peux plus rien piquer.

— Reeelaaax. Je fais que regarder. » Elle tourna les

talons et quitta le magasin, la déception lui nouant la gorge comme du riz pas assez cuit.

Le lendemain matin à neuf heures tapantes, elle était de retour à Kmart.

« Et aujourd'hui, tu fais que regarder ? »

Ivy sursauta. Il se tenait là, dans son polo rouge ringard, ombre persistante et silencieuse. Il l'avait repérée à une vitesse remarquable. Le problème venait du fait qu'elle avait été surprise dans le même rayon, avec à la main la même paire de jumelles. En effet, quelques instants plus tard, Roux l'interrogea : « D'ailleurs, pourquoi tu les veux ?

— Tu m'as suivie ?

— Bien sûr que oui. T'es une voleuse.

— Elles ne sont pas pour moi. C'est un cadeau d'anniversaire pour mon ami. »

Roux prit les jumelles et lut l'étiquette – 38,99 $. Une fortune. Il les lui rendit. « Ça doit être un très bon ami. »

Le cœur battant, Ivy se dirigea vers la sortie, les jumelles nonchalamment serrées dans une main. Aurait-elle le cran de passer la porte en comptant sur la bonne volonté de Roux à son égard, ou devrait-elle les déposer près du porte-revues comme si elle avait changé d'avis et ne voulait plus les acheter ? Elle regarda le caissier dans les yeux. « Je ne les prends pas tout de suite », dit-elle d'un ton hautain. Le vieil homme lui lança un regard plein de sous-entendus : Trop cher pour toi, hein.

Une main se tendit au-dessus de l'épaule d'Ivy, tenant deux billets de vingt chiffonnés. Celle-ci se retourna.

« Qu'est-ce que c'est que ça ?

— De l'argent, fit Roux d'un air narquois. Pour le cadeau de ton « ami ».

— C'est un prêt ? » Chez les Lin, les dettes étaient comparables à l'esclavage.

Roux se renfrogna davantage. « Pas besoin de me rembourser. »

Ivy n'en revenait pas. Hormis Nan, Roux était la personne la plus radine qu'elle connaisse ; elle l'avait vu fouiller sa propre poubelle à la recherche de chaussons feuilletés périmés que Mme Roman elle-même avait jugé immangeables, et pas un *cent* sur le trottoir n'échappait à ses yeux de lynx.

Roux agita les billets devant son visage. « Tu les prends, ou pas ? » Comme elle ne bougeait toujours pas, il ajouta : « Ma parole ! Les prends pas, alors… »

Ivy lui arracha l'argent des mains et les donna au vieux caissier, témoin de toute la scène.

« Fillette, c'est ton jour de chance. Ou peut-être que c'est tous les jours ton jour de chance. Au fait, tu as quel âge ? Je dirais le même que ma petite-fille, et elle en est encore à apprendre ses tables de multiplication. »

Espèce de petit cochon, pensa Ivy, le regardant droit dans ses yeux de fouine. Je parie que tu as passé toute ta vie ici. Tu vas mourir ici, dans ton uniforme de chez Kmart, et sur ta pierre tombale, il y aura écrit : *Ci-gît un homme chanceux.*

« Qu'est-ce qu'il y a de drôle ? » demanda Roux.

Le sourire d'Ivy s'élargit. « Je ne savais pas que tu pouvais être aussi gentil. » Meifeng disait toujours qu'un tigre ne donnait pas de carottes à un lapin par bonté de cœur, cependant Ivy songea, tandis que le caissier emballait les jumelles, que payer quelque chose ouvertement avec de l'argent qui ne lui appartenait pas était encore mieux que de prendre quelque chose en secret – une leçon que Meifeng elle-même n'aurait pas eu l'audace de lui apprendre.

Roux leva les yeux au ciel et déclara qu'il devait retourner travailler. Mais elle vit que son compliment lui avait fait plaisir – le rose de ses oreilles le trahissait.

3

Shen la déposa devant chez Una Kim. Avant de se diriger vers la maison de Gideon, Ivy attendit que la voiture ait quitté le lotissement. Les Speyer vivaient dans un élégant manoir en verre et en pierre au fond d'une vaste impasse, au milieu de l'agréable vrombissement électrique des cigales.

Ivy ressentit une explosion de plaisir pareille à des feux d'artifice quand Gideon ouvrit la porte. Il portait un t-shirt bordeaux qui moulait de vrais biceps, là où quatre semaines plus tôt il n'avait que la peau sur les os. Sa coupe en brosse soignée avait laissé place à des cheveux souples qui tombaient désormais sur ses tempes et couvraient la courbe supérieure de ses oreilles.

«Joyeux anniversaire, dit Ivy d'une petite voix.

— Tu as changé.

— Comment ça ?» *Oui ! Oui ! Oui !*

«Je ne crois pas t'avoir jamais vue en dehors de l'école.» Une des dents de Gideon était un peu de travers et un peu plus haute que les autres ; quand il souriait, cela lui donnait un air espiègle, alors qu'il n'avait rien d'espiègle. Il accepta, penaud, le cadeau qu'elle lui tendait. «Il ne fallait pas.»

La honte lui monta au visage telle une éruption cutanée.

Gideon expliqua que tout le monde était au sous-sol. Il lui fit signe d'entrer, lui proposant même de porter son sac à dos ; déjà si élégant, si bien « dressé » du haut de ses quatorze ans. Elle enleva ses chaussures – « Garde-les », dit-il sur le même ton penaud – puis elle le suivit dans un couloir éclairé par des torches électriques, les fibres rigides du tapis à motifs léopard craquant sous ses orteils. « C'est quoi, cette pièce ? » Elle ne pouvait s'empêcher de regarder partout, de chercher à ancrer dans sa mémoire les détails de la maison de Gideon pour les consulter plus tard dans sa chambre, en toute intimité.

« Ça, c'est le bureau. » Ayant remarqué sa curiosité, il lui montra le bureau, le salon, la cuisine, la lourde horloge à balancier du séjour qui ressemblait à un œil de verre suivant le moindre de leurs mouvements.

Ivy avait toujours considéré son propre appartement de Fox Hill comme le lieu où elle mangeait et dormait, un lieu qui n'appartenait à personne, ni à elle, ni à sa famille. Mais de toute évidence, Gideon ne partageait pas ce point de vue. Toutes les pièces, les meubles, les bibelots achetés en vacances, étaient « à moi » ou « à nous » ; tout était sa propriété. Le mot « propriété », songea Ivy, possédait une sonorité bien particulière. On en percevait les accents autoritaires dans la voix des gens, dans le rythme uniforme des phrases de Gideon et son articulation limpide. Au cours de leur dernière séance de récitation du trimestre, M. Markle, qui était par ailleurs le coach de l'équipe de débat, avait couvert Gideon d'éloges au sujet de ses talents oratoires. Le garçon avait alors expliqué devant la classe entière avoir effectué des séances d'orthophonie dix ans durant parce qu'il bégayait. « Ça alors, tout le monde devrait s'y mettre ! » avait plaisanté M. Markle ; mais tandis que ses camarades riaient, Ivy, stupéfaite, ne pouvait imaginer qu'une chose aussi simple que parler puisse nécessiter autant d'efforts et d'assiduité de la part de Gideon, le même genre d'efforts que Nan consacrait à son petit dictionnaire bleu. Elle supposait jusque-là que tout chez Gideon était inné, naturel. Cela voulait-il donc dire que la propriété pouvait s'apprendre ?

Dans l'entrée, ils rencontrèrent la sœur aînée de Gideon, Sylvia Speyer, en terminale au lycée de Grove. Elle allait monter, portant sur un plateau un pot de Häagen-Dazs, un café de chez Starbucks et un petit verre avec des glaçons et un liquide jaunâtre.

« Où est-ce que tu as trouvé la clé du bar ? demanda Gideon.

— Dans le pot à crayons de Ted. Tu en veux ?

— Non. »

Sylvia s'aperçut qu'Ivy la fixait – Ivy détourna les yeux, feignant d'examiner une photo accrochée dans l'escalier qui représentait le frère et la sœur en maillot de bain, pelotonnés sur des chaises longues, riant aux éclats en direction du soleil couchant.

« C'est Finn Oaks, expliqua Sylvia.

— Finn Oaks ?

— Notre maison de vacances, à Cattahasset. »

Maison de vacances, ajouta Ivy à son répertoire.

« Tu y es déjà allée ?

— Non », répondit Ivy. Elle ne parvenait pas à

regarder Sylvia droit dans les yeux ; son charme était trop aveuglant.

« Eh bien, Giddy y emmène toujours des amis, l'été. »

Face à cette invitation tacite, lâchée avec tant de désinvolture, le cœur d'Ivy s'emballa d'une convoitise si vive qu'elle fut prise de vertige. « Je m'appelle Ivy, chuchota-t-elle.

— Comme le lierre en anglais, fit Sylvia.

— Papa est au courant, pour le pot à crayons, Sib, dit Gideon. Dépêche-toi de remettre la clé. »

Sylvia leva les yeux au plafond. « Ben voyons. Il prend l'avion demain à six heures du matin. Il ne se rendra compte de rien. » Pareille à une poupée immaculée avec sa jupe noire repassée et son plateau de domestique, elle grimpa les marches à pas feutrés. Son parfum flotta dans l'air : des notes acidulées de citron et d'océan.

Personne ne fit attention à Ivy lorsqu'elle descendit au sous-sol, du moins pas ouvertement ; son arrivée ne provoqua que des regards en coin et des sourires blasés. C'était là un signe de bienvenue. En faire des tonnes aurait sous-entendu qu'elle n'avait pas sa place. Gideon indiqua à Ivy l'endroit où se trouvaient les sacs de couchage et lui dit qu'elle pouvait y laisser ses affaires. Tom Cross arracha le cadeau des mains de Gideon – « Qu'est-ce que c'est ? » – et se mit à lire la carte d'Ivy d'un ton langoureux : *Gideon, j'espère qu'on aura des cours en commun, l'année prochaine*... Tom était un acteur-né : boucles châtains, des taches de rousseur si nombreuses qu'il paraissait bronzé toute l'année ; il avait toujours un public. Lorsqu'il eut terminé, il balança les jumelles sur une pile d'oreillers. « Ton père en a déjà, non ?

— Oui, mais pas moi. »

Tom se tourna vers Ivy : « Et mon cadeau d'anniversaire, à moi, il est où ?

— C'est quand, ton anniversaire ?

— Elle parle ! » lança Tom, les yeux écarquillés.

Seule Una Kim semblait furieuse de voir Ivy. Elles avaient pourtant été plus ou moins amies, autrefois : deux Asiatiques solitaires – Ivy la jeune fille pauvre et réservée, Una la jeune fille riche et rondelette. Puis Una avait passé l'été en Corée avant la rentrée en cinquième et était revenue avec sept kilos en moins, les cheveux permanentés, des lentilles de contact et l'arête du nez plus haute. Elle eut vite fait de se débarrasser d'Ivy, ce pot de colle bon à rien, en racontant à Liza Johnson qu'Ivy l'avait traitée de « grosse vache » (faux) qui « ne savait pas prononcer les mots de plus de cinq lettres » (vrai). Le plus rageant, dans toute cette histoire, c'était qu'Ivy avait songé à se débarrasser d'Una, allant même jusqu'à prévoir à quel endroit elle irait s'asseoir pour le déjeuner (près de la fontaine, où elle lirait des livres d'un air mystérieux parfaitement étudié), mais Una l'avait coiffée au poteau. De cette expérience, Ivy avait tiré une leçon essentielle : tout était question de timing.

Liza et les jumelles laissèrent les garçons pour s'approcher d'Ivy. Una les suivit à contrecœur. Elles s'assirent en cercle. Violet Satterfield proposa à Ivy de lui crêper les cheveux. Ivy s'aperçut qu'en effet, les autres filles arboraient toutes sortes de frisottis agressifs, comme si elles avaient été électrocutées. « D'accord », dit-elle vaillamment. Violet allait sans aucun doute mettre le feu à ses cheveux ou la tondre à blanc. Elle dissimula le léger tremblement de ses lèvres en faisant des bulles avec son chewing-gum insipide.

Violet revint avec le fer à gaufrer. D'un ton sec, elle demanda à Una de se décaler. « Toi-même », répliqua Una, mais elle finit par s'exécuter, se penchant à gauche jusqu'à se retrouver légèrement à l'extérieur du cercle. Ivy nota qu'Una ne portait pas de soutien-gorge sous sa robe. La silhouette de ses tétons se dressait à travers le tissu en coton fin, de la taille de pièces de vingt-cinq *cents*. Henry Fitzgerald et Blake Whitney voulurent savoir si Una était chatouilleuse ; ils lui palpèrent les côtes chacun leur tour, fascinés par ses seins plantureux qui rebondissaient, pareils à des bombes à eau.

« C'est quoi, déjà, le nom de ces singes, demanda Liza à la cantonade. Ceux à la tête rose ?

— Les babouins ? suggéra Henry.

— Exactement ! Una ressemble à un gros babouin à ressorts. » C'était exactement ce à quoi ressemblait Una à cet instant précis, sa peau transparente rose de honte. Ivy comprit alors pourquoi Liza et les jumelles se montraient si gentilles envers elle : elles se vengeaient d'Una et de sa poitrine. Face à cette découverte, Ivy se sentit emplie d'espoir. Il s'agissait là de la plus ancienne loi de la physique : le système en soi ne peut changer, il ne peut qu'être réarrangé.

Après s'être lavé les mains avec le savon à la menthe des Speyer, Ivy s'appliqua à se recoiffer, ajuster son chemisier, frotter ses joues pour qu'elles paraissent plus rouges. Elle ouvrit tranquillement l'armoire de toilette et en examina le contenu : Advil, coton, pain de savon incrusté de grains exfoliants. Dans un coin, elle remarqua un flacon de parfum français à moitié vide. Elle s'en vaporisa le cou, les poignets. Tout au fond, en déplaçant une boîte de pansements, elle découvrit un vieil élastique noir autour duquel s'emmêlaient des cheveux blond argenté. Ivy le glissa à son poignet. « Salut, Gideon », susurra-t-elle, tentant d'imiter le regard éthéré de Sylvia. Elle ferma la porte de l'armoire et redescendit.

À vingt et une heures, les parents de Gideon apportèrent quatre pizzas, des cookies aux pépites de chocolat qui venaient de sortir du four et deux pots de glace à la vanille. On peut tout savoir d'une personne en observant sa famille, or Ivy pensait avoir trouvé la clé de l'existence de Gideon : sa mère à l'allure juvénile, avec son pantacourt kaki et son chemisier vert sans manches qui révélait deux bras d'un blanc lumineux ; son père, un sénateur du Massachusetts digne et svelte qui connaissait les prénoms de tous les amis de Gideon – « Ravi de te rencontrer », dit-il, saluant Ivy d'une poignée de main chaleureuse. Face à son air rayonnant d'adoration, il ajouta qu'elle serait toujours la bienvenue chez eux.

Vers une heure du matin, Gideon tamisa la lumière et inséra *Massacres à Hackridge* dans le lecteur vidéo. Ivy attendit qu'il s'installe sur le canapé pour s'empresser de prendre place à côté de lui. Le monde au-delà de ce canapé s'évanouit tout à fait. Elle n'avait conscience que du souffle de Gideon, des infimes mouvements de son corps, des légers effets kaléidoscopiques de la lumière sur son visage levé. Lors d'une scène de meurtre particulièrement horrible, elle se couvrit les oreilles avec ostentation, lui cognant délibérément le coude. « Oups », fit-il, avant de poser son bras sur le dossier du canapé. Si elle penchait la tête en arrière, les poils de son avant-bras lui effleureraient la nuque. « Le film te plaît, pour l'instant ? » chuchota-t-elle. Elle rapprocha sa tête de la sienne, assez près pour discerner l'odeur de pop-corn de son haleine. « C'est un peu prévisible », murmura-t-il à son tour.

Le film se poursuivait laborieusement – une forêt sombre, une cabane abandonnée, du sang qui s'écoulait d'une baignoire. Liza, Una et les jumelles prenaient grand plaisir à s'agripper aux garçons chaque fois qu'apparaissait l'homme à la tronçonneuse. Ivy n'osait pas se cramponner à Gideon, mais elle se pencha vers lui de façon imperceptible jusqu'à ce que leurs genoux se frôlent. Une vague de chaleur submergea son corps. En réponse, Gideon colla sa jambe, chaude et lourde, contre celle d'Ivy, si bien que leurs cuisses et leurs chevilles se touchaient. Enfin, il était arrivé ! Le moment dont elle rêvait depuis trois ans. Elle garda les yeux rivés sur l'écran dans l'espoir de paraître désinvolte et pour éviter de le gêner en le regardant. De temps à autre, elle sentait sa jambe tressaillir légèrement puis s'appuyer contre la sienne, comme pour lui rappeler sa présence. Elle appuyait alors à son tour pour montrer qu'elle comprenait. Ils restèrent unis de la sorte pendant la dernière heure du film.

Lorsque le générique défila à l'écran, Ivy, toute rouge, jeta un coup d'œil à Gideon, réfléchissant à ce qu'elle allait dire. Elle fut abasourdie. La tête de Gideon était penchée en arrière sur le canapé ; ses paupières étaient fermées, sa bouche entrouverte. Il dormait profondément.

Nan était une femme anxieuse. Sujette aux insomnies, elle avait le sommeil léger. Deux choses l'obsédaient : l'argent et la santé de ses proches. Toute la nuit, elle fut tourmentée par la crainte qu'Ivy n'attrape des microbes en léchant des baguettes sales, n'avale de la crème glacée qui lui ferait mal à l'estomac, ne tremble de froid sous des couvertures trop minces dans une maison trop climatisée. Ivy aurait été choquée d'apprendre que son imagination débridée lui venait de sa mère.

Nan secoua son mari juste au moment où le soleil se levait. « Je crois que tu devrais aller la chercher plus tôt chez la petite Coréenne. Je parie qu'elle n'a pas fermé l'œil de la nuit. Nous n'aurions pas dû la laisser partir. »

Elle obligea Shen à appeler le domicile des Kim – ils avaient pris le numéro de Mme Kim lors d'un concert de l'orchestre, en cinquième, parce qu'ils envisageaient d'acheter un violon à Ivy (ce qu'ils ne firent finalement pas). Au téléphone, Shen eut d'abord l'air perplexe, puis inquiet, puis sombre. Quand il raccrocha, il expliqua que la Coréenne avait dit qu'Ivy n'avait pas passé la nuit chez elle. Una était allée à une soirée pyjama, il était donc possible qu'Ivy y soit aussi. « Elle m'a donné l'adresse du garçon, dit Shen.

— Un garçon ?! » Le cœur de Nan défaillit d'effroi. « Toi et ta merdeuse de fille. Lève-toi ! Il faut qu'on parte tout de suite ! Lève-toi, pauvre crétin ! Et s'il lui était arrivé quelque chose ? Si c'était trop tard ?

— Trop tard pour quoi ? » fit Shen.

M. Speyer était en train de verser de la pâte à pancakes dans une poêle grésillante quand on sonna à la porte. Assise à table dans la cuisine inondée de soleil des Speyer, Ivy écoutait une discussion au sujet du match des Red Sox. Lorsque Gideon lui demanda si elle pourrait venir, elle se fendit d'un sourire si large que son visage lui fit mal. Elle n'avait cessé de sourire bêtement toute la nuit. Avant qu'elle ait eu le temps de répondre, Sylvia Speyer, qui était partie ouvrir la porte, reparut dans la cuisine et annonça d'un ton dubitatif : « Ces personnes disent qu'elles viennent chercher leur fille… »

Ivy se retourna sur sa chaise. Elle se rendit compte aussitôt que tout était terminé.

M. Speyer parut surpris. Mais, comme chez Gideon, la galanterie était chez lui une habitude si bien ancrée qu'il parvint à formuler un bonjour poli quand bien même il se retrouvait pris de court. « Mon Dieu, vous êtes tous venus chercher Ivy ? » gloussa-t-il, dévisageant tour à tour les quatre Lin – Nan, Shen, Meifeng et Austin.

Ivy se leva précipitamment ; chaque cellule de son corps explosait de panique. Elle ouvrit la bouche mais se ravisa de justesse. Impossible de parler chinois devant tant de témoins.

« Va chercher tes affaires », lança Nan dans son dialecte maternel, inventoriant des yeux les jambes nues d'Ivy, la fine bretelle de son haut de pyjama qui glissait de son épaule, ses cheveux en bataille. Ivy regardait, hypnotisée, les narines de sa mère se dilater comme des portes battantes à chaque inspiration.

« Tout de suite ! »

Dans le silence qui s'ensuivit, Austin déclara qu'il avait faim d'une voix timide. C'était ce qu'il disait à la maison pour désamorcer la colère dont Ivy faisait les frais. « Je peux avoir des pancakes ? » demanda-t-il, plus fort cette fois. Meifeng lui étreignit la main. M. Speyer proposa à tout le monde d'attendre Ivy au salon.

Ivy descendit au sous-sol, récupéra ses affaires puis grimpa de nouveau l'escalier. Elle surprit les messes basses de ses camarades de classe dans la cuisine – *sa mère est frappadingue – genre quatre doses de Prozac – la vieille sent l'oignon… déjà vu son père, il travaille à l'école – NON ! Si ! Alors c'est comme ça qu'elle est entrée – Chuuut – tarée…* Elle entendit la voix de Gideon au milieu des autres : « J'ai un peu de peine pour elle », suivi du rire hilare de Tom : « C'est pour ça qu'elle te suit partout, Gideon. Elle croit que tu la kiffes. T'es tellement mignooon et tellement gentiiil… »

Ivy recula. Son cœur fut pris d'étranges palpitations. Sa bouche était toute sèche.

Dans le salon, l'insolite cauchemar continuait. Austin, en tailleur sur le tapis, les joues roses de joie, mangeait les pancakes que M. Speyer lui avait servis sur la table basse. Les autres Lin étaient assis côte à côte sur le canapé en cuir mordoré, droits comme des i. Ils se levèrent comme un seul homme en la voyant. Shen attrapa Ivy par l'avant-bras et la tira vers la porte d'entrée.

« On y va, Austin, annonça Nan d'un ton sec.

— Mais j'ai pas fini de manger !

— Un… deux… tr… »

Austin accourut, les larmes aux yeux.

« Merci d'être venue, Ivy, dit Gideon qui attendait près de la porte.

— Salut ma petite, ajouta M. Speyer. J'espère qu'on te reverra un de ces quatre. »

Ivy ne pouvait regarder ni le père ni le fils. Ce n'est pas réel, se dit-elle. Je suis dans mon bain. En effet, le trajet jusqu'à la voiture de son père lui donnait une impression de langueur subaquatique : le tic-tac métronomique de l'arrosage automatique, l'herbe vert émeraude sous ses tongs, l'odeur de chèvrefeuille qui imprégnerait ses rêves pendant de longues années à venir.

À la seconde où ils arrivèrent chez eux et où la porte d'entrée se referma, Meifeng tenta de bloquer le bras de Nan, voulant l'empêcher d'attraper Ivy par l'oreille – « Va-t'en. Dépêche-toi. Va-t'en ! » – mais le procédé échoua : Nan, incapable d'atteindre Ivy directement, saisit une orange dans la corbeille à fruits et la jeta sur sa fille qui battait en retraite. Ivy se tourna au mauvais moment ; l'orange l'atteignit de plein fouet au milieu du front. Quelque chose de froid dégoulina sur son nez. Elle crut d'abord qu'il s'agissait de sang, mais lorsqu'elle toucha sa peau et regarda ses doigts, elle s'aperçut que le liquide était clair. L'orange s'était fendue.

« Je vais te donner une bonne leçon », dit Nan.

Ivy se tint prête. Elle sentit un souffle d'air quand sa mère traversa à grandes enjambées le couloir qui menait à la chambre d'Ivy et de Meifeng et en poussa la porte. Ivy comprit en un éclair. « Non ! Arrête ! » Elle se précipita au-devant de Nan pour l'empêcher d'accéder à sa commode. Mais Nan l'écarta et ouvrit tous les tiroirs, envoyant valser brassée après brassée d'habits. Elle tendit la main et en ressortit un Walkman noir. Les écouteurs usés étaient encore branchés dans la prise jack. Elle se tourna vers Meifeng. « C'est toi qui lui as acheté ce truc ? »

Loyale, Meifeng, complice dans le mensonge, complice dans le vol, baissa la tête. « Oui. »

Nan plongea de nouveau sa main dans le tiroir. Ses mouvements s'accélérèrent. Un bikini. Des collants noirs. Un short en jean effiloché. Des bagues en argent. Une trousse pleine de maquillage écrasé à moitié utilisé. Trois livres de bibliothèque en retard. Une pile de cassettes audio. La robe à bretelles qu'Ivy gardait de côté pour quelque futur bal de promo resta accrochée au coin de la commode, écartelée en plein vol, comme empalée en travers du cœur.

« J'ai toujours su que tu étais une petite sournoise, haleta Nan, mais je n'aurais jamais imaginé que tu cachais tout ça… » Elle s'interrompit, vraisemblablement trop bouleversée pour parler. Shen lui-même, qui s'était glissé dans la chambre avec un courage prudent, ne put mettre un terme au pillage obsessionnel de sa femme. Lorsque Nan tomba sur le journal intime, Ivy fut tirée d'un coup de son hébétude par les doigts de sa mère grattant, pareils à des insectes, la couverture en cuir.

« *Arrête ! C'est privé !* » Elle fondit sur sa mère et voulut lui prendre le journal des mains, mais sentit ses ongles arracher la peau douce de Nan comme elle reculait, bredouille.

« Regarde ce que tu as fait ! » hurla Shen, attrapant

Ivy par le bras. « Ne… t'avise… jamais… de répondre… à ta mère ! »

À travers le brouillard de sa fureur, Ivy discernait à peine la griffure rouge irrégulière sur la peau de sa mère, pareille à un doigt accusateur pointé dans sa direction.

Nan tourna les talons et quitta la pièce. Elle revint quelques instants plus tard munie d'un grand sac-poubelle. Ivy constata, à la fois inquiète et soulagée, que son journal ne se trouvait pas à l'intérieur. Nan arpenta la chambre de long en large, ramassant des choses par terre et sur le lit puis les plaçant dans le sac de façon méthodique et ordonnée.

« Nan ? hasarda Shen au bout d'un moment.

— Ne reste pas planté là, aide-moi. Amène ce sac à la benne. Prends Austin avec toi. »

Shen s'exécuta.

« Est-ce qu'un garçon… t'a touchée, hier soir ? demanda Nan.

— Non, répondit Ivy.

— C'est une enfant, intervint Meifeng.

— C'est une traînée.

— Ce n'était qu'une fête, fit Ivy.

— J'ai du mal à croire que tu lui achètes toute cette camelote dégoûtante. Ce qui veut dire qu'elle se la paye elle-même. Je t'avais dit d'arrêter de lui donner de l'argent.

— Elle sera bientôt au lycée, tempéra Meifeng. Elle devrait avoir son argent de poche, apprendre à économiser. Ça l'aiderait à mûrir.

— Mûrir ? railla Nan. Tu as élevé une fille vaniteuse et frivole. Elle nous ment sur tout… »

Ivy ferma les yeux et resserra le fond de sa gorge et ses tympans afin de stimuler un bâillement, une astuce à laquelle elle avait souvent recours pour étouffer les cris perçants de Nan. Mais il était difficile de maintenir longtemps ce semblant de bâillement, et chaque fois qu'elle desserrait les mâchoires, elle entendait de nouveau les accusations de sa mère ricocher à travers la chambre silencieuse : – *se balade à moitié nue chez ce petit Américain, devant ses parents ! – Elle les idolâtre – Elle nous déteste…* Nan acheva de vider le dernier tiroir, s'essuya les yeux, passa au salon.

Meifeng, qui n'était pas du genre à laisser quelqu'un d'autre avoir le dernier mot, la suivit, lui criant des insultes : *Alors comme ça, tu te décides à prendre les choses en main ?… Tu étais trop pauvre pour élever tes propres enfants… regarde-toi, maintenant, tu es tellement bête que tu ne peux pas apprendre l'anglais… Hein ! Avec quel argent ?… Pas étonnant qu'elle ne t'écoute pas, elle ne te respecte pas…*

« Je n'ai rien fait », murmura Ivy dans la chambre déserte. Quel péché si déplorable avait-elle bien pu commettre pour mériter une telle punition ? Pas un seul objet superflu n'avait échappé au monstrueux sac-poubelle dans lequel sa mère avait jeté sa vie entière. Elle avait un jour traité Roux et ses amis de pauvres pouilleux. Qui était la pouilleuse, à présent ? Elle n'avait rien. Elle n'était rien. Sauf…

Il lui restait une chose. Une chose très précieuse.

La destruction : elle pouvait en sentir l'attrait. Un sentiment délicieux, comme l'attente qui précède un grand repas savoureux. Elle avait cru que son béguin pour Gideon était un véritable secret, pourtant Tom savait. Tom avait dit qu'elle suivait Gideon partout. Était-ce le cas ? Tous les élèves de Grove la considéraient-ils comme le petit chien de Gideon ? Et Gideon avait affirmé avoir de la peine pour elle… Ne l'avait-il invitée à sa fête que par pitié ?… La pitié était mille fois pire que la haine.

Ivy s'appuya contre le mur. Sa tête lui faisait mal à l'endroit où l'orange l'avait touchée. Du salon lui parvenaient les vociférations de Meifeng et de Nan qui se disputaient encore à son sujet comme si elle était une précieuse carcasse que seule l'une ou l'autre aurait le droit de manger, une cacophonie sans fin, la bande-son de sa vie. Puis le silence se fit. Le silence se fit aussi dans l'esprit d'Ivy. La douleur de ces injustices s'évapora face à l'adrénaline d'un plan audacieux. Le monde était injuste. Les punitions pleuvaient, venues de nulle part, les péchés étaient récompensés. Tout était question de timing.

En allant fermer la porte du placard, elle dénicha une vieille casquette, qu'elle enfonça sur son crâne pour dissimuler l'ecchymose. Puis elle se rendit au salon. Nan était en train de frotter les traces de brûlé sur la gazinière. Meifeng, assise dans son fauteuil, tricotait un pull. L'air était si froid et humide qu'en ouvrant la bouche, on pouvait goûter les résidus toxiques. Ivy demanda l'autorisation d'aller à la bibliothèque.

« Reviens avant le dîner », répondit Meifeng. Elle jeta un coup d'œil à Nan, s'attendant à être contredite. Mais Nan ne leva même pas la tête.

Ivy noua ses lacets. Toujours rien. Voilà qu'on l'ignorait, à présent. Elle était tombée bien bas. Dehors, elle tourna à droite et se dirigea vers le bâtiment à la lisière de Fox Hill. Les fenêtres de l'appartement des Roman, situé au rez-de-chaussée, arrivaient à peu près à hauteur des yeux. Les persiennes étaient fermées. Elle se faufila entre deux buissons et frappa contre un carreau poussiéreux. Pas de réponse. Elle frappa plus fort. On remonta les persiennes. Ivy avait vraisemblablement tiré Roux du sommeil. Il ne portait rien d'autre qu'un caleçon à motif écossais et l'empreinte de son oreiller sur la joue. Il ouvrit la fenêtre et lui demanda d'un ton agacé ce qu'elle faisait là.

Ivy l'examina avec une curiosité indifférente. Les cernes profonds sous les yeux d'écume, la fossette, si rarement visible. Il sentit qu'elle le regardait. Un frisson de surprise, suivi d'un sursaut au niveau de la mâchoire. Un frisson, un sursaut. Il n'en fallut pas plus pour que Roux lise sur le visage écarlate de la jeune fille ses intentions inexprimées.

Il s'écarta. « Tu entres ou quoi ? »

Elle se hissa par la fenêtre poussiéreuse. Il n'y avait nulle part où s'asseoir. Chaque surface de la chambre était jonchée de papiers, de dessins ou de crayons. Elle repoussa les draps gris froissés et s'enfonça dans les profondeurs grinçantes du matelas. Il sentait la terre et la végétation luxuriante, comme la jungle, ou les cheveux sales.

« Ta mère est là ? s'enquit Ivy.

— Elle travaille de nuit. » Toujours le même sourire narquois. « Pourquoi ? »

Ivy haussa les épaules. La voix de Nan résonna dans sa tête : *Il n'y a que deux sortes de personnes qui sortent toute la nuit : les cambrioleurs et les femmes de mauvaise vie.* Elle ressentit un bref éclair de pitié à l'égard de Roux, très vite suivi de dégoût. Elle se hâta de se concentrer sur ses attributs agréables : ses yeux, la peau douce de ses mains.

« Je me suis disputée avec ma mère, expliqua-t-elle. Ils ont su, pour la fête, et ils m'ont emmenée par la peau du cou devant mes… » Elle ne put se résoudre à dire « amis ». « Bref, tout le monde me déteste.

— Pas ta mère.

— Elle, non. Les autres, si. Les gens, à la fête. Ils ont dit des choses… Ils… Je… »

Roux se leva de sa chaise et s'assit à côté d'elle. Elle sentit sa main frêle sur son dos. « Merde alors. Désolé. Mais qu'est-ce que ça peut faire ? Les petits cons de bourges sont les pires de tous les petits cons. »

Ivy se tourna vers lui et appuya son visage entre son épaule et sa poitrine. Elle n'avait pas pleuré devant ses camarades quand ils parlaient à voix basse de sa famille, et elle n'avait pas pleuré quand ses parents l'avaient traînée hors de chez Gideon, mais quel soulagement à présent de pleurer devant Roux, la seule personne sur qui elle pouvait compter en de telles circonstances. Cette idée la fit pleurer encore plus.

Roux lui tendit un mouchoir. Elle s'écarta pour essuyer son visage et se moucher. Le bras du garçon reposait encore autour de ses épaules. Elle le dévisagea à travers le brouillard de ses cils mouillés. Les taches bleu clair de l'iris gris ressemblaient à des écailles de poisson. Elle se pencha brusquement vers lui.

« Aïe.

— Désolée. » Elle retira sa casquette. Cette fois-ci, ce fut lui qui se pencha vers elle. Leurs lèvres manquèrent leur cible. Roux se tint parfaitement immobile. Par gêne ? Par aversion ? Elle hésita à faire machine arrière. Mais un instant plus tard, il guida son visage d'une main jusqu'à ce que leurs lèvres se rencontrent pour de bon. Une telle intimité était insoutenable : les suçotements et les bécotements, la respiration bruyante, les minuscules perles de sueur accrochées aux poils au-dessus de la lèvre supérieure de Roux. Ses yeux, comme ceux d'Ivy, étaient grands ouverts. La tendresse absolue qu'elle y remarqua la surprit. Ils se séparèrent pour reprendre leur souffle.

« Tu es magnifique », dit Roux.

Ce mot dépeça en mille morceaux le cœur d'Ivy ; jamais elle n'avait éprouvé pareille sensation.

« Encore », fit-elle.

Roux lui souleva le menton… encore… encore… encore… Chaque baiser et chaque caresse emplissaient en elle un seau de petites pelletées de courage. Une fois le seau plein, Ivy tendit la main et, d'un geste assuré, défit les liens de son short en tissu-éponge.

Aux yeux d'Ivy, il existait peu de choses plus triviales, plus *sordides* (l'adjectif qu'elle aimait le moins) que de perdre sa virginité pour contrarier sa mère. Mais quel intérêt ensuite de cacher les faits à sa mère, à tout le monde, comme si elle protégeait sa vie ? Elle ne se l'expliquait pas. Il s'agissait d'une guerre intestine.

Elle aurait préféré que ce soit Gideon, bien sûr, plutôt que Roux. Il aurait même mieux valu choisir un inconnu : un événement isolé, propre, sans malaise, une erreur qu'elle aurait pu effacer. Mais au final, cela n'avait pas d'importance. De l'acte en lui-même, elle ne se rappelait que la pression intense, comme si quelqu'un cherchait à boucher un trou dont elle ignorait l'existence, et la sensation de peau moite contre sa peau, une douleur perçante. Le professeur d'éducation sexuelle avait expliqué qu'il pouvait y avoir du sang, mais elle n'avait pas saigné. Elle n'avait même pas eu droit à cette preuve d'innocence.

Après coup, Roux lui demanda si elle l'avait déjà fait.

« Oui, mentit-elle.

— Avec qui ?

— Quelqu'un de l'école. » Avant qu'il ait eu le temps d'insister, elle ajouta : « Et toi ?

— Félicitations, tu viens de me déflorer.

— Menteur.

— Je suis sérieux. » Il tira un paquet de Camel Bleu du tiroir de son bureau et s'en alluma une au bord de la fenêtre.

« Je peux en avoir une ? »

Il lui tendit le paquet sans mot dire. Elle prit une cigarette, l'alluma, et la tint entre l'index et le majeur comme elle avait vu faire son père. Elle inspira. Presque aussitôt prise de vertige, elle dut s'adosser aux oreillers gris chiffonnés de Roux tandis que la pièce tournoyait et tournoyait encore.

« Au fait, qu'est-ce qui est arrivé à ta tête ? demanda Roux. Elle est en train de virer couleur dégueulis.

— Je suis rentrée dans un poteau. »

Leurs regards se croisèrent. Elle vit dans ses yeux qu'il savait. En cet instant, elle le haït. Il détourna la tête. « T'as faim ? Il y a des chaussons feuilletés dans le frigo. J'ai aussi de la vodka. Je peux la mélanger avec du Tropicana. Ça va te plaire. »

C'est alors qu'Ivy l'entendit – le timbre, reconnaissable entre tous, du propriétaire.

Comment se faisait-il que chez Gideon, ce timbre sonnait de façon si admirable, si digne, alors que chez Roux, il paraissait sale, comme une chose imméritée ? Pourtant, c'était injuste car il s'agissait plutôt du contraire : Gideon était né riche et choyé, il n'avait rien fait pour mériter sa grande maison, ses études dans le privé, ses dix années d'orthophonie ; tandis que Roux avait une mère qui se prostituait, un père en Roumanie qui, pour autant qu'il sache, était mort ou en prison, et un mi-temps chez Kmart. Gideon n'avait rien fait pour mériter l'amour d'Ivy. Roux lui avait donné quarante dollars. Voilà le prix de sa virginité. Quarante dollars.

Ivy déposa son mégot de cigarette dans une canette de Dr Pepper à moitié vide. La pulsion destructrice avait disparu. Elle faisait désormais place aux regrets.

« Où tu vas ? s'enquit Roux.

— Je rentre chez moi.

— Tu comptes repasser tout à l'heure ?

— J'en sais rien. » Elle se glissa de nouveau par la fenêtre, alors qu'elle aurait tout aussi bien pu emprunter la porte d'entrée.

Quand Ivy rentra chez elle, Meifeng était en train de faire sauter de la viande au wok ; le parfum de l'ail et de la ciboule grésillant dans l'huile emplissait l'appartement enfumé.

« Comment ça s'est passé, à la bibliothèque ? l'interrogea Meifeng.

— Bien. » Ivy s'attarda sur le seuil jusqu'à ce que

Meifeng la regarde. Par une sorte de perversité repentante, elle voulait se faire prendre. Elle était certaine que sa grand-mère si futée devinerait tout, qu'elle saurait que sa petite-fille avait changé. Mais Meifeng lui demanda seulement de se laver avant le dîner et d'enlever cette casquette ridicule.

Dans le couloir, Ivy aperçut de la lumière sous la porte fermée de Nan et Shen. Elle les entendit parler à voix basse mais ne put distinguer leurs paroles à cause du bruit de la hotte. Elle se dirigea droit vers la salle de bains.

Elle s'examina longuement dans le miroir, admirant ses lèvres gonflées. Puis vint le dégoût. Elle gifla son reflet pour prouver combien elle se sentait lamentable. Mais lorsqu'elle rencontra son regard fixe et clair dans le miroir, le dégoût se mua en stupéfaction. Ses bras se couvrirent de chair de poule. Elle était partie bien plus en vrille qu'elle ne l'avait cru.

Quand elle sortit de la douche lui parvint le son d'un match de basket à la télévision. Ses parents avaient quitté leur chambre. Elle regagna la sienne et ferma la porte. Peu de temps après, elle entendit Austin demander à Nan si Ivy était rentrée. « Laisse ta sœur tranquille, répondit Nan. Elle ne se sent pas bien.

— Pourtant elle avait l'air en forme, ce matin, remarqua Austin.

— Elle est malade à l'intérieur. »

Un doigt sur la bouche, Ivy fit signe à son frère de la rejoindre. « Tu peux aller dans la chambre de maman chercher un truc pour moi ? Je ne sais pas où c'est, alors il faudra fouiller.

— C'est quoi ? »

Elle décrivit la couverture en cuir brun, le petit loquet doré. « Tu m'as vu écrire dedans – tu te souviens ? »

Austin acquiesça et partit en courant. Ivy s'allongea sur le lit pour l'attendre. Il ne fallut à Austin que quelques minutes. « Il était sur la table de nuit, se vanta-t-il, lui tendant son journal. Elle l'avait même pas caché. »

Elle lui tira tendrement l'oreille et lui conseilla de partir avant que leur mère ne le surprenne en train de lui parler. Une fois seule, elle étudia son journal intime, autrefois son bien le plus précieux. À présent ce n'était rien d'autre qu'un boulet.

Elle découpa le dos du livre et étendit les pages sur le tapis. Puis elle les déchira une par une en fines bandes qu'elle plaça dans la grande bassine en plastique dont Meifeng se servait pour tremper ses pieds chaque soir. Elle emplit la bassine d'eau chaude. Le tas de confettis se désintégra, formant un bloc informe de bouillie grise semblable à de la purée périmée.

Elle allait renaître. Le lycée était immense. En septembre, elle remonterait le col de son chemisier, tenterait d'intégrer les pom-pom girls ou l'équipe de crosse, coifferait d'une tresse africaine nouée avec un ruban ses cheveux frais et parfumés comme des feuilles d'automne. Fini les vols. Et puis elle n'adresserait plus jamais la parole à Roux. Ces deux éléments n'étaient pas qu'une source de honte, mais aussi un frein – surtout Roux. Elle effacerait ces souvenirs de sa mémoire, les enfermerait derrière des murs impénétrables, impossibles à réexaminer. Des années plus tard, au lycée et même à la fac, poussée par un désir impulsif sur la banquette arrière de voitures de classe moyenne, emmitouflée au creux de toboggans tubulaires au square, baisant sans bruit pendant que ses camarades de chambre feignaient de dormir, la tête tournée vers les murs éclaboussés de bière, elle proférerait le mensonge inverse de celui qu'elle avait dit à Roux : *C'est ma première fois, je suis vierge, je ne l'ai jamais fait.* Tout le monde la croirait. La vérité n'avait pas d'importance, seules les apparences lui seraient utiles.

Quand on la laisse tranquille, l'eau boueuse devient limpide.

DEUXIÈME PARTIE

4

« On pense que ça te ferait du bien de rendre visite à notre famille de Chongqing », annonça Shen pendant le dîner. Quatre jours s'étaient écoulés depuis l'anniversaire de Gideon. L'ecchymose sur le front d'Ivy avait pris une teinte vert pâle marbrée semblable à un citron pourri. Elle attacha sa frange sur le côté et s'assit en face de sa mère. Elle ne souriait plus. Chaque fois que quelqu'un lui adressait la parole, elle le regardait droit dans les yeux, se tenait bien droite sur sa chaise et répondait sur un ton digne et cordial. Elle mâchait sa nourriture trente fois avant de l'avaler.

« Ta tante Hong dit que tu lui manques, poursuivit Shen. Elle a proposé que tu viennes la voir. Tu pourras pratiquer ton chinois et rencontrer tes cousins. Ma cousine Sunrin veut te faire découvrir du pays. Elle est très cultivée, elle te plaira. Tu pourras y passer le reste de l'été avant la rentrée. »

Ivy s'arrêta de mâcher au milieu de la vingt-troisième bouchée. Un éclair de panique transperça son brouillard de stoïcisme.

« Je ne crois pas que ce soit une bonne idée.

— Ton vol est pour après-demain, déclara Nan.

— Moi aussi, j'y vais ? demanda Austin.
— Non.
— C'est pas juste !
— On ne t'exile pas, toi, fit Ivy.
— Nous n'avons pas les moyens », expliqua Nan.

Ivy gardait très peu de souvenirs de son enfance à Chongqing, mais elle s'était construit, à partir des histoires racontées par Meifeng au fil des ans, une image très nette de son pays natal comme d'un horrible lieu de persécution, plein de communistes, de fermiers et de petites huttes en terre. Quand Austin et elle faisaient des bêtises, ses parents avaient toujours recours à cette même menace : « On va te renvoyer en Chine », ou « Tu ne tiendrais pas une semaine en Chine avec de vrais enfants chinois. »

Le soir avant son exil, Meifeng lui apporta une serviette trempée dans une bassine d'eau bouillante et d'herbes lyophilisées. Pour Meifeng, tous les maux du quotidien pouvaient se combattre à l'aide d'une serviette chaude sur le visage et d'une bouillotte chaude sur les pieds.

« Qu'est-ce qui t'arrive, en ce moment ? » demanda-t-elle, posant la serviette sur le front d'Ivy.

Ivy resta muette, mais elle éprouva un certain plaisir féroce à l'idée que sa grand-mère ait remarqué que quelque chose n'allait pas.

« Les médicaments efficaces ont mauvais goût. Arrête de jouer les actrices mélodramatiques. Je suis fatiguée rien qu'à te regarder. »

De chaudes vagues d'humiliation s'abattirent sur Ivy.

« Tu sais combien ton voyage a coûté à tes parents ?

Ta mère économise depuis des années pour se rendre à Hongkong, mais elle va te laisser y aller à sa place. Elle t'aime tellement qu'elle préfère te blesser pour te rendre meilleure, même si tu la détestes à cause de ça. » En suivant le regard sombre que sa petite-fille dardait vers la commode, où était autrefois posée une pile de CD, Meifeng ajouta : « De toute façon, tu n'aurais pas dû avoir toute cette camelote.

— Ce n'était pas de la camelote.

— C'est la façon dont tu as obtenu ces choses qui était mal.

— Tu le fais bien, toi.

— Je suis une vieille Chinoise ignare qui a un pied dans la tombe. Qu'est-ce que j'ai à perdre ? Toi, tu es une citoyenne américaine. »

Ivy laissa la vapeur chaude de la serviette lui envelopper la bouche, le nez, les paupières. Elle imagina la vue qu'elle avait de sa classe d'art plastique, à Grove, qui donnait sur une cour aux peupliers couleur de blé en automne, le clapotis feutré d'une pièce tombant dans la fontaine de St Mark sous l'étendue paisible d'un ciel bleu et pur.

Meifeng soupira, et ce mouvement fit grincer le lit. Puis elle se mit à parler. Ivy s'attendait à une nouvelle diatribe nostalgique sur la Chine, les bagarres au couteau dans les ruelles humides, la faim, le goût alléchant d'un œuf frit au jour de l'an, la pauvreté – et d'une certaine façon, elle avait raison. Mais c'était aussi une histoire que Meifeng n'avait encore jamais racontée à personne, un secret qu'elle avait gardé trois décennies durant.

Quarante-quatre ans plus tôt, Nan Miao naquit dans le village de Xing Chang, au cœur du bassin montagneux de la province du Sichuan, traversé par trois rivières qui se croisaient à l'embouchure du fleuve Yangzi. C'était une vallée luxuriante et fertile, aux étés longs et chauds et aux hivers humides et tempérés. Les pluies, qui commençaient en juin, duraient jusqu'au printemps suivant, après quoi le brouillard apparaissait, engendrant une beauté nébuleuse tout à fait propice aux paysages à l'aquarelle, que nombre de peintres tentaient de reproduire. Grâce au fort taux d'humidité annuel et à un régime de légumes de montagne cuits dans des cuves d'huile pimentée bouillonnante, les filles avaient la peau nacrée, brillante, sans la moindre imperfection ni le moindre signe de sécheresse. En raison de ce teint parfait, la beauté des femmes du Sichuan devint célèbre aux quatre coins de la Chine – on les appelait *la mei nü*, les « beautés épicées ».

De toutes les belles plantes de Xing Chang, aucune n'arrivait à la cheville de Nan. Elle était née en juillet, pendant la mousson, la deuxième de quatre filles. Lorsque la sage-femme la sortit du ventre, le visage de Meifeng se décomposa sous le coup de la déception – le bébé avait la peau jaune et le corps rachitique, sa beauté à venir encore invisible ; pire encore, c'était une fille. Meifeng et son mari, Yin, l'appelèrent Nan, qui signifie « homme » en chinois, dans l'espoir qu'elle puisse un jour s'occuper d'eux comme l'aurait fait un fils.

Yin élevait des cochons et des poules sur un petit lopin de terre ; Meifeng était un commis sous-payé. Ils possédaient par ailleurs un stand – une simple vitrine sur roulettes – pour vendre de petits articles tels que des cigarettes, des journaux et des paquets de chewing-gum. Une semaine après avoir accouché, Meifeng sangla Nan sur son dos dans un panier en paille et retourna travailler. Personne ne se doutait qu'il y avait un bébé à l'intérieur.

Meifeng et Yin eurent deux autres enfants, des filles, et abandonnèrent tout espoir d'avoir un garçon. Ils n'avaient pas les moyens d'élever quatre filles. En plus du salaire de Meifeng, les Miao vivaient de ce qu'ils cultivaient et vendaient le peu qui restait pour acheter des produits de première nécessité. Mais ils manquaient de tout. Un des enfants était toujours malade. Les médicaments et les visites à l'hôpital vidaient les économies cachées sous une latte mal fixée du lit. Nan quitta l'école afin d'aider son père à la ferme ; sa sœur aînée se fit embaucher à l'usine, où elle tuait des lapins. Les benjamines étaient trop jeunes pour travailler. L'argent et la nourriture. L'argent et la nourriture. Tels étaient les fondements de la vie.

La première fois que Shen Lin aperçut Nan, elle vendait des légumes dans un panier accroché au creux de son bras, ses deux lourdes tresses noires se balançant dans son dos. Shen avait treize ans, Nan quinze, et selon ses dires, il savait qu'elle serait un jour sa femme.

Nan, bien sûr, ne remarqua même pas Shen. Il était petit, basané et malingre – un simple enfant. Nan, comme toutes les filles de son village, admirait Anming Wu.

Anming : le trésor de leur village. Ses parents étaient enseignants, mais la source de la notoriété de la famille Wu reposait en réalité sur le grand-père d'Anming, un ancien tailleur émérite que les femmes venaient autrefois voir de tout le Sichuan pour se faire confectionner leurs *qipaos* et autres robes de fêtes de fin d'année. Contrairement aux autres garçons, avec leurs mornes costumes gris, Anwing portait toujours les derniers vêtements à la mode copiés sur Shanghai. Et comme si cela ne suffisait pas, il avait un don exceptionnel pour les études et le sport : major de sa promo au lycée, délégué de classe, détenteur du record du quatre cents mètres.

Au cours de sa dernière année de lycée, il auditionna pour la pièce de l'école et obtint le rôle du héros : un humble fermier qui tombait amoureux de la déesse de la lune, jouée par Nan. Anming connaissait déjà Nan de réputation, mais quand il vit de près sa beauté – les cils interminables, la peau douce comme un pétale, les joues légèrement rouges –, il pensa être celui qui pourrait s'occuper d'elle. Pendant la pièce, ils tombèrent amoureux, aussi purs et dévoués l'un à l'autre que les personnages légendaires qu'ils interprétaient. Anming courtisa Nan, quand bien même les relations entre élèves étaient vues d'un très mauvais œil, et tout le monde trouvait qu'il s'agissait là d'un couple parfait.

Tout le monde sauf Meifeng.

À cette époque, en 1967, Mao reprenait le pouvoir en Chine sur le dos des élites persécutées de la société. Avec leurs richesses accumulées, génération après génération, par des ancêtres ayant le sens des affaires, la famille d'Anming avait, indubitablement, des racines bourgeoises. Meifeng savait que tôt ou tard, les gardes rouges s'en prendraient aux Wu. Anming, ses frères et sœurs et ses cousins seraient envoyés à la campagne où ils affronteraient des années de servitude et de labeur acharné, et peut-être même la mort. L'argent, la propriété et les titres de sa famille seraient confisqués. Qu'importe si Anming était beau et intelligent ; il n'en restait pas moins un Wu. Meifeng ne comptait pas laisser sa fille se retrouver mêlée à un tel destin.

Elle retira Nan de la pièce (sa doublure, une fille fade qui portait sur le menton un grain de beauté en forme d'étoile, deviendrait par la suite une actrice célèbre) et lui interdit de revoir Anming. Pour s'en assurer, elle l'envoya vivre chez sa tante, dans le village voisin de Neijiang. Les lettres d'amour, les épingles à cheveux, les pochettes en tissu rouge pleines d'hibiscus pilé – Meifeng les trouva sous le lit de Nan et les jeta à la poubelle. Elle se rendit chez les Wu, où elle se querella avec la mère d'Anming, lui intimant de ne pas laisser son bon à rien de fils s'approcher de Nan. Le village tout entier vint assister à l'affrontement. La mère d'Anming n'avait aucune chance de l'emporter. C'était une femme cultivée.

Nan n'eut pas le droit de dire au revoir à son amour. Elle débarqua à Neijiang avec un sac tissé contenant deux chemises en coton et un pantalon bleu marine – les seuls vêtements qu'elle possédait. Sa tante et sa mère s'associèrent pour empêcher ses lettres d'arriver chez les Wu. Le mois suivant, Anming se rendit à Chongqing. Jamais personne au village n'était allé à l'université. Mais il n'eut même pas le temps de commencer les cours. Avant même qu'il ait défait ses valises dans le dortoir, Anming fut arrêté par les gardes rouges et envoyé dans un camp de travail, où il mourut l'année suivante, battu à mort par un autre garçon à qui il avait volé sa ration de patates douces.

Nan s'évanouit en apprenant la nouvelle. Quand sa mère l'avait envoyée à Neijiang, elle avait enduré sa souffrance, certaine qu'une fois qu'Anming aurait terminé ses études, il reviendrait au village. Pendant le peu de temps qu'ils avaient passé ensemble à préparer la pièce de théâtre, il lui avait promis qu'il l'épouserait un jour, qu'il n'en aimerait jamais une autre. Leur amour était exactement comme celui du fermier et de la déesse de la lune – les cieux eux-mêmes ne pouvaient les séparer.

Puis Anming mourut. L'amour que ressentait Nan n'ayant pas eu le temps de mûrir, son cœur demeura inachevé, pétrifié dans le temps par le choc et la culpabilité. Elle craignait qu'Anming n'ait ignoré la raison de son départ si soudain, si cruel. Sa mère avait sans doute inventé quelque judicieux mensonge pour le convaincre que Nan ne se souciait plus de lui, ou – pire encore – qu'elle était fiancée à un autre.

Effrayée par la santé rapidement déclinante de Nan, sa tante la renvoya à Meifeng. Un simple coup d'œil à sa fille l'incita à grimper les vingt kilomètres qui la séparaient du temple du Wuling, en haut du mont Jinfo, à côté duquel une vieille diseuse de bonne aventure vivait dans une hutte en bois. Celle-ci gagnait sa vie grâce aux pèlerins qui, comme Meifeng, venaient de loin dans l'espoir de changer leur avenir. Meifeng lui demanda de briser le fil du destin qui unissait Anming à Nan. Selon les Chinois, ce fil rouge pouvait, même dans la mort, relier ensemble deux esprits. Meifeng avait apporté en prévision une vieille coupure de journal annonçant qu'Anming avait été accepté à l'université de Chongqing. La voyante posa les yeux sur la photo grise défraîchie et déclara que le jeune homme avait encore une forte emprise sur Nan depuis l'au-delà, ainsi que le craignait Meifeng. Mais elle affirmait pouvoir briser ce lien une bonne fois pour toutes – pour cinq yuans supplémentaires, que Meifeng sortit consciencieusement de la liasse dissimulée dans ses sous-vêtements.

La diseuse de bonne aventure accomplit un rite de rupture en attachant une ficelle à deux pierres, représentant chacune un des amants, puis elle tint l'ensemble au-dessus d'une bougie allumée jusqu'à ce que la ficelle se casse. Cela ne dura pas plus de deux minutes – les dieux étaient rapides et efficaces. Ce n'est qu'après avoir vu le fil rouge brûlé et les minuscules volutes de fumée qui s'élevaient dans le ciel terne que Meifeng fut convaincue que sa fille avait été sauvée. Elle redescendit au village, pleine d'une vitalité renouvelée. Puis elle attendit.

Les années passèrent. Yin mourut dans son sommeil des suites d'une pneumonie, aussi insignifiant mort qu'il l'avait été vivant. Meifeng avait beaucoup à faire, entre la scolarité et le travail de ses quatre filles, les tâches ménagères et ce qu'il restait de travail à la ferme. À cinquante-trois ans, elle portait encore les dix-huit kilos de riz sur ses épaules et parcourait les trois kilomètres séparant la rizière de la maison, abattant la besogne comme le ferait une femme deux fois plus jeune. « Tu vivras centenaire, s'exclamaient ses amis, admiratifs, parce que tu es si insouciante. »

Mais ses amis ne savaient pas qu'elle passait des nuits blanches à s'agiter dans son lit, s'inquiétant pour le sort de sa cadette. Nan n'avait pas été acceptée à l'université – elle s'était évanouie pendant les examens d'entrée, affaiblie par l'anémie et l'épuisement – et avait trouvé un travail dans un atelier de confection. Elle vivait encore avec Meifeng et s'occupait de ses sœurs, mais de toute évidence, elle était malheureuse. Elle n'avait ni amis ni prétendants, avait repoussé plusieurs demandes en mariage, et passait ses week-ends à raccommoder de vieux vêtements à la lueur de la bougie. Au fil des ans, sa beauté s'était fanée : des cernes noirs faisaient gonfler son visage ; elle était si mince que les os de ses poignets saillaient comme des pierres acérées. Meifeng maudit la diseuse de bonne aventure – cette vieille sorcière, cette arnaqueuse, qui profitait des espoirs des pauvres gens – et elle jura de gravir de nouveau le mont Jinfo pour dire ses quatre vérités à cette mégère. Elle organisa le voyage avec la même ténacité dont elle usait pour tout : elle épousseta ses chaussures, emballa son déjeuner, sortit sa canne. Mais le lendemain – une matinée d'hiver, sous une pluie glaciale et des vents cinglants –, un jeune homme se présenta à sa porte.

« Je suis venu vous demander la main de votre fille. » À l'entendre, on aurait cru qu'ils se connaissaient de longue date.

Meifeng le regarda, confuse. « Ping ? demanda-t-elle,

pensant qu'il parlait de sa troisième fille, toujours à flirter et à glousser avec des hommes deux fois plus âgés qu'elle.

« Non... Nan. »

Depuis tout ce temps, Shen Lin n'avait pas oublié la jeune fille au panier et aux deux tresses qui tombaient dans le dos. Lorsque Nan était partie à Neijiang vivre avec sa tante, il l'avait parfois croisée dans la rue, la tête alourdie par une tristesse qui dénotait une profondeur que sa beauté pétillante ne laissait pas imaginer. Il la suivait dans l'ombre, la contemplait, brûlant de désir, tout en prêtant attention aux rumeurs qui couraient sur son chagrin d'amour avec un garçon du village. Shen se fichait de savoir que le cœur de Nan avait autrefois appartenu à un autre. Il ne s'intéressait qu'au présent : Nan était la femme la plus désirable qu'il connaisse et il ferait tout pour qu'elle l'épouse.

Les Lin étaient intelligents, obstinés et pragmatiques, sans une once du charme naturel des Wu. Sous leurs airs calmes et rationnels, ils avaient dans le sang l'amour du jeu. Ils étaient enclins à de soudaines crises d'actes irrationnels entrecoupées de longues périodes de routine méticuleuse. Shen, qui n'avait encore jamais pris de risques ni émis de paroles superflues, choisit de parier sur son avenir pour obtenir la femme de ses rêves.

Au grand désespoir de ses parents, persuadés qu'il suivrait des études de médecine – l'un des derniers métiers à la fois prestigieux et sûrs en Chine – dans une grande université, Shen intégra une fac du coin, où il étudia l'anglais et la physique. En dernière année, il passa le TOEFL, qu'il décrocha avec brio, et postula un troisième cycle aux États-Unis. Il ne connaissait personne en Amérique, ni personne qui se soit inscrit dans une fac à l'étranger, mais il savait que pour gagner le cœur fermé de Nan, il lui fallait être quelqu'un d'exceptionnel.

Après avoir reçu sa lettre d'admission à l'université de Suffolk, dans le Massachusetts, il se présenta, muni de son nouveau visa d'étudiant, devant la porte de Meifeng en cette fatidique matinée d'hiver, pour demander la main de sa cadette.

Meifeng s'abandonna à un tel soulagement que sa main trembla contre le chambranle en bois. Ressentir une si grande joie à l'idée qu'on la débarrasse de Nan faisait d'elle une mère indigne. Sa pauvre Nan, si inflexible.

« Je ne me marierai jamais », fit une voix douce derrière eux.

Meifeng et Shen se retournèrent tous deux et virent Nan en pyjama, les cheveux mouillés après une douche, d'une pâleur spectrale. Les yeux de sa fille brûlaient d'un chagrin si intense que Meifeng sentit son cœur se serrer, sensation qui la suivrait sans doute jusque dans l'autre monde.

« Va-t'en », lança Meifeng à Shen, furieuse d'avoir nourri un espoir aussi ridicule. Elle lui claqua la porte au nez.

Il revint chez elle quelques jours plus tard, quand Nan était à l'usine.

« Je vais en Amérique, déclara-t-il d'un ton détaché, sans arrogance aucune. Je veux que Nan m'accompagne. En échange, je me porterai garant pour vos autres filles une fois qu'elles auront terminé leurs études et qu'elles voudront immigrer aux États-Unis elles aussi. »

Le cœur de Meifeng battait dans sa poitrine tel un oiseau en cage. L'Amérique ! Pays de la liberté ! Terre d'abondance alimentaire, d'eau illimitée, d'électricité opérationnelle, de maisons gigantesques à vingt pièces. Elle n'aurait jamais imaginé que ses filles aient un jour la chance de voir un endroit pareil. Pour elle, en dehors du Sichuan, le monde était aussi théorique que le paradis.

« Pourquoi tu fais ça ? interrogea-t-elle. Tu prends Nan pour une proie facile ? Comme c'est la seule femme potable qui reste, tu crois qu'elle dira oui à n'importe quelle ordure ? Pour ta gouverne, je ne vais pas laisser un vaurien fauché me prendre ma fille.

— Je l'aime, répondit Shen, imperturbable. J'ai toujours su qu'elle deviendrait ma femme. »

Meifeng le dévisagea, pensant qu'il s'agissait là d'une de ces ruses auxquelles les hommes avaient habituellement recours, et qui consistaient à faire passer leurs désirs libidineux pour de l'amour et le sens du devoir. Au lieu de quoi, elle découvrit un homme honnête et compétent, brut de décoffrage mais sincère dans ses paroles.

« Nan n'acceptera jamais de t'épouser, affirma-t-elle pour mettre sa ténacité à l'épreuve. Personne n'est assez bien pour elle. Elle n'aimera jamais un homme pauvre et laid comme toi.

— Alors vous devrez la convaincre.

— Je ne peux la convaincre de rien. » Meifeng s'apprêtait à lui claquer de nouveau la porte au nez, alors même que ses bras tremblaient d'envie de le faire entrer.

Shen soutint son regard avec insistance. « Je crois que si », rétorqua-t-il.

Les larmes montèrent aux yeux de Meifeng. « Elle me déteste », marmonna-t-elle, sans savoir pourquoi elle confiait sa honte la plus intime à cet inconnu planté devant sa porte, avec son haut front bosselé et son nez bulbeux. Mais que pouvait-elle faire d'autre ? Nan n'avait aucun avenir au village. Sa sœur aînée avait épousé un ivrogne et un flambeur puis s'était installée avec lui à Chongqing. Ses sœurs cadettes, alors au lycée, pouvaient encore réaliser leurs rêves universitaires ; Meifeng passait le plus clair de son temps à économiser pour leurs frais de scolarité et à rendre des services pour les aider à trouver du travail par la suite. Seule Nan restait coincée dans l'entre-deux, incapable d'avancer et incapable de faire machine arrière.

Meifeng ferma les paupières. « Sois gentil avec elle. Elle mérite d'être heureuse.

— C'est promis, répondit Shen. Merci. » Il avait gagné son pari. Ses mains ne tremblèrent pas quand il sortit un paquet de cigarettes et s'en alluma une sur les marches de la maison, en tendant une à Meifeng. Elle lui prit la cigarette des doigts et tira dessus longuement. C'est ainsi que l'affaire fut conclue.

« Peu de temps après, termina Meifeng, tes parents se sont mariés.

— Je croyais que maman avait juré qu'elle ne se marierait jamais, protesta Ivy. Qu'est-ce qui l'a fait changer d'avis ? »

Meifeng agita la main. « Elle est revenue à la raison et s'est rendu compte que ton père était un brave homme. Elle est tombée enceinte de toi en Chine. Ils ont économisé un peu d'argent, après quoi tu les as rejoints, Austin et eux, dans le Massachusetts. Aujourd'hui, grâce à tes parents, ta tante Ping vit en Pennsylvanie avec sa famille. Et j'ai pu voir l'Amérique avant de mourir. Je te l'ai toujours dit : un mariage réussi peut nourrir trois générations. » À travers les yeux de Meifeng, même une histoire d'amour tragique se résumait à l'argent et à la nourriture.

Longtemps après que les ronflements de sa grand-mère eurent empli la chambre, Ivy resta éveillée dans son lit, hantée par l'image d'Anming Wu. Anming Wu, le bel aristocrate. Battu à mort pour avoir volé une patate douce. Existait-il mort plus sordide ?

Pour la première fois, Ivy frémit au plus profond de son âme par crainte de l'avenir. Sa mère n'était-elle pas la preuve vivante qu'un amour de jeunesse n'avait rien de frivole ni de fugace ? Et que sa perte pouvait vous détruire, laissant derrière elle une coquille vide aigrie qui en voulait à son mari et à ses enfants parce qu'elle aurait dû avoir une autre famille ? Peut-être était-elle destinée à partager le sort de Nan. Mais le fait qu'elle ait couché avec Roux et n'ait ressenti aucune culpabilité à ce sujet ne prouvait-il pas qu'elle était plus coriace que sa mère, qui se serait sans doute suicidée de honte, et qu'elle était en réalité une fille immorale impulsivement capable des plus grandes transgressions ? Meifeng avait dit que Nan était inflexible, comme un arbre fragile renversé par la première bourrasque. Ivy, elle, était un moulin à vent ; elle pouvait trouver l'amour, elle pouvait le perdre, mais jamais elle ne se contenterait d'un Shen Lin, avec son front bosselé et son nez bulbeux. Une existence inepte gouvernée par les principes de Meifeng ? Très peu pour elle. L'amour serait une fin en soi, et non un moyen d'obtenir une carte verte pour sa sœur et sa mère.

5

Ivy fut d'abord frappée par l'odeur: un cocktail humide et étouffant de sueur, d'huile, de chou bouilli, qui en quelques secondes s'accrocha comme de la sciure à ses vêtements et ses cheveux si bien que lorsqu'elle décolla sa queue-de-cheval de sa nuque, il lui sembla que l'odeur émanait de ses propres pores. Sunrin Zhao, la cousine de Shen, était censée venir la chercher au carrousel à bagages. Ivy s'aperçut qu'elle ignorait à quoi ressemblait Sunrin Zhao. La foule était une entité homogène de personnes aux cheveux noir de jais qui fourmillaient, pareils à des scarabées, au milieu de valises fermées par des cordes, empêchant tout à fait Ivy de distinguer un visage d'un autre. Elle regarda en direction de la rangée d'hommes replets qui suaient à grosses gouttes dans leurs costumes noirs, brandissant des pancartes blanches avec des noms de visiteurs, et chercha son nom chinois. Lin Jiyuan. Quelqu'un cria: « Ivy ! »

Ivy se retourna. Une femme de grande taille, toute vêtue de blanc, s'approchait d'elle: polo blanc, pantalon blanc, sandales à lanières blanches, et d'énormes lunettes de soleil à monture blanche incrustées de cristaux, perchées sur un nez relativement long. « Comme tu as grandi », lança-t-elle dans un anglais parfait. Le contour de ses lèvres, peintes en rouge vif, avait la forme d'une fraise. Avec ses cheveux soyeux coiffés en vagues de chaque côté de ses oreilles, elle ressemblait à l'une de ces starlettes d'Hollywood d'autrefois dont Liza Johnson et les jumelles avaient collé les photos dans leur casier.

« Comment tu m'as reconnue ? demanda Ivy.

— Shen m'a envoyé ta photo. Et puis – regarde-toi. Même les vendeuses savent différencier les Chinois nés en Amérique des locaux. Fais attention, parce qu'ils essaieront de profiter de toi. » Sunrin retira ses lunettes de soleil. Ses yeux se plissèrent en demi-lune. « Mais tu ne ressembles pas du tout à Shen. Que tu as de grands yeux ! Tu ressembles à ta mère, quand elle était plus jeune. »

Elle demanda à Ivy de l'appeler par son prénom, lui posa des questions sur son vol, sur l'état de santé des Lin, s'excusa de la chaleur accablante. Tout en parlant, elle menait Ivy vers le parking, où un voiturier rapporta une Mercedes grise aux courbes compactes qui ressemblait à la version agrandie des voitures avec lesquelles jouait Austin. Le voiturier tendit les clés à Sunrin, marmonnant dans sa barbe au sujet des voitures importées, à quoi Sunrin répondit d'un air affable : « Allemande. »

Sunrin conduisait comme un homme, vite, impatiemment, se frayant un chemin sur des voies inexistantes entre des voitures poussiéreuses et des scooters où quatre passagers s'entassaient sur un seul siège, ses mains manucurées aux ongles de la couleur rouge orangé d'un pamplemousse tenant le volant en cuir. Elle écoutait une cassette de musique folk qu'elle disait avoir achetée à un artiste de rue, à Dublin, quand elle était étudiante. Les sons joyeux du violon et de la flûte évoquèrent à Ivy des jeunes paysannes rougeaudes en blouses à carreaux amidonnées et petits mocassins bruns, un contraste absurde avec l'autoroute polluée sur laquelle elles roulaient, doublant bus bringuebalant après bus bringuebalant, les fenêtres noires de crasse pareilles au visage d'une femme dont le mascara coulait sur les joues sales.

« Oh, avant que j'oublie – j'ai un cadeau pour toi. » Sunrin passa le bras sur le siège arrière et lui tendit un paquet-cadeau semblable à celui qu'elle avait donné à Gideon pour son anniversaire. Ivy en retira une boîte en velours rose douce comme la peau d'une pêche.

« Mes enfants les adorent, expliqua Sunrin. Ce sont des chocolats japonais. Goûtes-en un. S'ils te plaisent, on pourra en acheter d'autres à Hongkong. Ils ne les vendent pas sur le continent. »

Ivy ôta le couvercle. Chaque chocolat était emballé dans une feuille d'aluminium rose. Elle en croqua un. Même la garniture était rose pastel. Pour la Saint-Valentin, en cinquième, Gideon avait apporté en classe deux douzaines des fameux cupcakes à la fraise de Mme Speyer ; quand Ivy avait mangé le sien, elle avait découvert de la truffe au chocolat noir, chaude et fondue, cachée au centre. Le chocolat de Sunrin avait le même goût. Le goût de l'argent.

Sunrin vivait dans un quartier sécurisé surveillé par deux hommes à la peau tannée portant veste de camouflage, bottes brunes cirées et casquette de l'armée. Dès le portail fermé, les rues enfumées de la ville disparurent et le silence s'abattit comme une couverture épaisse sur les rues pavées et les maisons en terre cuite. Le mari de Sunrin accueillit Ivy à la porte d'une franche poignée de main. C'était un homme trapu et joyeux doté d'un double menton et de cheveux épars coiffés sur son front. Les deux enfants – un garçon de quatre ans et une fille de deux ans, qui avaient hérité des membres potelés de l'oncle Wang et des yeux plissés de Sunrin – furent poussés en avant pour saluer leur cousine américaine. La fille se cacha derrière les jambes de sa mère, mais le garçon courut dans tous les sens, armé d'un sabre en plastique. La lame impitoyable frappa le canapé, la table, les chaises, les plantes, pour finir par un gros coup porté à une orchidée impuissante et qui fit tragiquement ployer sa tige tel un cygne sans vie. Ivy trembla de peur à l'idée de la punition qui attendait le petit garçon. Mais Sunrin se contenta de froncer les sourcils puis appela l'*ayi* des enfants, une vieille femme de l'âge de Meifeng qui venait de sortir de la cuisine avec un plateau de nouilles bouillies. L'*ayi* posa les nouilles sur la table et se hâta de faire monter les enfants à l'étage. « Notre Lei Lei a trop d'énergie, affirma Sunrin. Il nous a usé ses trois dernières nounous. Et l'une d'entre elles n'avait que la quarantaine.

— Allons, allons, fit l'oncle Wang d'un ton affectueux. Ne parle pas ainsi de notre petit Lei Lei. »

Sunrin les mena à table. Des condiments étaient posés à côté du plat de nouilles fumantes : vinaigre noir, sauce de soja, ail émincé, ciboule hachée, fines tranches de gingembre, huile épicée chaude, sauce satay, huile de sésame, et une poudre beige qui était, d'après l'oncle Wang, du glutamate de sodium. Pendant qu'ils mangeaient, Sunrin décrivit l'itinéraire de voyage qu'elle avait prévu pour les quinze jours à venir : après la visite historique de la Cité interdite et de la Grande Muraille à Beijing, elles se la couleraient douce à Shanghai. Elles dîneraient dans un grand restaurant de la vieille ville réputé pour son canard, assisteraient à un concert de jazz dans la rue de la Soif, Hengshan Road, admireraient les quais au Bund ; et elles clôtureraient leur voyage par les centres commerciaux internationaux de Hongkong, avec leurs vêtements confectionnés en Europe et leurs cosmétiques japonais. « Tu utilises quoi, comme produit pour la peau ? » s'enquit Sunrin.

Ivy palpa la peau sèche de sa joue. « C'est-à-dire que je n'en utilise pas », répondit-elle, gênée.

Les yeux de Sunrin s'arrondirent à tel point qu'elle ressemblait à une poupée russe. « Mais il le faut ! Chez les filles, la peau est la zone qu'il faut impérativement mettre en valeur. » Elle entreprit d'énumérer les différents produits qu'il faudrait acheter à Ivy pour son nouveau régime de soins. « On prendra d'abord les produits de base, et on verra ensuite. Tu aimes le maquillage ? »

Est-ce qu'elle aimait le maquillage ! Que dire ? « *J'adore* le maquillage. »

Sa bonne fée était enfin arrivée.

L'oncle Wang préféra rester à Chongqing. Il dirigeait une société d'investissement sino-coréenne et avait organisé un tournoi de golf avec des associés étrangers. Lorsque Ivy remercia sa tante d'avoir pris des congés pour s'occuper d'elle, Sunrin éclata de rire – tout semblait la faire rire – et expliqua qu'elle avait démissionné de son travail quand Lei Lei était né. L'*ayi* les accompagnerait dans leur périple. Elle avait pour tâche de nourrir et de divertir les deux enfants pendant qu'Ivy et Sunrin se promenaient dans les rues de Beijing, sirotant du yaourt au lait de brebis dans des bouteilles en verre ou se présentaient à la réception de divers hôtels cinq étoiles au caractère historique préservé. Ivy faisait semblant que Sunrin était sa mère, avec qui elle passait des vacances en tête à tête tandis que son père, un magnat des affaires, restait à la maison pour diriger son entreprise. *Allons, allons*, murmura-t-elle tout en brossant sa frange devant le miroir de la coiffeuse. *Ne parle pas ainsi de notre petite Ivy*. Elle rayonna de plaisir quand le concierge félicita Sunrin d'avoir élevé une fille aussi jolie.

Sunrin se montrait toujours polie envers le personnel : elle disait *s'il vous plaît* et *merci*, bien que de telles cérémonies ne soient pas la coutume en Chine. Malgré sa placidité, elle parvenait à susciter une impression d'autorité qui poussait tout le monde, du groom au serveur, à se plier en quatre pour lui faire plaisir. Un jour où leur chauffeur de taxi les avait entendues discuter en anglais, il réclama le double du prix convenu. Il n'avait pas l'intention de les conduire à leur destination, en plein embouteillage qui plus est, pour des clopinettes. « Alors déposez-nous au coin », dit Sunrin. Comme il ne s'exécutait pas et marmonnait dans sa barbe qu'on ne la lui faisait pas à l'envers, elle ajouta : « Je suis sérieuse. Laissez-nous sortir. » Ils se trouvaient sur une autoroute à deux voix, quelque part sur le deuxième périphérique de Beijing, en direction du temple Tanzhe. Autour d'eux, des voitures filaient à cent à l'heure sur les deux voies, klaxonnant les nuées de mobylettes qui slalomaient entre elles.

Le conducteur ne les déposa pas. Tout d'abord, il n'y avait nulle part où s'arrêter. Ensuite, il n'était pas stupide au point d'avoir traversé la moitié de la ville pour ne pas se faire payer. Il resta muet pendant le reste du trajet. Quand Sunrin lui tendit l'argent après qu'ils eurent atteint leur destination, il évita son regard et la remercia d'un air gêné. Puis, une fois qu'elles furent sorties, il pencha la tête par la fenêtre et lança : « Prenez soin de vous ! » comme s'il était quelque lointain parent qui leur faisait ses adieux.

Cela marqua profondément Ivy. Avec toute autre personne, pensa-t-elle, le chauffeur les aurait arnaquées ou aurait déclenché une engueulade qui aurait duré jusqu'à l'après-midi. Sunrin n'avait prononcé que quelques phrases et pourtant, à la fin du trajet, elle avait donné une leçon d'humilité au chauffeur de taxi, le domptant par sa présence comme on dompte un âne sournois. Ivy se demanda pourquoi son père n'avait jamais mentionné Sunrin et l'oncle Wang, qui avaient tous deux chanté ses louanges. Elle en conclut que contrairement à Nan, son père avait sans doute trop de savoir-vivre pour se vanter de parents riches. Le respect qu'elle éprouvait à son égard augmenta très légèrement.

Et le shopping ! Oh, quelle merveille. Quand Ivy entra dans l'immense centre commercial de l'Oriental

Plaza, avec ses dix étages, elle eut la sensation vertigineuse de se trouver dans un asile de fous ultra-chic, plein de femmes au foyer graciles, d'élégants vendeurs, d'hommes d'affaires droits comme des i dans leur costume, de vieilles dames chaussées d'escarpins de couleur pastel et dont les cheveux coiffés par des professionnels étaient aussi bouffants et légers que de la barbe à papa. Toutes les boutiques bénéficiaient d'un éclairage tamisé, d'une ambiance parfumée à outrance et de beautés aux yeux de biche vêtues de jupes noires, de bas couleur chair et de talons aiguilles en guise de personnel. *En quoi puis-je vous aider, mademoiselle ?* demanda une vendeuse d'une voix polie, la première fois que Sunrin emmena Ivy faire du shopping. Cela plongea Ivy dans l'embarras, au point qu'elle se mit à bredouiller comme pour s'excuser de se trouver dans un endroit pareil, puis gagna à la hâte un coin du magasin où, avec un peu de chance, on la laisserait tranquille.

« Est-ce qu'on peut essayer celle-là, celle-là… celle-là est assez jolie… Tes habits sont un peu ordinaires, Ivy, et je crois qu'un peu de couleur t'égayerait. Je veux que tu aies l'air plus lumineuse, plus énergique… » Sunrin regarda autour d'elle. « Où es-tu ? »

Ivy emporta la robe blanche en coton épais dans la cabine d'essayage. Après avoir enfilé les talons, elle contempla son reflet, osant à peine croire que c'était elle, la fille dans le miroir. Quelques petits cheveux très fins encadraient un visage ovale et lisse, sur lequel de sombres sourcils arqués contrastaient vivement avec la peau irisée, résultat de toutes les crèmes hydratantes qu'elle avait utilisées au cours de la semaine. Le drapé de la robe était sévère; jamais elle n'aurait choisi un vêtement pareil. Cependant, par contraste, l'austérité même de la robe faisait paraître Ivy plus jeune et féminine.

Elle jeta un coup d'œil à l'étiquette. Son menton se mit à trembler de désespoir. « Tu ne crois pas que ça me donne un air trop… démodé ? » dit-elle d'un ton enjoué. Les quatre mille RMB que Nan lui avait donnés pour l'été suffiraient à peine à payer les chaussures.

Pas du tout, répondirent Sunrin et la vendeuse avec entrain. Tu ressembles à un oiseau – une aigrette ! – tu ressembles à une danseuse; cette nuance de blanc ne va qu'aux filles à la peau magnifique.

« On prend tout », déclara Sunrin, dégainant son Amex d'un portefeuille Mickey Mouse griffé.

Ivy tenta faiblement d'élever des protestations, que Sunrin écarta d'un signe de main avant d'éclater de son merveilleux rire guttural.

Au début, Ivy voulut suivre les préceptes de sa grand-mère (on ne donne pas des carottes par bonté de cœur) en se disant qu'elle était redevable à Sunrin, qu'elle ne pouvait pas profiter de la générosité de sa tante sans abuser de son hospitalité ou passer pour une gamine de bas étage impolie. Mais tandis que les jours filaient, entre les menus de dégustation qui s'étalaient sur deux heures, les visites guidées privées et les innombrables centres commerciaux, et que le portefeuille Mickey Mouse pointait régulièrement ses jolies petites oreilles noires hors du sac à main de Sunrin, la prudence vague dont faisait preuve Ivy s'estompa tel le brouillard en présence du soleil aveuglant de sa cousine. Elle prenait encore l'air timide et embarrassé en voyant l'Amex Gold glisser dans le lecteur pour payer ses achats divers, mais elle ne feignait plus de sortir ses quatre mille misérables RMB encore intacts, et atténuait ses remerciements exagérés par crainte que Sunrin ne la trouve hypocrite, ou pire encore, qu'elle ne trouve pitoyable sa gratitude écrasante pour ce qui à ses yeux n'avait pas d'importance.

« Tu fais partie de la famille, déclara un jour Sunrin après qu'Ivy eut encore une fois bégayé des remerciements. Tu ne viens jamais en Chine. Et d'ailleurs, quel intérêt de gagner de l'argent si on ne le dépense pas ? »

Ivy ne put contester la logique de ce raisonnement. À chaque RMB dépensé pour Ivy, Sunrin dilapidait la même somme d'argent en vêtements pour ses deux enfants, son mari, et elle-même. La seule personne à qui elle n'offrait jamais rien était l'*ayi*. Au début, Ivy eut de la peine pour l'employée, sans cesse en train d'amadouer ou de courir après un enfant en pleurs, cette ombre à trois têtes qui les suivait dans son pantalon beige et ses baskets blanches. Mais un soir à Hongkong, elle vit Sunrin lui tendre une enveloppe pleine de liquide, son « bonus » pour le voyage ; Ivy comprit alors que toutes les formes d'argent ne se valaient pas. Je porterai ma richesse sur mon corps, pensa-t-elle, pas dans mon portefeuille.

Un jour, elle aperçut une paire de magnifiques baskets en daim bleues et se dit qu'elles iraient à merveille à Austin. Sunrin, qui remarqua son regard, demanda à Ivy de l'aider à trouver des souvenirs pour les Lin. Elle affirma qu'elle avait voulu leur acheter des cadeaux, mais qu'Ivy saurait mieux ce qui leur ferait plaisir. Ivy choisit des pulls en cachemire, des pyjamas d'été et des gants en cuir bordés de fourrure pour Nan et Meifeng ; des jouets à piles, des bonbons et les baskets en daim bleues pour Austin. Et pour Shen, que Sunrin considérait comme un frère, un karaoké miniature – lorsque Ivy avait déclaré que non, son père n'avait pas de passe-temps, Sunrin avait répondu : « Oh, mais il adorait chanter, quand il était petit. » Ivy prit autant de plaisir, sinon plus, à sélectionner ces articles pour sa famille que pour elle-même. Sa gêne bredouillante face aux élégantes vendeuses disparut tout à fait. Sunrin lui avait transmis son autorité, comme si Ivy était un trésorier dont la tâche consistait à allouer les fonds de la reine. Elle donnait des ordres aux vendeurs avec une arrogance qu'elle prenait pour ce sentiment de propriété, et ne rougit un peu que lorsqu'elle dut, le dernier soir de son séjour chez Sunrin, lui demander une valise supplémentaire pour y ranger tous ses achats. Inondée par l'intense lueur périphérique de l'argent de sa cousine, Ivy eut l'impression que Sunrin et elle étaient semblables, qu'elles avaient les mêmes goûts, les mêmes attentes et opinions, et que la générosité de Sunrin était la sienne, qu'il n'y avait entre elles quasiment aucune différence.

Un samedi du mois d'août, par une chaleur étouffante, Sunrin conduisit Ivy dans un quartier très différent de Chongqing, plein de maisons grises et brunes qui tombaient en ruine, où la lessive flottait au-dessus de bassines en plastique sur des balcons en ciment. Tante Hong sortit les accueillir, version plus trapue et plus âgée de Nan en chemisier à fleurs et pantalon à carreaux. « Merci d'avoir hébergé notre

Jiyuan, déclara-t-elle à Sunrin avec moult révérences. J'espère qu'elle ne vous a pas causé trop de soucis ! Nan dit qu'elle a l'estomac fragile, elle a toujours été une enfant chétive... Et vous qui vous êtes donné la peine de l'emmener en voyage... » Tante Hong parlait sans s'arrêter. Après deux semaines passées à écouter le « bon » mandarin mélodieux de Sunrin, le dialecte grossier de tante Hong lui cassait les oreilles. Sunrin s'éloigna dans sa voiture allemande après un dernier signe de la main enjoué et un éclat de rire guttural. La bonne fée rentrait au pays enchanté et Ivy se retrouvait abandonnée, de retour dans le monde réel.

Tout dans ce nouveau quartier la dégoûtait. Les vieux qui crachaient sur le trottoir, les petits garçons qui pissaient au coin des rues, la viande pourrie pendue à des crochets aux devantures des magasins, les bousculades et la violence gratuite qui semblaient monnaie courante : bagarres, combats au couteau, crêpages de chignon devant un cercle de curieux qui criaient leur allégeance. Elle était réveillée chaque matin par le bruit des marchands ambulants qui vendaient de la viande fraîchement abattue, des légumes de la ferme, des herbes séchées, du thé, des fruits frais, des fruits secs, des noix. La cacophonie durait toute la journée et jusqu'à tard le soir, au moment où les marchands rentraient chez eux, après quoi les vendeurs de divertissements s'installaient pour vendre des films américains piratés, des pyjamas en coton, des pantoufles en plastique, des jouets bon marché qui s'illuminaient. C'était la Chine de Meifeng, celle qu'elle avait cherché à fuir en vendant sa fille.

L'aînée de tante Hong, Yingying, avait près de

trente ans et était fiancée à un homme d'âge mûr, propriétaire d'un garage automobile. La cadette s'appelait Wang Yan Jiu mais tout le monde la surnommait Jojo. Alors qu'elle n'avait que neuf mois de plus qu'Ivy, elle appelait celle-ci *meimei*, terme affectueux donné aux benjamines. Jojo, qui était petite et trapue, portait la plupart du temps des shorts de basketball et des t-shirts moulants aux couleurs criardes, les cheveux coiffés en carré bouffant. Elle avait les mêmes yeux qu'Ivy – avec ces cils magnifiques. Jojo disait toujours ce qu'elle pensait, même si cela lui causait des ennuis, comme c'était très souvent le cas. Ivy se souvenait des histoires de délinquance que Nan racontait à son sujet : comment elle avait raté tous ses examens, comment elle séchait les cours, comment elle s'était fait virer de l'école pour s'être battue avec ses camarades, comment elle fumait, buvait et s'était, à neuf ans, tatoué l'idéogramme chinois du mot « libre » sur le biceps, comment elle n'écoutait jamais sa mère et recevait des corrections à cause de son mauvais caractère incontrôlable. Ces histoires se terminaient toujours ainsi : « Pauvre Jojo. Mais c'est vrai qu'elle n'a jamais eu de père. » Ce n'était pas sa faute, disait-on. Elle avait grandi sans discipline aucune.

Au début de son séjour chez tante Hong, Ivy resta silencieuse, indifférente à la nourriture et aux divertissements proposés par sa tante et sa cousine. Son teint devint blafard. Au dîner, alors que la nappe en plastique huileuse lui collait aux coudes, tante Hong et Jojo riaient en mangeant devant la télé, mâchant la bouche ouverte, faisant claquer leurs lèvres, et Ivy se demandait, désespérée, comment ces gens pouvaient être de sa famille. La nuit, elle se collait au mur afin que son nouveau pyjama, encore vaguement imprégné du parfum de l'Oriental Plaza, n'effleure pas Jojo, allongée à côté d'elle sur le lit de camp, dans le salon. Il lui restait trois semaines à passer en Chine. Ivy comptait les jours jusqu'à son retour à West Maplebury, à Grove, où, se croyant fondamentalement métamorphosée grâce à l'influence de Sunrin, elle s'imaginait que ses camarades de classe tourneraient la tête quand elle traverserait le couloir avec sa nouvelle sacoche en cuir d'agneau aux attaches en argent, portant les fameux mocassins couleur cognac, plus fins au bout et dotés d'un petit talon en bois de sorte que ses jambes paraîtraient aussi longues et gracieuses que celles de Violet et Nikki Satterfield. Avoir connu la richesse, même de façon indirecte, avait laissé sur son cœur une marque indélébile, si bien que longtemps après que les détails de la maison et de la voiture de Sunrin eurent disparu de sa mémoire, elle se souviendrait de ce qu'elle avait ressenti quand les vendeuses tournoyaient autour d'elle, le visage étincelant de respect et de déférence, et d'elle-même, rendue intrépide par la possession d'une chose que personne ne pouvait lui prendre.

Chez tante Hong, les choses allèrent en s'améliorant. Surtout parce que ses cousins et sa tante s'extasiaient sans cesse sur elle. Sa peau était aussi claire et délicate qu'un blanc d'œuf, sa silhouette fine et élégante, sa *qizhi* chic et raffinée, sans compter qu'elle aimait lire des livres – « C'est quand, la dernière fois que t'as ouvert un bouquin, toi ? » lança tante Hong à sa fille. Et puis, Ivy était *américaine*. Elle s'aperçut très vite qu'être américain en Chine valait presque autant qu'être un membre de la famille royale. Elle était d'une nationalité supérieure, et tous admiraient son anglais parfait, dont sa famille lui demandait de faire étalage devant les voisins dès que l'occasion se présentait.

Ivy se montra tout d'abord sceptique face à ces généreux éloges, fière de son indifférence aux opinions de ces parents ordinaires, mais comme ces compliments correspondaient à l'opinion qu'elle avait d'elle-même – elle était bel et bien différente, elle lisait effectivement plus de livres, ses yeux étaient, de fait, grands et splendides –, son cœur se radoucit et elle alla même jusqu'à leur prêter des qualités telles que l'honnêteté, le bon sens, l'humilité. Ainsi, leurs opinions auraient plus de poids et feraient grimper à ses propres yeux son estime de soi.

Il n'y avait pas que sa famille. Alors qu'elle faisait la queue pour la grande roue, l'employé chuchota : *Vous avez les plus beaux yeux que j'aie jamais vus.* Après qu'elle eut fini de manger dans un stand de nouilles, le caissier lui demanda son chouchou en guise de paiement. Un jour où elle jouait à Dance Dance Revolution dans une salle de jeux, elle fut accostée par un pseudo-dénicheur de talents pour jouer dans une publicité pour les cheveux. À bord d'une barque sur le lac Changshou, les adolescents entassés dans une barque voisine s'écrièrent : « Hé, *mei nü*, par ici, monte avec nous ! » *Mei nü* se traduisant littéralement par « jolie fille ».

Des six garçons dans la barque du lac Changshou, Ivy porta son dévolu sur Wuling, qui avait l'air sportif. Il ne parlait pas beaucoup, mais ses yeux d'un noir d'encre brillaient d'intelligence et il avait quelque chose d'insaisissable, un peu comme Gideon, qui l'attira immédiatement.

Jojo, elle, préférait Kai, un garçon de petite taille aux joues d'écureuil et à la lèvre inférieure boudeuse. Elle flirta avec lui à la mode de Chongqing – en se moquant de ses habits, de son allure misérable, de ses mains sales, de son accent grossier. Mais, par un rebondissement imprévu, Kai demanda à Ivy d'être sa petite amie. Il expliqua qu'il en avait parlé avec ses amis, et que le groupe avait décidé qu'il avait la priorité parce qu'elle lui plaisait plus qu'aux autres. Ivy pensa qu'il s'agissait là de la mentalité communiste dont elle avait tant entendu parler : l'approbation du groupe était nécessaire, même pour avoir le droit de demander un rencard à une fille.

Jojo feignit de ricaner, le regard un peu triste. Voyant qu'Ivy hésitait, elle dit : « Vous êtes faits l'un pour l'autre ! » Elle attrapa la main d'Ivy et la fourra dans celle de Kai.

Ivy éprouvait autant d'indifférence à l'égard de Kai que pour une feuille d'arbre, mais elle craignait, si elle refusait, de perdre tous les autres garçons, y compris Wuling. « Je veux bien essayer », déclara-t-elle. Kai sourit de toutes ses dents. Une fois l'affaire conclue, Ivy et Jojo se promenèrent avec les garçons autour du lac jusqu'à ce que la lune paraisse.

« Vous devriez vous tenir la main », ordonna Jojo. Kai lui lança un regard reconnaissant. Il prit la main d'Ivy ; ils entrelacèrent leurs doigts. Elle ressentit une pointe d'aversion, mais quand elle vit que Jojo les regardait avec envie, elle se hâta de réprimer ces sentiments déplaisants. « Je veux te montrer quelque chose », dit

Kai, au milieu de leur promenade. Il la mena quelques mètres plus loin, hors de vue des autres. Puis, sans crier gare, il se pencha et l'embrassa d'un geste quasi frénétique.

Ce baiser était très différent de celui de Roux. Ivy avait, en grande partie, refoulé ces souvenirs, qui ne refaisaient surface qu'à l'occasion, en rêve, avec des détails vagues et confus. Mais l'haleine de Kai, chargée d'ail et de ciboule, n'avait rien de vague, et Ivy dut résister à l'envie irrépressible de s'écarter de cette bouche humide. C'était, pensa-t-elle, le prix à payer pour avoir un petit ami.

Il lui annonça qu'il l'aimait par un après-midi étouffant, une semaine plus tard, allongé à côté d'elle dans la chambre d'un de ses amis. La pièce sous les combles, qui était dépourvue de fenêtres et sentait le renfermé, lui faisait penser à une écurie. « *Wo ai ni* », murmura-t-il d'un air de lapin timide qui aurait fait fondre le cœur de Jojo, mais qui ne provoqua en Ivy qu'une légère tendresse. Elle lui répéta les mots. Elle ne ressentait rien, hormis un petit pincement de désespoir, plus troublant que la déception parce qu'elle ne comprenait pas pourquoi dans la réalité, être aimée ne répondait pas à ses attentes. C'était Kai, conclut-elle, le responsable de cette étrange platitude. Ce n'était pas le bon. Presque aussitôt, elle se mit à penser à Wuling, l'ami indifférent et attentif qui ne lui avait pas adressé plus d'une douzaine de mots, mais dont les silences lui donnaient plus de frissons dans le dos que tous les baisers de Kai.

Lors de sa dernière soirée à Chongqing, Jojo et elle se rendirent au bord du Yangzi faire des ricochets sous le pont Dongshuimen avec Kai et Wuling. Jojo retroussa son pantalon et entra dans l'eau. Les petites marées provoquées par le passage des bateaux lui léchaient les chevilles puis, comme elle pataugeait plus loin, les mollets. Ils lui crièrent de sortir du fleuve – c'était dangereux d'aller trop loin, s'exclamèrent-ils, il faisait trop sombre, on ne voyait pas à quel endroit l'eau devenait trop profonde. Jojo les ignora. Penchant la tête d'un air tragique, elle s'aventura plus loin encore, jusqu'à ce qu'ils devinent à peine sa silhouette dans l'obscurité. « Va la chercher ! lança Ivy à Kai, hystérique. Elle a le cœur brisé à cause de toi.

— Qu'est-ce que j'ai fait, moi ?

— Mais vas-y ! Tu veux qu'elle se noie ? »

Confus mais obéissant, Kai jura dans sa barbe tout en enlevant ses chaussures, retroussa les jambes de son pantalon et suivit Jojo. Ivy les vit tous deux à quelques mètres de la berge, la main de Kai autour du poignet de sa cousine. Jojo fit mine de s'écarter. On aurait presque dit qu'ils dansaient.

Pendant que Kai et Jojo étaient dans l'eau, Ivy se tourna vers Wuling. Jambes fermement plantées dans le sable, épaules droites. Une posture de défi. Il fut le premier à parler.

« Tu as un petit copain, en Amérique ?

— Non.

— Je ne te crois pas. Une fille comme toi, ça sent le dorlotage à plein nez. » Il écrasa d'une main sa canette de bière, qu'il balança dans les buissons. Ses yeux d'un noir d'encre se posèrent sur elle.

Ils s'embrassèrent, cachés dans l'ombre feuillue d'un banian, les longs doigts rêches de Wuling sur la nuque d'Ivy, la main d'Ivy se glissant sous sa chemise, sentant son estomac onduler telles des briques descellées. Peut-être la passion, pensa Ivy rêveusement, ne fleurissait-elle qu'aux endroits illicites. Peut-être était-ce pourquoi la seule union passionnée qu'elle eut jamais vue avait eu lieu entre la mère de Roux et le père d'Ernesto, et pourquoi Nan et Meifeng ne cessaient de la mettre en garde contre les vilains garçons et les vilaines pensées et intentions. Elles sous-entendaient que toutes les filles étaient victimes de ce genre de garçon, et que celles qui prenaient plaisir à leur compagnie et à leurs caresses étaient, comme l'avait accusée Nan après la soirée pyjama chez Gideon, des traînées.

Ce soir-là, de retour dans le salon de tante Hong, ses lèvres encore brûlantes des baisers de Wuling et les joues collantes des larmes d'adieu de Kai, Ivy tomba sur les quatre mille RMB que lui avait donnés Nan, dans la poche arrière de son short. Elle donna la liasse entière à Jojo. « Je t'aime, *mei mei*, glapit Jojo, avant de fondre en larmes. Tu es la seule personne qui ait jamais pris soin de moi. »

Ivy boucla sa valise et procéda à son habituelle inspection nocturne dans le miroir de la salle de bains. Elle trouvait qu'elle avait l'air d'une fille qui était prête. Sa vie en Amérique, qui lui avait paru si lointaine au cours de ces cinq dernières semaines, lui revint de façon si viscérale que c'étaient désormais les barres en acier de la fenêtre de la salle de bains, la vapeur brûlante qui embuait la vitre, le bruit d'un homme qui toussait, dehors, qui ressemblaient à un rêve. Son cœur battait la chamade ; elle posa sa main sur ses yeux. Tout est différent, maintenant, se dit-elle pour se consoler.

L'été prenait fin. Elle avait couché avec un garçon, en avait embrassé un autre, avait dit *Je t'aime* à un troisième alors qu'elle ne le pensait pas. Et pourtant, pourtant, l'image d'un certain garçon blond en blazer bleu marine qui lui tournait éternellement le dos restait le phare vers lequel naviguaient tous ses désirs et ses espoirs tumultueux.

Tante Hong frappa à la porte. « C'est ta maman. »

Ivy sortit et prit le téléphone.

« Baba viendra te chercher un peu plus tard demain, à l'aéroport, annonça Nan, sans préambule. Le camion de déménagement a pris du retard, il devrait arriver à la même heure que toi.

— Quel camion de déménagement ?

— Tante Hong ne t'a rien dit ?

— Dit quoi ?!

— On a déménagé dans le New Jersey. »

6

Nan et Shen, après avoir éloigné leur fille du pays, avaient pris un crédit afin d'acheter une maison coloniale à un étage à Clarksville, dans le New Jersey. Ivy était atterrée. Sa vie ne lui appartenait pas. Jamais elle ne reverrait Gideon ! À son retour, elle pleura pendant une semaine. Le chagrin se changea bientôt en dégoût. La maison, que ses parents ne cessaient de vanter sur un ton satisfait et insouciant, était affreuse. Les meubles glissaient vers le mur du fond, le châssis des fenêtres, détrempé, était biscornu, les vitres crasseuses, le carrelage de la cuisine et de la salle de bains jaune et granuleux à cause des résidus calcaires. Les anciens occupants, un couple de Polonais qui avaient vendu la maison en dessous du prix du marché, élevaient des poules dans le jardin, si bien que chaque fois que Meifeng ouvrait les fenêtres pour « aérer » les pièces, une bouffée de fientes sèches, de terre fétide et de plumes gorgées d'eau rendait impossible tout repas. Et c'était ça, le rêve ultime de Nan et Shen ! Ce poulailler ! Le seul avantage était qu'Austin et elle avaient, pour la première fois, leur propre chambre. Meifeng dormait dans une ancienne salle à manger au premier étage.

Nan avait choisi Clarksville en raison de son importante population chinoise. Sa sœur, Ping, avait récemment inscrit ses deux enfants à l'école chinoise, le week-end. Elle affirmait n'avoir jamais vu Feifei et Tong si bien élevés, ainsi entourés et influencés par le comportement exemplaire de leurs camarades chinois. Elle trouvait que Nan n'aurait jamais dû envoyer Ivy dans cette école religieuse fréquentée par des Américains qui pensaient que tout leur était dû. Nan se dit que Ping avait raison – Ivy avait besoin d'être auprès de ses semblables : des élèves chinois qui attachaient de l'importance au travail scolaire et aux obligations familiales. « Une mère connaît sa propre fille, confia Nan à son mari. Ivy se laisse facilement influencer par les autres. Si elle doit devenir médecin, il faut qu'elle se lie d'amitié avec d'autres enfants chinois qui ont les mêmes objectifs. Ils pourront la pousser à étudier davantage. »

Tout à Clarksville correspondait aux critères de Nan. Le jour de sa rentrée au lycée, Ivy eut l'impression que le couloir n'était qu'un océan de cheveux noirs. À Grove, elle avait fait beaucoup d'efforts pour s'intégrer à la majorité, alors qu'ici, à Clarksville, elle ne voulait rien avoir à faire avec ses camarades asiatiques et leur obsession pour les notes et les cours de niveau avancé et les devoirs supplémentaires, qui arpentaient l'école en bandes – toujours les mêmes –, leur sac à dos débordant de livres de maths et de sciences et de trousses impeccablement organisées. Ivy remarquait leur Tupperware plein de riz froid, de bœuf au céleri, de *lo mein* aux crevettes, avec parfois un œuf bouilli ou du *congee* sucré en boîte – des variations de son propre déjeuner – et elle dépérissait un peu à l'idée que les autres penseraient, en observant leur groupe, qu'ils étaient tous pareils. Réticente, elle posait son regard sur les joueurs de crosse et leurs petites amies qui riaient dans le couloir derrière les salles de musique ; elle craignait d'être l'objet de leurs moqueries.

La deuxième semaine d'école, Ivy se lia d'amitié avec la seule Blanche de son cours de chimie, Sarah Wilson. Le frère de Sarah, Brett, faisait partie de l'équipe universitaire de crosse.

Avant Thanksgiving, Ivy et Brett prenaient du bon temps derrière les salles de musique, et Ivy comprit pourquoi il s'agissait là du coin-repas préféré des élèves de l'école : l'une des portes fermait à clé de l'intérieur et on pouvait éteindre les lumières de sorte que personne ne voyait à travers le petit panneau en verre. En plus, les murs étaient insonorisés.

Avant Noël, fréquenter un joueur de crosse avait perdu son attrait ; Ivy rêvait d'un petit ami raffiné, qui parlait le français, qui avait vécu en Europe, qui lisait des poèmes ou – mieux encore – qui écrivait des poèmes, ou du moins composait des paroles de chanson, quelqu'un qui saurait révéler la beauté de lieux cachés et lui montrer une nouvelle façon de faire partie du monde.

Au printemps, elle sortit avec un élève fin et sensible du club de théâtre, qui avait mémorisé des soliloques entiers tirés d'*Hamlet* et qui pouvait, d'un seul index, activer des terminaisons nerveuses dont elle ignorait l'existence. Ivy découvrit que batifoler dans les coulisses sombres et poussiéreuses de l'auditorium, la corde rêche de la poulie frottant contre son dos, laissant des traces roses de brûlure sur sa peau, était encore plus excitant que le cocon insonorisé des salles de musique. Après, ils sortaient en douce par les portes dérobées et partageaient une cigarette sous un ciel brossé de bleu. Pendant qu'il se lançait dans des diatribes contre sa petite amie de longue date – en première année à la fac, au Texas –, elle traçait des ailes sur son genou par un trou déchiré dans son jean.

Sarah Wilson réclama un nouveau binôme en cours de chimie. C'était elle qui écrivait leurs exposés, dessinait les schémas, elle qui en cours lisait à haute voix chaque ligne du mode d'emploi dans le manuel peu clair. Ivy termina l'année avec un C+ en chimie. Sa note d'algèbre était pire encore.

Nan était folle de rage. Meifeng elle-même ne défendit pas sa petite-fille, déclarant hypocritement : « C'est ta mère qui s'occupe de ton éducation. » Il y eut des réprimandes, des menaces, d'innombrables incursions à la bibliothèque pour chercher des manuels scolaires supplémentaires. Dans l'ensemble, Ivy obtempéra. Ses notes médiocres la déprimaient, elle aussi. Elle qui aurait voulu être intelligente sans faire d'effort, comme Sunrin, se retrouvait au fond du panier asiatique, comme Jojo. Nan lui disait toujours de travailler plus, mais elle avait l'impression de le faire, ou du moins travailler dur lui tenait-il à cœur, même si la crainte d'un contrôle ou d'un examen l'empêchait parfois de se concentrer. Elle commit l'erreur d'en parler à Nan, un après-midi, et les narines de sa mère se mirent à frémir, sa voix s'élevant à travers la maison biscornue : « Tu ne sais pas ce que c'est que de travailler dur ! Vous les petits Américains, vous n'avez aucune responsabilité.

Tu es paresseuse ! Tu crois que tu vas vivre dans cette maison pour toujours.

— Je déteste cette maison, intervint Austin entre deux bouchées d'escalope de porc frite. Elle sent le caca.

— Petite nigaude, aboya Nan. Tu es incapable de vivre seul. Tes notes sont pires que celles de ta sœur. Si tu n'entres pas à la fac, tu finiras à la rue quand Mama et Baba seront morts. » Telle était la fin inévitable qui attendait les enfants Lin en cas d'échec : se retrouver sans abri ou mourir de faim.

Le premier matin des grandes vacances, Nan fit irruption dans la chambre d'Ivy à sept heures trente. « Ta cousine Feifei aide ta tante Ping à payer les factures depuis qu'elle a onze ans. » Elle lâcha une pile immense de courrier sur la table de chevet. « Lis ces lettres. Ta grand-mère avait raison. Je devrais te laisser plus de responsabilités à la maison. À partir de maintenant, c'est toi qui t'occuperas de nos finances. »

Depuis le temps, Ivy avait pris l'habitude de ces étranges attaques surprises. Elle ouvrit néanmoins les enveloppes avec une lenteur étudiée, furieuse. Relevés bancaires, factures de téléphone, de gaz et d'électricité, d'assurance automobile. Le symbole du dollar et les chiffres pullulaient.

« Et n'oublie pas ça », ajouta Nan, lui montrant du doigt les bons de réduction colorés au bas de la pile. « Cherche un filtre pour notre réfrigérateur. Tu vas aussi commencer à faire les courses avec moi. De cette façon, tu apprendras combien nourrir cette famille nous coûte. Ça, dit-elle en extrayant une épaisse enveloppe carrée, c'est la paye de ton père. Il la reçoit deux fois par mois. Tu peux tout vérifier grâce à ça. » Elle lui tendit un chéquier dans un étui transparent accompagné d'une petite calculatrice en plastique attachée à la doublure. « Vas-y », poursuivit Nan.

Mais Ivy ne toucha pas à la calculatrice. Comme elle avait l'air quelconque, pareille à un jouet bon marché dont Austin lui-même ne voudrait pas, et comme les chiffres écaillés des touches en caoutchouc paraissaient tristes, le 6 se changeant en 0, le 4 ayant tout bonnement disparu.

« Il n'est pas facile d'avoir des responsabilités, reconnut Nan. Les mathématiques sont importantes dans tous les domaines de la vie, pas seulement à l'école. » Elle lança à Ivy un regard en coin plein de sous-entendus avant de baisser les yeux.

Ce fut le pire été de toute sa vie. Ivy devait accompagner Nan au supermarché China Star, à la banque, à la station essence, à la poste. Elle faisait son rapport sur les promos hebdomadaires de la trop petite vitrine du boucher, appelait les opérateurs télécoms pour se plaindre d'un dollar facturé en trop, réclamait des remboursements au comptoir du service après-vente, traduisait les accusations chinoises indignées de Nan en questions polies en anglais. Chaque soir, sous le regard attentif de Nan, elle recueillait les reçus de la journée et les enregistrait dans le grand livre. Le samedi matin, elle payait les nouvelles factures arrivées par courrier pendant la semaine. Nan vérifiait et revérifiait l'écriture d'Ivy, arrêtant son index sous chaque nombre et chaque lettre comme s'ils risquaient, si on ne restait pas vigilant, de changer de place par magie.

En seconde, bien décidée à ne plus jamais recevoir

de « leçon » de sa mère, Ivy se débrouilla pour améliorer ses notes. Elle travailla plus qu'elle ne l'avait fait l'année précédente, mais pas autant que Nan se l'imaginait, faiblesse qu'elle exploita aussitôt. Quand elle passait des heures au téléphone à parler avec son petit ami, elle disait qu'il s'agissait de son groupe de travail. Nan ignorait l'existence de Brett Wilson, du garçon sensible du club de théâtre, du délégué de classe aux yeux verts et de tous les autres. Elle constatait seulement qu'Ivy était toujours fourrée dans sa chambre, occupée à lire ce qu'elle pensait être des manuels scolaires, à griffonner page après page de ce qu'elle pensait être des devoirs. Ivy l'avait compris : Nan n'avait ni la méthode, ni la confiance en elle nécessaires pour guider les études de sa fille. Meifeng, reléguée à un autre étage, n'était plus au courant des habitudes d'Ivy. Il n'y avait rien à attendre de Shen, non plus. La compagnie d'assurances l'avait licencié. Il passait toute la journée à la bibliothèque, où il feuilletait les offres d'emploi dans les journaux et jouait au go sur l'Internet gratuit. Nan n'avait pas pu trouver de travail depuis qu'ils avaient déménagé. Austin eut beau se lamenter au sujet de sa nouvelle école, qu'il détestait, de son manque d'amis, des petites brutes du quartier qui le traitaient de gros lard et qui avaient poussé son vélo dans une benne à ordures, Meifeng cessa de l'emmener au McDonald's. À présent que les rayons de sa roue étaient tordus, disait Austin, et que de la bouillie de banane solidifiée avait imprégné le caoutchouc, pouvait-il avoir un nouveau vélo, s'il te plaît ? Non, répondit Nan. Pourquoi pas ? Baba a perdu son travail. « Le père de Freddie Abernathy a été viré, déclara Austin au dîner, et il a trouvé un nouveau job en une semaine, lui. »

Shen se tourna vers Austin et le gifla d'un revers de main. « Baba ! » s'écria Ivy. « Laisse le petit manger », dit Meifeng.

Le menton tremblant, Austin enfourna cuillérée après cuillérée de riz dans sa bouche et Shen, la gorge serrée, bougonna : « Regardez-le. Un petit Chinois qui ne sait même pas manger avec des baguettes. »

Ivy se souviendrait jusqu'à la fin de ses jours de cet épouvantable printemps de son année de seconde, celui où ses parents se firent grisonnants et dépenaillés, où Nan éteignait les lumières à vingt heures, où Meifeng se mit à remplir d'eau les flacons de gel douche et de shampoing vides, où les plats sur la table n'étaient que riz cantonais, nouilles et autres galettes de farine, les délicieuses viandes grasses, légumes frais et pintes de glace devenus un luxe qu'Ivy n'apprécia réellement qu'une fois qu'ils avaient disparu. Elle rentra à la maison un après-midi et annonça d'un ton désinvolte qu'elle venait d'être embauchée au supermarché Price Rite, sur la Route 1, pour ranger les courses. Elle s'attendait à des éloges chaleureux – Quelle *ting hua*, cette petite – mais Shen se tourna vers Nan et cria : « Comment peux-tu laisser nos enfants travailler ? Tu es devenue tellement… tellement… » Il ne trouvait plus le mot juste. « … tellement radine !

— Je n'étais pas au courant ! » hurla Nan, de minuscules larmes tremblotant au coin de ses yeux. Elle se rabattit sur Ivy : « Si tu perds ton temps dans un endroit aussi dégoûtant au lieu d'étudier, je te casserai les jambes ! »

Grâce à son réseau de mamies chinoises qui venaient s'étirer dans le parc du quartier, Meifeng trouva un poste d'*ayi* pour une famille taïwanaise récemment installée à Clarksville. À leur réveil, Meifeng était là pour leur préparer un petit déjeuner chaud composé de *congee*, de ragoût et d'œufs à la vapeur. Pendant que les deux garçons, âgés de six et dix ans, étaient à l'école, elle époussetait, lavait et aspirait chaque recoin de la maison avec quatre chambres. À seize heures, elle commençait à préparer le dîner. Quand la famille se plaignit que la nourriture était trop épicée, trop grasse, Meifeng tenta d'adapter ses recettes à leurs papilles plus habituées au sucre ; et quand cela ne fonctionna pas, elle ajouta du sucre brun et du ketchup à ses plats, ce qui sembla leur plaire. Shen venait la chercher à dix-neuf heures. Meifeng était généralement si fatiguée qu'elle avait du mal à grimper sans aide les quatre marches qui menaient à la porte d'entrée.

Bien qu'Ivy ne passât presque plus de temps seule avec Meifeng, elle ressentait vivement son absence. Elle en voulait aux deux garçons, qu'elle s'imaginait être le portrait craché des enfants de Sunrin, maltraitant la pauvre Meifeng qui n'avait d'autre solution que de les supplier et les soudoyer. Ivy s'occupait des corvées ménagères. Nan préparait les repas. Elle cuisinait beaucoup moins bien que Meifeng, mais personne, même Austin, n'osait se plaindre. Après avoir lavé la vaisselle, Ivy allait s'asseoir dans sa chambre, les fenêtres grandes ouvertes de sorte que l'odeur des fientes de poule couvre celle de la fumée de ses cigarettes. Elle entendait, à travers les murs fins de la chambre, les discussions sans fin de ses parents, pleines de termes bancaires qu'elle ne comprenait pas mais trouvait menaçants. Nan elle-même ne cherchait pas à « instruire » sa fille sur ce sujet ; l'enjeu était trop important. Ivy se remit à voler à l'étalage, sans pour autant en tirer de plaisir comme lorsqu'elle était plus jeune. À l'époque, voler lui donnait l'impression qu'elle prenait le dessus sur le système – qu'elle était ingénieuse et autonome, comme le lui avait appris Meifeng. Elle savait à présent qu'il s'agissait là de traits de caractère engendrés par le besoin. Meifeng était ingénieuse et autonome. Maintenant, Meifeng était une *ayi*. Ivy était la petite-fille d'une *ayi*.

La privation entraîna chez Ivy des fantasmes d'excès. Elle rêvait de placards aussi grands que sa chambre à coucher, de cartes de crédit Amex Gold, de chaussures empilées jusqu'au plafond, de longs fume-cigarette dorés, de pierres précieuses à chacun de ses doigts et de trois rangs de perles à son cou, de commander des multitudes de plats et de ne prendre qu'une bouchée de chaque. Elle brûlait d'envie de devenir une de ces dames si riches et complaisantes que les autres penseraient en la regardant : *Qu'est-ce qu'elle peut être couvée, cette Ivy Lin. Elle n'a probablement jamais levé le petit doigt de toute sa vie.* On dit que la maîtrise de soi est une ressource limitée ; après son seizième anniversaire, Ivy avait le sentiment d'avoir déjà épuisé son stock de modération et de discipline, et qu'elle ne pouvait donc plus dorénavant se refuser la moindre chose, pas même une tasse de café.

L'épouvantable printemps s'acheva enfin. Shen ne retrouva pas de travail. Nan, elle, découvrit un nouveau gagne-pain : elle se rendait aux puces pour acheter des articles ménagers bon marché qu'elle revendait sur Internet. L'une de ses anciennes collègues à l'usine de raviolis chinois lui en avait donné l'idée quand elle l'avait appelée pour savoir si Nan avait trouvé un nouveau poste. La femme avait dit que son neveu, qui vivait dans le Hunan, lui envoyait des contrefaçons de sacs griffés qui se vendaient pour cinq cents pour cent de profit. Elle se tournait désormais vers d'autres produits, tels que les bijoux et les antiquités. Selon elle, on pouvait même gagner de l'argent avec les articles les moins chers grâce aux frais d'envoi. Nan se tint à des commentaires évasifs – elle avait sa fierté –, mais dans sa situation désespérée, toute nouvelle idée pour gagner de l'argent était un peu un ticket gagnant. Et puis, cinq cents pour cent de profit, voilà un calcul que Nan elle-même pouvait faire sans sa petite calculatrice. L'ironie de voir Nan traîner les Lin à des vide-greniers, des braderies et des marchés aux puces n'échappa pas à Ivy. Au bout de six mois, les Lin gagnaient l'équivalent de l'ancien salaire de Shen. Meifeng démissionna ; elle boitillait désormais de façon chronique. Elle massait ses genoux chaque soir avec des huiles chinoises à base de plantes, qui embaumaient toute la maison d'une odeur de térébenthine.

À Noël, Shen se rendit au magasin d'électronique et revint avec un nouvel ordinateur Dell. Ivy et Austin se battirent pour avoir l'honneur de le déballer. Meifeng prépara un festin chinois : du poisson entier mijoté aux cornichons aigres, du porc cuit deux fois, des assiettes de bœuf en tranches, de nouilles froides, de côtes de porc à la vapeur accompagnées de patates douces, et le plat préféré d'Ivy : de délicieuses tranches de poitrine de porc braisées, caramélisées à la perfection et enrobées de pâte de haricot rouge. Après le dîner, Nan s'assit sur le canapé, la tête penchée, les deux mains sur les genoux, le visage doux, les lèvres ébauchant un sourire indulgent, et ce spectacle suffit à plonger la famille entière dans un état d'euphorie car aucun d'eux ne se souvenait de la dernière fois qu'ils avaient vu Nan assise à ne rien faire. Le carton était rempli de chips d'emballage, et pendant que Shen tentait, avec six bières dans la panse, d'installer l'ordinateur, Ivy et Austin se couraient après dans le salon, cherchant à se fourrer mutuellement les morceaux de polystyrène dans leurs sous-vêtements.

Ivy voulait retrouver le nord, le Massachusetts, le Vermont ou le Maine, ces endroits qui dans son esprit connaissaient un éternel automne, imbibés des odeurs de châtaignes et de pluie, le feuillage orange et rouge craquant sous ses semelles en cuir ; ou encore un hiver immaculé, où elle s'imaginait des cabanes en rondins, des cheveux soyeux glissés sous des cache-oreilles blancs et duveteux, la neige fraîche scintillant sur les toits pentus et les vitraux des fenêtres. Malgré toutes ses années passées à Clarksville, elle considérait encore le Massachusetts comme son vrai chez-elle, et parlait souvent de Grove – « une petite école privée, très huppée, on devait porter des uniformes inconfortables… » – à ses petits amis captivés, d'un air de modestie feinte qui trahissait sa fierté inavouée. « Je viens du Massachusetts, disait-elle. Ça me manque tout le temps. » Bien sûr, jamais elle ne prononça les mots *West Maplebury* ou *Fox Hill*. D'ailleurs, elle décrivait de façon si saisissante les quartiers paisibles bordés d'arbres, le bourdonnement rêveur des cigales, les vacances en bord de mer où les vagues blanches écumeuses léchaient les plages de galet, et les manoirs de pierre et de verre qui sentaient le chèvrefeuille qu'elle croyait vraiment que c'était là le monde d'où elle venait et celui qu'elle brûlait de retrouver.

Ses notes lui garantissaient l'admission dans une université d'État avec bourse partielle. Shen et Nan en parlaient comme de la meilleure option. « Je connais ma fille, confia Nan à son mari. Les études ne sont pas son point fort. Tout ce qui est social, si. Toujours en train de parler au téléphone. Des millions d'amis. Ping dit qu'en Amérique, la sociabilité est bien plus importante que les notes. » Par sociabilité, Nan entendait « les garçons ». Elle n'était pas aussi aveugle que le pensait Ivy. Les rêves qu'elle nourrissait de voir sa fille devenir médecin avaient été abandonnés depuis longtemps. Elle avait désormais l'espoir qu'elle en épouse un. Un médecin chinois qui gagnerait beaucoup d'argent et lui donnerait une maison et deux enfants, un garçon et une fille ; ils s'installeraient dans le New Jersey, réservant une chambre d'amis aux quatre grands-parents, qui se relaieraient d'une année sur l'autre pour faire du baby-sitting.

Ivy avait d'autres idées en tête. Elle fut admise dans une petite université pour filles près de Boston. Comme la plupart des jeunes femmes dont la vie tourne autour des garçons, elle idéalisait la chasteté, se soumettant à des rituels de pudibonderie élaborés (en apparence, en tout cas), car elle pensait que jouer les martyrs était la seule façon de se purifier de ses décisions inconsidérées. Les frais de scolarité de cette fac privée étaient exorbitants. Ivy savait, après avoir passé deux ans à faire les comptes dans le grand livre de Nan, que ses parents n'en avaient pas les moyens. Elle fit un emprunt.

Lorsqu'elle annonça à sa famille qu'elle ne resterait finalement pas vivre à la maison pendant ses études universitaires et que, désastre suprême, *elle avait contracté une dette*, il s'ensuivit la plus grande dispute qui ait jamais opposé la mère et la fille. Ivy était trop forte, maintenant, pour se laisser rouer de coups, mais Nan la menaça de tout et n'importe quoi. « Si tu ne *ting hua* pas, je me tue, finit-elle par crier, jouant son dernier atout.

— Tu l'es déjà, morte, hurla Ivy. Tu es morte avec ton petit ami, en Chine. On n'est rien d'autre que ta famille de rechange. »

Le visage de Nan se relâcha. Sa bouche s'ouvrit, se referma, s'ouvrit. « Tu me prends pour une morte ? Tu ne veux plus de mère ? Très bien. Va-t'en. Ça ne changera rien. Tu verras, un jour. Ce n'est pas moi que tu détestes. »

« Je n'ai rien fait de mal », dit Ivy à Meifeng, la sueur coulant sous sa toge bleu et argent lors de sa cérémonie de remise de diplôme, à laquelle Nan refusa d'assister. La cérémonie avait eu lieu dans le stade de football américain, quatre heures à fondre sous un soleil écrasant. Elle avait essayé de passer son bras autour des épaisses épaules d'Austin, puis s'était ravisée, surprise de constater qu'il était désormais plus grand qu'elle. Le frère et la sœur ébauchèrent un rictus devant l'objectif de l'appareil photo de Shen.

« Ta mère a peur que tu n'aies gâché ton avenir, répéta Meifeng pour la millième fois. Tu sais combien d'intérêts ces saletés de banques font payer aux étudiants idiots comme toi ? Les dettes, c'est comme un amas de pierres sur le dos d'une tor…

— J'ai toujours été endettée, coupa Ivy. Envers elle. Pour elle, le simple fait qu'on soit sortis de son ventre, Austin et moi, fait de nous ses esclaves. »

Meifeng soupira. Elle lui tendit une carte qu'elle avait achetée à la solderie. Devant les mots *Félicitations à la promo de l'an 2000*, elle avait scotché un billet de cent dollars.

En août, Ivy cala deux valises et quelques lampes à l'arrière de la voiture de son père. Austin grommela un « au revoir » maussade. Meifeng glissa dans la main d'Ivy un petit objet emballé dans du papier journal. C'était une figurine en verre d'un petit chien assis. Ivy était née l'année du Chien. « N'oublie pas de nous appeler de temps à autre », grommela-t-elle avant de se détourner.

Shen conduisit Ivy à Boston, sept heures de gros bouchons. La pluie tombait à verse autour d'eux. Son père déposa ses affaires dans une chambre d'étudiant vide aux murs couverts de moquette brune. « Je ne t'ai jamais prodigué beaucoup de conseils, dit-il en guise d'adieu, mais s'il y en a bien un dont j'aimerais que tu te souviennes, c'est celui-ci : sois humble et reconnaissante de ce que tu as. N'en attends pas trop de la vie.

Si tu cherches un peu, tu trouveras toujours des gens qui sont meilleurs que toi. »

La peau d'Ivy se mit à picoter de ressentiment. « Oui Baba, répondit-elle, placide.

— Ta mère te pardonnera, ajouta-t-il. Ne t'inquiète pas. »

Mais Ivy n'était pas inquiète. Elle était *libre*. La détermination, cette vieille alliée, fit surface encore une fois. En terminale, sa citation préférée avait été : *Le meilleur reste à venir*. Elle y croyait dur comme fer.

TROISIÈME PARTIE

7

À seize heures quarante, vingt minutes après la fin de l'école, Arabella Whitaker, six ans, se tenait encore sous l'auvent couvert de lierre, déchirant son dessin du père Noël.

« Arabella, je vais appeler Léonine.

— C'est Sib qui vient me chercher.

— Qui ça ?

— Ma cousine. »

Ivy regarda son téléphone. Il était là – l'e-mail d'Ellen Whitaker annonçant que ce serait sa nièce qui viendrait chercher Arabella à l'école aujourd'hui, et non la fille au pair. Elle n'avança pas d'explication mais étant donné les antécédents d'Ellen, Ivy fut persuadée que la timide petite Léonine avait quitté le navire et était rentrée en France en quatrième vitesse, après avoir tenu le coup juste assez longtemps pour recevoir son « cadeau » de Noël.

Elle attendit près de vingt minutes avec Arabella avant qu'une voiture de sport blanche ne se gare le long du trottoir. Une femme mince aux cheveux blonds en descendit, le bout métallique de ses bottes brillant dans la neige.

« Vous êtes la cousine d'Arabella ? » demanda Ivy, se redressant. Elle avait imaginé que « Sib » ressemblerait à l'Irlandaise grassouillette sur la barquette de beurre qu'elle trouvait dans son épicerie coopérative préférée.

« C'est exact, répondit la femme. Sylvia Speyer. Elle m'a dit qu'elle vous avait envoyé un e-mail ? »

Le nom raviva un souvenir, comme un livre dépoussiéré d'un souffle. Elle feignit de consulter son portable, tout en examinant du coin de l'œil le manteau beige, le foulard noir qui pendait jusqu'à ses cuisses, le profil très dessiné avec sa bouche en cul de poule et des yeux dissimulés derrière des Ray-Ban. Peut-être, pensa Ivy, le cœur battant.

« Le voilà, dit-elle, levant la tête. C'est tout bon.

— Parfait. » La femme fit signe à Arabella de monter sur le siège passager.

« Je me demandais juste, lança Ivy, si on ne s'était pas déjà rencontrées. »

Sylvia esquissa un sourire abstraitement sympathique, un sourire de politicien, perfectionné par ceux qui ont l'habitude d'être reconnus. « On a fait Yale ensemble ?

— Non… Est-ce que par hasard, vous seriez la sœur de Gideon Speyer ?

— En effet.

— J'étais à Grove avec Gideon !

— Vous êtes l'amie de Giddy, précisa Sylvia avec générosité, un pied à l'intérieur du véhicule. Augmente le chauffage, Belle. » Elle se tourna vers Ivy. « Je lui dirai que je vous ai rencontrée, mademoiselle…

— Lin. Ivy Lin. J'ai déménagé après la quatrième, et on s'est perdus de vue.

— La quatrième ? » Sylvia pianota sur son sac à main. « Incroyable. »

Ivy se hâta d'expliquer que la seule raison pour laquelle elle se souvenait de cette époque était qu'elle avait eu un béguin absurde pour son frère. « Je vous ai d'ailleurs rencontrée, un jour, à la fête d'anniversaire de Gideon. Le mur était couvert de magnifiques photos de vacances… et votre père ! Il était très drôle. Est-ce qu'il exerce toujours ? »

Arabella cria qu'elle allait être en retard à son cours de danse classique.

« Ta maman a dit que tu n'étais pas obligée d'y aller, aujourd'hui, répliqua Sylvia par-dessus son épaule. On va aller prendre des photos toutes les deux pour le magazine de mon amie. Tu aimes le mannequinat, pas vrai, chaton ? » Elle avait posé de nouveau son pied sur le trottoir.

« Si vous êtes pressée… murmura Ivy.

— Pas du tout. » Sylvia retira ses Ray-Ban. Ses magnifiques yeux couleur d'ambre étaient alvéolés à la lumière froide de ce mois de décembre. Une main légèrement appuyée sur le toit de la voiture, elle répondit que non, son père était maintenant à la retraite, que ses parents avaient emménagé à Beacon Hill. Gideon venait de terminer son troisième cycle et était rentré à Boston, où il travaillait pour les services de santé. « Il est dans les thermomètres, ou je ne sais quoi… Bref, vous lui demanderez vous-même. » Elle s'interrompit galamment. « Vous voulez son numéro ?

— Oh non, protesta Ivy. Il ne se souvient sans doute plus de moi.

— Il se souvient de tout le monde. »

Ivy se tut.

« C'est vraiment une coïncidence, de tomber sur une ancienne de Grove, poursuivit Sylvia d'un air absent, comme si elle se remémorait un autre souvenir. L'école vous plaisait, quand vous y étiez ?

— Eh bien… non.

— Moi aussi, je détestais. Il vous rendait claustrophobe, cet endroit – comme dans la chanson de Radiohead, sur les arbres en plastique. J'avais hâte de partir. Je me disais que je n'y remettrais plus jamais les pieds. Et nous voilà, à moins d'une heure de là. » Elle poussa un petit soupir. « On n'y échappait pas.

— Ce n'est pas tout à fait la même chose. »

Sylvia eut l'air surpris. « Non, vous avez raison. » Le silence qui s'ensuivit fut le premier moment authentique qu'elles partagèrent, pensa Ivy : voir cette petite ride entre les yeux de Sylvia, ce froncement de sourcils perplexe, savoir qu'elle avait la même expression.

Arabella appuya sur le klaxon.

« J'aimerais beaucoup… » commença Ivy, au même moment où Sylvia disait : « Si vous êtes… » Elles rirent.

Sylvia fouilla dans un fourre-tout plein à craquer et en sortit son portable. « Voilà, donnez-moi votre numéro… Si vous n'avez rien de prévu, le trente et un, j'organise un petit réveillon chez moi. Ça me ferait plaisir de vous voir. Gideon sera là, vous pourrez rattraper le temps perdu. » Elle leva brièvement les yeux. « Vous pouvez emmener votre petit ami ou votre partenaire. »

Ivy récita son numéro de téléphone. Elle répondit d'un ton chagrin qu'elle viendrait seule.

« Je viens de vous envoyer mon adresse. Vingt heures trente. J'espère vraiment que vous pourrez venir. » Sylvia se pencha en avant. Ivy crut que la sœur de Gideon allait la prendre dans ses bras, mais elle ne fit que lui toucher l'épaule d'un geste amical. La portière de la voiture claqua. Il flotta dans l'air un parfum, là où la silhouette parée de cachemire de Sylvia se tenait quelques instants auparavant : des citrons, l'océan.

Les larmes montèrent aux yeux d'Ivy.

Après un long bain, Ivy se retrouva dans un état à la fois d'excitation et d'angoisse. Ses joues étaient chaudes d'avoir trempé dans l'eau. Elle avait oublié d'emporter ses pantoufles ; ses empreintes de pas mouillées sur les lattes de parquet avaient quelque chose d'un peu inquiétant. Elle aurait tellement aimé avoir quelqu'un à qui parler, mais sa camarade de chambre, Andrea, n'était pas encore rentrée de sa répétition. Comment se fait-il que je n'aie aucun ami ? se désespéra-t-elle, levant les stores pour faire entrer les derniers rayons du crépuscule. Ce bref moment un peu forcé d'apitoiement sur son sort s'évapora quand le courant d'air glacé s'infiltra par la fenêtre. Elle n'avait jamais souhaité se lier d'amitié avec les autres femmes, et ne croyait pas que les relations platoniques pouvaient exister avec les hommes.

Elle se faufila sous les couvertures et se blottit contre le radiateur tiède. « Gideon Speyer », chuchota-t-elle dans son oreiller. Elle n'avait pas prononcé ce nom depuis plus de dix ans. Il faisait resurgir toutes sortes de sensations optimistes qu'elle pensait ne plus jamais ressentir après sa rupture avec Daniel. Hier encore, elle était clouée au lit avec des douleurs à l'estomac après avoir reçu, contre toute attente, sa carte postale – une photo de montagnes tirée d'une banque d'images ; un homme en flanelle coiffé d'une chapka en fourrure de castor se tenait, dos à l'objectif, au sommet à côté d'un saint-bernard. *Joyeuses fêtes !* avait-il écrit au recto, sans adresse de l'expéditeur. Deux ans de sa vie et elle ne méritait même pas une adresse de l'expéditeur.

Il l'avait plaquée une semaine avant Thanksgiving, juste avant leur séjour dans le Vermont. Andrea avait été persuadée qu'il allait lui demander sa main. Sinon, pourquoi l'avoir invitée à rencontrer sa famille au moment des fêtes ? « Je sais que ce genre de chose ne t'intéresse pas, avait dit Andrea, mais je crois que les Sullivan sont blindés. » Ivy avait froncé les sourcils. Andrea avait alors commencé à énumérer les indices à ses yeux de la fortune cachée de Daniel – le chalet au bord du lac, la maison secondaire en Floride, les ascensions annuelles du Kilimandjaro et du mont Fuji, sans compter les fréquentes escapades de quatre jours pour faire de l'alpinisme dans les White Mountains du New Hampshire, pour lesquelles il posait des congés (en tant que vice-président des finances de l'entreprise de joaillerie de sa mère) sans conséquences apparentes – pendant qu'Ivy avait fait semblant de n'avoir rien remarqué.

Mais il n'y avait pas eu de séjour dans le Vermont, pas de demande en mariage surprise, pas de fleurs pour Mme Sullivan. « Je ne me vois pas t'épouser, c'est tout », avait annoncé Daniel dans la chaleur suffocante de sa voiture, déclaration qui arrivait sur les talons d'un dîner ordinaire suivi d'un film ordinaire, ce qui rendait plus terrible encore la trahison. « Qui a dit que je voulais me marier ? », avait rétorqué Ivy. Daniel avait repoussé ses lunettes sur son nez et avait expiré lentement avec un bruit de théière. « Tu vois ? C'est ce que j'essaie de t'expliquer. Tu es tellement sur la réserve. Je ne sais jamais ce que tu as en tête. » Une chose en entraîna une autre, et avant qu'Ivy ait pu réaliser ce qui était en train de se passer, il lui expliqua que c'était fini, qu'il n'y avait rien à faire. Il la tint quelques minutes pendant qu'elle pleurait – « Je ne suis pas sur la réserve, je suis on ne peut plus honnête avec toi… Je ne me suis jamais livrée à personne comme je l'ai fait avec toi… » Plus tard, une fois chez elle, Ivy se tordit de douleur en repensant à la façon dont elle avait rampé à ses pieds.

Après la rupture, afin de l'oublier tout à fait, Ivy coucha avec sept – ou peut-être huit ? – hommes différents, rien qu'au mois de décembre. Andrea et elle fréquentaient le Dresdan, un bar chic de Commonwealth Avenue. La majorité des hommes qui s'y trouvaient étaient des représentants pharmaceutiques et des financiers venus des autres États en *M* – Michigan, Maryland, Minnesota. Ils portaient des uniformes kaki et bleu barbeau. Andrea les attirait par la force de ses lèvres pulpeuses enroulées autour de l'extrémité d'une paille à cocktail, tandis qu'Ivy écartait son corps de la table, jouant l'amie pudique face à l'ostensible aplomb d'Andrea, regardant parfois autour d'elle comme si quelque chose la tourmentait. Plus tard, quand Andrea lançait : « On ne t'entend pas, Ivy ! Viens là, avec nous », Ivy faisait alors semblant de remarquer la présence des hommes. « Vous travaillez dans quoi ? » lui demandaient-ils. « Je suis maîtresse d'une classe de CP, répondait-elle. À la Kennedy School. » Seuls les vrais Bostoniens en auraient entendu parler, parce qu'ils avaient tous fréquenté cette école, ou l'une de celles qui y étaient rattachées. Mais qu'ils la connaissent ou non, tous souriaient comme des citrouilles d'Halloween, posaient une main sur son genou, et assuraient : « Vous devez être formidable, avec les enfants. J'adore les gosses. Ma nièce… » Il y avait toujours pléthore de neveux et nièces dont les hommes s'empressaient d'aller chercher la photo sur leur téléphone pour la lui coller sous le nez. Ivy méprisait souvent Andrea en raison de la satisfaction évidente qu'elle tirait de ces séances de séduction de mauvais goût, mais elle se méprisait encore plus elle-même. Elle jouait aux mêmes petits jeux, éprouvait les mêmes frissons face à la conquête, et ressentait pourtant le besoin de cacher son plaisir. Ça en disait long sur son sens de la propriété. Sur sa décence.

Le lendemain de sa rencontre avec Sylvia Speyer, Nan l'appela pour l'informer qu'elle avait reçu son chèque de trois cents dollars – offrande coupable qu'Ivy lui envoyait chaque mois au lieu d'aller la voir en personne – et lui demanda si Daniel l'accompagnerait toujours à Clarksville pour le Nouvel An.

« On a rompu », répondit Ivy d'un ton sec. Cela faisait des semaines qu'elle refusait de l'admettre, mais curieusement, l'idée lui semblait plus tolérable depuis que l'espoir de revoir Gideon Speyer pouvait lui servir d'armure face aux critiques de Nan.

« Que s'est-il passé ?

— Ses parents ont divorcé. » Elle crut que cela suffirait amplement à provoquer le dédain chez sa mère, mais Nan poussa un grognement évasif.

« Tu as presque vingt-sept ans. Tu ne devrais pas chipoter autant. La fille de l'amie de tante Ping a ton âge, et elle est déjà enceinte de son deuxième enfant. J'ai eu du mal à tomber enceinte de toi, et toi, tu as mes gènes. Ne va pas t'imaginer que tu pourras toujours avoir des enfants plus tard. Tu dois commencer à y songer. Chaque année qui passe... » En fond sonore, Ivy entendit Meifeng approuver avec véhémence et demander qu'on lui passe le téléphone.

« Je ne rentrerai pas non plus à la maison la semaine prochaine, déclara Ivy.

— Pourquoi ?

— Je vais à une fête de Nouvel An. Je convaincrai bien un des invités de me mettre en cloque. »

L'appartement de Sylvia était situé dans une rue large et bruyante composée d'un mélange éclectique de maisons de ville, d'immeubles en briques sans ascenseur, de boutiques branchées qui vendaient des meubles faits main côtoyant fromageries, pubs irlandais et murs tagués de messages profonds sur Dieu, les armes et le cannabis. Ivy passa devant plusieurs vieilles églises et bâtiments municipaux aux magnifiques portes ornées de vitraux. Elle s'engagea dans une étroite cage d'escalier à deux pas d'une épicerie cashère et appuya sur la sonnette.

Sylvia ouvrit la porte, vêtue d'un cache-cœur noir, d'une mini-jupe noire – jambes nues – et de pantoufles en velours violet à pampilles dorées. Peu de femmes pouvaient se permettre d'arborer une telle tenue sans avoir l'air d'une prostituée ; Sylvia en faisait partie. Ivy lui tendit la bouteille de vin rouge que lui avait recommandée le sommelier du bar à vin au bout de la rue. « Quel appartement magnifique », remarqua-t-elle, examinant la pièce lambrissée de boiseries sombres qui au premier abord ne lui sembla pas éclairée. Puis ses yeux s'adaptèrent à l'obscurité et elle s'aperçut que des centaines de chandeliers flottaient au-dessus des murs couverts d'étagères du sol au plafond, vacillant entre des plantes grimpantes diverses et variées dont les vrilles retombaient sur le sol tel un tapis d'herbe. Elle était la première arrivée. Elle avait cru que Sylvia lui avait dit vingt heures. Mais quand elle revérifia en douce le texto, elle vit qu'il était indiqué vingt heures trente et se sentit bête d'être arrivée aussi tôt.

Sylvia insista sur le fait que Gideon aurait du retard, ce qui agaça Ivy car cela laissait supposer qu'elle attendait impatiemment l'arrivée de Gideon – même si c'était vrai. Elle proposa d'aider Sylvia dans la cuisine, mais celle-ci affirma qu'il n'y avait rien à faire puis lui indiqua la desserte à boissons, ajoutant : « Sers-toi » avant de disparaître dans le couloir sans explication.

Ivy fit passer le temps en feuilletant un livre photo sur la table basse. De la musique classique s'élevait d'un vieux tourne-disque posé sur un lourd bureau en acajou, à la surface encombrée d'un étrange assortiment d'objets : un nu représentant un vieil homme, des pinceaux secs, des huiles à moitié vides, un manuel encyclopédique ouvert à une page sur le rococo, la sculpture d'une main en cuivre, des piles de cartes de remerciement, des roses jaunes séchées dans un gros vase bleu gravé de chats siamois. Elle prit l'une des cartes de remerciement à motifs floraux et la glissa dans la poche de son manteau.

Dans un coin, un fauteuil tapissier orné de roses semblait tout droit sorti d'un château anglais, avec ses parfaites petites ternissures, son dégradé de couleur du bois – du grain d'érable à celui de châtaignier – impossible à copier. Par curiosité, elle jeta un coup d'œil sous la console d'angle à abattants installée à côté du canapé. Au dos, une étiquette en papier indiquait : *Style n° 35 ; teinte n° 14. Bendt Jessen co inc.* Elle sortit son téléphone et tapa *Bendt Jessen*. Le premier résultat de la liste était une annonce pour une chaise en bois quelconque – 3 950 dollars.

« Qu'est-ce que tu fais ? demanda Sylvia, réapparaissant.

— Je pensais avoir fait tomber ma boucle d'oreille », répondit Ivy.

À neuf heures moins cinq, on frappa à la porte. Sylvia l'appela de la salle de bains, où elle était en train de se maquiller, pour lui demander si elle pouvait ouvrir.

Ivy se recoiffa, esquissa un sourire figé puis ouvrit la porte avec un *Bonsoir !* exubérant. Une foule de personnes défilèrent devant elle dans un déluge de bruit et de rires. Un examen rapide révéla que Gideon n'en faisait pas partie. *Ivy Lin*, dit-elle, encore et encore, serrant des mains molles, embrassant des joues veloutées. Les invités semblaient tous se connaître plus ou moins bien. Quelqu'un remplaça la symphonie par un disque de rock. Le brouhaha s'amplifia. Sylvia sortit gracieusement de la cuisine avec un plateau d'olives et de fromage. Tous saluèrent leur hôtesse, chacun leur tour ; Ivy se joignit à eux comme si elle aussi venait d'arriver. Un homme coiffé d'un chapeau melon lui tendit un verre à pied. Elle avala le vin avidement. L'arrivée de tant de personnes parut faire grimper le mercure dans la pièce ; la sueur perla à la naissance de ses cheveux. Elle se versa un autre verre et se blottit dans un coin de sofa à côté d'un Français prénommé Mathéo. Par-dessus l'épaule de Mathéo, elle avait une vue dégagée de la porte d'entrée. Chaque fois que la porte s'ouvrait, son cœur s'emballait dans sa poitrine avant de se serrer quand un inconnu faisait son entrée. Elle craignait autant qu'elle espérait l'arrivée de Gideon. La crainte et l'impatience n'étaient-ils pas les deux côtés d'une même médaille ?

Quand Gideon arriva enfin, il entra sans frapper et se dirigea droit sur Sylvia. Ivy n'aperçut que l'arrière de son crâne tandis qu'il disparaissait dans la foule, mais elle sut avec certitude qu'elle venait juste de voir Gideon Speyer pour la première fois en douze ans.

Elle se tourna vers Mathéo et posa sur lui des yeux doux et scintillants. Le changement fut immédiat. Mathéo se rendit compte qu'il parlait à une fille superbe. Ivy secoua la tête pour écarter les mèches de cheveux enroulées autour de son menton et de son cou ; elle tapota à plusieurs reprises sa lèvre inférieure, attirant l'attention sur sa bouche en cœur dont elle avait soigneusement tracé le contour. Elle parlait vite, avec des mouvements animés, et se penchait vers Mathéo de sorte à former avec son corps un V inversé. Quelqu'un lui donna une petite tape sur l'épaule. Elle leva les yeux au beau milieu d'une phrase, un léger sourire aux lèvres suscité par ce que venait de dire Mathéo.

« Désolé de vous interrompre. Tu te souviens de moi, Ivy ? »

Elle prit un air perplexe pendant un instant avant de laisser son visage exprimer la prise de conscience. « Bien sûr, que je me souviens de toi ! Tu as beaucoup grandi, Gideon ! » Elle se leva ; ils s'étreignirent chaleureusement. Lorsqu'il s'écarta et qu'elle l'examina de près, elle ressentit un plaisir quasi douloureux en constatant qu'il était le même, voire *mieux* que dans ses souvenirs. Le même sourire espiègle, le regard intelligent et le visage ferme et pensif, le nez droit, le léger creux de ses pommettes. Elle avait été horriblement intimidée par l'idée qu'elle se faisait d'un jeune homme qui avait réussi dans la vie et qui avait peut-être laissé son succès lui monter à la tête, mais devant cette version en chair et en os, impossible pour elle de croire qu'il était devenu froid ou snobinard. Au contraire, il semblait plus doux encore.

Elle resta debout à lui parler ; Mathéo, vexé, dut détourner son attention vers le couple à sa droite.

« Ça fait combien de temps… ? On ne s'est pas revus depuis le collège ?

— Exact, fit Ivy, le guidant vers le coin de la pièce, où on ne les interromprait pas.

— Sylvia m'a dit que tu étais l'institutrice d'Arabella ?

— Oui ! Le monde est petit ! »

Gideon et elle firent rapidement le tour de leurs relations communes : les parents d'Arabella, ceux de Gideon, Sylvia, bien sûr (Ivy lui raconta leur rencontre surprenante, mais de façon à lui faire croire que Sylvia l'avait reconnue, elle aussi) et se remémorèrent des souvenirs de Grove avant de passer à une époque plus récente. Quand Ivy évoqua le nom de son université, Gideon s'exclama, surpris : « Ça alors ! J'étais à Harvard, à deux pas de là…

— Vraiment ? C'est fou que je ne t'aie pas croisé aux soirées étudiantes.

— Lesquelles ?

— Oh, surtout celles de Currier House.

— J'habitais à Eliot.

— Les soirées d'Eliot House étaient minables.

— Vraiment minables… J'en ai organisé quelques-unes.

— Et toi ? demanda-t-elle après qu'ils eurent fini de rire. Qu'est-ce que tu as fait de ta vie ? »

Sans prétention aucune, Gideon lui expliqua qu'il avait deux ans durant participé à l'initiative Clinton pour l'accès à la santé, avant de reprendre un master en Californie ; à présent, il travaillait à l'élaboration d'un thermomètre intelligent capable de suivre la façon dont se propagent les maladies. Ivy savait déjà tout cela. Après avoir rencontré Sylvia, elle avait mené des recherches approfondies sur les Speyer – arbres généalogiques, photos de remise de diplôme, faire-part de mariage, l'article sur le conglomérat du journal *Whitaker*, dont Poppy Caroline Whitaker Speyer était actionnaire à 0,43 pour cent, le départ à la retraite du sénateur Ted Speyer, et même un faire-part de baptême qu'un parent éloigné avait mis en ligne sous format Word. Elle savait ainsi les détails négligés par Gideon – il avait eu son master à Stanford, avait fait partie, deux années de suite, des trente jeunes de moins de trente ans les plus influents selon le magazine Forbes.

« J'ai toujours voulu vivre en Californie, affirma-t-elle, prenant soin de ne pas mentionner Stanford.

— Ah, tu devrais, on peut dire que c'est décontract, là-bas. » Son ton indiquait que « décontract » n'était pas forcément sa tasse de thé. « Enfin, je suis content d'être rentré. La majorité des anciens sont restés dans le coin. On est fans des Celtics, alors on regarde les matchs tous ensemble quand on a le temps. »

Ivy pensait qu'il allait à présent l'inviter à sortir avec « les anciens », mais son regard glissa vers l'autre bout de la pièce, après quoi il lui posa la main sur l'épaule ; il s'excusa, ajoutant qu'il allait dire bonjour à une amie. Elle eut à peine le temps de lancer : « Okay, à tout à l'heure » avant qu'il ne s'éclipse pour aller parler à une brune plus âgée vêtue d'une robe vert mousse.

Le plus important, se dit Ivy, était de ne pas prendre personnellement son départ. Contrairement à Daniel, les hommes comme Gideon préféraient les femmes imperturbables, mystérieuses, indépendantes d'eux ; sa petite amie et lui seraient pareils à deux planètes en orbite d'un soleil commun : le travail. Daniel, lui, n'était pas ambitieux du tout, conclut-elle.

Au dîner, elle choisit un siège à l'opposé de Gideon. L'homme au chapeau melon s'assit à côté d'elle. Il s'appelait Nicolas. Il était photographe. Lorsqu'elle lui demanda quel type de photographe, il ricana avec tant de condescendance qu'elle se demanda comment il arrivait à faire tenir son ego sous son chapeau. « De la vie », déclara-t-il. Puis, s'apercevant sans doute qu'il leur faudrait bavarder pendant tout le repas, son ton s'adoucit.

« D'où tu connais Sylvia ? demanda-t-il.

— Je viens de la rencontrer. »

Il hocha la tête. « Moi aussi. »

Les sets de table rose saumon étaient installés, la nappe ivoire parfaitement repassée, les bougies allumées, la musique baissée. La corbeille à pain fut passée de main en main. Ivy s'attaqua à un petit pain aux graines de pavot. Elle sentit son estomac gargouiller quand la levure chaude glissa au fond de sa gorge ; elle se rendit compte qu'elle était plus qu'à moitié ivre.

Sylvia servit un poisson blanc cuit dans une sorte de sauce citronnée, accompagné de pommes de terre et de minuscules brins de persil ; ensuite vint l'agneau, tout à fait à point, dont le jus rose s'infiltrait dans le couscous aérien. Les conversations s'écoulaient librement et sans contexte particulier, comme un tourbillon au fond duquel étaient jetés pêle-mêle des histoires et des noms quelconques avant d'être broyés et recrachés pour former une nouvelle histoire – si possible la plus obscure qui fût. Toute fête a recours à sa propre monnaie sociale ; en ce qui concernait les convives présents ce soir-là, cette monnaie était la capacité de se montrer intéressant. Au moment où l'on servit la mousse au chocolat et le café, Ivy était déjà si repue qu'elle sentait des remontées acides dans sa gorge.

Pendant tout ce temps, Gideon ne lui adressa pas un seul regard.

Juste avant minuit, les invités se serrèrent tous sur le balcon. Ivy tenta de se frayer un chemin vers Gideon afin d'établir au moins un contact visuel, mais il lui tournait le dos. Ils se lancèrent dans le compte à rebours. Des *boums* retentirent à travers la ville, en une explosion simultanée de feux d'artifice si brillants que la nuit s'illumina, bleu saphir. Ils firent passer un joint, puis un autre. Gideon, remarqua Ivy, ne participa pas.

De retour à l'intérieur, Nicolas se mit à débiter son avis très tranché sur le développement de plateformes en ligne qui vendaient des reproductions d'art produites en masse (horrible, commerce, art dégradant). Quelqu'un, allongé par terre, leva sa tête collée aux vrilles des plantes et lança : « Mec. Ferme ta gueule. » Cette même pensée trottait dans la tête d'Ivy depuis le début de la soirée, et elle rit jusqu'aux larmes. Elle crut sentir le regard de Sylvia, froid et réprobateur, si différent des autres par sa somptueuse supériorité. Mais quand elle tourna la tête dans sa direction, Sylvia se trémoussait dans son fauteuil, les yeux fermés, claquant des doigts en deux temps, apparemment plongée dans la musique. Ivy se dirigea vers le balcon avec un petit groupe de personnes pour une pause cigarette. Elle entendit Gideon dire à la femme brune : « Je déteste l'odeur de la cigarette. » Elle s'excusa, prétextant qu'elle devait aller aux toilettes.

Quand elle revint au salon, l'horloge dorée au-dessus de la cheminée indiquait trois heures trente-cinq. Sylvia était pelotonnée sur le sofa, lynx gracile drapé dans la lumière de ses chandeliers éclatants. Deux aiguilles à tricoter apparaissaient et disparaissaient entre ses mains à une vitesse incroyable, telles des pinces. Ce qu'elle tricotait était gris et informe. Elle interrompit son ouvrage et fit signe à Ivy et Gideon de s'approcher. « Vous avez passé une bonne soirée ? » s'enquit-elle, comme s'ils avaient été les invités d'honneur, les seuls dont l'opinion lui importait. Ivy aurait été touchée, si elle n'avait vu Sylvia parler exactement de la même manière à chacun des convives.

« C'était une soirée charmante, répondit-elle.

— Et quel agneau ! ajouta Gideon, serrant les épaules de sa sœur. D'habitude, je n'ai jamais droit aux repas faits maison. » Il sourit à Ivy d'un air complice. Puis il consulta sa montre. « Il faut que j'y aille. J'ai un brunch avec Tom, demain.

— Tommy Tom Tom, rétorqua Sylvia nonchalamment, faisant cliqueter ses pinces. Est-ce qu'il sort toujours avec cette fille qui vient du Michigan ?

— Oui, Marybeth. Je ne les ai pas vus depuis Thanksgiving. » Gideon regarda de nouveau sa montre.

Face à son départ imminent, Ivy sentit s'émousser son désir de paraître distante : « Ce Tom, il était à Grove ? » Le meilleur ami d'enfance de Gideon, Tom

Cross, était omniprésent sur ses photos de Facebook. Le fait que le prénom « Tom » lui fasse penser à Tom Cross paraissait sans doute un peu exagéré – tous les Tom du monde vivaient probablement à Boston – mais il était tard, elle était ivre et ses inhibitions étaient dangereusement proches de zéro.

« Tu te souviens de lui ? s'étonna Gideon.

— Bien sûr. » Ivy gratta les peluches sur l'accoudoir du canapé. « Vous jouiez ensemble au foot. Il faisait craquer toutes les filles.

— C'est bien lui. » Gideon décocha un petit sourire. « Ouais. Il n'a pas beaucoup changé. »

Sylvia intervint : « Oh bon sang, Giddy. Je dois tout faire à ta place ? » La bouche en cœur, elle ajouta : « Ivy, s'il te plaît, va prendre le brunch demain avec mon frère et Tom. Il n'est pas idiot, je te jure, juste un peu lent à la détente.

— Oh ! s'exclama Ivy, la chaleur lui irradiant la nuque. Je ne voulais pas…

— Si tu es libre demain, renchérit Gideon avec amabilité, sans regarder sa sœur, tu devrais venir prendre le brunch avec nous.

— Je ne voudrais pas jouer la cinquième roue du carrosse », répondit Ivy, incapable de réprimer un rire nerveux à la fin de sa phrase. Elle éprouvait le besoin viscéral de se lâcher et tenta désespérément de se ressaisir.

« C'est toi qui m'éviteras d'être la cinquième roue. Tom vient avec Marybeth.

— Alors si je peux te l'éviter… »

Ils échangèrent leur numéro de téléphone ; lorsque Ivy suggéra de les rejoindre sur place, Gideon écarta cette idée d'un revers de main et lui dit qu'il viendrait la chercher.

« C'était toujours aussi bien, Sib. » Gideon embrassa sa sœur sur la joue. Après un instant d'hésitation, il se pencha pour embrasser Ivy aussi, de ses lèvres chaudes et sèches.

Alors qu'elle regardait la porte se refermer, Ivy ne put retenir le sourire félin qui lui retroussait les commissures des lèvres. S'apercevant que Sylvia la dévisagea d'un air étrange, elle éclata de rire – un bruit factice, même à ses propres oreilles. « Qu'est-ce que tu tricotes ? demanda-t-elle.

— Un pull. Pour mon petit copain. »

Ivy tenta de se rappeler lequel de ces hommes fins comme des roseaux était resté auprès de Sylvia toute la soirée, mais elle avait été bien trop obnubilée par Gideon pour remarquer qui que ce soit d'autre. « Il était là, ce soir ?

— Il passe la semaine à Vegas. Et il déteste mes dîners. C'est un peu comme faire prendre un bain à un chat. Il déteste tout ce qui est civilisé, en fait. » Sylvia s'embrouilla dans son nombre de mailles. « Tiens, tu peux me tenir ça ? »

Ivy prit la pelote de laine et relâcha le fil centimètre par centimètre, hypnotisée par les rangs bien ordonnés de mailles délicates. La voix argentée de Sylvia semblait se mêler aux fibres de laine pour former une harmonieuse tapisserie grise…

Ivy se retrouva tout à coup dans un escalier étroit qui sentait la cannelle et les cinq épices, puis sur le trottoir, manteau drapé sur un bras, sac à main sur l'autre, titubant jusqu'à l'épicerie du coin pour acheter un paquet de cigarettes. Il était quatre heures du matin passées de quelques minutes. Elle héla un taxi et passa les trente minutes nécessaires à la traversée de la ville un petit sourire satisfait aux lèvres, le visage appuyé contre la vitre sale de la voiture.

8

Tom Cross vieillissait mal. Les rayons dilués du soleil luisaient sur ses cheveux soigneusement peignés et son visage blafard, bouffi par trop de *happy hours*, lui donnant l'apparence de quelque anémone de mer brune en chemise rose et pantalon beige à revers, chaussures bateau sur ses pieds nus. À côté de Tom était assise Marybeth Hamill, une femme qui respirait tant la santé – ses boucles auburn s'échappaient d'une demi-queue-de-cheval, de bonnes joues rouges transparaissaient sous un bronzage intense, qui laissait entendre qu'elle pratiquait des sports d'extérieur –, à tel point qu'Ivy se demanda comment Tom parvenait à suivre le rythme, au lit. Les yeux noisette de Marybeth examinèrent la silhouette d'Ivy pour une estimation instantanée ; et, sentant en elle une âme sœur, son visage s'illumina d'une expression accueillante et chaleureuse ainsi que les rideaux se lèvent au théâtre.

Gideon présenta Ivy, expliquant qu'elle était une amie de longue date qu'il avait connue à Grove et qui avait déménagé avant la remise de diplôme. Ivy s'aperçut que Tom ne se souvenait pas du tout d'elle. Tom, Sylvia – les personnes dans leur genre faisaient étalage de leur incapacité à se souvenir des noms et des visages. Gideon était différent. Il s'était approché d'elle et lui avait demandé *Tu te souviens de moi, Ivy ?* Comme si c'était elle qui avait eu de l'importance.

« Ce bon vieux lycée, commenta Tom les présentations faites. Bon sang, quelle époque. On vient de voir un film – comment il s'appelle, déjà, ma chérie… ? Oh, laisse tomber, tu as dû t'endormir. Bref, ça parle de deux flics qui s'infiltrent dans leur ancien lycée. Tu penses qu'on s'en tirerait sans se faire démasquer, Gideon ?

— Pas avec ta calvitie, “mon chéri”, rétorqua Marybeth. Elle avait une voix grave et rauque, presque aussi caverneuse que celle d'un homme. Même avec un postiche, on te prendrait pour le prof de gym. » Gideon rit sous cape, épaules tremblantes.

« Je préfère être adulte, déclara Ivy. Plus de liberté.

— Ah, quelle chance, dit Tom. Je n'ai jamais eu aussi peu de liberté, entre le travail et ces foutus parents qui me harcèlent en permanence. » Il écarta les mains pour montrer son exaspération. « Ma mère, tu vois. Elle m'appelle tous les week-ends pour jouer en double, ou pour prendre le brunch, ou pour la suivre partout avec ses sacs de courses.

— Qu'est-ce qui est arrivé à Gwen ? demanda Gideon.

— Elle s'est déchiré le ménisque en faisant de l'équitation, le mois dernier. Bref, hier, elle voulait que je l'accompagne pour choisir une nouvelle couleur…

— Elle se sent seule, interrompit Marybeth, et je ne crois pas que…

— … choisir une nouvelle couleur pour repeindre

leur chambre, poursuivit Tom sans laisser la parole à sa petite amie. Mais qu'est-ce que j'y connais, moi, aux couleurs de peinture ? Elle a déjà organisé les fêtes de Thanksgiving et de Noël. Imagine un peu l'horreur le jour où Marybeth et moi, on voudra partir en vacances en tête à tête à Noël. Elle exige plus d'entretien que Hunter. Notre berger allemand », ajouta-t-il, jetant un bref regard à Ivy, qui sourit avec compassion.

« Les dernières fêtes de Noël ont failli avoir ma peau, fit Marybeth.

— Marybeth m'a traité de petit ami je-m'en-foutiste, cette fois-là, précisa Tom.

— Le côté gore des peintures catho, très peu pour moi, poursuivit Marybeth. Ça me rend dingue. Gideon, toi tu sais de quels tableaux je parle. » Elle se mit à compter sur ses doigts. « Celui de Jésus ensanglanté sur la croix. Celui du saint qui se fait décapiter. La Madone à un sein. Le chérubin qui saigne des yeux. La femme nue qui se fait poignarder à mort. Tout ça, suspendu dans la salle à manger pendant qu'on découpe nos jarrets d'agneau… Plus c'est sanglant et violent, plus le père de Tom adore. Pas étonnant que Tom soit devenu morbide.

— Marybeth fait un rêve récurrent, reprit Tom d'un ton placide, dans lequel elle me tire dessus au cours d'un safari et accroche ma tête au mur.

— Tu pourrais devenir un de ces martyrs catholiques, commenta Marybeth.

— Les gens se tournent vers le catholicisme pour échapper aux femmes », rétorqua Tom.

Ils continuèrent ainsi pendant quelque temps. Tom et Marybeth parlaient l'un de l'autre à tour de rôle

– lui avec une rhétorique contrôlée, elle avec des gestes rapides et moqueurs. Leurs yeux passaient d'Ivy à Gideon, mais eux ne se regardaient jamais. Était-ce simplement pour se charrier, se demanda Ivy, ou existait-il un réel dédain sous leur sourire sardonique ? Se retrouver sur la corde raide entre plaisanterie et mépris était peut-être ce qui pimentait leur relation.

Le serveur vint enfin prendre leur commande : mimosas pour les femmes, bloody mary pour Tom, café pour Gideon.

« Je comprends ce que tu veux dire, acquiesça Ivy, reprenant le fil de la conversation. Nos parents redeviennent des enfants, n'est-ce pas, avec leurs idées farfelues et leurs accès de colère ?

— Je crois que les parents de Tom sont plus que "bizarres", répliqua Marybeth d'un ton sec.

— Ce sont des monstres, ajouta Tom.

— "Tu n'es qu'un enfant", dit Ivy, imitant leur ton drolatique.

Tom la fusilla du regard. « Qu'est-ce que tu entends par là ? »

Elle rit, mais personne ne suivit son exemple. Gideon ne souriait plus.

« Je plaisante. » De toute évidence, elle avait mal interprété les sous-entendus. Tom et Marybeth ne cherchaient pas à vanter les parents exigeants de Tom de façon détournée. Leur irritation était réelle.

Pour la punir, Tom se mit à lui parler avec emphase.

« Et toi alors, tu es fille unique ?

— J'ai un frère cadet.

— Et ta famille, d'où elle vient ? »

Ivy resta interdite un bref instant. « De Chine.

— Mais tu es née à West Maplebury, non ? ajouta Gideon avec douceur.

— Au sud d'Andover ? s'exclama Tom.

— Une heure à l'ouest, rectifia Ivy. *West* Maplebury. »

Marybeth renâcla.

Le serveur reparut avec leurs boissons. Ils se turent, le nez dans leur menu. Ivy était soulagée de bénéficier de cette interruption ; si la conversation avait duré plus longtemps, ses efforts pour jouer les chics filles auraient paru forcés.

À la seconde où Tom eut fini de commander son entrée, Gideon l'interrogea sur ses dernières vacances à Saint-Barth avec Marybeth. Tom semblait légèrement diminué, avachi au fond de son siège avec un air de nervosité distraite. Il se redressa lentement et croisa les bras.

« À vrai dire, il s'est passé quelque chose pendant notre voyage.

— Aïe, fit Gideon.

— Eh bien en fait... » Tom s'éclaircit la voix. « On t'a demandé de prendre le brunch avec nous pour te dire... que Marybeth et moi sommes fiancés. »

Marybeth leva la main qu'elle avait cachée sous la table pendant ces quelques secondes de suspense : une grosse émeraude taille coussin ornait son annulaire, enchâssée entre les griffes d'une lourde bague en or.

« Oh mon Dieu, s'exclama Ivy.

— Oh là là, dit Gideon. Félicitations, les amis ! » Son sourire s'étira d'une oreille à l'autre, dévoilant sa petite dent de travers.

Tom rougit de la nuque aux oreilles. Avec la

grandiloquence arrogante qui le caractérisait déjà à Grove, il se mit à leur raconter l'histoire. Ils faisaient un tour en hélicoptère. Le pilote survola le message que Tom avait écrit sur le sable : *Épouse-moi !*

« Je croyais que ça s'adressait à quelqu'un d'autre, expliqua Marybeth. Je l'ai montré du doigt et j'ai dit : "Regarde, Tom, quelqu'un fait une demande en mariage." Et là, il a enlevé sa ceinture de sécurité et il a mis un genou à terre. Le pilote criait *Retournez vous asseoir !* Je n'ai jamais eu un choc pareil. »

Tom haussa un sourcil. « Pourquoi ? Ça fait des années que tu me parles de mariage.

— Je crois que tu confonds avec ta mère, riposta Marybeth.

— Regarde les choses en face, Tom, elle t'a battu à plate couture », dit Gideon, tendant la main pardessus la petite table pour tapoter l'épaule de son ami. Face à cette taquinerie amicale le contour des lèvres de Marybeth s'arrondit pour former son petit sourire narquois. Le sourire de Gideon tremblait un peu aux commissures, comme s'il était sur le point de s'envoler. « Est-ce qu'on peut ouvrir une bouteille de champagne ? demanda-t-il au serveur quand celui-ci leur apporta la nourriture. Ces deux-là viennent de se fiancer ! » Tous semblèrent soupirer en chœur. Ivy sentit comme un relâchement suite au déploiement de quelque effort commun dont le but lui échappait.

L'arrivée du champagne sembla leur donner l'autorisation de se montrer sous un jour plus exubérant et désinvolte, avant même l'apparition des effets de l'alcool. Marybeth raconta que Tom, qui faisait de l'apnée du sommeil, avait un jour ronflé si fort qu'il s'était réveillé lui-même ; elle imita le grognement, un énorme bruit porcin. Cela déclencha des quintes de rire générales, signe de leur humeur festive. Ivy demanda à revoir la bague. « Affreuse, n'est-ce pas ? dit Marybeth, sans chercher à baisser la voix. Mais elle est dans la famille de Tom depuis l'ère glaciaire, alors qu'est-ce que je peux faire ? »

Au bout de deux heures, ils commencèrent à exprimer leur affection mutuelle par de bruyants éclats sentimentaux. Tom, dont l'accent bostonien commençait à poindre, montra Gideon du doigt : « Je connais ce type depuis la maternelle. Et maintenant, voilà que je vais me marier. J'ai toujours cru que tu serais le premier.

— Je t'avais dit que non, répondit Gideon, secouant la tête.

— Vous êtes mignons, tous les deux, fit Marybeth.

— Apportez-nous une autre bouteille », lança Tom.

Le serveur s'approcha et entreprit de réciter la carte. « Le même que tout à l'heure, l'interrompit Tom.

— Le Dom Pérignon ou le d'Ambonnay, monsieur ?

— Lequel, il nous demande, grommela Tom. C'est vous l'expert, non ? »

Le serveur disparut, rouge comme une tomate. « Qu'est-ce qui te fait rire ? » demanda Marybeth. Ivy répondit que le serveur allait cracher dans leur plat. « Ce n'est pas une brute, tout de même », mais quand les desserts arrivèrent, Ivy remarqua qu'elle ne toucha pas à sa crème brûlée.

Dédaignant la cuillère, Tom prit un boudoir de son tiramisu entre le pouce et l'index, léchant une traînée de crème laissée sur son pouce. C'était un geste dégoûtant, mais tout ce que faisait Tom semblait être un affront délibéré envers le bon ton, comme s'il était trop bien éduqué pour les bonnes manières. « Je veux un yacht en guise de cadeau de mariage, déclara-t-il à Gideon, crachant des miettes partout.

— Ça marche, répondit Gideon.

— Je l'appellerai *Nuaa Junior*.

— Appelle-le *Le Marybeth*, suggéra Gideon.

— Bonne idée ! s'écria Marybeth.

— C'est l'heure de ton toast, Giddy », lança Tom. Puis il ajouta, d'une voix plus douce : « Entraîne-toi pour ton rôle de témoin.

— Levons nos verres à… "et ils vécurent heureux", déclara Gideon.

— Il faut qu'on y aille, Tom, dit Marybeth après avoir avalé son verre. On est invités à une *baby shower*.

— On doit aller à la *baby shower* », répéta Tom.

Gideon demanda l'addition. Il voulut payer l'intégralité du repas, mais Tom refusa d'un geste.

« Le yacht, lui rappela-t-il. Tu dois économiser. »

Ivy jeta un coup d'œil au reçu sur le plateau. Son cœur faillit éclater sous le choc. Les cocktails, les quatre bouteilles de champagne, les œufs pochés gélatineux saupoudrés de truffe et de caviar, divers gâteaux et douceurs totalisaient un peu plus de deux mille dollars.

« J'ai été ravie de faire ta connaissance, confia Marybeth à Ivy tandis que leur taxi s'arrêtait le long du trottoir. Il faut absolument que Gideon t'amène plus souvent. D'ailleurs » – elle fit volte-face – « je viens de me rappeler… On va skier à Mont-Tremblant, le dix-sept. Viens avec nous ! » Ivy rit, chancelante, mais Marybeth insista : « Je suis sérieuse. Viens.

— On verra », répondit Ivy, indiquant Gideon d'un signe de tête faussement timide.

Marybeth éleva la voix et répéta sa proposition à Gideon, qui donnait des tapes dans le dos de Tom, accompagnées de dernières félicitations. « Plaît-il ?

— Je disais que tu as intérêt à nous l'amener au ski. Ce n'est pas drôle, de partir en solo. Il fait trop froid au Canada, sans personne avec qui partager son lit. »

Gideon passa son bras autour des épaules d'Ivy et l'attira si près de lui qu'elle pouvait sentir son after-shave au parfum boisé. « C'est sûr, je n'ai pas envie de geler, acquiesça-t-il.

— Ciao, les tourtereaux, chantonna Marybeth. On se voit sur les pistes ! » Elle agita frénétiquement la main derrière la vitre jusqu'à ce que le taxi disparaisse au coin de la rue.

Peut-être Gideon trouvait-il lui aussi trop risqué de se lancer dans un séjour improvisé ; il l'appela quelques jours plus tard pour l'inviter à un match des Celtics. Un nouveau galop d'essai avant la grande course. Ivy pensait que Tom et Marybeth ou d'autres « anciens » seraient présents, mais quand elle vit Gideon en train d'attendre devant le Boston Garden, il était seul. Comme ses bras et ses jambes lui semblaient raides, se balançant ici et là, sans élégance, alors que Gideon se tenait là, si grand et sérieux, le lourd drapé de son manteau de laine, les bords de son écharpe à motif écossais et son pantalon repassé formant une ligne gracieuse de la tête aux pieds.

Gideon bénéficiait d'un abonnement saisonnier avec des sièges au balcon. Il comprit très vite qu'Ivy ne suivait pas le basketball. Pour rendre le match plus vivant, il lui montra du doigt les Big Three, puis retraça leur parcours sous la forme du récit palpitant de leur come-back : trois basketteurs au talent fou jouaient en ligue mineure, jusqu'au jour où ils unirent leurs forces pour battre les Lakers rivaux et remporter un championnat dès leur première année de collaboration, mettant ainsi fin à plusieurs décennies de traversée du désert. « C'est le début d'une dynastie, expliqua-t-il. C'est pour ça que tous les matchs se jouent à guichets fermés, même pendant les saisons régulières. Cette année, notre équipe va encore gagner. » Ivy hocha la tête et posa des questions. Elle aimait écouter la voix de Gideon, dotée d'une supériorité naturelle. Les Celtics eux-mêmes lui appartenaient.

À la mi-temps, elle acheta deux hot-dogs et deux barres chocolatées. « Tu as dit que tu n'avais pas eu le temps de dîner », précisa-t-elle, remarquant que son visage semblait pâle sous la casquette verte.

Gideon la remercia. « Tu es très prévenante.

— Oui, mais n'en abuse pas. »

Il eut un sourire hésitant – un sourire inquiet, surpris – et elle se hâta de rire en expliquant qu'il s'agissait d'une blague ; il pouvait abuser d'elle autant qu'il le souhaitait, ce qui le fit rire à son tour et détourner le regard.

Les Celtics écrasèrent les Nets 118 à 86. Dans l'euphorie qui suivit la victoire, Ivy avait espéré que Gideon la prendrait dans ses bras, ou qu'il lui passerait le bras autour de ses épaules, comme il l'avait fait l'autre jour devant Tom et Marybeth. Au lieu de quoi, tandis qu'ils prenaient leur manteau et leur écharpe pour suivre la foule dans les escaliers, il se tourna soudain vers elle : « Tu te souviens de notre première rencontre ?

— À Grove ?

— Oui.

— Euh… Je me souviens qu'on avait cours de littérature américaine ensemble. » À sa surprise, elle ne se souvenait pas exactement de la première fois qu'elle avait vu Gideon, malgré son engouement pour lui. Lui qui la veille n'existait pas à ses yeux était tout à coup devenu le centre de son univers.

« Je m'en souviens parfaitement, reprit Gideon. Tu étais nouvelle. Mme Carver t'a présentée à la classe et t'a demandé de partager un fait insolite à ton sujet. Comme tu ne trouvais rien à dire, elle t'a demandé ce que tu voulais faire plus tard. » Il s'arrêta pour la regarder avec un sourire en coin. « Tu as répondu que tu voulais obtenir un doctorat.

— C'est vrai ?! » Elle sentit son sex-appeal fondre comme neige au soleil. « Mais je n'avais aucune idée de ce qu'était un doctorat !

— Ça m'a beaucoup impressionné. Je pensais que tu étais un de ces enfants prodiges dont parlaient les journaux que nous lisait mon père.

— Crois-moi, dit-elle, secouant la tête, je racontais n'importe quoi. C'était certainement une idée de mes parents.

— Ensuite, tu t'es assise à côté de moi et tu m'as ignoré pendant tout le restant de l'année. Tu étais si différente des autres filles… Tu n'imagines pas à quel point c'était rafraîchissant pour moi. »

Elle sourit d'un air évasif. « Rafraîchissant » faisait-il partie de ces adjectifs réservés aux filles « prévenantes » ?

Ils parvinrent enfin à sortir du stade. C'était une soirée brumeuse au ciel noir d'encre, à la lune presque invisible – une lune d'ombre, avait un jour dit Meifeng, quand les choses auparavant impossibles devenaient possibles. Le vent soudain picota le visage d'Ivy.

« Tu crois que j'ai beaucoup changé depuis ? demanda-t-elle.

— Pas vraiment. Je me disais justement que je me sens très à l'aise avec toi. En vieillissant, je trouve qu'en amitié, une histoire commune compte bien plus que la quantité de temps passée avec une autre personne. » Il la dévisagea franchement. « Et tu n'as pas non plus changé physiquement. Tu n'as pas pris une ride.

— Quand je pense que j'avais un faible pour toi.

— Ah bon ? »

Le flot de la foule autour d'eux, un océan de vert, les cris de liesse, les bruits de bouteilles de bière se brisant sur le béton éveillèrent en elle un sentiment d'euphorie, celui d'être anonyme et d'être en sécurité dans cet anonymat.

« Oh, allez, dit-elle, serrant son manteau autour d'elle. Tu savais. »

Il ne nia pas.

« La vie est vraiment drôle, ajouta-t-elle d'une voix douce. Nous voilà. »

Les deux sphères délicates des yeux de Gideon reflétaient le visage d'Ivy. « Nous voilà », répéta-t-il.

Ivy paya le billet avec sa carte de crédit. Il coûtait 575 dollars – un vol hors de prix de dernière minute entre Boston et Montréal. Il y avait aussi le coût des accessoires : blouson et pantalon de ski, casque, masque, nouveaux dessous, épilation, manucure, pédicure – des dépenses nécessaires, certes, mais effrayantes quand on les additionnait. Elle n'osa pas regarder son compte en banque. Elle ouvrit l'une de ces lettres qui faisaient la publicité de la carte de crédit dernier cri et demanda celle dont le plafond de paiement était le plus élevé. Une solution temporaire, se promit-elle.

Toute la semaine, pendant les réunions matinales, les pauses-café, les cours de lecture et d'écriture, pendant les longs bains brûlants après le travail et le ronronnement ennuyeux des conversations à sens unique d'Andrea au sujet de ses régimes et de ses dernières peines de cœur, et surtout la nuit, quand son esprit vagabondait et que le ruisseau de son désir, bien qu'omniprésent mais atténué au cours de la journée, se faisait fleuve impétueux, elle s'imaginait en train de faire l'amour à Gideon. La lourde couette d'un chalet de montagne glacial. Ses mamelons, durs comme du béton. La main de Gideon glissant le long de ses cuisses, le creux de sa tempe appuyé contre son sein, et ses lèvres… ses lèvres… ! Après des heures et des heures de plaisir, le soleil se levant au-dessus de montagnes enneigées en face de leur terrasse, ils boiraient leur café, nus sous leur peignoir en coton ; il lui prendrait la main par-dessus la corbeille de viennoiseries et la poserait sur le suçon veiné de pourpre caché dans son cou.

La veille du voyage, Ivy envoya une carte de remerciement pour le réveillon du Nouvel An. Sylvia lui répondit par un texto quelques jours plus tard : *Merci pour ton gentil message. C'est adorable à toi d'être venue. Drôle de coïncidence : j'utilise les mêmes cartes de remerciement. Tu as très bon goût !* Ce qui fit beaucoup rire Ivy.

N'ayant pas pris le même vol que les autres, elle retrouva Gideon et Marybeth au carrousel à bagages. Tom était parti chercher la voiture de location, une Range Rover blanche étincelante pourtant à peine assez grande pour tout leur équipement. Sur la route qui les menait à Mont-Tremblant, presque tous étaient silencieux, tous étaient fatigués. Tom, qui avait réglé la radio sur une station country, leur parla pendant le reste du trajet avec un accent du Sud impeccable. Il lui arrivait d'être drôle, nota Ivy, adoucie par l'illusoire affection qui suit temporairement l'intégration à un groupe.

Quand ils arrivèrent au chalet, une villa à trois chambres, Ivy surprit la conversation entre Gideon et le concierge ; elle en conclut qu'il avait modifié l'hébergement rien que pour elle. Une vague de déception la submergea. Si elle lui avait suggéré de partager une chambre, Gideon aurait sans doute été effaré. Quand elle avait rencontré Daniel pour la première fois, celui-ci avait passé la nuit dans le lit de sa chambre d'hôtel – elle était au Twin Harbor Casino pour l'anniversaire d'Andrea, et ce jeune homme timide et élancé qui avait passé toute la soirée à leur table de black jack avait apporté une bouteille de vin à sa porte. Les hommes croient toujours devoir prendre l'initiative, mais ce sont les femmes qui font le premier pas, souvent imperceptible. Cependant, Gideon n'était pas Daniel. Ce qui avait fonctionné par le passé ne fonctionnerait pas dans le cas présent.

Personne ne s'attarda dans les chambres. Dès qu'ils

eurent déposé leurs valises, ils s'équipèrent pour une journée au ski. Ainsi débuta pour Ivy une boucle temporelle durant laquelle elle ne cessait de chausser ses skis, de battre l'air, de glisser, de tomber, de prendre ses bâtons, de se relever, encore et encore. Glisser, tomber, récupérer les bâtons, se lever. Parfois, ses skis se déchaussaient tout seuls et Gideon devait l'aider à les remettre. Il se mit à neiger en début d'après-midi. D'épais flocons lui piquaient les joues, elle sentit le froid dans sa bouche. Elle était entourée de blanc, d'un océan de blanc, et sur la piste verte, chaque skieur était un îlot de souffrance et d'épuisement, dont le seul but était d'éviter les autres.

« Tu n'as jamais fait de sport, pas vrai ? » demanda Tom quand Marybeth et lui s'arrêtèrent pour prendre de leurs nouvelles. Derrière son masque, des larmes brûlantes montaient aux yeux d'Ivy, mais elle parvint à émettre un rire d'autodérision – du moins crut-elle avoir ri : son visage étant devenu insensible, elle n'en avait pas la certitude. À la fin de la journée, tous ses vêtements étaient trempés, tandis que ses gants et même le rembourrage de son casque de ski étaient humides de sueur. Lorsqu'elle retira ses chaussettes pour se doucher, ce soir-là, elle aperçut sous son ongle de pied gauche une teinte violacée, là où il avait déjà commencé à noircir.

Après le dîner, Gideon s'endormit sur le fauteuil inclinable à côté de la cheminée. Ivy fut obligée de supporter les piques incessantes de Tom. En effet, sans Gideon pour le freiner, rien, pas même les sarcasmes de Marybeth, ne pouvait arrêter ses « blagues » d'ivrogne, toujours proférées de façon indirecte, si bien qu'Ivy n'avait aucun moyen de se défendre car elle n'était jamais certaine de ce qu'il sous-entendait.

« C'est dommage qu'on n'ait pas pu skier avec Gideon, remarqua Tom, enlevant ses chaussettes et agitant ses orteils poilus devant le feu.

« On pourrait se joindre à eux, demain, suggéra Marybeth.

— Et se faire tuer par un imbécile qui nous rentrerait dedans sur la piste verte ? Non merci. » Il avala une longue gorgée de brandy. « Tu t'amuses bien, Ivy ? dit-il avec gentillesse.

— Oh oui. » Elle sortit le planning des cours. « Merci de m'avoir invitée.

— Tu peux remercier Gideon avec une petite visite nocturne. »

Elle sourit avec humour.

« Je suis sérieux. » Tom se pencha en avant. « Gideon adore les femmes qui font du rentre-dedans.

— Il se passe quelque chose, entre Gideon et toi ? demanda Marybeth, changeant de camp.

— On est juste amis.

— Alors vous n'avez pas d'atomes crochus ?

— Eh bien... » Par réflexe, son visage rougissant se tourna vers Gideon. Elle eut soudain peur qu'il ne soit réveillé, qu'il n'ait écouté leur conversation à son sujet, ou même que ses amis et lui ne lui aient tendu ce piège pour la tester. « On commence tout juste à faire connaissance », poursuivit-elle à voix basse.

Marybeth la dévisagea.

« Tu t'y prends mal. » Tom fronça les sourcils. « C'est le gars timide par excellence. Il adore se faire draguer par les filles. Plus c'est pervers, mieux c'est.

Gideon est une vraie bête, au pieu. Quoi, tu ne me crois pas ? »

Ivy regarda Marybeth, qui ne lui vint pas en aide.

« Tu plaisantes, n'est-ce pas ? dit-elle.

— Si je plaisante… si je plaisante. » Tom frappa l'accoudoir du poing. « Et toi, tu plaisantes, putain ? »

Ivy recula.

« C'est l'heure d'aller au lit », annonça Marybeth.

Tom cligna des yeux. Il posa son verre sur la table et bâilla. « Je voulais pas te bousculer… Excuse-moi. Je vais me coucher. » Il regarda Marybeth. Marybeth regarda Gideon. Ivy regarda ses pieds. L'encre du planning avait déteint sur ses doigts humides.

Le lendemain matin, elle convainquit Gideon qu'elle voulait s'entraîner seule. Après s'être assuré qu'elle savait descendre seule du télésiège, il disparut retrouver Tom et Marybeth sur les pistes noires. Ivy supporta quelque temps la douleur, mais lors de sa deuxième descente, ses jambes lâchèrent tout simplement et elle dévala violemment la pente, dérapant hors-piste. Elle déchaussa ses skis et redescendit à pied. Elle se rendit au chalet. À neuf heures du matin, beaucoup de gens prenaient encore leur petit déjeuner. Elle commanda un café, des œufs, du jambon, des haricots sur pain grillé, et une énorme part de tarte aux pommes, qu'elle dévora goulûment, sans prendre la peine de mâcher, se brûlant la bouche à chaque grande gorgée de café. Autour d'elle, les gens marchaient d'un pas lourd dans leurs chaussures de ski, les snowboardeurs en tenues colorées extravagantes, les skieurs élégants dans leurs blousons doublés de fourrure.

Après avoir mangé, elle changea de place pour s'asseoir près de la fenêtre. Assise face aux pistes, elle attendit. Elle n'avait apporté ni livre ni magazine, et son téléphone n'avait pas de réseau. Il n'y avait rien pour se distraire en attendant les gens avec qui elle était venue. S'ils décidaient de l'abandonner ici, elle ne pouvait rien y faire. Ridicule, vraiment, qu'on puisse s'attacher à des inconnus et faire semblant que c'est normal. *Et toi, tu plaisantes, putain ?* Blaguer, toujours blaguer... Est-ce que je suis une blague à leurs yeux ? se demanda-t-elle. Tous trois se moquaient-ils d'elle en ce moment même ? Elle contempla le paysage au-dehors. Les taches brunes pointant sous les branches des arbres au loin provoquèrent en elle une décharge de solitude.

Quand Gideon entra pour déjeuner, elle lui fit signe et feignit d'être arrivée peu de temps avant lui.

« Comment ça s'est passé ? interrogea Gideon, les joues rouges, plein de vitalité.

« Bien, dit-elle avec un sourire crispé. Je suis tombée deux ou trois fois. Je commençais à avoir mal, alors j'ai pensé que ça suffisait pour aujourd'hui. Où sont Tom et Marybeth ? »

Gideon haussa les épaules. « Je ne suis pas sûr... J'ai passé toute la matinée seul. Ils sont sans doute sur les bosses, mais ces antiquités n'arrivent pas à suivre. » Il tapota ses genoux.

Il avait passé toute la matinée seul... ! Rien de tel que la paranoïa qui se volatilise pour vous donner le vertige et vous rendre joyeux. Ivy avait envie de rire, d'applaudir, de dire des choses frivoles. « Je crois que je vais rester avec toi après le déjeuner, déclara

Gideon avec un sourire, sentant le changement qui s'était opéré en elle.

— Prenons un dessert», répondit Ivy d'un ton joyeux.

Ils trouvèrent deux fauteuils dans la petite salle à manger, à côté du bar. Un groupe de musique s'installait dans un coin. Gideon commanda deux grogs. «Tu n'en as jamais goûté?» s'exclama-t-il quand Ivy demanda de quoi il s'agissait. «Jamais.» Elle en but trois. C'était tellement délicieux qu'elle faillit pleurer.

Ce soir-là, tous les quatre se détendirent dans le jacuzzi, sur le balcon de leur villa. La température extérieure était de moins dix degrés, des millions d'étoiles illuminaient la nuit noire. Ils distinguaient au loin les lumières scintillantes du petit village où ils avaient dîné: fondue au fromage et poutine. Cette fois-là, Ivy tut le fait qu'elle n'avait jamais goûté ni l'un ni l'autre.

Tom et Marybeth, qui avaient dépensé toute leur agressivité à skier, étaient d'humeur plaisante et s'embrassaient dans l'eau. La bretelle verte du bikini brésilien de Marybeth, un peu défaite, flottait dans son dos tel un brin d'herbe. À l'autre bout du demi-cercle, Gideon, la vapeur s'élevant autour de son beau visage, regardait les montagnes à l'horizon. Ivy s'approcha de lui.

«Tu penses à quoi?»

Il lui sourit. «Il y a deux endroits que j'aime plus que tout: ici et notre cottage de Cattahasset. Donne-moi des montagnes et de l'eau, et je suis un homme heureux.»

Elle le remercia de lui avoir tenu compagnie ce jour-là.

« J'ai passé un bon moment. » Sous l'eau, l'orteil de Gideon toucha le sien. Leurs yeux se posèrent à contrecœur sur Marybeth et Tom.

« Ivy ?

— Hmm ?

— Je vais t'embrasser. » Et il l'embrassa.

Quel effet cela lui fit-il ? Un effet aussi léger et aérien que les étoiles au-dessus de leur tête qui les surveillaient dans toute leur gloire froide et distante.

9

Cet hiver-là, leur quatuor se retrouva régulièrement dans les meilleurs restaurants de Boston pour le brunch ou les fruits de mer. Plateaux d'huîtres arrosées de sauce sriracha et de citron, soupes de palourdes onctueuses bouillonnant dans des bols de pain au levain, la chair de homard tendre et sucrée dégoulinante de beurre. Et comme la ville était belle en hiver ! Le scintillement onirique de la neige fraîche, le soleil froid de midi, l'air frisquet qui charriait les odeurs de terre, de sève, le parfum du printemps imminent. Ivy n'avait jamais jusque-là trouvé ses élèves, et surtout Arabella, aussi agréables et attachants ; une source éternelle d'histoires à raconter à Gideon. Chacun avait son rôle à jouer dans ce nouveau groupe : Gideon, la voix de la raison ; Marybeth l'instigatrice ; Tom la pipelette, celui dont l'humeur servait de baromètre aux autres ; et Ivy l'outsider, celle devant laquelle ils frimaient mais qu'ils n'appréciaient pas à sa juste valeur. Une distraction temporaire.

Sauf qu'ils se trompaient. Elle comptait bien rester.

Elle attendit un mois avant de coucher avec Gideon. Cela se passa le jour de la Saint-Valentin. Après avoir pris un verre à l'hôtel Commonwealth, il l'invita chez lui, dans son loft. Murs en briques apparentes, baies vitrées, carreaux de salle de bains d'un bleu marine si pur et brillant qu'ils paraissaient fluorescents, comme si vous étiez à l'aquarium. « D-désolé pour le b-ba-bazar. » Il regarda autour de lui confusément, souleva une pile de livres sur le canapé puis les reposa sans but précis. Le cœur d'Ivy s'attendrit. Voilà le vrai Gideon, pensa-t-elle. Celui qui bégayait quand il était nerveux. Celui qui n'arrivait pas à la regarder dans les yeux. C'était toujours le vrai Gideon qu'elle cherchait. Elle n'avait jamais cessé de se demander ce qui se produirait si elle le retrouvait un jour. « C'est superbe », dit-elle avant de l'attirer au-dessus d'elle.

Après, il l'aida à enfiler son manteau, l'embrassa sur la joue et l'accompagna jusqu'à son taxi – aussi soigneusement que s'il emballait un cadeau. Il pleuvait, dehors. Un ciel gris brumeux enveloppait tout de son ombre froide. *Qu'est-ce que tu vois quand tu regardes le monde, Gideon ?* Elle tenta d'insuffler aux ruelles sombres l'imperturbabilité solennelle de Gideon, mais en vain. Sans lui, les gens qui traînaient en bas de chez elle l'effrayaient, les objets légers qui flottaient dans les bourrasques de vent n'étaient rien d'autre que des sacs plastique. C'était là le problème, quand on recevait trop de bonheur à la fois. Si on n'avait pas le temps de s'adapter, la douleur de son absence soudaine devenait insupportable.

Une semaine plus tard, Gideon se rendit chez elle pour la première fois. En amont de sa visite, Ivy récura les toilettes de la vieille maison victorienne, jeta les oignons et l'ail qui moisissaient dans le frigo ainsi que les pots de yaourt crasseux, les patates douces à moitié mangées d'Andrea et les boîtes d'œufs vides. Elle lava ses draps, passa l'aspirateur sur la moquette, acheta tant d'iris à longue tige et aux pétales violet et jaune iridescents à la lumière des bougies que ses murs brillaient comme une lampe à lave. Elle ne pouvait rien changer à son quartier miteux, mais elle s'attaqua tout de même aux feuilles mortes, réduites en grande partie à une substance gluante et brune, qu'elle ratissa sur le trottoir devant la maison, et emporta l'affreuse enfilade de poubelles dans le jardin.

Gideon avait la tête ailleurs. L'un des Big Three s'était blessé au genou, lui révéla-t-il, et soudain le championnat des Celtics n'avait plus rien de certain. Ivy elle aussi se sentait abattue. Elle avait préparé des spaghettis bolognaise, du pain à l'ail, une salade aux olives fourrées, et ouvert une bouteille de sancerre, mais Gideon mangeait à peine. *Cette histoire de basket a vraiment dû l'attrister.* Elle ressentit une vague de tendresse envers lui, pour ses passions et ses soucis qui, à ses yeux à elle, étaient les soucis classiques d'un enfant.

Après dîner, ils allèrent boire un verre au Dresdan, afin que Gideon puisse rencontrer Andrea. Ivy l'avait briefé, lui expliquant qu'Andrea était « mon amie qui joue du violon pour l'orchestre symphonique de Boston. Elle n'est pas facile, mais elle est gentille, avait-elle ajouté, de peur que Gideon ne s'imagine qu'elle ne dise du mal d'une amie. Ce serait la première à te prêter main forte dans une bagarre.

— C'est tout ce qui compte », approuva Gideon.

Lorsqu'ils arrivèrent au bar, un quartette de jazz

commençait tout juste à s'installer. Une foule bruyante et joyeuse avait déjà envahi les lieux, constituée en grande partie d'un groupe d'employés de bureau qui se bousculaient pour payer une autre tournée à un collègue qui fêtait son anniversaire et sur l'avant-bras droit duquel avait été dessiné, au feutre permanent, le nombre de shots qu'il avait bus jusque-là. Au moment où Gideon commandait leurs verres, Andrea arriva, vêtue de leggings moulants en similicuir et d'un minuscule pull à motif léopard, le tout assorti d'un rouge à lèvres de la teinte prune foncée de la sangria. Bouche et croupe – les armes de prédilection d'Andrea. « La circulation était épouvantable ! » s'écria-t-elle, se débrouillant pour prendre dans ses bras Ivy et Gideon simultanément. Son régime patate douce-œufs durs avait fonctionné. Elle avait perdu sept kilos et les traits de son visage, sombres et tirés, étaient ceux des affamés. Elle rayonnait, ce soir-là. L'air de fille facile qu'elle arborait habituellement s'était empreint de profondeur et de mystère. Tel était le pouvoir de la beauté.

Malgré l'impossibilité de tenir une longue conversation, Andrea s'acharnait ; elle se penchait en avant à tel point que le col de son pull s'ouvrait et que les légères rondeurs de son décolleté, constellé de taches de rousseur, luisaient comme des poires mûres, puis criait : « Pardon ? Quoi ?! » Ivy observait Gideon. Elle n'arrivait pas à deviner ce qu'il pensait vraiment d'Andrea. D'une certaine façon, il lui faisait penser à sa tante Sunrin, avec sa courtoisie sans faille. Néanmoins, alors que le raffinement de Sunrin lui donnait un air supérieur – sa différence la distinguait des autres –, celui de Gideon vous incluait dans son intimité, tel un guide bienveillant qui vous chuchotait les bonnes réponses à l'oreille pour que vous vous sentiez très intelligent quand vous les formuliez. Ivy pouvait voir la magie opérer sur le visage radieux de son amie – comme je suis belle et unique, se disait Andrea. Ivy se demanda si elle ressemblait à cela quand elle parlait à Gideon. Elle lisait, dans chaque tressaillement de ses sourcils, chaque mouvement de sa tête, chaque inflexion de ses lèvres, le désir, l'incrédulité, le dédain. Elle s'imaginait que Gideon ressentait ces émotions car c'étaient celles qu'elle-même ressentait.

« Tu as des amis célibataires ? » demanda Andrea à Gideon après son deuxième verre de citronnade pétillante. Elle ne buvait pas, mais pour Ivy, il n'y avait pas grande différence entre Andrea quand elle était ivre et Andrea quand elle était sobre. Peut-être n'avait-elle pas droit à l'alcool à cause de son régime.

« Mon cofondateur, Roland, dit Gideon.

— Il a quel âge ?

— Vingt-sept. Non, attends. Vingt-six. »

Andrea secoua la tête. « J'ai trente-trois ans.

— Comment ?

— Elle a trente-trois ans, répéta Ivy.

— À vingt-six ans, on est encore bébé, expliqua Andrea. Il me faut un homme » – elle tapota son annulaire – « qui me mette la bague au doigt. »

Gideon hocha la tête avec compassion.

« Andrea devient très pragmatique, en ce moment, affirma Ivy.

— De nos jours, tout ce qui intéresse les hommes, c'est le sexe. Tu sais ce que m'a dit Chris, l'autre fois ? Il a dit : "Pourquoi je devrais me marier maintenant ?

Plus j'attends, plus mes actions montent." Et il a raison ! » Andrea secoua la tête d'un air désespéré. « Pour moi, le temps commence à manquer, alors que lui n'est même pas encore dans la fleur de l'âge ! Pourquoi irait-il choisir une femme de trente-trois ans aux ovules sur le déclin quand il peut se trouver une fille de vingt-deux ans qui vient de terminer ses études ? » Elle montra Gideon du doigt : « T'as pas intérêt à faire perdre du temps à Ivy. Deux ans, avec Daniel ! Elle voulait juste rencontrer sa mère. Quel dégonflé. »

Ivy entraîna Andrea aux toilettes. Elle l'écouta se débattre avec la fermeture Éclair de son pantalon avant d'entrer dans la cabine pour l'aider.

« T'es la meilleure, fit Andrea, appuyant son front chaud contre l'épaule d'Ivy. Gideon doit comprendre qu'on ne touche pas à ma meilleure amie. »

Avec une meilleure amie telle que toi, pensa Ivy, quel besoin d'avoir des ennemis ? Elle recoiffa la frange d'Andrea qui était collée à ses tempes.

« Tu dois lui donner du fil à retordre, poursuivit Andrea. Demande-lui s'il fréquente d'autres femmes… Exige qu'il te donne une réponse ! Les hommes ont besoin d'ultimatums. Gideon a l'air d'être un mec bien, mais ça ne se voit pas toujours à leur façon de s'habiller… Tu te souviens de ce Sud-Africain avec lequel je sortais l'an dernier ? Celui qui avait un python apprivoisé ? Il m'a demandé s'il pouvait s'attacher un… Bref, j'ai répondu : "Non mon chou, tu n'inséreras pas cette fusée par la porte de derrière", et il m'a plaquée le lendemain. Lui qui affirmait vouloir me faire deux gosses et en adopter un troisième parce que trop de bébés ont besoin d'une famille aimante.

J'ai pleuré, quand il a dit ça. » Andrea leva vers Ivy des yeux pleins de pitié, comme si c'était Ivy qui avait pleuré quand un homme lui avait déclaré vouloir trois enfants avec elle, dont un enfant adopté. « Toi tu es du genre innocent. Les hommes adorent en profiter. Si Gideon te demande de faire quoi que ce soit qui te met mal à l'aise, préviens-moi et je lui dirai ses quatre vérités. S'il te respecte, il respectera tes limites. »

Ivy contempla la femme qui se tenait devant elle. Son air indigné était censé exprimer la loyauté féminine, la colère frémissante qui semblait animer toutes les femmes célibataires de plus de trente ans. Ni la loyauté ni la colère n'avaient à voir avec Ivy ; celle-ci était simplement le personnage sur lequel se réfractait la philosophie d'Andrea.

Elle se lava les mains et sortit des toilettes.

Le quartette jouait une version sensuelle d'une chanson de Billie Holiday. Gideon regardait le saxophoniste. L'homme se balançait au rythme de chaque vibrato velouté, ses lèvres gercées expirant dans l'embouchure avec une force brute tandis que des gouttes de sueur se formaient, tremblaient puis dégoulinaient le long de ses tempes. Gideon ferma les yeux. Il prit son verre et l'avala d'un trait. Sa pomme d'Adam saillait beaucoup quand il déglutissait.

Ivy s'approcha de la table. Elle se pencha et embrassa le côté de son cou où palpitait son pouls. Le verre glissa des doigts de Gideon.

« Tu t'amuses bien ? demanda-t-elle.

— Oui ! » Il jeta un coup d'œil par-dessus l'épaule d'Ivy. « Andrea va bien ?

— Elle se refait juste une beauté. » Ivy approcha son

tabouret de telle sorte que leurs genoux se touchèrent quand elle s'assit. « Je suis désolée qu'elle t'ait cuisiné comme ça, tout à l'heure.

— Pas du tout. Elle semble être une très bonne amie. Très protectrice envers toi.

— Son psy lui a dit qu'elle a tendance à projeter ses émotions sur les autres.

— Je peux comprendre. » Il ajouta quelque chose qu'elle ne saisit pas.

« Comment ?

— Je disais que tout le monde n'a pas son franc-parler. »

Le quartette amorça un air de rock entraînant. Andrea reparut. Elle semblait surexcitée, presque frénétique.

« Wouhou ! J'ai pissé pendant près de deux minutes. Et devinez quoi ? J'ai eu mes règles ! J'avais presque une semaine de retard… Ça doit être à cause de mon régime. Vous imaginez si j'étais vraiment enceinte ?… Ce n'est pas comme si Chris et moi étions prêts à être parents… Bon sang, qu'il fait chaud ici… Il me faut un verre ! » Elle commanda un martini extradry et tira de son sac un grand éventail japonais, qu'elle agita vigoureusement en direction de son visage extatique. Ivy et Gideon détournèrent le regard. Même Andrea, avec son franc-parler, ne parlait pas franchement de tout.

Allongée sur son lit, Ivy attendait l'arrivée des Lin. La nuit ne tarderait pas à tomber. Des ombres chinoises se balançaient dans la brise qui entrait par la fenêtre et l'odeur sucrée des iris mourants et des lumignons parfumés au jasmin blanc qui vacillaient à chaque recoin de sa chambre la transporta dans l'appartement bohémien de Sylvia – seulement trois mois auparavant ? Ses souvenirs de la fête s'étaient empreints d'une lueur éblouissante, les visages ricanants et beaux, la clameur des voix disparates se fondant en une seule et unique voix sonore. Elle ne s'était pas amusée, à cette fête. Mais cela avait aussi été l'une des plus belles soirées de sa vie. Les deux n'étaient pas forcément incompatibles.

C'était son anniversaire. Cela faisait vingt-sept ans qu'elle était en vie. Qu'avait-elle fait de son temps ? Je suis institutrice pour des CP, pensa-t-elle. Ça semblait incroyable. Meifeng disait toujours que tout le monde avait un grand avenir dans son passé. Comment avait-elle pu laisser le sien s'échapper ?

Après avoir hésité un an durant à s'inscrire à la fac de droit, elle n'avait pu que reconnaître qu'elle ne deviendrait jamais avocate et avait dès lors opté pour la facilité en obtenant son diplôme d'enseignant. Beaucoup de filles de sa promotion choisissaient cette voie. Ivy n'aimait pas les enfants, mais ça n'avait pas d'importance : en réalité, être enseignant n'était pas vraiment une question d'enseignement. La plupart des métiers n'ont rien à voir avec le travail quotidien et tout à voir avec ce qu'ils représentent. Ainsi, les institutrices peuvent servir de faire-valoir aux hommes riches. Pourquoi s'embêter à gravir les échelons quand on peut prendre sa retraite après le mariage pour faire du bénévolat dans les refuges pour animaux et trier ses pulls par couleurs ? L'une de ses collègues, Christine Masterman, avait lancé un blog de cuisine le jour de ses fiançailles. À présent, Christine se baladait dans l'école vêtue de ses jupes amidonnées des années cinquante et de ses petits chaussons de danse, poussant les autres instituteurs à manger ses brownies sans gluten – qui avaient un goût d'avocat séché – et si débordante d'arrogance à la Mary Poppins qu'Ivy aurait voulu lui claquer l'arrière du crâne comme le faisait Shen quand Austin et elle dépassaient les bornes. Seule la patience tempérait son aversion pour elle : un jour, son heure viendrait. Mais elle ne s'était pas rendu compte que contrairement à elle, les autres institutrices de l'école Kennedy avaient une ribambelle de futurs époux parmi lesquels choisir. Amis de la famille, copains d'enfance, membres de l'Église, meilleurs amis du frère aîné, neveux du partenaire de golf de leur père. Pour toutes les Christine, les Sylvia et les Arabella de ce monde, un bon job n'était qu'une case de plus à rayer de la liste de la vie, au même titre que choisir le bon chapeau pour le match de polo à Newport. Ivy avait été amie avec elles, était sortie avec leurs ex, mais elle avait toujours été à part. Sa famille ne la soutenait pas.

La semaine précédente, Gideon avait dit que tout le monde n'avait pas le franc-parler d'Andrea. Insinuait-il qu'Ivy manquait de franchise ? Qu'elle était « sur la réserve », qu'il ne se voyait pas l'épouser ?

D'une main, Ivy tira une cigarette du paquet posé sur sa table de chevet et l'alluma à la flamme d'une bougie. Elle souffla des ronds de fumée peu enthousiastes au plafond et les regarda s'évanouir, pensant avec lassitude que ses rêves étaient tout à fait semblables : ils s'élevaient un à un puis mouraient avant même de prendre forme.

On sonna à la porte. Elle se leva très lentement et regarda par la fenêtre. Un monospace couleur cuivre reluisant était garé dans la rue. La nouvelle voiture de Nan. Celle-ci n'ayant eu que ce mot à la bouche lors de leurs dernières conversations téléphoniques, Ivy la soupçonnait de culpabiliser au sujet de cet achat dispendieux. D'après Nan, il s'agissait un véhicule sûr, spacieux, et comme ils l'avaient payé comptant, ils avaient fait une bonne affaire. « Prends toujours du liquide avec toi quand tu achètes une voiture », lui avait conseillé Nan. Comme si Ivy avait des milliers de dollars pour s'acheter une nouvelle voiture, alors qu'elle pouvait à peine payer les réparations de sa Camry merdique. Je devrais arrêter de leur envoyer de l'argent tous les mois, se dit-elle avec rancœur.

« A-ya, tu es si mince ! lâcha Nan en guise de bonjour, faisant irruption avec plusieurs gros sacs de courses à la main. Je dois tout de suite mettre ça au frigo… » Elle passa rapidement devant Ivy pour se rendre à la cuisine.

« Où sont les toilettes ? » demanda Austin. Son visage dégoulinait de sueur ; quand Ivy le serra dans ses bras, elle sentit l'odeur musquée et aigre d'habits laissés trop longtemps dans une valise.

« Il y a des gangsters, là-bas », déclara Shen, montrant du doigt l'endroit où deux hommes tatoués avaient l'habitude de traîner devant les SUV, à chiquer du tabac et cracher des glaires sur la chaussée. « Pourquoi tu habites ici ? Pourquoi ? Si tu as besoin d'argent… »

Meifeng tapota la jambe d'Ivy avec sa canne. « Tu devrais soigner un peu plus ton apparence. Même ton père porte des pantalons de meilleure qualité que les tiens. Ton entrejambe t'arrive aux genoux ! »

Ivy ignora la cohue et regarda le cinquième invité, un Chinois râblé vêtu d'un bombers, debout sur son paillasson, occupé à dénouer les lacets de ses bottes de neige.

« Qui c'est, lui ? demanda-t-elle à sa grand-mère d'un ton acide.

— Entre, Kevin ! lança Meifeng. Assieds-toi, assieds-toi. Ne fais pas attention au bazar. » Du coin de la bouche, elle murmura à Ivy que Kevin Zhao était le fils de l'ami de Ping. Il étudiait la médecine dans le New Jersey. Ses parents, qui vivaient en Chine, avaient demandé aux Lin de s'occuper de lui le week-end. « On lui a dit qu'on venait te voir à Boston. Il n'est jamais venu à Boston. Ça ne fait que cinq ans qu'il vit aux États-Unis.

— Vous avez invité un inconnu chez moi ?

— Ne sois pas puérile. » Meifeng renifla l'air. « Je croyais que Shen n'avait pas fumé dans la voiture. »

Kevin retira son manteau, au-dessous duquel il portait un sweat-shirt noir orné des mots HAUTE COUTURE en grosses lettres blanches. Avec un fort accent chinois, il se présenta sous le nom de « KZ » : « J'ai beaucoup entendu parler de toi, dit-il à Ivy.

— Qu'est-ce qu'on t'a raconté ?

— Ta mère dit que tu écris très bien. Elle m'a montré ta chambre. Il y a tellement de livres ! Tu devais être un enfant prodige. Tous tes carnets sont remplis ? Est-ce que je peux lire une de tes histoires ? »

Ivy répondit qu'elle n'écrivait pas d'histoires.

« Des articles ?

— Non plus.

— Mon ami veut faire une école de commerce. Si tu

as le temps, est-ce que tu pourrais jeter un coup d'œil à sa lettre de motivation ? »

Ivy emmena Kevin Zhao et les Lin dîner au Shangri-La, un restaurant chinois de Belmont. La dernière fois que sa famille lui avait rendu visite, elle avait commis l'erreur de choisir un restaurant italien chic du North End. Les pâtes à la carbonara sont faites avec des œufs crus, avait-elle précisé à Nan, qui l'avait regardée d'un air horrifié. Meifeng, qui avait mangé trop de braciola de bœuf, s'était plainte d'avoir mal à l'estomac. Austin, qui aurait pourtant dû apprécier la nourriture, était resté avachi sur sa chaise, refusant de commander ne serait-ce qu'une entrée parce qu'il n'avait pas d'appétit. Ce qui avait poussé Shen à se lancer dans une diatribe contre l'entêtement et l'irascibilité d'Austin qui dura tout le reste de leur séjour.

Au cours de cette visite, Ivy avait pu constater d'elle-même à quel point les choses avaient mal tourné pour Austin. Il avait été un enfant énergique et enthousiaste – parfois trop enthousiaste – et la morosité qui s'était emparée de lui au lycée avait été attribuée aux hormones de l'adolescence et à son mauvais comportement. Mais une fois à l'université, au lieu d'aller mieux, il était devenu tout à fait passif. Il avait pris énormément de poids, restait éveillé toute la nuit pour jouer à des jeux vidéo, changeait de spécialité tous les quatre matins, était souvent obligé de revalider des modules parce qu'il avait séché les cours, et avait fini par lâcher la fac l'été précédent (« il a pris une année sabbatique », prétextait Nan). Nan l'emmena voir le médecin de famille, une Chinoise originaire de Suzhou, qui lui diagnostiqua une carence en vitamines et lui délivra un déluge d'ordonnances pour des suppléments alimentaires. « J'avais les mêmes problèmes de santé à son âge, déclara Nan à la famille. De l'anémie. Je dormais sans arrêt. Je n'ai même pas pu terminer mon *gaoko* parce que je me suis évanouie pendant l'examen. Je ne mangeais pas assez. Mon fils a hérité de ma faible constitution. » Personne ne lui fit remarquer qu'Austin n'était pas anémique et mangeait à sa faim. Il était plus facile de croire qu'on pouvait régler les bonnes notes, l'enthousiasme, l'intelligence et la motivation avec des gélules de vitamine D.

« Au moins, je n'ai plus à me préoccuper de toi, Ivy », soupirait Nan après ces longues diatribes. Agacée par tant d'hypocrisie, Ivy avait un jour répondu : « Ce n'est pas toi qui as menacé de te suicider si jamais je m'installais à Boston ? » À sa surprise, Nan avait répondu qu'elle avait raison, que sa fille était forte et sage, plus sage qu'elle, qui n'était qu'une campagnarde stupide et inculte. Cet étalage flagrant d'humilité n'avait fait que mettre Ivy davantage sur ses gardes. L'approbation de sa mère pouvait s'avérer plus difficile encore à supporter que sa déception.

Ivy savait désormais pourquoi ses parents se montraient si gentils envers Kevin Zhao : ils essayaient de le caser avec elle.

Elle aurait dû s'en douter dès le départ. Pourtant, elle avait baissé sa garde, pensant que ses parents avaient assez à faire avec les problèmes d'Austin pour ne pas se mêler de la vie de leur fille.

Elle endura, humiliée, les cacahuètes et les cornichons épicés offerts par la maison, les douze plats que Shen avait commandés et que la serveuse dut poser sur une autre table tellement ils prenaient de place, les pâtisseries bouillantes à la citrouille qui lui brûlèrent le palais quand elle les mangea trop vite pour mettre fin au repas. La conversation était une véritable mascarade. Nan posait une question du genre : « Tu appelles ta mère souvent ? », après quoi Kevin regardait Ivy du coin de l'œil et minimisait les liens qu'il entretenait avec sa mère : « Une fois par semaine. » « Ping dit que tu appelles chez toi tous les jours, corrigeait Nan. Elle affirme que tu économises ton argent pour leur rendre visite en Chine. Ivy ne vit qu'à quelques heures de chez nous et elle ne vient jamais nous voir. » Parfois, Meifeng intervenait avec des commentaires tels que : « Ivy n'est pas une enfant *ting hua* comme toi. »

Et le cycle recommençait : « Ping dit que tu fais du sport tous les jours ? » « Je joue parfois au basket. » « Et tu nages aussi, je crois ! Ce sont des habitudes saines… Ivy aime nager, elle aussi, n'est-ce pas ?… Non ? Eh bien, tu aimes la nature ! Tu fais du camping. Je trouve que c'est vraiment sale, de dormir dehors, mais notre Ivy n'a peur de rien… »

Et encore : « Kevin, qu'est-ce que tu fais en dehors de tes études ? » « J'aime voyager. Je suis allé voir un ami à Berlin, pendant les vacances de printemps. » « Berlin ! C'est où, ça ?… En Allemagne ! Ivy n'est jamais allée en Europe… Ivy, j'espère que tu en prendras de la graine. Tu ne peux pas vivre toute ta vie le nez dans les livres… Kevin, est-ce que je t'ai dit qu'Ivy écrivait très bien ? Son cerveau bourdonne de nouvelles idées... Elle est très indépendante, notre Ivy... »

C'était une drôle de façon de jouer les entremetteurs. Nan oscillait entre vanter sa fille auprès de Kevin ou humilier Ivy pour lui donner envie d'être meilleure. Peut-être l'amour et la honte allaient-ils de pair, même dans les histoires de cœur.

Shen finit par demander l'addition. Kevin partit aux toilettes. Les cinq Lin le regardèrent s'éloigner.

« Comment tu trouves Kevin ? demanda Nan.

— Mama... non !

— Il est étudiant en médecine – vous pourriez être bons amis...

— *Non.* » Ivy jeta un regard accusateur à Meifeng, qui se mit à se nettoyer les dents avec un cure-dents.

« Comment tu comptes rencontrer un homme quand tu es entourée d'institutrices à longueur de journée ? s'emporta Nan, abandonnant son air innocent. Écoute-moi. Le père de Kevin est un riche homme d'affaires de Hangzhou. Ce sont des gens *da fang*. Pas des gens coincés ni des radins comme les Shanghaïens. Je lui ai déjà demandé s'il te trouvait jolie...

— Quand ça ?!

— Ta tante Ping m'a confié qu'il n'avait pas de petite amie. C'est une occasion en or.

— J'ai un petit ami, moi.

— Tu as dit que ses parents étaient divorcés.

— C'en est un autre. »

Nan la dévisagea avec méfiance. « Chinois ?

— Américain.

— Alors ça ne durera pas. Tu ne le sais pas encore, depuis le temps ? »

Ivy posa brutalement sa tasse de thé sur la table.

Kevin reparut. Il déclara qu'il avait quelques amis à Boston qui devaient le rejoindre devant le restaurant. Nan insista pour attendre avec lui sur le trottoir ; Ivy savait que sa mère voulait voir si ces « amis » étaient des femmes. Dix minutes plus tard, une Acura noir mat se gara dans la rue. Lorsque Kevin ouvrit la portière, une explosion de musique hip-hop – *shake, shake, shake your money maker* – résonna dans le silence de la nuit. « Salut, KZ », lança Ivy en agitant la main. « Joyeux anniversaire, Ivy », répondit Kevin avec entrain avant de se glisser sur le siège passager. Les Lin clignèrent des yeux, surpris. Ils avaient complètement oublié que c'était son anniversaire.

La famille repartit le lendemain matin. Nan avait rendez-vous chez le dentiste – elle venait de se procurer une mutuelle dentaire – et Shen expliqua qu'il devait rencontrer quelqu'un qui allait l'aider à mi-temps avec le conditionnement et l'inventaire. Ivy l'interrompit avant qu'il entre dans les détails. Elle détestait qu'on lui parle de l'entreprise familiale. Cela lui rappelait ces années sombres de leur arrivée dans le New Jersey. Le psychologue d'Andrea affirmerait sans doute qu'il s'agissait du syndrome de stress post-traumatique.

Au moment du départ, Ivy serra maladroitement Austin dans ses bras. « Détends-toi un peu », dit-elle. Il regarda ses pieds.

« Ton frère avait très envie d'être là pour ton anniversaire », intervint Nan d'une voix étranglée qui poussa Ivy à se détourner.

Shen tapa Austin dans le dos d'une façon trop joviale. « Bientôt, c'est toi qui vivras seul dans une grande ville, et on viendra te voir comme on le fait avec ta sœur.

— Ça m'étonnerait », rétorqua Austin. C'étaient les premiers mots qu'il prononçait depuis le restaurant.

À chacune de ces visites, Ivy se disait qu'elle prendrait Austin à part pour une longue discussion entre frère et sœur, mais les circonstances ou l'occasion idéales ne semblaient jamais se présenter, et une fois rentré chez lui, il ne répondait ni à ses SMS ni à ses appels. Ressentant le besoin immense de lui donner quelque chose, de lui exprimer à la fois son affection et son impuissance, elle dénoua son foulard et l'enroula autour du cou d'Austin. « Il est très cher, dit-elle. C'est un mélange de cachemire et de soie. »

Elle tint la portière ouverte pendant que Meifeng hissait une jambe dans la voiture, puis l'autre. « Mes genoux n'ont pas arrêté une seconde de me faire mal depuis notre arrivée », se plaignit-elle.

Prise de remords, Ivy pensa qu'elle devrait se rendre plus souvent à Clarksville, au moins pour voir Meifeng, qui l'avait élevée, et Austin, qui se renfermait sur lui-même comme s'éteint un ordinateur saturé.

Meifeng lui fit signe d'approcher. « Tu as vraiment un petit ami, ou est-ce que tu as menti à ta mère ?

— J'ai vraiment un petit ami.

— Écoute. Kevin n'est pas si mal que ça. Je sais que tu le trouves laid, mais il n'y a pas que l'apparence qui compte. Regarde ton père. La beauté est la sagesse des femmes ; la sagesse est la beauté des hommes. Le fils de Jojo a déjà trois ans. »

Ivy claqua la portière côté passager. Je ne quitterai jamais Boston, se jura-t-elle.

Les coups de fil de Nan, dans les semaines qui suivirent, étaient parsemés d'allusions à Kevin. Il avait apporté du ginseng hors de prix à Meifeng. Il avait appelé pour prendre des nouvelles de Shen, qui se remettait d'un rhume. Il avait emmené Austin jouer au basket au YMCA.

Ivy repensa à l'Acura noire, aux pulsations de la basse et du rap tandis que les pneus crissaient avec arrogance dans la nuit noire, et elle se sentit emplie d'amertume à l'idée que même quelqu'un comme Kevin, le « bon fils » par excellence, menait une vie plus excitante que la sienne. Elle regardait dix fois par jour la petite horloge en plastique accrochée au-dessus du calendrier de la classe et sentait chaque minute s'écouler avec une lenteur désespérante… et pourtant, quand elle se remémorait ces dernières semaines, elle trouvait qu'elles étaient passées à toute vitesse. Mais pour aller où ?

Elle ne se sentait vivre pleinement que durant les week-ends avec Gideon. Tout était éclatant, les plaisirs sensoriels – lécher du beurre fondu sur sa fourchette, écraser des raisins entre ses orteils, les globes rouges éclatant comme des œufs de poisson – toujours bruts et excitants. Les raisins avaient été écrasés au cours d'une visite viticole en dehors de la ville. Il y eut de nombreuses excursions de ce genre en avril et en mai, pour goûter du vin, mettre du vin en bouteille et acheter du vin. Parfois, Gideon et elle s'y rendaient seuls, parfois Tom et Marybeth les accompagnaient. Ces week-ends étaient un amas confus de caves sombres, de rires résonnant dans l'air âcre, la main de Gideon constamment sur son bras – doucement, disait-il avec un sourire qui révélait sa belle dent de travers, et, enhardie par les émanations, elle lui mordait la joue ; il avait le goût du sel et du savon.

Ensuite, il y avait les clubs : le Yacht Club, le Racquet Club, l'Algonquin Club, l'UClub. Tom était membre de chacun d'eux et y traînait souvent le groupe pour un squash ou un tennis matinal. Ils commençaient à boire à midi. Plus tard, Ivy racontait à Andrea le côté pompeux des lieux – les tableaux de cockers dans des cadres dorés, les documents anciens exposés sous verre, les diverses armures qui montaient la garde au bas d'escaliers en spirale gravées d'armoiries latines –, mais il était facile de se rabattre sur les états d'âme de la classe moyenne et de ridiculiser la prodigalité des riches alors qu'à Quincy, elle faisait la queue pour un buffet à volonté avec Andrea. Ivy se trouvait incapable de ressentir autre chose qu'une incompétence malhabile en compagnie de ces descendants fortunés des passagers du *Mayflower*, pour qui la tradition représentait le fondement le plus important de la vie. Tom Cross pouvait bien rire de ses prétentions ; Ivy, non. Elle ne connaissait pas la différence entre tradition et prétention. Rire ne ferait que révéler son propre manque de finesse.

Cependant, du moment qu'elle se montrait serviable et admirative, de nombreuses expériences nouvelles étaient mises à sa disposition. Le dernier samedi de mai, Gideon et elle accompagnèrent Tom et Marybeth dans un ranch équestre du New Hampshire qui appartenait à la tante de cette dernière. Ivy volait – elle vola littéralement dans les airs, s'agrippant de toutes ses forces, mais parvint à sauter son premier obstacle sur le dos d'une jument alezane à la robe chatoyante. Le temps s'écoula au ralenti : les mèches brillantes de la queue-de-cheval de Marybeth qui flottaient devant Ivy telle une torche, Tom et Gideon qui applaudissaient au loin, leur beau visage flou, l'odeur de l'herbe et le son des oiseaux qui pépiaient, et l'image de son propre corps, élégamment vêtu de jodhpurs et de bottes d'équitation, qu'elle entrevit à l'instant même où la jument sautait. « Cette journée était parfaite, confia-t-elle plus tard à Gideon, alors qu'ils se préparaient à aller se coucher.

— Tu as eu beaucoup de cran de sauter cet obstacle. Je n'avais jamais vu un regard aussi déterminé. »

Ivy n'y tenait plus : « On est dans une relation sérieuse, n'est-ce pas ? »

Il parut surpris. « Bien sûr. Désolé ; est-ce qu'on était censé avoir la fameuse conversation ?

— La conversation, c'est pour les losers. » Elle leva la jambe pour s'asseoir à califourchon sur ses genoux. Il avait échangé ses lentilles de contact contre des lunettes à monture noire ; quand elle les lui retira, elle vit les marques que les plaquettes avaient laissées sur sa peau, en forme de petites empreintes de pied, et son cœur faillit se briser d'amour devant cet aperçu inattendu de pareille nudité.

Il prit une mèche de cheveux d'Ivy et la laissa glisser entre ses doigts. « Je vais prendre une douche. »

Ivy écouta l'eau couler. Elle avait mal partout après avoir passé la journée à cheval, mais elle était encore agitée. Depuis la Saint-Valentin, Gideon et elle avaient couché ensemble onze fois – des parties de jambes en l'air sobres, sérieuses, pleines d'égards, et si elle réfléchissait bien, elle pouvait même se rappeler chaque baiser échangé. Après tout, elle en était généralement l'instigatrice. Gideon n'était pas très démonstratif en public, mais elle avait remarqué que ce genre d'hommes avait tendance à se comporter comme de vraies bêtes sauvages au lit. Pour une raison ou pour une autre, Gideon, lui, se retenait. Parfois, comme ce soir, quand il la regardait, les yeux mi-clos, les bras croisés, la bouche pincée, tout en retenue, elle avait la certitude qu'il réprimait son désir pour elle, mais elle ignorait pourquoi. Elle allait même jusqu'à se demander, dans des moments de délire, si Gideon avait des goûts si bizarres qu'il avait peur de perdre le contrôle devant elle. Sa déférence, sa courtoisie, son sens des convenances – autant de traits de caractère qu'elle adorait autrefois – l'empêchaient désormais de se rapprocher de lui.

Elle s'avança vers la fenêtre et l'ouvrit. L'air frais était agréable contre sa peau. La lune, grosse et orange pâle, ressemblait à une balle de ping-pong suspendue bas dans le ciel entre deux toits pentus. La rue de Gideon était bien plus calme que la sienne ; en dehors du chuintement occasionnel de pneus ou du bruissement des feuilles, il n'y avait aucun bruit. Elle aurait pu se trouver n'importe où, dans n'importe quelle ville ou banlieue ou campagne. Elle avait envie d'une cigarette, d'un verre, de quelque chose à briser ou de quelqu'un sur qui hurler.

Gideon reparut, se frottant les cheveux avec une serviette et vêtu de son pyjama préféré, bleu avec ses initiales brodées de fil blanc sur la poche de poitrine.

Elle l'avait taquiné sans merci à ce sujet, les premiers temps. Mais ils sont si confortables, avait-il expliqué, tout penaud. Mamie Cuffy, du côté Whitaker, le lui avait offert pour Noël; Sylvia possédait le même.

« Tout va bien ? » demanda-t-il.

Elle sourit.

« Je suis épuisée. On va se coucher ? »

Elle se remit au lit. Il s'endormit au bout de quelques minutes, mais elle resta éveillée longtemps.

10

« Ça ne passe pas, dit le caissier de l'épicerie coopérative.

— C'est moi qui paye », répondit Andrea, fouillant dans son sac. Ivy secoua la tête et en tira sa deuxième carte de crédit – celle qu'elle avait prise « uniquement » pour payer le voyage au ski du mois de janvier – et la tendit au caissier. Il eut l'air gêné. La rancœur lui brûla le visage. Où était le problème ? Le pays tout entier était endetté.

Mais une fois chez elle, elle regretta d'avoir acheté des raisins – qui aurait cru qu'un petit sachet coûterait si cher, sans compter le lait bio. Elle aurait pu acheter du lait normal. Elle se prépara à vérifier le solde de sa carte de crédit, avant de se dégonfler. Puis elle passa la soirée à se faire les ongles avec un vieux flacon de vernis. Le résultat était tellement affreux qu'elle se rendit dès le lendemain matin au salon de manucure du coin. La jeune Coréenne coupa si bien ses cuticules qu'Ivy se sentit obligée de lui laisser un gros pourboire. L'angoisse lui tordit le ventre. Elle ne voyait pas comment réduire davantage ses dépenses – elle n'allait déjà plus au cinéma, n'achetait plus de livres, de cafés, des plats à emporter. Son seul petit plaisir restait ses cigarettes ; chaque fois qu'elle essayait d'arrêter de fumer, ses dépenses ne faisaient qu'augmenter parce qu'elle jetait à la poubelle un paquet entier puis se dépêchait aussitôt d'aller en acheter un autre dès que sa volonté s'émoussait. Toutes ces cigarettes en parfait état, en train de pourrir dans une benne à ordures ! Elle n'avait acheté les raisins que pour les vitamines. Elle arrêterait d'acheter des fruits.

Depuis le début des grandes vacances, elle se sentait léthargique et paresseuse et avait perdu l'appétit. Quand elle se levait trop vite, la tête lui tournait et elle devait se rallonger. Ses repas consistaient à manger des chocolats qu'Andrea gardait en réserve, couchée sur le dos avec la boîte en équilibre sur la poitrine, et des sandwiches italiens achetés au *diner* au bout de la rue où, pour prolonger les choses, elle prenait de petits morceaux de pain rassis qu'elle trempait dans du café instantané, laissant la pâte se propager dans sa bouche jusqu'à désintégration. Elle recevait chaque semaine un nouvel e-mail de la part d'une collègue zélée qui organisait quelque événement charitable comme repeindre le gymnase ou faire du bénévolat à l'université. Elle ne répondait jamais.

Andrea lui fit remarquer qu'elle avait beaucoup maigri et l'encouragea à se peser. Elle avait perdu trois kilos. « Mange ça tout de suite », ordonna Andrea, poussant sous son nez les derniers morceaux de son cheese-cake. Des miettes constellaient les lèvres d'Andrea ; sa langue moite couverte de biscuit coagulé jaillit pour les lécher. Ivy secoua la tête. « Comment tu fais pour avoir autant de self-control ? » se lamenta Andrea. Ivy sortit fumer une cigarette.

Les gangsters étaient encore là, montant la garde devant la précieuse marchandise stockée dans leurs SUV indestructibles. Ivy pensa au monospace flambant neuf de sa mère. Tout le monde avait besoin d'une raison de vivre.

Elle passa la journée à faire du shopping dans ses boutiques préférées ; sur un coup de tête, elle acheta un appareil photo numérique à Austin. Nan disait qu'il allait mieux et Ivy voulait le récompenser. Selon Nan, il prenait ses vitamines, et Shen lui faisait faire du jardinage pour qu'il prenne le soleil au quotidien. Il allait reprendre les cours dans une fac locale – ils pourraient ainsi garder l'œil sur lui et le réveiller le matin. Austin ne voulait pas retourner à l'université, mais ils avaient fini par le convaincre. Shen s'était assis avec lui et ensemble, ils avaient organisé son emploi du temps : à quelle heure Austin se lèverait, à quelle heure il ferait du sport, à quelle heure il mangerait, dormirait, chierait. « Il lui faut juste un peu de discipline, dit Nan. Moi aussi, j'avais de drôles d'idées quand je restais enfermée dans ma chambre toute la journée. C'est normal. » Cela faisait quatre jours qu'Ivy n'avait pas quitté sa maison. Elle trouvait futile d'en parler à sa mère.

L'appareil photo numérique était une folie, qu'elle avait justifiée en se demandant à quand remontait la dernière fois qu'Austin avait reçu un beau cadeau. Pourtant, ce mois-là, elle ne posta pas à Nan le chèque de trois cents dollars qu'elle lui envoyait d'habitude. Elle détournait les appels qu'elle recevait de ses parents vers sa messagerie vocale.

Par un après-midi brûlant de juillet, elle fit un saut au travail de Gideon pour la première fois. Son entreprise louait des bureaux au dixième étage d'un espace de coworking équipé de tables de ping-pong, de secrétaires aux lunettes en écaille de tortue, de fauteuils ovoïdes aux couleurs vives. Elle rencontra le cofondateur, Roland Wellington, un homme pâle au nez fin et à la voix nasale, ainsi que leurs dix employés : des garçons au teint frais tout droit sortis de prestigieuses universités américaines, et la seule femme, une jolie Indienne en col roulé moutarde qui venait d'obtenir son diplôme d'Oxford. La conversation tournait autour d'un barbecue organisé le lendemain par l'un de leurs investisseurs, Dave Finley, dans sa maison de Wellesley. On racontait que Mark Zuckerberg ferait peut-être une apparition.

Gideon invita Ivy à venir, mais l'avertit qu'elle risquait de s'ennuyer en compagnie de personnes plus âgées.

« Je serais ravie d'y aller, dit-elle.

— Tu vas adorer Dave et Liana, ajouta Roland.

— Tout le monde adore Dave et Liana », nota Gideon. Ivy dressa l'oreille. Ces gens, dont Gideon n'avait jamais parlé jusqu'à présent, représentaient beaucoup à ses yeux ; elle le sentait à son ton de voix. Chaque nouveau membre de son entourage représentait une clé potentielle lui permettant d'avoir davantage accès à sa vie intérieure, un lieu qu'elle imaginait sous forme d'un long couloir desservant une enfilade de pièces, parmi lesquelles elle n'avait exploré que celles en périphérie. Depuis qu'ils avaient officialisé leur couple, six semaines plus tôt, elle avait cru qu'elle y gagnerait en confiance en soi ; en réalité, c'était tout le contraire. Cette proclamation n'avait rien changé à leur intimité ; d'ailleurs, ils se comportaient avec moins de naturel car ils sentaient s'accroître la pression – pour preuve cet incident horrible, la semaine précédente, quand elle avait tenté de le surnommer *Giddy-chéri* et avait remarqué, malgré sa légère ivresse, qu'il était déconcerté. « Ou-ou-oui ? » avait-il bégayé. Elle avait honte, il avait honte, et elle se remit à l'appeler par son prénom. Il était plus simple de montrer leur affection devant Tom, Marybeth et Andrea. S'ils hésitaient, ils pouvaient toujours se rabattre sur la dynamique de groupe qui leur était familière. En revanche, lorsqu'ils se retrouvaient seuls, il n'y avait rien pour désamorcer la gêne sous-jacente. Ils étaient comme deux acteurs dans une pièce cherchant chacun à pousser l'autre à se souvenir de ses répliques alors que leurs textes ne sont pas tout à fait identiques.

Considérant le barbecue de Dave Finley, Ivy se réjouit d'avoir fait des folies. Elle avait hésité une heure durant à s'offrir un brushing hors de prix dans un salon de coiffure du centre-ville et une robe midi plissée à haute encolure volantée. Le parfait faire-valoir. Elle avait suivi l'exemple de Gideon ; il était passé la chercher dans un costume en lin gaufré dont la nuance particulière de bleu azur faisait paraître ses cheveux d'un blond cendré crémeux qui donnait à Ivy envie de le lécher.

En chemin, Gideon l'avait briefée : Dave était son vieux mentor et l'un des associés d'une des plus grandes sociétés de capital-risque de Boston ; sa femme, Liana, était une avocate spécialisée dans les droits de l'Homme devenue philanthrope ; ils avaient une petite fille de cinq ans prénommée Coco. En raison de l'âge de Coco, Ivy imaginait Dave Finley comme un homme de trente-cinq à quarante-cinq ans, à la carrure athlétique, au regard rusé, avec une fossette sur le menton et une barbe brune de trois jours. Mais quand un monsieur aux cheveux blancs traversa le jardin d'un pas agile pour les accueillir, Ivy se rendit compte qu'elle l'avait imaginé tel qu'il devait être vingt ans plus tôt. Ce Dave-là portait un jean, des espadrilles rayées et un t-shirt de sport en tissu-éponge. Aucune autre personne présente à la fête n'arborait une tenue si décontractée. C'était là une façon d'afficher son pouvoir : montrer qu'il n'avait besoin de se mettre sur son trente et un pour personne. Un labyrinthe de rides d'expression labourait son visage fortement hâlé, le genre de visage qu'on s'attendait à voir dans des catalogues de nautisme ou des publicités pour des maisons de retraite en Floride.

« Vous êtes splendide, ma chère », dit-il, regardant Ivy de ses yeux bleus brillants et admiratifs en prenant sa main dans la sienne. Quand il se pencha en avant, son haleine sentait l'alcool et une odeur médicinale. Au bout de quelques minutes, il parvint, grâce à son charme pétillant, à obtenir d'elle son âge, son parcours universitaire, son métier, son salaire, sans pour autant paraître présomptueux ou indiscret.

« L'enseignement est une vocation noble, déclara Dave, dévoilant des dents très blanches et très droites. Si seulement les enseignants n'étaient pas aussi sous-payés et surchargés de travail. Je suis allé en Corée le mois dernier. Là-bas, ils sont considérés comme des divinités. Les parents les bombardent de cadeaux – appareils électroniques, vacances, parfois même du bon vieux liquide –, les choisissent comme parrains et leur demandent d'organiser des baptêmes. Oubliez la titularisation, il y a une pénurie d'enseignants qualifiés, là-bas. Les bons peuvent travailler où ils veulent. En Corée, les professeurs sont des gagne-misère qui vivent des miettes de financement public et n'ont d'autre choix que de plagier des rapports de recherche bâclés pour se faire un nom.

— Vous avez sans doute raison », répondit Ivy. Il semblait la prendre pour quelque professeur. « Mes CP me soudoient parfois avec des petits gâteaux », plaisanta-t-elle.

Il parut ne pas l'entendre.

« Et la plupart de nos professeurs sont vraiment idiots. En Utah, ils racontent à leurs étudiants que la théorie de l'évolution a été créée par le diable pour discréditer Jésus. Il n'y a qu'à regarder l'état de notre enseignement scientifique comparé à celui d'autres pays. Scandaleux, voilà ce que c'est.

— Enfin, tout le monde ne…

— Bien sûr que non. Comme je le disais, il s'agit d'une vocation noble. Vous avez un cœur en or, ma chère, je le vois battre en ce moment même. » Dave parcourut le jardin du regard. « Où est Liana ? »

Ivy avait du mal à croire que Dave puisse trouver sa femme au milieu de la foule d'invités en blazers sophistiqués et robes d'été, qui voletaient de groupe en groupe tels des papillons pollinisant méthodiquement chaque fleur du jardin, tandis que les serveurs à l'allure sévère avec leur gilet noir et leurs gants blancs tournaient autour d'eux comme des phalènes géantes portant des plateaux de petits-fours et de boissons fraîches aux couleurs pastel.

« La voilà. » Dave héla une femme asiatique de grande taille qui se tenait debout sur la terrasse, un enfant dans les bras.

Merde alors, pensa Ivy.

Le visage de Liana Finley était l'un des plus laids qu'elle ait jamais vus. Plus large que long, et asymétrique, avec une pommette plus haute que l'autre et une mâchoire ni ronde ni carrée. La *qipao* en soie rose et blanche chatoyante, qui moulait chaque longueur de sa silhouette bien droite, était fendue jusqu'à la hanche, dévoilant une jambe musclée couleur bronze. Autobronzant ? Non, c'était bien la couleur de peau de Liana Finley. Pas étonnant que Dave ait réussi à la repérer. Cette amazone chinoise attirait l'œil partout où elle allait.

Liana s'approcha d'eux, la petite fille toujours dans les bras. Elle embrassa chaleureusement Gideon, puis serra la main d'Ivy. Celle-ci ne parvenait pas à déterminer son âge ou son accent, qui paraissait saccadé et vaguement germanique.

« Tu as quel âge, maintenant, Coco ? » demanda Gideon. La petite leva cinq doigts. Elle portait un tutu vert citron avec des collants blancs, et chacun s'extasia sur les paillettes vertes en forme de libellule sur ses joues rebondies. « Comment dit-on "libellule" en chinois, Coco ? » interrogea Dave. Pas de réponse. « Tu l'as appris ce matin. » Tout le monde attendait. Coco chuchota alors quelque chose qui d'après Ivy ne voulait certainement pas dire « libellule ». « Comme tu es intelligente, mon amour », s'extasia Liana. Dave déposa trois baisers exubérants sur la joue de sa fille puis s'écarta, lèvres scintillantes. J'avais cinq ans quand l'hôtesse de l'air m'a laissée à l'aéroport de Logan, pensa Ivy.

« J'ai lu l'autre jour que les tout-petits peuvent apprendre quatre langues assez facilement, dit Liana à Ivy, confiant la petite fille à la nounou. Notre Coco est donc un peu en retard.

— Elle semble plus intelligente qu'une bonne partie de mes élèves de six ans, répondit Ivy.

— Elle est précoce, en effet, mais c'est ce que tous les parents pensent de leur enfant. »

Un serveur s'approcha avec un plateau de mojitos. Ivy et Liana en prirent un chacune. Liana agita les feuilles de menthe dans son verre jusqu'à ce que le rhum se trouble. « Avant Coco, reprit-elle, je pensais qu'avoir des enfants serait ennuyeux. Que je serais coincée. Que je perdrais ce pour quoi j'avais travaillé. Mais en réalité, c'est le contraire – elle donne du sens à ce que je fais. Vous comprendrez quand vous deviendrez mère. »

Ivy hocha la tête d'un air sérieux. Tel était donc le sujet de prédilection de Liana. La puissante avocate des droits de l'Homme avait tout lâché pour les joies de la maternité. Il n'y avait là rien de nouveau. Et pourtant, jusqu'à la fin de ses jours, Liana se sentirait toujours obligée de prouver qu'elle ne regrettait rien, qu'elle n'était en aucune façon diminuée, ni moins importante que son vieillard de mari aux cheveux blancs – tout le monde pensait en secret qu'elle l'avait épousé pour son argent (l'avait-il ou non entretenue pendant ses études de droit ?). Ivy commençait à comprendre que toutes les femmes avaient un thème de prédilection. Une histoire qu'elles se racontaient sans cesse. Leur plus profonde blessure.

Lorsque Liana se tut, Ivy la complimenta sur ses pantoufles en satin : « Quel magnifique motif tissé. Elles vont parfaitement avec votre robe », alors qu'en réalité, elle trouvait qu'elles ressemblaient à ces chaussures vendues un dollar à Chinatown, rouges et brillantes avec une semelle en plastique, dont le tissu était brodé de fleurs de cerisier.

Liana sourit avec une gentillesse qui paraissait condescendante. Alors nous y revoilà, semblait-elle dire.

« Elles sont signées Ralph Li-Ping, un styliste incroyable. J'essaye de soutenir les stylistes et les artistes asiatiques. »

Ivy sourit. Les deux femmes burent longuement leur verre.

« Dave, qu'est-ce que tu regardes ? » demanda Liana, qui en avait de toute évidence assez de jouer les mentors. Ivy avait l'impression d'être un nouveau jouet que se passaient et se repassaient Dave et Liana, n'ayant ni l'un ni l'autre envie de jouer avec mais se sentant obligés de feindre un minimum d'enthousiasme pour faire plaisir à Gideon.

Dave montrait à Gideon quelque chose sur son téléphone. « Nous ne sommes pas censés en parler pour l'instant, mais Liana va être le visage de la prochaine campagne publicitaire de Christopher Zhu. Ça, c'est une vidéo qu'il m'a envoyée de Liana à la fashion week de Tokyo. Il espère que je ne vois aucune objection à la partager – il l'a appelée sa muse. »

Gideon et Ivy approchèrent leur tête de l'écran. Liana, dont le visage s'annonçait tel un soleil éclatant au milieu de lunes, était assise au premier rang, flanquée de deux mannequins graciles. Sur la vidéo, sa voix grave s'entendait malgré le brouhaha. Elle parlait chinois à la personne aux cheveux noirs assise à sa gauche, mais mal. Sa prononciation était pire encore que celle d'Austin.

Dave arborait un grand sourire, dans l'expectative. Ivy murmura des éloges.

« Vous savez, dit Dave, penchant la tête vers Ivy puis vers Liana, je n'avais encore jamais remarqué que vous pourriez être sœurs.

— On ne se ressemble pas du tout, chéri, rétorqua Liana. J'ai au moins dix ans de plus qu'Ivy. »

Gideon repassa la vidéo, écoutant d'un air surpris. « Je ne savais pas que tu parlais chinois, Liana.

— Niveau maternelle », précisa Liana. Elle expliqua qu'elle prenait des leçons de mandarin deux fois par semaine. Elle était censée prononcer un discours de cinq minutes pour son association caritative, discours qui serait diffusé sur CCTV.

« Quand ça ? demanda Gideon.

— En septembre.

— Tu as encore le temps. Est-ce que ce sera enregistré ? J'aimerais beaucoup le voir. »

Liana promit qu'elle demanderait à quelqu'un de la filmer. Gideon et elle échangèrent un sourire.

Elle se tourna vers Ivy. « Vous parlez le mandarin ?

— Pas très bien.

— Dites-nous quelque chose, fit Dave.

— Comme quoi ? demanda Ivy, compatissant un peu plus avec Coco Finley.

— Dites : « La température aujourd'hui est de vingt et un degrés. »

Ivy s'exécuta.

« Vous avez un bon accent ! » s'exclama Liana, surprise – trop surprise, pensa Ivy avec rancœur. « Vous pourriez peut-être relire mon discours avec moi. Mon professeur de chinois est insupportable, ces derniers temps. Je serais ravie de faire de vrais progrès, pour une fois.

— Si ça peut vous aider », répondit Ivy. Elle ne pouvait détacher ses yeux de Liana. Elle ne comprenait pas qu'un homme, et encore moins Gideon, puisse trouver ce visage attirant – et pourtant, Liana avait inspiré un styliste à atteindre la gloire artistique ! Il l'avait appelée sa muse !

« Et vous, Ivy, êtes-vous déjà allée en Chine ? s'enquit Dave.

— J'y suis née. Je suis venue aux États-Unis à l'âge de cinq ans. Mais j'y suis retournée, une fois, quand j'avais quatorze ans. » Elle décrivit brièvement son séjour à Chongqing, avant de s'apercevoir qu'elle était, pour la première fois, le centre de l'attention – Dave et Liana semblaient réellement intéressés. Elle se mit alors à embellir cet été-là, qui devint plusieurs étés, à parler d'une enfance passée dans les villages ruraux et les métropoles scintillantes, des disparités entre riches et pauvres, de la pauvreté abjecte, des excès ostentatoires, des familles de quatre serrées sur une seule mobylette, des rizières à perte de vue. Elle décrivit Jojo, tante Hong, Sunrin son *ayi* : l'endroit où elles vivaient, celui où elles travaillaient, comment elles voyaient les Américains, réduisant sa famille à l'incarnation des pauvres, des riches, des Chinois. Pendant qu'elle parlait, Gideon lui prit son verre des mains et fit signe à un serveur d'en apporter un autre.

« Ce que vous avez dit au sujet de disparités de classe et de genre me touche personnellement, confia Liana. Mon arrière-grand-mère a été vendue à un colporteur par ses parents pour qu'ils puissent nourrir ses frères. Elle appartenait à la génération de femmes aux pieds bandés, mais elle a appris à lire toute seule. Elle a élevé ma grand-mère, qui est devenue la première femme à fréquenter une école d'ingénieurs de Beijing jusque-là réservée aux hommes. Si cela vous intéresse, j'ai un livre qui parle de la façon dont les femmes chinoises ont surmonté les barrières sociales avant Mao. Je peux vous le prêter. »

Ivy répondit qu'elle serait ravie de le lire. Liana lui proposa alors de venir à la prochaine réunion de son cercle de lecture.

« Je suis invité ? plaisanta Gideon.

— C'est réservé aux femmes.

— Même moi, je n'ai pas le droit d'entrer, dit Dave, ses boucles blanches rebondissant sur ses tempes quand il secoua la tête. Elles verrouillent les portes pendant des heures et je n'entends que des gloussements ininterrompus. Soyez notre taupe, Ivy. Apportez-nous les infos de l'intérieur. »

Liana passa son bras autour de la taille d'Ivy. « Elle ne trahirait jamais ses semblables. »

La chaleur émise par la main de Liana avait quelque

chose de loyal et de protecteur, quelque chose qui intégrait Ivy dans son entourage proche, même si elle ne savait pas trop comment fréquenter un cercle dans lequel ses origines chinoises n'étaient pas une chose à cacher sous la nappe comme un chien hideux, mais à exhiber dans une *qipao* fendue jusqu'en haut de la cuisse. Soudain, elle se sentit honteuse d'avoir simplifié la vie de Liana, ainsi que celle de sa famille. Peut-être n'existait-il pas de nouvelles histoires, seulement la vôtre. De toute façon, la véritable histoire n'avait pas d'importance, puisque la plupart des gens vous jugeaient en surface.

Après qu'ils eurent mangé du ceviche de Saint-Jacques et de la tapenade à la pistache, Dave demanda à Liana de montrer les roses à Ivy. « Tout fleurit à merveille, cette année, affirma-t-il, tapotant la hanche de Liana, et c'est grâce à toi, ma chérie.

— C'est grâce à Francisco, précisa Liana, qui prit Ivy par le bras. Moi, je me contente de signer les chèques. »

Elles se dirigèrent dans un quasi-silence vers le jardin parfaitement entretenu près du belvédère. De temps en temps, Liana saluait un ami ou montrait à Ivy des légumes dont elle était particulièrement fière : les tomates rouge vif gorgées de jus, les courgettes dodues longues comme le bras. « Nous avions énormément de problèmes avec les parasites et les lapins. Mais depuis que nous avons embauché Francisco, presque tout ce que nous mangeons vient du jardin.

— Ça demande beaucoup de temps, remarqua Ivy. Et vous avez déjà tellement de choses à faire, entre Coco et vos œuvres caritatives.

— Les problèmes se règlent avec de l'argent», répliqua Liana. Elle fronça les sourcils et se pencha pour arracher une mauvaise herbe qui s'était enroulée autour de la tige d'une rose rouge. Quand elle se redressa, un serveur en gilet noir apparut comme par enchantement pour prendre la mauvaise herbe des doigts manucurés de Liana, lui tendant une serviette humide de l'autre main.

«Je vous aime bien, Ivy, déclara Liana avec franchise. Je comprends pourquoi Gideon tient tant à vous. Vous faites un très beau couple. Si je peux vous être utile en quoi que ce soit, dites-le moi…»

Il était près de minuit quand Ivy et Gideon s'en allèrent. Toutes les lumières du manoir brillaient encore. Dave et ses amis jouaient au bridge dans l'entrée ; assise sur la terrasse, Liana débattait passionnément de la crise du pétrole avec les épouses de son cercle de lecture, comme si le Président lui-même attendait avec impatience leur appel pour qu'elles lui disent quoi faire.

Qu'était exactement cette cape de privilège et comment vous protégeait-elle ? Était-elle visible de celui qui la portait, ou seulement des personnes extérieures ?

«On dînera avec eux un de ces quatre», dit Gideon, une fois dans la voiture. Son sourire, mis en relief par les phares d'un camion qui passait, paraissait particulièrement tendre. «Liana est formidable, n'est-ce pas ? Vous avez beaucoup de choses en commun.

— Ah bon ? murmura Ivy.

— Je l'ai vue un jour au tribunal, quand j'étais à la fac… Sa façon de prendre en main le jury – "Si nous n'osons pas, alors qui osera ?" Je n'oublierai jamais cette phrase. Elle m'a donné envie de changer le monde. » Il secoua la tête. « Elle était extraordinaire.

— Oui. J'aime beaucoup Liana et Dave. Qui ne voudrait pas leur ressembler ? »

Ils se turent. La radio passait son top dix de chansons d'amour ; un présentateur offrit des tickets de concert au cinquantième auditeur à appeler ce soir-là. Une chanson acoustique au rythme lent se fit entendre… *and you know… for you I'd bleed myself dry…* et, dans le timbre doux du chanteur, Ivy entendit ses propres envies.

Quand Gideon se gara dans son allée, elle avait déjà pris la décision d'arrêter d'enseigner et de devenir avocate.

11

Dans les semaines qui suivirent le barbecue des Finley, la confiance en soi d'Ivy fluctuait, pareille à la marée qui s'approche et s'éloigne du rivage. Elle acheta un livre de préparation aux examens et se démena des journées entières pour résoudre des problèmes de logique alambiqués – il y a exactement trois centres de recyclage ; cinq sortes de matériaux exactement sont recyclés dans ces centres de recyclage ; chaque centre de recyclage recycle au moins deux mais pas plus de trois de ces sortes de matériaux. Les conditions suivantes doivent… – face auxquels elle se sentait frustrée et incompétente. Elle avait l'impression d'être de retour au lycée, craignant de se faire gronder par Nan pour avoir ramené de très mauvaises notes. La nuit, tandis que Gideon dormait auprès d'elle, Ivy se repassait les événements de la journée comme la bobine d'un film : Gideon, avec ses yeux dorés et ses épaules larges, vêtu d'un pull doux ras du cou et d'un blazer croisé, son sourire irrésistible pareil à un cadeau ; Gideon, avec ses mains propres et carrées, la tache de naissance en forme de pomme sur son épaule et les veines bleu-vert qui couraient le long de son bras quand il la serrait contre lui, gonflées de sang et palpitantes, suffisaient à la faire défaillir. Mais aussi : Gideon au masque souriant, Gideon qui ne l'appelait pas pendant des jours, qui se tuait à la tâche au bureau, sans plainte ni explication, qui travaillait avec la même détermination dont il faisait preuve depuis l'enfance. Les Celtics avaient perdu en playoff ; en juin, il l'avait emmenée voir le Game 7 contre les Magic d'Orlando, et ils avaient hurlé à en perdre la voix, espéré, encouragé, tapé des pieds, applaudi, mais cela n'avait pas suffi. Tous les spectateurs étaient rentrés chez eux, abattus, parfois en larmes, et Ivy crut par la suite y voir un mauvais signe. Chaque matin, quand elle se regardait dans le miroir, les cernes sous ses yeux semblaient plus sombres. Elle déplorait de voir sa beauté durement gagnée se faner ainsi ; elle commença à se sentir mal à l'aise.

Un après-midi d'août, sans crier gare, Sylvia lui envoya un SMS. *Ça fait un bail ! On dîne ensemble ce soir ?* Ivy accepta aussitôt. Elle attendait cela depuis longtemps, elle s'impatientait, se demandant si le silence de la sœur de Gideon était une forme de rejet. Il pleuvait depuis l'aube. Le trajet en voiture vers le restaurant suggéré par Sylvia, qui aurait dû prendre quinze minutes, prit une heure à cause des bouchons. La Camry d'Ivy étant de nouveau au garage – pour remplacer les freins, cette fois-ci –, elle héla un taxi mais resta coincée derrière un petit accrochage à quatre pâtés de maisons du restaurant. Elle sortit du taxi et parcourut le reste du chemin au pas de course. Sylvia n'était pas là. Ivy attendit encore quinze minutes avant que la sœur de Gideon n'arrive, vêtue d'un trench-coat bleu marine et d'une robe noire échancrée, le frottement des perles en verre autour de son cou produisant un agréable cliquetis quand elle traversa la pièce. Les hommes suivirent Sylvia des yeux, mais pas de la façon dont ils avaient regardé Andrea. C'était là toute la différence entre vouloir une chose évidente et vouloir une chose impossible, ce qui n'était qu'une forme plus distillée de désir.

« Le Haymakers Theater est en plein milieu de nulle part », s'excusa Sylvia. Un halo de gouttes de pluie faisait encore scintiller ses cheveux d'or blanc. « J'ai dû attendre des heures le chauffeur, il était allé jusqu'à Amherst !... » Elle retira ses talons sous la table et fit signe au serveur d'approcher : « Le Chiang Mai, s'il vous plaît. Et pour l'amour du ciel, faites-le bien corsé. Tu as déjà commandé, Ivy ?

— Pas encore.

— Leur curry est excellent. Je vais prendre le Massaman. »

Après avoir commandé, Sylvia expliqua la raison de son retard – elle avait assisté à la répétition d'un concert de son grand ami Victor Skolov, un violoncelliste. Un Stravinsky moderne, plus vivant qu'Elgar mais dont les thèmes étaient tout aussi beaux. Elle avait rencontré Victor alors qu'il étudiait à Juilliard. Après quoi il avait poursuivi sa formation à l'école de musique de Vienne ; il était brillant, un des meilleurs.

« Mon amie Andrea est violoniste, observa Ivy. Elle joue pour l'orchestre symphonique de Boston. » L'expression de Sylvia ne révélait ni admiration ni curiosité. « Je lui parlerai de l'album de Victor. Elle va adorer, j'en suis sûre.

— Sa musique est très expérimentale. Je ne suis pas sûre qu'elle plairait à une musicienne purement classique. Ceci étant dit, je crois que les arrangements de Victor… » Comme Gideon, elle savait si bien parler de la pluie et du beau temps qu'Ivy aurait presque pu croire que Sylvia l'avait invitée à dîner uniquement pour causer musique classique. Le serveur apporta leur curry. Sylvia attendit qu'Ivy ait posé sa serviette sur ses genoux avant de s'exclamer, avec une stupéfaction quelque peu surexcitée : « Alors !… Gideon et toi ! »

Ivy sourit. « Tu tiens très bien tes baguettes. » Même cette minuscule fraction de pouvoir – taire une seconde de plus une information que souhaitait obtenir Sylvia – était une victoire. Ce commentaire détourna la conversation vers Sylvia et la façon dont elle avait appris à utiliser des baguettes – elle adorait les sushis – ainsi que leurs restaurants préférés à Boston.

« Bref, reprit Sylvia, revenons-en à Gideon. Il refuse de me parler de toi ! Je n'ai découvert que vous sortiez encore ensemble que le jour où j'ai vu les cupcakes que tu avais laissés dans son frigo. « C'est Ivy qui les a apportés. » Rien d'autre. D'ailleurs, ils étaient délicieux, il faut absolument que tu me donnes la recette. Tu sais, c'est du Giddy tout craché… toutes ces cachotteries. Je parie que tu es la raison pour laquelle il a raté les derniers dîners avec nos parents. Il ne voulait pas mentir quand ils l'interrogeraient sur sa vie amoureuse. Son bégaiement le trahirait.

— On essaie de rester discrets. On tient à notre vie privée… De cette manière, tout paraît plus exceptionnel. » Elle y croyait presque. Depuis qu'ils avaient eu cette fameuse conversation qui n'en était pas une au mois de mai, elle avait prudemment attendu que Gideon l'invite à l'un des dîners dominicaux chez ses parents, à Beacon Hill, ou même à un dîner ordinaire en semaine. Mais chaque dimanche après-midi, quand elle s'habillait pour rentrer chez elle, jamais il ne lui proposait de rester ; il ne lui avait pas non plus demandé de l'accompagner au mariage d'un cousin au mois de juin précédent. Cela l'avait tout d'abord contrariée, mais elle avait assez de jugeote pour ne pas lui mettre de pression. La pression ne fonctionnait que sur les hommes facilement manipulables, et elle n'avait jamais eu de respect pour ceux-là.

« C'est bien ce que je disais, reprit Sylvia, se calant au fond de sa chaise, les bras sur la table, tel un chat s'étirant avec un bâillement satisfait. Vous êtes faits l'un pour l'autre. »

Ivy leva la tête.

« Tu crois ? »

Son air troublé fit naître une lueur espiègle dans les yeux de Sylvia.

« Tu es gentille, beeelle et intelligente par-dessus le marché. J'ai vu tout de suite que Gideon s'intéressait à toi, le soir du Nouvel An. Comme il t'évitait !… Laisse-moi te confier un secret – Giddy se montre toujours très prudent avec les gens qu'il apprécie. Est-ce que tu as parfois l'impression qu'il te tient à distance ? » Ivy en eut le souffle coupé. « C'est un mécanisme de défense, poursuivit Sylvia avec un petit sourire en coin. C'est aussi pourquoi il te garde pour lui tout seul pour l'instant. Comme tu l'as souligné, il ne veut pas que maman et papa y mettent leur nez.

— Est-ce qu'il a d…

— Et Arabella ! Elle n'a pas arrêté de t'encenser pendant le déjeuner de Pâques d'Ellen. Tante Ellen est la plus jeune de sept enfants, alors tout le monde la gâte. Elle s'est approprié les grandes fêtes. Maman récupère les restes : le week-end de Memorial Day, la fête du Travail. Ce sont les deux seules filles de la famille Whitaker – tu n'imagines pas combien j'ai d'oncles et de petits-cousins – mais elles se comportent comme un couple divorcé qui se bat pour la garde de tous les autres. Notre famille est si vaste, et ils sont aussi nombreux du côté de papa… Ne panique pas ! Le jour où tu rencontreras tout le monde, Gideon t'expliquera qui est qui avec un joli petit schéma, il est très fort pour ça. Je crois que tu t'entendras bien avec l'oncle Jack. Il aime beaucoup les gens intéressants, alors toi, il va t'adorer. »

Ivy continuait de sourire et de hocher la tête. À acquiescer à tout. Mais c'était généralement à la petite amie de lécher les bottes de la sœur. L'inversion des rôles la perturbait.

Le téléphone de Sylvia bourdonna en silence. « Excuse-moi, j'ai oublié que je devais voir ma mère aujourd'hui… »

Ivy détourna poliment le regard tandis que Sylvia passait son coup de fil. Elle prit une bouchée de sa courge kabocha qui avait refroidi. Elle pouvait entendre la voix chantante de Mme Speyer ; c'était comme écouter deux roitelets pépier.

« Alors, on en était où ? fit Sylvia après avoir raccroché.

— Le brunch de Pâques.

— Ah oui ! »

Elles racontèrent à tour de rôle des histoires sur Gideon. Chaque mot, chaque rire, chaque plaisanterie complice s'exprimait en sachant fort bien que tout ce que dirait l'une serait relayé à Gideon par l'autre... *Sylvia m'a dit... Ivy m'a raconté que tu...*

« La voilà », annonça Sylvia en plein milieu du repas. Elle fit signe à quelqu'un à l'entrée. Ivy se retourna, pâlissante.

Mme Speyer se tenait devant le pupitre de l'hôtesse, essuyant de la main l'eau de pluie sur les revers de son manteau. Il y avait chez elle comme chez ses enfants une élégance certaine dans sa posture, sa silhouette aussi étroite que celle d'une jeune fille, son long cou et sa lourde chevelure blond cendré en brushing au sommet du crâne et attachée à l'arrière en chignon bas. « Mais pourquoi m'as-tu demandé de te retrouver ici ? demanda-t-elle à Sylvia en rejoignant leur table. Le spectacle commence dans quinze minutes.

— Maman, voici Ivy Lin. »

Ivy se leva à moitié de son siège, tenant toujours à la main ses baguettes qui dégoulinaient de sauce curry.

Deux points roses apparurent sur les joues presque translucides de Mme Speyer, pareils à des pétales de rose flottant sous un étang gelé. « Oui, bien sûr ! L'amie de Gideon. Vous étiez à Grove. Je me souviens très bien de vous, ma chère. Comment allez-vous ? » Au lieu de lui serrer la main, elle se pencha et serra Ivy contre sa poitrine d'une étreinte étonnamment puissante.

Ivy répondit qu'elle allait bien, merci. « Et vous, madame Speyer, comment allez-vous ? » De tous les scénarios possibles qu'elle avait envisagés pour sa première rencontre avec la mère de Gideon, jamais elle n'avait imaginé cette rencontre fortuite en l'absence de Gideon.

« Oh, voyons. Ça me donne un coup de vieux. Appelez-moi Poppy.

— Quel spectacle allez-vous voir ?

— *Les Mille et Une Nuits* – un spectacle magnifique, je l'ai déjà vu deux fois… Vous aimez le ballet, Ivy ?

— Je n'y suis jamais allée.

— Oh, il le faut, vraiment. »

À court de conversation, elles s'échangèrent de grands sourires dans le silence qui suivit.

« On doit partir », finit par dire Sylvia, tirant son portefeuille de son sac.

Poppy s'illumina soudain. « Vous voulez vous joindre à nous ? Nous trouverons sans doute un billet supplémentaire. »

Ivy hésita.

« Je suis sûre qu'Ivy a mieux à faire, intervint Sylvia, cherchant confirmation auprès de celle-ci.

« Je ne fais que proposer, dit Poppy. D'ailleurs, ce sont les grandes vacances, non ?

— Eh bien, il faut se décider vite », répliqua Sylvia d'un ton presque grossier. Ivy sentit que ce ton s'adressait à elle.

Elle murmura qu'elle aurait été ravie de se joindre à elles mais qu'elle avait malheureusement autre chose de prévu. Si on lui avait posé la question en avance, elle aurait sûrement accepté, mais Poppy et Sylvia avaient l'air tendues, à la fois enthousiastes et réticentes, comme si elles passaient une soirée exubérante et que tout projet supplémentaire leur semblait aussi nécessaire qu'épuisant. Les Speyer hochèrent la tête en chœur, le sourire empreint de la même nuance de regret compatissant. Mais qui aurait su dire pourquoi et à quel point ?

Ce week-end-là, pendant le dîner, Ivy évoqua sa rencontre avec Poppy afin de mettre Gideon à l'épreuve.

« C'est vrai ! Oui, elle m'en a parlé.

— Sylvia ?

— Enfin, elles m'en ont parlé toutes les deux.

— Ta mère n'a pas pris une ride depuis que je l'ai vue au collège. »

Gideon rit. « Elle sera heureuse de l'apprendre.

— Moi, en revanche, je ressemblais sans doute à un chien noyé… On devrait faire les choses dans les règles, la prochaine fois, pour qu'elle ne s'imagine pas que tu sors avec une folle à lier…

— Ce serait bien. » Lui qui aimait prendre les choses en main ne proposa pour autant ni lieu ni date. Ivy changea aussitôt de sujet de conversation pour lui montrer combien sa suggestion avait peu d'importance.

« Au fait, ça fait un moment que j'y réfléchis : je crois que je vais m'inscrire à la fac de droit. » Cela piqua son intérêt. Elle n'avait jamais vu ses yeux marrons si grands et si captivés derrière le bord de son verre de vin.

« Ah bon ? Comment t'est venue l'idée ? »

Par gêne et par fierté, elle adopta un ton enjoué en expliquant qu'elle avait toujours pensé à la voie qu'elle avait délaissée – « J'ai travaillé dans un cabinet d'avocats, comme tu sais, et ça m'a beaucoup plu » – et qu'elle avait récemment décidé qu'il n'était pas trop tard pour changer de carrière, surtout après avoir discuté avec Liana. Gideon l'interrogea sur les détails : quand, pourquoi, quel était son degré de certitude ? « Sur une échelle de un à dix, répondit-elle tout en coupant son steak et en regardant le jus rose s'écouler sur l'assiette en porcelaine anglaise, je dirais dix. » Comme les doigts de Gideon semblaient chauds sur les siens ! Et comme son sourire, étincelant d'encouragement et d'admiration, était immense à la lumière de la lampe ! « Je n'ai pas encore été acceptée », ajouta-t-elle, ce à quoi il répondit : « Tu le seras », comme si la fac de droit lui appartenait elle aussi.

« En dehors de Liana, suggéra-t-il, tu pourrais parler à mon oncle Bobby. Il est associé chez Fenton et Heath. Je crois qu'ils font beaucoup de droit international. Tu veux que je te mette en contact ?

— Ça serait formidable, merci.

— Et je suppose qu'il faudra que tu en parles à la Kennedy School.

— Comment ça ?

— Je pensais juste que tu voudrais passer cette année à envisager les différentes possibilités et à plancher sur les examens d'entrée... Mais bien sûr, se hâta-t-il de préciser en remarquant son air déconcerté, tu ne peux pas démissionner comme ça. Tu peux toujours étudier le soir et le week-end. Ce n'est que le début. »

Sans cette légère rougeur qui montait au visage de Gideon, Ivy ne l'aurait pas contredit ; rougeur qui révélait son embarras de l'avoir mise, elle, dans l'embarras en supposant qu'elle avait les moyens de faire ce qu'elle voulait maintenant qu'elle avait un but. Comme si depuis tout ce temps, elle enseignait non par nécessité mais par quelque plaisir désœuvré dont le seul objectif était de lui laisser le temps d'accepter la voie inévitable qui s'offrait naturellement à elle.

« Non, tu as tout à fait raison, répondit-elle, sans vraiment saisir ce à quoi elle s'engageait, sachant seulement qu'elle s'apprêtait à dire une chose très, très stupide. Mais il n'y avait rien à faire. Elle devait « sauver la face », coûte que coûte. « Ça peut fonctionner si je démissionne tout de suite. » Elle compta les mois sur ses doigts : « J'aurai cinq mois pour me préparer aux examens de février.

— Ah oui ?

— Et puis il y a une classe prépa à laquelle je voudrais m'inscrire en septembre. Je pourrai même participer aux réunions sans me soucier de l'emploi du temps scolaire ! »

Plein de tact, Gideon s'abstint de tout commentaire. Il emplit de nouveau le verre de vin d'Ivy, les yeux fixés sur le petit vase de fleurs au centre de la table.

« Si tu as besoin... d'un peu de temps pour réfléchir,

dit-il, je suis sûr que mes parents seraient ravis de t'aider… Les taux d'intérêt que réclament les banques en ce moment sont presque criminels. » Leurs regards se croisèrent.

Ivy ne se pardonnerait jamais le sourire suffisant qui se dessina spontanément sur son visage, à mi-chemin entre un rictus et un froncement de sourcils, quand elle comprit avec stupeur ce qu'il lui proposait.

« Ouah… c'est… »

Il attendit, tête légèrement penchée. Alors voilà à quoi ressemblait Gideon quand il mentait, se dit-elle. Non, il ne mentait pas. Il le pensait vraiment. Il demanderait à ses parents de lui prêter de l'argent. De l'argent que lui-même n'avait pas ou qu'il ne voulait pas donner. Peut-être avait-il soumis cette idée uniquement parce qu'il savait qu'elle refuserait.

« … fou », conclut-elle, riant à moitié, dédaigneuse ; toute l'histoire n'était qu'une drôle de blague. « Tes parents sont des saints s'ils n'hésitent pas à donner leur argent à quelqu'un qu'ils connaissent à peine. C'est très gentil, mais tout à fait inutile. »

Désormais certain de son refus, il continua à suggérer des moyens de l'aider, parfaitement calme et attentif.

Après que le serveur eut pris les commandes pour le dessert, Gideon se pencha en arrière pour s'étirer sur sa chaise, comme un conducteur faisant une pause. Ivy imita sa posture, balayant la pièce du regard, feignant d'admirer l'atmosphère grandiose du restaurant, avec ses murs sang de bœuf, ses fresques au plafond et ses serveurs en queue-de-pie ;

Gideon et elle avaient probablement vingt ans de moins que tous les clients présents.

« Ivy ? »

Elle se tourna vers lui, rayonnante. « Oui ? »

Humblement, il lui demanda si elle voulait se joindre à lui et à sa famille à Cattahasset, deux semaines plus tard, dans leur maison en bord de mer.

« *Wei* ?

— Bonjour, mamie.

— Pourquoi tu ne réponds pas quand on t'appelle ?

— Je voulais t'expliquer, au sujet des chèques. Je ne vous les envoie plus parce que j'ai décidé d'aller en fac de droit l'an prochain. J'ai besoin d'économiser. »

Elle entendit un grognement incrédule. « Alors maintenant, tu veux être avocate ?

— Oui.

— Tu n'as pas déjà essayé ?

— C'était différent. Je travaillais comme simple secrétaire.

— Quand est-ce que tu vas arrêter de sautiller partout comme un lapin écervelé ? Concentre-toi un peu. Tu as bientôt trente ans ! À ton âge, j'avais déjà Hong et Nan. Tous les jours, je portais quarante kilos de riz jusqu'à la maison, j'étais forte comme un bœuf. Regarde-toi… Austin et toi, vous avez les gènes de votre mère – mous.

— Tu rabâches toujours les mêmes choses.

— Tu crois que ça me fait plaisir ?

— Je n'ai pas le temps d'entrer dans ce débat.

J'appelais parce que » – elle prit une profonde inspiration – « je me demandais si Baba accepterait de me faire un prêt. Je vais démissionner de mon travail, se hâta-t-elle d'expliquer, parce que j'ai besoin de temps si je veux préparer les examens d'entrée et trouver un stage pour acquérir plus d'expérience. Le prêt ne serait que pour un an. Si Baba ne peut pas, ce n'est pas grave. Je préfère lui poser la question maintenant parce que les taux d'intérêt que réclament les banques en ce moment sont presque criminels. »

Ce ne fut pas si terrible qu'Ivy l'avait imaginé. Meifeng se contenta de faire claquer sa langue, de rabâcher quelques-uns de ses vieux proverbes qui parlaient de se montrer reconnaissant envers ses parents quand on est dans le besoin, et lui demanda combien d'argent il lui fallait. Sans réfléchir, Ivy ajouta cinq mille dollars à la somme qu'elle avait préparée. « Je vais être super occupée, à partir de maintenant, annonça-t-elle d'un ton cinglant provoqué par sa culpabilité, alors dis à Mama d'arrêter de m'appeler au sujet de ce Kevin. » Meifeng voulut protester, mais Ivy lui coupa la parole : « Si jamais vous me reparlez de lui, je jure que je me marierai avec le premier type que je croiserai dans la rue. » Elle raccrocha tandis que sa grand-mère croassait de colère.

Les bords de mer de la Nouvelle-Angleterre évoquaient toujours un sentiment de nostalgie, comme la vie vue d'un Polaroid. Les hêtres sveltes, les maisons aux bardeaux de bois et aux toits très pentus, le soleil qui délavait tout. Un an auparavant, elle s'était rendue avec Daniel dans le même genre de ville paisible à Rhode Island. Elle avait réservé la grande suite d'un bed and breakfast réputé que Condé Nast avait décrit comme l'une des destinations les plus romantiques d'Amérique. Pendant la journée, Ivy passait d'antiquaire en antiquaire, s'extasiant sur des carillons en forme de colombe et des colliers faits à partir de chapelets de prière, tandis que Daniel, sur ses talons, lui tenait son petit panier en osier qui ployait sous le poids des abricots et des nectarines qu'ils avaient achetés au marché fermier. Au bout du troisième jour, après le brunch, ils s'ennuyaient tellement qu'ils décidèrent de déjeuner de nouveau à quinze heures – des huîtres frites et de la glace, qu'ils mangèrent assis sur un banc du petit parc au centre de la ville, tout en regardant deux garçons tourner autour d'un chêne à rollers. Ivy avait tenté de garder un ton enjoué – Regarde ces nuages ! Comment était ta glace ? – mais Daniel avait tapé du pied dans l'herbe et dit : « Et maintenant ? », ce à quoi elle n'avait su quoi répondre car ils avaient déjà fait tout ce qu'il y avait sur sa liste. Elle avait alors réalisé que la magie n'était pas intrinsèque à un lieu, mais qu'elle émanait de la personne qui le regardait. Ce séjour-là serait différent, il aurait quelque chose d'unique et de beau, parce que Gideon le trouvait unique et beau et qu'il était l'objectif altéré à travers lequel elle contemplerait le monde. Sur le chemin, il avait conduit d'une main et lui avait indiqué les lieux dignes d'intérêt de l'autre. Il parlait du beau temps et des endroits où il voulait l'emmener. « Regarde, dit-il, se garant dans l'allée, les Wald sont là aussi. Je devrais aller leur dire bonjour ! » Ivy ne l'avait jamais vu si plein d'entrain. Elle en fut presque troublée. Était-il malheureux depuis tout ce temps, à Boston ?

Le cottage des Speyer, Finn Oaks, était une maison typique du coin, avec ses volets, ses lambrequins, son allée de galets étroite qui menait à la porte d'entrée et des fenêtres rondes à croisillons comme des hublots de bateau. Quand ils entrèrent, ils ne trouvèrent personne. Poppy avait accroché un message sur le réfrigérateur à l'aide d'un coquillage aimanté : *Nous sommes partis en ville. Il reste des boulettes de viande dans le frigo si la route vous a creusé l'appétit. À bientôt, les chéris. Bisous, maman.* Ils mangèrent les boulettes de viande avec la baguette croustillante que quelqu'un avait laissée sur le comptoir, et firent descendre le tout avec deux bières.

Lorsque Ivy l'interrogea sur l'origine du nom du cottage, Gideon expliqua que le chien de son arrière-grand-père s'appelait Finn ; à la mort de Finn, ils l'avaient enterré sous le chêne du jardin. « C'est lui ? » demanda Ivy, étudiant une photo en noir et blanc, posée sur le manteau de la cheminée, d'un bel homme coiffé d'un chapeau à larges bords. Gideon hocha la tête puis lui montra d'autres photos de grands-parents, d'arrière-grands-parents, de tantes, d'oncles, de grands-oncles, de chiens, de chats, de bébés. Depuis cette époque, poursuivit-il, la maison servait de résidence d'été. Petits, avec Sylvia, ils passaient là la plupart des étés ; ils pêchaient sur le voilier ou se balançaient sur le pneu en caoutchouc accroché au chêne près de la plage. Malgré la fierté qu'elle discernait dans la voix de Gideon, Ivy trouvait que la maison faisait son âge – les planches en bois au plafond étaient tordues et fissurées ; la baie vitrée du séjour était majestueuse mais les rideaux en velours paraissaient ne pas avoir été lavés depuis des décennies. La déco aussi était étrangement miteuse et provinciale : des chapeaux de paille et de feutre étaient accrochés à des patères, des paniers tressés et des pots en terre cuite étaient éparpillés à droite à gauche au milieu de sièges en rotin, une tapisserie amérindienne servait de pièce maîtresse et, un peu partout, pendaient des mobiles en bois ornés de coquillages et de galets, comme ceux que fabriquent les enfants en colonie de vacances. Au bout du couloir, ils parvinrent à une alcôve jaune bordée d'étagères branlantes, sur lesquelles de vieux volumes reliés de cuir aux titres gravés en lettres cursives se tassaient entre deux serre-livres en forme de gargouille. Gideon s'approcha d'un coin de la pièce et retira une énorme couverture en tricot jaune. La poussière s'éleva dans les airs avant de retomber sur le couvercle noir brillant d'un piano. Gideon s'assit sur le banc et joua les premières mesures de *Chopsticks*. Le piano était complètement désaccordé.

« Ils l'ont acheté à Sylvia pour qu'elle pratique un instrument, expliqua Gideon, avant de s'apercevoir qu'elle n'avait pas l'oreille musicale. Du coup, c'est moi qui ai dû prendre des cours à sa place. Personne ne vient ici à part papa quand il doit téléphoner. » Il passa à une sonate en gamme mineure. Ses doigts parcouraient rapidement les touches sans l'ombre d'une hésitation, même sans partition. Il n'avait jamais mentionné qu'il jouait du piano. Ivy apprenait quelque chose de nouveau à son sujet chaque jour qu'elle passait avec lui. C'était tout à fait merveilleux. Peut-être était-ce là le secret d'un mariage qui dure : toujours conserver un halo de mystère entre les époux, comme un écran de soie diviserait une chambre à coucher. Si Shen avait possédé ne serait-ce qu'un soupçon de mystère, sans doute Nan ne le prendrait pas autant de haut.

« Ça, c'est la meilleure pièce de la maison », déclara Gideon. La première chambre, située à l'étage, comportait un lit à baldaquin couvert d'une couette en lin gaufré, un secrétaire à abattant, deux tables de nuit graciles en bois d'érable, et un lourd coffre en bois au pied du lit dont le couvercle ouvert révélait des serviettes de couleur identique. Il y avait des fleurs fraîches en abondance, des œillets teintés de vert dans des brocs, divers bouquets, des pots de lavande et, sur la table de chevet, un bol d'eau où flottait un amas de pivoines. Ivy s'approcha du bol et trempa sa main dans l'eau. Un pétale se détacha à son contact et partit à la dérive, loin des autres fleurs. Elle ressentit l'envie irrépressible de porter ses doigts à sa bouche et de lécher les gouttelettes au goût de pivoine.

« Maman adore coordonner les fleurs aux meubles », expliqua Gideon. Il remarqua son drôle d'air. « Qu'est-ce qui ne va pas ?

— Les pivoines. Je croyais qu'elles étaient artificielles. Elles avaient l'air si parfaites. » Elle aperçut leur reflet dans le miroir de la coiffeuse : tête claire, tête sombre. Nos bébés seraient magnifiques, pensa-t-elle. Elle s'approcha de lui et lui embrassa le bout du nez.

« J'aimerais parfois pouvoir mettre en bouteille ta façon de me regarder, dit-il. Quand je serai vieux et amnésique, je pourrais la ressortir et revivre l'expression de ton visage. »

Elle tendit la main et toucha le métal froid de sa ceinture ; d'un seul geste, elle fit glisser l'extrémité de la sangle à travers la boucle. Les doigts de Gideon se posèrent sur les siens. « Ils seront bientôt de retour. »

Elle retira sa main et alla se poster devant la fenêtre. Dehors, une terrasse surplombait une pelouse en pente. Plus loin, les vagues léchaient le sable.

« Ta chambre te plaît ? » demanda Gideon.

Elle se retourna. « Ma chambre ?

— C'est la tradition. Moi, je suis au bout du couloir. »

Elle attendit de voir s'il la taquinait. Il ne la taquinait pas. Elle caressa un des glands du rideau. « Tu viendras me voir en douce la nuit ?

— Malheureusement, maman a l'ouïe d'une chauve-souris. » Il la regarda d'un air très sérieux. « Ça t'embête ?

— Tu vas me manquer, répondit-elle, secouant la tête mais gardant le sourire. Ta mère est adorablement vieux jeu. On va passer une semaine extraordinaire. » Son regard se posa de nouveau sur les pivoines. « Je le sens. »

En sortant de la douche, Ivy entendit une voix de soprano appeler Gideon. Celui-ci cria qu'il descendait tout de suite. Puis il se tourna vers Ivy et lui demanda si elle était prête. Elle avait commencé à enfiler une autre tenue, une robe mi-longue confectionnée dans une sorte de jersey moulant. Quand elle l'avait essayée dans le grand magasin, entourée de ces miroirs à trois pans et de la lumière douce venant du plafond, la robe semblait convenir parfaitement à ce genre de dîner. Mais ici, dans la chambre d'amis de Poppy, où les textiles mornes absorbaient la lumière des autres tissus, elle avait l'air bas de gamme. Ivy pouvait voir la marque de ses sous-vêtements à travers l'étoffe fine. La fermeture Éclair se prit dans ses cheveux quand elle voulut l'enlever. « Et merde. »

Gideon l'attendait. Sous son silence poli, elle sentit un agacement croissant. Cela faisait déjà quinze minutes qu'il était assis au bord de son lit, mais pour une fois, elle se trouvait incapable de l'apaiser. La vanité passait avant tout. Elle faisait parfois des cauchemars, de vrais cauchemars glaçants, dans lesquels elle était en retard à quelque événement important – son premier jour de travail ou un entretien d'embauche – et qu'elle se retrouvait prise au piège d'un cercle vicieux qui consistait à *choisir la bonne tenue* sans arriver à se décider, oppressée de tous côtés par la panique.

« Cette robe n'est pas très confortable », confia-t-elle à Gideon, haletante. Elle enfila un pantacourt kaki et un haut bleu ciel avec un col plus décent. Ce n'était pas parfait, mais ça ferait l'affaire. Elle se força à sourire et balaya un cil collé à la commissure de ses lèvres. Ses doigts étaient froids et moites.

Les parents de Gideon étaient en train de ranger les courses dans la cuisine. Comme le reste de la maison, la cuisine semblait appartenir à une autre époque. Les placards, le réfrigérateur, et même le micro-ondes avaient été peints de la même couleur bleu turquoise pâle, ce qui lui donnait l'aspect kitsch d'un vieux plateau de tournage. « Bonjouuur, Ivy, lança Poppy, quel plaisir de t'avoir parmi nous. » Elle lui fit la bise ; elle sentait l'eau de rose et le talc. Ted Speyer lui serra la main par-dessus le comptoir. Sa peau était rose et pâle, comme du jambon, ses cheveux avaient viré au gris, et le galbe d'un petit ventre saillait sous son polo à rayures. De vagues vestiges de charisme s'accrochaient aux lézardes où résidait autrefois sa vitalité. « Je me souviens de toi, petite, dit-il. Je n'oublie jamais les amis de Gideon. Tu étais venue chez nous, une fois. Comment vont tes parents ? »

Ivy baissa les yeux et murmura que ses parents allaient bien. Elle se retint d'ajouter « monsieur » ou « monsieur Speyer ». Quelle humiliation : Ted se souvenait encore de l'incident de la soirée pyjama. Gideon lui-même n'en avait jamais parlé à Ivy.

« C'est une nouvelle chemise, mon chéri ? demanda Poppy à Gideon.

— Sib me l'a rapportée de Majorque. » Gideon se pencha par-dessus l'îlot et embrassa sa mère sur la joue.

— Voulez-vous que je vous aide à préparer le dîner ? » s'enquit Ivy.

Poppy secoua la tête. « Hors de question. » Chacune de ses paroles était une proclamation grandiose, pourtant elle avait une voix si enfantine et chaleureuse qu'il était difficile de la trouver prétentieuse. « Je vais mettre quelques légumes à rôtir et Ted va faire griller les steaks. Nous mangerons vers vingt heures. Sylvia a appelé pour nous avertir qu'elle serait en retard et nous demande de commencer sans elle. »

Ainsi éconduits de la cuisine, Ivy et les deux hommes passèrent au séjour. Ted s'installa avec le journal dans un fauteuil en rotin tressé. Gideon ouvrit son ordinateur portable. Ted et lui posèrent leur bière sur des sous-verre en bois sur lesquels était gravé le plan du métro de Boston. Comme ils avaient l'air unis et à leur aise, pensa Ivy, avec leurs vêtements nettoyés à sec et leur corps robuste d'Américains – contrairement à son père et son frère qui, lorsqu'elle les voyait ensemble, ressemblaient à deux pitbulls hérissés enfermés dans un cockpit. Elle essaya de lire le livre que lui avait prêté Liana mais n'arrivait pas à se concentrer. Peut-être s'agissait-il d'un effet secondaire dû au patch de nicotine qu'elle s'était collé sur l'intérieur de la cuisse après sa douche. Elle n'en avait jamais encore utilisé, mais elle ne se risquerait pas à apporter des cigarettes dans la maison de vacances des Speyer. Le patch lui laissait une pellicule métallique dans la bouche, comme les résidus d'un sirop pour la toux, et l'auriculaire de sa main droite était parfois pris de spasmes sur l'accoudoir du canapé. Des souvenirs du passé l'assaillaient par ailleurs, sans doute parce que Finn Oaks semblait figé dans le temps, sans la moindre trace de technologie, pas même de télévision, et que les visages des Speyer morts depuis longtemps la fixaient depuis chaque cadre photo accroché de travers. Elle avait presque l'impression d'être de nouveau cette jeune fille de quatorze ans effrayée à l'idée de se trouver là où elle n'était pas censée se trouver, qui craignait de voir Nan apparaître pour la ramener de force à Fox Hill. Elle consulta son téléphone. Quelques textos d'Andrea, quatre appels manqués de sa famille. Nan considérait encore les portables comme des fixes – elle appelait sans arrêt, jusqu'à ce que son correspondant décroche. Elle voulait probablement vérifier qu'Ivy avait bien reçu l'argent, que le chèque ne s'était pas perdu ou n'avait pas été volé en chemin. Ivy éteignit son téléphone et se replongea dans son livre, comptant les minutes qui la séparaient du moment où Poppy les convierait à dîner.

Les sets de table étaient posés, le vin versé, et tous sauf Sylvia, que des problèmes de voiture avaient encore davantage retardée, s'assirent à table. Ils fermèrent les yeux et se tinrent les mains pendant que Ted récitait le bénédicité : « Bénissez-nous, Seigneur, et bénissez ce repas que nous allons prendre.

— Amen. »

Ivy ajouta sa propre prière : Seigneur, faites que cette semaine se passe bien et à l'avenir, je serai meilleure, en tant que personne et en tant que fille. Merci, amen.

Juste avant que dix heures ne sonnent à l'horloge, la porte d'entrée s'ouvrit en grand et la voix de Sylvia lança : « Je suis là », accompagnée d'un rire léger et cristallin.

« Sylvia est arrivée », annonça Gideon. Les voix au

rez-de-chaussée se firent plus fortes. « On descend dire bonjour ?

— Vas-y d'abord, j'arrive tout de suite », répondit Ivy, qui venait d'enfiler un pyjama qui ne laissait pas grand-chose à l'imagination. Elle était déçue – elle avait espéré passer du temps en tête à tête avec Gideon pour parler des événements de la journée : Ça s'est passé comment, à ton avis ? Tes parents m'aiment bien ? Ce genre de choses.

Ivy entendit la réprimande aimante de Poppy, le ton confus de Sylvia. Lui parvint également une voix d'homme qui saluait Poppy et Ted. Celle de Gideon se joignit aux autres. « Ravi de faire enfin ta connaissance », fit l'homme, ce à quoi Gideon répondit : « Il était temps. » Ivy tendit l'oreille. Savoir qu'elle n'était plus la seule personne extérieure à la famille la rassurait. Sylvia avait sans doute amené son petit ami.

« Tu as appelé le concessionnaire auto ? s'enquit Poppy, indignée. C'est tout de même incroyable qu'une nouvelle voiture cale dès le premier jour !

— Il s'agit d'une voiture reconditionnée qui date de 1930, précisa le petit ami. Je crois que je peux me montrer indulgent. »

Sylvia expliqua que le véhicule était si vieux que le concessionnaire ne trouvait pas les pièces pour remplacer la jauge défectueuse. « Roux adore les voitures presque autant que Giddy aime les bateaux. Mais Roux a le mal de mer. Vous allez sans doute vous détester, Gideon et toi. »

Rires polis.

« Il faudra que tu m'apprennes à naviguer », déclara le petit ami. Il continua à parler, mais le cœur d'Ivy s'emballa. Elle revêtit son peignoir à la hâte et se dirigea d'un pas leste vers le haut de l'escalier, pieds nus, une main sur la rampe.

Tous levèrent les yeux. Au milieu d'un océan de têtes blondes se démarquait une chevelure noire, bien trop familière sous la lumière éblouissante du lustre. Roux Roman.

12

Cette nuit-là, Ivy rêva d'une porte rouge laquée à la poignée dorée, sous laquelle un rayon de lumière filtrait d'un orange éclatant, comme si un incendie faisait rage de l'autre côté. La poignée était froide au toucher ; elle s'ouvrit sans bruit. Il faisait noir dans la chambre, elle ne voyait rien, et pourtant elle savait que quelque chose d'extraordinaire l'attendait à l'intérieur, l'appelant par son nom. Elle entendait toujours l'écho d'une voix d'homme en s'éveillant. Sur la table de nuit, le réveil indiquait dix heures moins cinq.

Sa chambre était baignée d'un soleil éblouissant. L'une des portes de la terrasse avait sans doute été ouverte par un coup de vent durant la nuit ; on entendait le pépiement joyeux des oiseaux et le ressac lointain des vagues, qui s'était glissé dans ses rêves et s'était mêlé au bruit de fond, constant mais indistinct. Elle resta allongée un moment, jusqu'à ce que des cris et des rires ne la poussent à sortir sur le balcon. Les Speyer jouaient au frisbee dans le jardin. Poppy se débrouillait très bien, Ted pas du tout. Sylvia attrapa le disque, puis le laissa tomber avec un cri de douleur. Gideon s'approcha pour examiner sa main. Leurs fronts se touchèrent, leurs deux têtes ne formant qu'une, leurs cheveux de lin semblable à celui des tableaux romantiques : *Déjeuner estival.* Une onde noire attira l'attention d'Ivy. Les cheveux de Roux flottaient dans la brise. Il se tenait sous son balcon et la fixait sans sourire. Leurs regards se croisèrent. Depuis combien de temps était-il planté là ?

La nuit dernière sa réaction instinctive après l'avoir vu avait été de rester bouche bée, se demandant si elle voyait son sosie. Il dissipa l'illusion quand il prononça son prénom : « Ivy ? » Puis commencèrent les remarques des Speyer, *Vous vous connaissez ?* et *Comme le monde est petit !* suivies des inévitables questions visant à savoir où ils s'étaient rencontrés (dans la ville où ils habitaient) et s'ils avaient été proches (ils étaient voisins). Après quoi Poppy avait emmené Roux et Sylvia dîner tardivement, tandis qu'Ivy retournait dans sa chambre à coucher.

Elle dormit mal, espérant que Gideon viendrait tout de même la rejoindre en douce, mais à la fois soulagée qu'il reste dans son propre lit car cela lui laissait plus de temps pour préparer ses explications. Elle se remémora cette journée d'été, treize ans plus tôt, l'écran de l'ordinateur qui clignotait, le rebord poussiéreux de la fenêtre, le bruit du souffleur de feuilles, et sentit de nouveau la moiteur de la peau de Roux, le battement de cils noirs, l'expression sur son visage, chiffonné comme s'il souffrait. Roux résumerait sans nul doute tout cela à Sylvia en guise d'histoire du soir. Les hommes adoraient raconter comment ils avaient perdu leur virginité. Pour les femmes, les choses étaient différentes. Ivy avait perdu la sienne à quatorze ans. Soit deux ans avant l'âge respectable. À quatorze ans, on était sur le terrain de la vulgarité, réservé aux filles qui tombaient enceintes et devaient abandonner l'école. Gideon pensait qu'elle avait eu une enfance stricte et couvée, que ses parents étaient des entrepreneurs aisés qui avaient insisté pour qu'elle s'inscrive dans une université féminine, qu'elle était restée vierge jusqu'à dix-huit ans : il s'imaginait très probablement que cela s'était produit après un baiser chaste lors d'un cinquième rencard, qu'elle avait peut-être pleuré un peu dans son oreiller après les faits. Nous n'étions que des enfants, dirait-elle à Gideon. Tant d'erreurs commises pouvaient être balayées sous cette explication magnanime.

Elle s'habilla avec le plus grand soin, ce matin-là : short en coton blanc, chemisier en dentelle festonné, ballerines bleu marine. Elle se fit une queue-de-cheval basse et fixa sa frange sur le côté à l'aide d'épingles à cheveux. Une touche d'anticernes, de poudre bronzante, de blush, de gloss. Elle avait l'air aussi ferme et neuve qu'un œuf poché.

En bas, les Speyer étaient introuvables. Roux était assis dans le fauteuil de Ted avec une tasse de café et une boîte de donuts. Il portait un t-shirt blanc et un jean déchiré au niveau des poches et des genoux, comme s'il travaillait à quatre pattes à longueur de journée. Un mécanicien. Ou alors un ouvrier du bâtiment. Un col-bleu, en tout cas, à en juger par les habits et les donuts.

Elle le salua, surprise du naturel avec lequel elle prononçait son nom : « Bonjour, Roux. » En entendant sa voix, il se leva. Il n'avait plus rien de dégingandé. Ces caractéristiques qui l'avaient rebutée quand Roux était plus jeune – son côté négligé, son dédain, la façon familière qu'il avait de la regarder – étaient désormais des signes de virilité ; n'importe quelle femme aurait conscience de sa présence longtemps après son arrivée dans la pièce. Ivy sentit la joie et la chaleur qui émanaient de son sourire s'accrocher à sa peau ; elle recula légèrement, embarrassée.

« Quand je t'ai vue hier soir, dit-il, je n'en croyais pas mes yeux. Est-ce que tu es réelle ? Ou est-ce que tu es un fantôme de mon passé venu me hanter ?

— Je suis réelle. »

Ils restèrent un instant debout, gênés, puis Ivy s'assit avec une certaine raideur et Roux suivit son exemple.

« Comment tu vas ? Qu'est-ce que tu fais ici ? » Sans attendre sa réponse, Roux ajouta : « Tu n'as pas changé du tout.

— Toi non plus. » Ce n'était pas vrai. Elle indiqua les beignets d'un signe de tête. « Tu aimes toujours Dunkin' Donuts. »

Il expliqua qu'il lui avait fallu une demi-heure pour trouver le magasin. « Il est implanté dans un vieux bâtiment en brique qui est censé faire chicos. Enfin quoi… c'est des donuts à la con. Ils nous prennent pour qui ? Le goût est le même partout. Tu en veux un ? »

Elle secoua la tête. Le talon de la chaussette gauche de Roux était troué. Ce détail la réconforta. Il comblait l'écart entre le Roux d'aujourd'hui et le jeune homme de dix-sept ans dont elle gardait le souvenir.

Il l'interrogea sur sa vie. Elle lui raconta comment

elle avait déménagé dans le New Jersey pour aller au lycée et la façon dont elle s'était retrouvée à Boston.

« Tu es devenue instit ?! » Il semblait trouver cela drôle. « Merde alors, j'ai de la peine pour tes élèves ! »

Elle rit. « En fait, je viens de démissionner. Je vais m'inscrire en fac de droit. » Je m'amuse bien, se dit-elle, étonnée.

Ils commençaient tout juste à trouver leur rythme de croisière quand Sylvia entra dans la pièce ; ses cheveux, encore mouillés après sa douche, sentaient fort la noix de coco.

« Tu es prêt, chéri ? Il faut qu'on aille te chercher un maillot de bain – oh, bonjour Ivy. » Elle se percha sur l'accoudoir du fauteuil de Roux et passa son bras autour de son épaule. « Qu'est-ce que tu penses de Finn Oaks ? »

Ivy répéta les adjectifs habituels – magnifique, charmant, confortable – mais elle resta sous le choc : Roux Roman et Sylvia Speyer, bras et jambes entrelacés, se regardaient, tout sourire, comme ces amoureux stéréotypés sur les cartes de vœux. Existait-il couple plus incongru dans le monde entier ? Ou alors le désir, aussi cliché soit-il, de sortir avec un homme de l'autre côté de la barrière socio-économique jouait-il sur les hormones de Sylvia ? Celle-ci demanda à Roux s'il avait déjà sorti la voiture et ils entamèrent d'une voix langoureuse une conversation en aparté au sujet de mécanique automobile. Syvia blottit sa tête contre le cou de Roux, l'appelant son « petit kangourou ». Il lui pinça les côtes. Elle poussa un cri perçant. Roux susurra *Tu aimes ça, hein… hein…* comme s'il parlait à un chien. Certaines formes de séduction étaient plus excitantes devant un public ; peut-être

Roux et Sylvia aimaient-ils ça. Mais tandis qu'ils continuaient… et continuaient… encore et encore, Ivy se dit qu'aucun adulte qui se respecte ne se comporterait délibérément de façon si embarrassante. Les gens avaient conscience de leur propre présence dans le contexte plus vaste d'un monde objectif. Pour Roux et Sylvia, il n'y avait ni contexte plus vaste, ni monde objectif. Ainsi étaient-ils dénués de toute inhibition.

Sylvia se tourna enfin vers Ivy : « Tu n'as pas fini de me raconter comment vous vous êtes rencontrés, tous les deux. Vous étiez voisins, c'est ça ? »

Ivy hésita. Sylvia la taquinait-elle ?

« Ce bon vieux quartier de Fox Hill, intervint Roux. Tu y es retournée ?

— Jamais.

— À New York ? demanda Sylvia.

— Ici même. Dans le trou du cul du Massachusetts, à West Maplebury. » Il regarda sa petite amie avec un sourire narquois. « Je parie que t'en as jamais entendu parler. »

Sylvia fit la grimace. « Les amitiés d'enfance sont vraiment adorables », dit-elle, puis elle se mit à parler de sa meilleure amie au CP. Elle n'est vraiment pas au courant, pensa Ivy. Malgré son soulagement, elle ressentait un soupçon d'irritation à l'idée que Roux n'avait pas cru utile de la mentionner.

« Je n'ai pas revu Natalie depuis plus de vingt ans, racontait Sylvia, mais je pense à elle chaque fois que je vois une bicyclette rose, surtout si elle a des rubans accrochés au guidon.

— Moi, je pense à Ivy chaque fois que je vois un Kmart, dit Roux. C'était une sacrée…

— Et vous, l'interrompit Ivy, le souffle court, comment vous vous êtes rencontrés ? »

Sylvia se lança dans une histoire d'institut d'art et de peintres italiens, mais Ivy l'écoutait à peine. Le mot *Kmart* sonnait le glas dans sa tête, la trahison désinvolte de Roux ayant transpercé l'optimisme timide qu'elle avait éprouvé quelques instants plus tôt.

« Roux est le mécène principal de cette exposition, poursuivit Sylvia. Il a énormément de goût et un instinct hors du commun pour l'art sous-estimé.

— J'ai fait que leur filer une tonne de fric, rectifia Roux. Ils te donnent un certificat et un titre du genre "Ami du musée". En échange, j'ai droit à d'énormes déductions d'impôt…

— C'est Roux qui a chapeauté toute la collection, l'interrompit Sylvia. Il nous a même aidés à emprunter une œuvre à un musée de Florence connu pour son avarice. Moi, ça fait des mois que je leur écris…

— Je connais le directeur. Il vient dans ma pizzeria quand il est de passage à New York. Je l'ai décorée comme celle où on allait manger, tu te souviens, Ivy ? » Il lui décocha un grand sourire. « On avait droit à des parts gratuites si on venait après dix heures. Tu venais avec ton Tupperware pour en ramener à ton frère. Bon sang, il avait un sacré coup de fourchette, ce môme. »

Ivy répondit qu'elle ne se souvenait plus de la pizzeria. Elle arrivait à peine à soutenir son regard.

Le sourire de Roux se fit interrogateur. « Ah bon ? Et Giovanni ? Et Vincent, son fils retardé ? On allait vendre des parts de pizza aux pepperoni aux ivrognes dans le parc. On voulait économiser pour s'acheter une de ces planches gonflables qu'on utilise à la piscine.

— Vraiment ? Les enfants ont des drôles d'idées. Je ne me souviens pas du tout. »

Son expression changea, il se crispa un peu. « Bien sûr que non, dit-il avec lenteur.

— Alors tu es devenu collectionneur en plus de gérer une pizzeria ? C'est un drôle de mélange.

— Pas seulement, rétorqua Roux, se penchant en avant. Je possède aussi des laveries, des solderies, des distributeurs de billets et des distributeurs automatiques de bouffe. Ça rapporte gros, les distributeurs de billets. Surtout dans les chaînes de motels. L'art, c'est juste un hobby. J'aime bien dégoter ce que veulent les autres. »

Sa façon de prononcer cette dernière phrase poussa Ivy à croiser les jambes comme pour se justifier. Elle avait eu tort. Il n'était pas pauvre du tout. Cela ne la surprit pas vraiment. En matière d'argent, il s'était toujours montré impitoyable. C'était un de ces arrivistes ambitieux voués à une réussite grandiose ou à finir en prison. Peut-être avait-il même plus d'argent que Sylvia. La sœur de Gideon ne fréquentait probablement que des hommes dont le compte en banque était plus gros que le sien. Par ailleurs, Ivy s'était trompée au sujet du jean : il coûtait sans doute si cher que les déchirures avaient été réalisées exprès pour faire penser à la classe ouvrière, à laquelle, de toute évidence, Roux n'appartenait plus.

Roux ajouta qu'il cherchait aussi à travailler dans l'industrie automobile. Il demanda à Ivy si elle aimait les voitures.

« Pas vraiment.

— Parce que t'es jamais montée à bord d'une bonne

voiture. On ira faire un tour avec la Bugatti. C'est Sylvia qui l'a choisie. Elle trouvait qu'elle avait la même couleur que mes yeux. Qu'est-ce que t'en penses ? »

Ivy ne sut pas quoi répondre.

Il montra l'allée d'un geste de la main. « Regarde.

— Ça m'est complètement égal.

— Pas la peine d'être malpolie. »

Ivy aurait voulu le frapper.

« Roux, arrête. » Sylvia fronça les sourcils. Elle avait repris sa voix normale.

Ivy se leva du canapé et annonça qu'elle allait prendre son petit déjeuner. Sylvia l'invita à se joindre à eux ; ils avaient prévu d'aller manger des beignets de crabe chez Red Barn. « Roux n'a jamais mangé de beignets de crabe, tu te rends compte ?

— Non, tu plaisantes », rétorqua Ivy.

Sylvia lui jeta un regard froid.

« La prochaine fois, fit Ivy.

— À tout à l'heure, lança Roux en sortant. C'était sympa de tomber sur une vieille… voisine. »

Ivy apporta son café et son croissant sur la plage. Elle ne supportait pas de passer une seconde de plus dans le salon, emprisonnée entre les murs en bois qui se dilataient sous l'effet de la chaleur avec des grincements et des grognements intermittents, et les meubles démodés, les futons rayés et les consoles à pieds ronds, donnant l'impression d'une vie vécue en miniature. Une vie de maison de poupée. Ou peut-être était-ce simplement à cause de la présence inattendue et accablante de Roux qu'elle se sentait oppressée.

Poppy et Ted prenaient le soleil auprès d'un grand parasol à rayures. Gideon ressemblait à un phoque beige qui plongeait puis émergeait des vagues. Ivy fut accueillie par un chœur joyeux : *Viens, viens ! Assieds-toi avec nous ! Tu as bien dormi ?* « Ils ne sont pas très frais, remarqua Poppy au sujet du croissant qu'Ivy avait enveloppé dans une serviette. Je suis arrivée un peu tard à la boulangerie ce matin et c'était tout ce qu'il restait. » Ivy lui assura que le croissant était délicieux, et qu'elle n'avait jamais aussi bien dormi. Elle étala sa serviette à côté de Poppy puis retira sa robe, trop consciente de ses proportions enfantines, toutes en côtes et en colonne vertébrale, avec un grand bleu sur la rotule qu'elle s'était fait en se cognant contre le bord du coffre en bois de sa chambre. Ted portait un t-shirt de Harvard et un short de bain d'un gris neutre qui faisait ressortir les couleurs vives du maillot une pièce de Poppy, dont la silhouette était aussi ferme et alerte qu'une jeune banane. On disait souvent que les femmes asiatiques vieillissaient bien, mais Ivy trouvait qu'après cinquante ans, les Américaines qui allaient à la salle de sport et prenaient soin d'elles paraissaient bien plus juvéniles.

Lorsque Ivy s'émerveilla devant la beauté du paysage, Ted lui montra les fleurs grandes comme la paume aux pétales fuchsia plissés et aux feuilles dentelées qui poussaient dans les taillis. Il expliqua qu'il s'agissait de rosiers rugueux, importés d'Asie orientale au milieu des années 1800 ; le premier signalement de leur présence avait eu lieu à Nantucket. Ivy loua sa connaissance intime de la terre. Ce fut le terme qu'elle employa, la terre, car seul ce mot semblait capable de refléter la solennité avec laquelle Ted parlait des roses de plage.

« Certains de nos amis sont horrifiés à l'idée de passer leurs vacances tous les ans au même endroit, affirma Ted, mais nos habitudes sont bien ancrées. Pour rien au monde nous n'échangerions ce lieu pour un autre. »

Ivy répondit que Nan aussi préférait le confort domestique aux destinations exotiques. Par confort domestique, elle entendait sa maison, qu'elle ne quittait jamais sauf pour rendre visite à la famille de Ping, une fois par an, à Doylestown en Pennsylvanie.

« Et où habitent tes parents, à présent ? » demanda Ted, se redressant, en appui sur les coudes.

Ivy se lança. Explicite, implicite. Clarksville était *près de Princeton*, travailleur indépendant sous-entendait *déductions fiscales*, une petite boutique laissait supposer *local commercial*. Cette dernière partie n'était d'ailleurs pas un mensonge – Shen venait d'acquérir un grand entrepôt pour y stocker toutes les vieilleries qu'ils ne pouvaient plus garder à la maison. Nan se plaignait sans cesse que leur flux de trésorerie se resserrait. Ivy imaginait ses parents assis à la table de la cuisine, en train de pianoter sur la petite calculatrice en plastique de Nan – qui méritait d'entrer dans le livre Guinness des records pour sa longévité –, notant les petits chiffres rouges et noirs dans le carnet de chèques, année après année, jour après jour, jusqu'à la mort.

« Est-ce que Gideon et toi avez le même âge ? l'interrogea Poppy.

— J'ai trois mois de plus. » Elle pouvait voir Poppy faire le calcul dans sa tête. Vingt-neuf ans pour le premier enfant. Ce qui lui laissait dix ans pour en pondre trois autres avant ses quarante ans.

« Gideon nous a dit que tu pensais t'inscrire en fac de droit, nota Ted.

— Oui.

— C'est un projet qui demande énormément de temps, sans parler d'argent. »

Difficile de savoir à son ton de voix s'il approuvait ou non. Ivy hocha la tête de façon un peu vague, espérant exprimer à la fois l'acquiescement et l'optimisme.

Toujours pleine de tact, Poppy les régala d'anecdotes sur son frère aîné, Bobby, celui qui était avocat en Californie, jusqu'à ce que Gideon les rejoigne après sa baignade.

« Comment était l'eau ? demanda Ted.

— Glacée, répondit Gideon, qui frissonna quand une brise fit claquer les bords du parasol.

— Ivy nous parlait de la fac de droit, dit Ted.

— Ah. »

Que signifiait ce *Ah* ?

« Tu penses t'inscrire dans des universités du coin ? s'enquit Poppy d'un ton innocent.

— Tout à fait. J'adore Boston. Je n'imagine pas vivre ailleurs. »

Poppy posa une main sur le bras d'Ivy. « Nous sommes tellement heureux que Gideon t'ait fait venir ici. Ça fait, oh, des années que nous n'avons pas rencontré une de ses petites amies ! Depuis… enfin. Il a toujours été très évasif au sujet de sa vie privée.

— Allons, allons, Poppy, intervint Ted d'une voix contenue. Gideon peut prendre ses propres décisions. »

Gideon se leva d'un bond et déclara qu'il avait faim, qu'il allait rentrer.

« Nous aussi », renchérit Poppy en rougissant.

Ils ramassèrent leurs affaires en silence. Gideon ouvrit la marche, suivi d'Ivy, tandis que quelques pas derrière eux, les deux parents traînaient le pas, discutant à voix basse.

Après le déjeuner, Gideon, qui avait la migraine, fit la sieste dans sa chambre. Poppy et Ted allèrent rendre visite à leurs voisins, à quelques maisons de là. Ivy se trouva un coin d'ombre sur la balancelle du perron pour étudier. Elle déplia la page écornée de son manuel de préparation aux examens et se mit à lire : *Preuve + supposition = conclusion, base de tout rapport juridique. N'oubliez pas d'utiliser des mots-clés ainsi qu'un esprit critique afin de repérer la conclusion* EN PREMIER LIEU. *Puis, demandez-vous : « En quoi cette conclusion est-elle juste ? » et identifiez la preuve, sans tenir compte du contexte. La supposition est l'élément manquant, ce que l'auteur considère comme acquis…* Elle s'éveilla, les joues brûlantes. Le soleil s'était déplacé dans le ciel, bas et aveuglant, la frappant de plein fouet. La fameuse Bugatti de Roux était garée derrière la voiture de Gideon, son toit convertible parfaitement incurvé au-dessus de sa petite carrosserie bleue, ses phares si ronds et protubérants qu'ils ressemblaient à deux globes oculaires au sommet d'antennes. Il s'agissait d'un joujou, et Ivy comprit que c'était exactement pour cela que Roux l'avait achetée, qu'il voulait montrer que le côté pratique n'avait aucune utilité à ses yeux, qu'il ne cherchait qu'à s'amuser.

De la fenêtre ouverte de la buanderie à l'arrière de la maison, elle pouvait discerner la voix de Sylvia qui parlait de climatisation. Ivy ramassa son livre tombé par terre et retourna à l'intérieur.

Tous sauf Roux s'étaient attroupés autour d'un chat noir et blanc qui jouait avec une chaussette sur le carrelage. Un chat errant, de toute évidence. L'une de ses oreilles était racornie comme un champignon ; sa queue était sale et il lui manquait des touffes de poils. Sylvia racontait à Poppy qu'ils l'avaient trouvé à Tom's Market, devant les buissons, en train d'essayer de manger un piment. « Il devait sans doute appartenir à quelqu'un, parce qu'il est si gentil – il n'est pas sauvage du tout. Il n'arrêtait pas de se frotter à ma jambe et de ronronner pour qu'on le nourrisse. Demain, je l'emmènerai chez le vétérinaire, histoire de vérifier si tout va bien. » Elle poussa le chat vers Ivy, qui caressa avec précaution le sommet de son oreille saine. Il ne semblait ni aimer ni détester les humains. Quand elle approcha sa main de son ventre, il laissa échapper un long feulement. Elle se recula aussitôt, balayant les poils de chat qui flottaient devant son visage.

« Ne vous approchez pas trop, prévint Poppy, qui attendait près de la porte. Pas avant qu'on sache s'il est malade.

— J'ai déjà décidé de le garder, annonça Sylvia. Je vais l'appeler Pepper. »

Poppy appuya sa main contre sa joue. « Tu es sûre d'avoir assez de temps pour un animal domestique, Sylvia ? C'est déjà assez difficile de préparer un doctorat sans en plus avoir à s'occuper d'un chat.

— C'est peut-être trop pour toi, rétorqua Sylvia, mais heureusement, je tiens de papa.

— Tu ferais mieux d'y réfléchir, Sib, dit Ted. Maman a raison, après tout, tu voyages beaucoup. Qui va s'en occuper quand tu seras partie ?

— Mais…

— Elle se débrouillera », intervint Gideon, qui échangea un regard avec sa sœur. Ils avaient probablement fait ainsi équipe contre Ted et Poppy des centaines de fois, manœuvrant entre leurs parents tels deux acrobates dont la confiance mutuelle était implicite et intransigeante.

Sylvia emmena le chat dans le salon, où Roux, un verre de scotch à la main, feuilletait l'un des beaux livres de Poppy sur les maisons classées, et se mit à le faire jouer avec un mobile en bois. Gideon fit tinter les coquillages et le chat pivota dans sa direction, son oreille normale et son oreille racornie toutes deux aplaties contre sa tête en forme de ballon ovale, sa queue tressautant près du sol comme une serpillière miteuse. « J'ai toujours aimé les chats, remarqua Gideon. Je garde de bons souvenirs de Beaver, le vieux chat de Tom. Il buvait directement au robinet. Miriam lui avait même appris à faire pipi dans les toilettes. Ils sont vraiment malins, les chats.

— Tu veux prendre Pepper ? lui demanda Sylvia.

— Tu crois ?

— C'est plutôt petit, chez toi… » commença Ivy au moment où Sylvia disait : « Oh mais oui !

— Tu es sûr d'avoir assez de temps pour un animal domestique ? poursuivit Ivy, s'apercevant trop tard qu'elle avait répété mot pour mot les paroles de

Poppy, quelques instants plus tôt. Gideon et Sylvia échangèrent un autre regard.

« Je déteste les chats, déclara Roux, refermant son livre d'un geste brusque. Et celui-là, il est moche comme tout. Je suis pas sûr qu'il soit vraiment domestiqué. On dirait qu'il est capable de te griffer les yeux dans ton sommeil. »

Ivy ne put s'empêcher de rire.

« Tu n'as pas de cœur, dit Sylvia. Je ne sais pas comment tes parents t'ont élevé.

— Comme un chien errant », rétorqua Roux.

Sylvia et Gideon ne semblant pas vouloir faire autre chose que de rester allongés sur le tapis ikat à caresser le chat, Ivy leur proposa de retourner à la plage.

« Je dois terminer un e-mail, dit Gideon. Je vais chercher mon ordinateur. » Il se leva et disparut.

Peu après, Roux termina son verre et se leva lui aussi. Il regarda Sylvia comme s'il s'attendait à ce qu'elle le suive, mais elle resta sur le tapis. L'affection lascive dont ils avaient fait montre plus tôt ne semblait plus que le fruit de l'imagination d'Ivy. Elle se demanda s'il s'était passé quelque chose quand ils avaient mangé leurs beignets de crabe. Mais d'un autre côté, peut-être n'y avait-il là rien d'anormal pour Sylvia et Roux, qui avaient l'air d'être le genre de personne que la versatilité attirait.

« Tu peux accrocher tes vêtements, s'il te plaît ? » lança Sylvia à Roux qui s'éloignait. Elle regarda Ivy, sourcils froncés. « Tu as de la chance que Gideon soit relativement soigneux. Roux n'a presque rien sorti de sa valise, et pourtant notre lit est un vrai foutoir.

— Vous partagez une chambre ?

— Bien sûr, pourquoi pas ?

— C'est juste que... Je croyais que ta mère n'aimait pas que... »

Sylvia éclata d'un rire qui fit apparaître ses fossettes. « Ivy ! Tu es vraiment un drôle d'oiseau. Maman ferme les yeux depuis que j'ai fait rentrer Tucker McDermott par la fenêtre de ma chambre en seconde. Tu as dû être très bien élevée. Pas étonnant que Giddy soit amoureux de toi. »

Les yeux rivés sur Gideon à l'autre bout de la table, Ivy pensa : Soit Sylvia a menti, soit Poppy n'est effectivement pas d'accord, en tout cas Sylvia se fiche de ce que pense sa mère, tandis que Gideon est plus prévenant. Jamais il ne ferait rentrer une garce par sa fenêtre. Cette explication avait beau paraître plausible, elle n'apaisait en rien la douleur de se sentir rejetée. Ivy ne pouvait se résoudre à envisager la troisième possibilité : que Gideon se soit tout simplement lassé d'elle mais était trop gentleman pour le lui dire. Depuis leur arrivée au cottage, ils n'avaient presque pas passé de temps en tête à tête, et même en présence des autres, il ne restait jamais à son côté comme un petit ami protecteur ; il ne paraissait pas non plus chercher à la mettre à l'aise. Elle avait cru qu'il s'agissait là d'un signe de leurs liens étroits, venant d'un homme qui lui avait dit *Désolé ; est-ce qu'on était censé avoir la fameuse conversation ?*, et qui comptait sur elle pour se débrouiller face aux membres de sa famille, de la même manière qu'elle s'était débrouillée face aux Cross et aux Finley. Mais peut-être la distance qu'elle sentait entre eux était exactement cela – une distance.

Perdue dans ses pensées, elle resta silencieuse pendant le dîner et mangea peu. Elle crut avoir attrapé un rhume. Les spasmes de son auriculaire agitaient désormais son visage, qui lui semblait raide et picotait comme si elle était sur le point d'éternuer. Alors qu'ils mangeaient leur entrée, Roux, interrompant le récit de Poppy au sujet de son travail de bénévole dans le musée local, s'exclama : « Ivy – tes yeux.

— Qu'est-ce qu'ils ont ?

— Oh mon Dieu », lâcha Poppy, portant sa main à sa bouche. Tout le monde se retourna, sa fourchette suspendue dans les airs.

« Ils sont très rouges et… gonflés », expliqua Gideon.

Ivy se leva et se dirigea d'un pas rapide vers les toilettes, Gideon et Poppy sur les talons. Elle poussa un cri aigu en se regardant dans le miroir. Ses paupières étaient si épaisses qu'elles ressemblaient à deux cloques écarlates au-dessus de ses pupilles noires. « Qu'est-ce qui m'arrive ? » se lamenta-t-elle. Elle ferma les yeux et les frotta pour y voir plus clair, ce qui ne fit qu'empirer les choses. La peau autour de ses yeux se mit à picoter puis à gratter.

« Est-ce qu'il faut aller à l'hôpital ? » demanda Poppy, une main sur la gorge. Elle appela son mari par-dessus son épaule : « Ted, tu peux venir ? On a besoin de toi. »

Ivy pensait qu'il s'agissait peut-être d'une réaction allergique. Elle expliqua qu'elle en avait fait une quand elle était très jeune, après une piqûre d'abeille, mais moins sévère que celle-ci. Cette fois-là, sa gorge aussi grattait. Elle avala pour vérifier ses réflexes, qui avaient l'air intacts.

« Le chat ! s'écria Gideon. Ivy, est-ce que tu es allergique aux chats ?

— Je n'en sais rien. » Elle sentait le sang qui commençait à battre sous ses lèvres caoutchouteuses.

« Tout va bien ? » s'enquit Ted. Il prit la place de Gideon, parti chercher un antihistaminique.

Poppy expliqua la situation à Ted. « Est-ce qu'il faut l'amener aux urgences ? Est-ce que c'est pareil que les allergies aux arachides ? Est-ce qu'on a une seringue d'épinéphrine ? Ivy, tu arrives à respirer ?

— Qu'est-ce qui se passe ? interrogea Sylvia, se jetant dans la mêlée.

— Ivy est allergique à ton chat, dit Poppy. Elle a joué avec lui toute la soirée. Regarde ses yeux. »

Sylvia fronça les sourcils. « Tu es allergique à Pepper ?

— Je n'en sais rien », répéta Ivy. Elle culpabilisait de ne pas savoir à quoi elle était allergique.

Ted lui demanda si elle avait déjà été en contact avec des chats.

« Pas vraiment. »

Gideon reparut avec l'antihistaminique et un verre d'eau. Une fois qu'elle eut avalé le cachet, elle dit : « Je ferais mieux de rester dans ma chambre au cas où ça empirerait.

— Mais oui, dit Poppy. Reste là-haut jusqu'à ce que le chat parte, demain.

— Pepper reste ici, protesta Sylvia.

— On ne peut pas le garder s'il rend Ivy malade.

— On ne sait même pas si elle est allergique aux chats.

— Ce n'est pas une allergie alimentaire, affirma Gideon. On n'a mangé que de la salade et un steak. Est-ce que tu as touché tes yeux après l'avoir caressé ? »

Ivy fouilla dans ses souvenirs ; elle n'en était pas sûre.

« Vous voyez, dit Sylvia, ce n'est peut-être pas Pepper.

— Franchement, Sylvia, s'exclama Poppy d'une voix un peu stridente, ce n'est pas le moment de discuter. »

Les joues de Sylvia s'empourprèrent. Elle tourna brusquement la tête et disparut dans le couloir.

Gideon voulut de nouveau savoir s'il fallait aller à l'hôpital.

« Je vais bien... Je vous assure, répondit Ivy, gênée d'être ainsi le centre de l'attention. C'est déjà arrivé quand j'étais plus jeune. Ma gorge va bien. Je vais juste me doucher et attendre que le cachet fasse effet. Vous devriez finir de dîner. » Elle voulut sourire, mais l'effet était monstrueux. Au prix de beaucoup d'efforts, elle parvint à convaincre les Speyer de retourner à table. Roux, assis sur sa chaise, n'avait pas bougé d'un centimètre. Il l'aperçut tandis qu'elle montait les escaliers ; elle crut voir ses lèvres tressaillir. Il était évident qu'il rirait de ses malheurs. À quoi s'attendait-elle ? À de l'inquiétude ?

Là-haut, elle prit sa deuxième douche de la journée, évitant avec soin de frotter les endroits de son nez et de ses joues où elle avait pris un coup de soleil. La vapeur apaisait la démangeaison. Quand elle sortit de la salle de bains, ses lèvres avaient un peu dégonflé. « Je suis un troll », dit-elle en se regardant dans le miroir de la coiffeuse, avant de se détourner.

Quelques minutes plus tard, Gideon lui monta un plateau. Une assiette contenait les restes de son steak et de ses pommes de terre, l'autre une part de tarte aux pommes dont la garniture gluante et ambrée s'était solidifiée au fond. Ivy repensa avec tristesse aux heures passées avec Poppy cet après-midi-là, à couper les pommes, faire mijoter le bourbon, étaler la pâte, badigeonner d'œuf le magnifique treillis pendant que l'arôme merveilleux de cannelle et de beurre emplissait la maison. Comme elle avait eu hâte de déguster cette tarte.

« Tu parles d'une bonne première impression, soupira-t-elle.

— Comment ça ? fit Gideon.

— Cette soirée a été un véritable cauchemar. Qu'est-ce que ta famille doit penser de moi ?

— Ils t'adorent !

— Ah bon ? » Ce n'était pas une question rhétorique, elle voulait vraiment savoir. Mais Gideon se contenta de lui tapoter la jambe d'un geste censé exprimer son soutien, pourtant elle sentait qu'il était déjà ailleurs, qu'il attendait le bon moment pour se retirer dans sa chambre, où il pouvait se défaire de ses responsabilités de petit ami et reprendre sa relation privilégiée avec son ordinateur portable.

« Ça ira mieux demain, assura-t-il. On ira immédiatement à l'hôpital si les rougeurs persistent. »

Et ce soir, alors ? pensa-t-elle. Mais avec son visage couleur de crabe bouilli, elle était mal placée pour exiger quoi que ce soit. Certaines femmes ne laissaient jamais leur mari les voir sans rouge à lèvres ni sourcils parfaitement dessinés. Peut-être se laissait-elle aller. Une fois qu'on voyait quelque chose, on ne pouvait plus l'oublier. Les gens étaient superficiels, même s'ils essayaient de se convaincre du contraire.

13

Il plut par intermittence toute la semaine : le ciel d'ardoise et les averses monotones les incitèrent à rester à l'intérieur, où ils passaient leurs journées à lire, boire, écouter Gideon jouer au piano, aider Poppy à préparer des fournées et des fournées de cookies aux raisins secs et flocons d'avoine qu'ils offraient ensuite aux voisins. L'allergie d'Ivy empira au point qu'elle dut prendre deux sortes d'antihistaminiques, ce qui lui donnait l'impression d'avoir des poids accrochés à chacun de ses cils. Gideon proposa de laisser le chat chez les Wald, mais Ivy ne voulait pas causer davantage de désagréments. Sylvia garda donc le chat dans la chambre qu'elle partageait avec Roux. Elle ne perdait jamais l'occasion de mettre en doute le fait que Pepper soit responsable de l'allergie ; si elle ne le disait pas directement à Ivy, elle s'arrangeait toujours pour que celle-ci l'entende. La tension était à son comble. Chaque geste, tic, excentricité devenait, ainsi enfermés sous un même toit, une source d'agacement bénigne mais continuelle.

Roux et Sylvia se livraient à une querelle discrète, qui commença quand Sylvia lui lança une pique au sujet de ses donuts matinaux. « N'importe quel mec serait ravi d'avoir trois repas maison par jour, lâcha-t-elle, mais toi, tu ne manges rien parce que tu te goinfres de ces saloperies. » Roux finit de mâcher puis essuya le sucre glace sur sa bouche d'un revers de main. « Les goûts et les couleurs, ça ne se discute pas, rétorqua-t-il. Tu ferais peut-être mieux d'arrêter de râler sans arrêt. » Hormis Gideon, qui comme chaque matin, qu'il pleuve ou non, se baignait dans l'océan, tout le monde était encore à la table du petit déjeuner, en train de boire sa dernière gorgée de café froid. Un éventail d'expressions anima le visage de Ted, qui eut d'abord l'air stupéfait puis fâché et pour finir résigné sous l'effet de dizaines d'années passées à faire la sourde oreille. Ivy s'attendait à voir Sylvia exploser, mais la sœur de Gideon se contenta de dire à Roux d'une voix tendue : « Je n'insinuais rien. » Poppy crispa les lèvres avec un froncement de sourcils tremblotant, seul exutoire à sa fureur intérieure, et se précipita vers Sylvia pour la cajoler. Roux demanda à Ted s'il avait des cigares. « Non, Roux. Je ne me balade pas avec des cigares. »

Ivy trouvait que par sa brusquerie, Roux ressemblait un peu à Tom Cross, sauf que la grossièreté de Tom était condescendante et avait pour but d'étayer son point de vue alors qu'il n'y avait aucun mépris dans celle de Roux. Voilà pourquoi Roux pouvait se permettre de parler à Sylvia de la sorte, ou même à Ted et Poppy (Roux et Gideon, eux, ne se parlaient qu'en présence des autres, et encore, la politesse neutre ne faisait de toute évidence que masquer leur désintérêt mutuel). Ils le toléraient parce qu'il ne prenait personne de haut. Il ne se posait pas la question.

Sylvia repoussa sa mère d'un air renfrogné. Cette jeune femme boudeuse n'avait plus rien à voir avec la personne raffinée et imperturbable qui avait organisé un dîner, quelques mois plus tôt. Peut-être était-il normal de retomber en enfance quand on se trouvait en compagnie des membres de sa famille.

La situation semblait au bord de l'implosion. Pourtant, ce soir-là, Roux et Sylvia, ivres et enlacés dans le fauteuil, s'échangeaient des mots doux d'une voix de bébé. Le lendemain, alors qu'Ivy cherchait un endroit où étudier au calme, elle tomba sur eux dans la salle de piano, assis par terre en tailleur. Un film italien passait en arrière-plan sur l'ordinateur de Sylvia. Ivy s'excusa de les avoir interrompus, mais Sylvia lui fit signe d'entrer. « Je suis contente que tu nous aies trouvés. Ce film est d'un barbant. Je ne comprends pas un mot, alors Roux doit tout me traduire, mais je crois qu'il invente.

— *Perché sei ignorante*, fit Roux avec un accent passable.

— Vous travaillez sur quoi ? s'enquit Ivy, ayant remarqué les feuilles de papier et les crayons éparpillés sur la table basse.

— Mon livre de coloriage », répondit Sylvia. Elle entreprit de lui montrer les pages pleines de fleurs et de châteaux géométriques, le même genre de livres de coloriage qu'Ivy gardait en classe pour ses élèves de CP. « Roux travaille sur un nouveau croquis », ajouta-t-elle après coup.

Ivy jeta un coup d'œil au dessin sur la table. Une station-service, une grande roue, une femme coiffée d'une casquette en train de faire le plein.

« C'est Vegas, expliqua Roux.

— Je comprends, affirma Ivy, même si c'était faux.

— Laisse tomber. Ça vaut rien.

— C'est incroyable, fit Sylvia d'un ton froid. Dis-lui, Ivy.

— Elle a raison. » En quelques coups de crayon, il avait réussi à saisir une ambiance et une émotion spécifiques : l'instant qui précède une éruption de violence. Et dire qu'elle avait cru que son intérêt pour l'art, au même titre que son intérêt pour les voitures vintage, était un truc de nouveau riche, sans aucun amour pour quoi que ce soit, autre que le prix. Il l'avait avoué lui-même, le premier jour : *J'aime bien dégoter ce que veulent les autres.* « Il me plaît beaucoup », répéta-t-elle.

Roux haussa les épaules. « Tu le veux ? » Il déchira la page du livre et la lui tendit.

« Comme c'est généreux de ta part, mon kangourou », souffla Sylvia. Ivy crut d'abord que sa remarque était désinvolte – comment Roux pouvait-il croire que quelqu'un voudrait ses stupides croquis –, avant de s'apercevoir que Sylvia était pratiquement figée de colère.

Ils entendirent Gideon dans le couloir. Ivy plia le dessin, qu'elle glissa à la hâte dans son livre ; elle prit congé.

Depuis cet incident, qui avait eu lieu le lundi soir – trois jours plus tôt –, Ivy avait remarqué que Sylvia ne lui adressait presque plus la parole. Du jour au lendemain semblait s'être dressé un champ de force invisible qui empêchait la tête de la sœur de Gideon de se tourner dans sa direction. Elle n'était même pas méchante ; Ivy avait tout simplement cessé d'exister à ses yeux. La punissait-elle pour le chat ? Comment pouvait-on être aussi mesquin ? Ou s'agissait-il seulement d'un nouveau symptôme exagéré du fait d'être enfermés les uns sur les autres ?

Gideon, bien sûr, ne se rendait pas compte de ce qui se passait entre sa petite amie et sa sœur. Ivy entendait parfois, venant de l'alcôve, la voix assourdie de Sylvia qui parlait à Gideon, en murmures ininterrompus, de quelque sujet important d'ordre privé – ou pour donner délibérément l'impression qu'elle parlait d'un sujet important d'ordre privé. Son Giddy, sa Sibbie. Et comme Ted ne s'intéressait qu'à lire son journal, ses magazines de golf, et boire ses bières de dix-sept heures, Ivy n'avait plus que Poppy pour alliée. Ce matin-là, elles avaient passé une heure plaisante à regarder les photos de bébé de Gideon, un rite de passage pour toute petite amie qui se respecte, mais qu'Ivy n'aurait pas cru accomplir si tôt. Elle aimait particulièrement la photo de Gideon quand il était tout petit, vêtu d'un tutu rose, d'un chausson de danse et d'un diadème doré sur la tête ; Sylvia, habillée à l'identique, le poussait sur une balançoire. « Quand on a une sœur... », commenta Poppy d'un rire hoquetant. En revanche, Ivy trouva quelques photos très étranges, notamment en raison des explications de Poppy.

« Sylvia n'a jamais été une bonne dormeuse, raconta-t-elle en référence à une photo de Gideon et Sylvia, assoupis sous une couverture rayée, tête contre tête, l'un des bras de Sylvia sur la poitrine de Gideon. Ils ont partagé leur lit jusqu'au lycée. Le jour où Sylvia a demandé à avoir sa propre chambre, mon cœur a failli se briser. » Elle montra à Ivy une autre photo de Gideon et Sylvia nus dans une baignoire blanche sur pied. « Ils adoraient prendre le bain ensemble. Après chaque match de baseball ou chaque journée à la plage, ils réclamaient leurs canards en plastique et leur bain moussant à la vanille. »

Ivy ne vit ni mousse ni canards en plastique sur la photo. Le dos lisse et brun de Sylvia, le dos musclé d'une adolescente, était coupé en deux par la surface de l'eau. Les jambes brunes de Gideon étaient calées entre celles de sa sœur dans la petite baignoire – une baignoire de taille normale qui paraissait petite, proportionnellement aux membres longilignes du frère et de la sœur qui se trouvaient à l'intérieur. Jamais Ivy et Austin n'avaient eu le droit de dormir côte à côte, mais uniquement tête-bêche, comme des sardines ; qui plus est, Nan prenait toujours soin de leur expliquer que garçons et filles ne devaient pas se mélanger, qu'Ivy ne devait en aucun cas laisser un garçon la voir nue, pas même son frère ou son père. Cette liberté qui existait entre Gideon et Sylvia, était-ce de la perversité ? Ou de l'innocence ? Cela dit, les innocents étaient souvent pervers et les pervers innocents.

Plus tard, cet après-midi-là, le toit se mit à fuir, tachant les vieilles lattes de petits ruisseaux gris foncé. Ivy et Gideon étaient en train de manger de la salade de pâtes dans l'alcôve, quand Poppy s'écria : « Oh ! Oh ! Que quelqu'un m'apporte une bassine ! » Ils se précipitèrent dans le salon. Sylvia se couvrait la tête avec le beau livre que Roux lisait l'autre jour. Roux, quant à lui, était torse nu et essorait son t-shirt dans une plante en pot. Ted accourut de l'étage, les cheveux aplatis d'un côté, s'étant apparemment tout juste éveillé de sa sieste. « Une bassine, Ted, passe-moi une bassine », cria Poppy. Ted lui tendit l'une des bannettes tressées près de la cheminée. « Une bassine, pas une bannette ! » Le visage de Ted devint aussi rouge que les tomates dans la corbeille de fruits. Roux se mit à rire. Il passa son t-shirt mouillé autour de son cou, comme une serviette. « Tu ressembles au plombier », l'informa Ivy. Tous éclatèrent alors de rire, surtout Poppy, dont la délicate petite bouche d'oiseau émettait des cris d'hilarité grossiers.

Comme après un orage, la petite fuite permit à l'atmosphère de se détendre. Ils placèrent des bassines sous les gouttes qui tombaient du plafond et épongèrent les flaques restantes. « Notre vieux cottage n'est plus tout jeune, constata Poppy, mais nous n'avons pas encore trouvé le temps de faire des réparations. » Elle poussa un soupir plein de regrets. Lorsque Roux annonça qu'il connaissait un entrepreneur à Boston qui pourrait s'en occuper, Poppy répondit : « Quelle idée merveilleuse, je vais y réfléchir », ce qui était sa façon de rejeter toute suggestion non sollicitée. Ensuite, ils mangèrent de la glace, assis sur le perron, écoutant le crépitement de la pluie pendant que Poppy et Ted se fendaient d'anecdotes sur les orages que leur « cher Finn Oaks » avait endurés au fil des ans. Aux yeux d'Ivy, la façon dont les Speyer parlaient de vieux objets – les tasses ébréchées, les cuillères en argent rouillées, le vieux gramophone qu'ils avaient trouvé dans le grenier –, comme s'il s'agissait d'êtres vivants, possédait un charme absurde. Sylvia était assise à côté d'elle sur la causeuse. « La glace m'a donné froid, tout à coup », confia-t-elle. Grelottant, elle posa sa tête sur l'épaule d'Ivy. Celle-ci éprouva alors un frisson inattendu, semblable à celui ressenti quand le garçon qui vous embête à l'école vous avoue soudain que c'est parce qu'il vous aime bien. Elle ferma les yeux et huma l'odeur de la pluie, du sel et de la douce chaleur féminine, en rythme avec le flux et le reflux du souffle de Sylvia contre son bras.

J'ai dû dramatiser, se dit-elle. Sylvia n'a aucune raison de m'en vouloir.

La bonne humeur perdurait encore le lendemain, quand ils s'éveillèrent enfin sous un soleil de plomb et un ciel bleu sans nuages. Les jeunes décidèrent de se rendre en bateau jusqu'à Coven Island, où ils iraient pêcher des palourdes pour le dîner du soir. Poppy leur prépara des sandwiches à la dinde et un énorme Tupperware plein de fraises fraîches. Gideon emplit la glacière de bières.

Il n'était pas encore dix heures en ce vendredi matin, pourtant la marina fourmillait déjà de familles, de chiens qui couraient sans laisse, de pêcheurs juchés sur les rochers jaunes et orange qui faisaient saillie sur le port. Au bord de l'eau, une affiche placardée à une cabane aux bardeaux gris indiquait YACHT-CLUB DE CATTAHASSET. Plus loin se dressait le club de Cattahasset Point, une propriété sur plusieurs niveaux entourée de deux énormes terrasses blanches où des couples et des groupes de femmes d'âge mûr prenaient le brunch sous des parasols à rayures.

« Il y a de plus en plus de monde, tous les ans », nota Sylvia d'un air renfrogné, évitant de justesse de se faire renverser par deux garçons en chemises à col marin assorties. « Quand on venait ici, petits, c'était pratiquement désert. Et maintenant, regardez. »

Elle avait raison au sujet des estivants, mais contrairement à elle, Ivy était ravie de voir la foule. À son sens, les vacances se devaient d'être un peu excessives par moments – on ne pouvait pas s'en tenir aux balades sur la plage en solitaire, aux livres et aux conversations modérées sur la politique et l'art. Les voix fortes et enjouées des touristes en tongs et en chemises déboutonnées qui buvaient des *latte* glacés semblaient le parfait antidote à l'ambiance feutrée de Finn Oaks. Elle glissa son bras sous celui de Gideon. Il dit : « Salut, toi », elle dit : « Salut toi », et ils se sourirent. Il les conduisit à la jetée où les bateaux dansaient sur l'eau, impossibles à discerner les uns des autres aux yeux d'Ivy.

Le bateau des Speyer était petit et blanc, hormis les deux bandes vertes qui couraient le long de son flanc. Tous quatre s'installèrent confortablement, avec Gideon à la place du pilote, Ivy sur un banc dans le cockpit et Roux et Sylvia sur le pont avant. Quelques marches menaient à une minuscule cabine en bas. Ils laissèrent bientôt les autres voiliers derrière eux, le petit yacht-club où Gideon s'était garé ne formant plus qu'un minuscule carré tout plat au loin. Leur bateau était rapide et léger sur l'eau. Gideon montrait du doigt divers sites historiques le long de la côte ; à la proue, Roux avait passé son bras autour de la taille de Sylvia. Elle avait déjà retiré sa robe de plage et prenait le soleil dans son bikini en dentelle noire.

Vingt minutes après le départ, Roux rejoignit

l'arrière du bateau en se tenant à la rampe. Il s'assit sur le banc en face d'Ivy puis s'allongea sur le dos. Sylvia lui emboîtait le pas. Elle lui murmura quelque chose à l'oreille, il secoua la tête, elle lui caressa les cheveux. Au bout d'un moment, elle s'approcha d'Ivy, qui lui demanda si tout allait bien. « Il a un peu la nausée, c'est tout, répondit Sylvia. Il a pris un médicament contre le mal de mer ce matin, mais ça ne marche pas. »

Elles le regardèrent. Deux boutons de sa chemise s'étaient défaits, laissant entrevoir une touffe de poils noirs qui se détachait nettement contre sa peau pâle. Une de ses jambes était pliée à angle droit sur le banc et son bras droit recouvrait ses yeux. « J'espère qu'il tiendra le coup jusqu'à notre arrivée sur l'île », dit Ivy. Elle ne ressentait aucune compassion pour Roux ; elle craignait seulement qu'il ne gâche leur journée. Son humeur maussade s'avérait parfois toxique, encore plus que celle de Sylvia, dont on pouvait, en règle générale, ignorer les bouderies, alors que personne ne pouvait ignorer Roux quand il décidait d'être désagréable.

« C'est sans doute à cause de tout le sucre qu'il mange le matin », déclara Sylvia, rejetant ses cheveux en arrière d'un geste arrogant. Parfois, je vous envie, Gideon et toi. Les choses sont si simples entre vous. Vous êtes pratiquement une seule et même personne. Vous aimez la même nourriture, vous lisez les mêmes livres, vous avez le même vocabulaire intello. Bientôt vous vous baladerez en tenues assorties. »

Mais c'est déjà ce que vous faites, tous les deux, se dit Ivy. Elle repensa aux pyjamas à monogramme.

« Roux et toi avez l'air proches, pourtant, remarqua-t-elle, pressentant un danger. Il vaut parfois mieux être complémentaires que similaires.

— Tu as sans doute raison, répondit Sylvia, apaisée. L'autre jour, j'essayais de retrouver la date de notre rencontre. C'est difficile parce qu'on s'est séparés plein de fois. Je crois que ça fera à peu près huit mois la semaine prochaine… Merde alors, huit mois ! Avec toutes nos disputes, j'ai l'impression de m'être mariée et d'avoir divorcé deux fois de suite. »

Ivy lui demanda quel était le sujet de leurs querelles.

« Je ne m'en souviens jamais après coup. Il a mauvais caractère. Mais je déteste les engueulades, alors je m'en vais jusqu'à ce qu'il se calme. Il m'appelle la princesse de glace. Je suppose qu'on est têtus, tous les deux. Nos disputes peuvent durer des jours.

— Ça me semble normal.

— Eh bien ça ne l'est pas, rétorqua Sylvia avec un sourire tolérant, comme si Ivy tentait de lui remonter inutilement le moral. Mes parents ne se disputaient jamais. Et ils avaient de drôles de problèmes, tu peux me croire. Papa n'était jamais là, il faisait la navette entre chez nous et Boston pour le travail. Il louait une maison à Back Bay, avec des murs blancs et des lignes droites partout, comme une règle. Chaque fois que maman nous y emmenait, on allait dans nos chambres et tout, le lit, le bureau, la fenêtre, était couvert de moucherons et de mouches du vinaigre. Et pourtant, papa refusait de prendre une femme de ménage. Il disait que ça lui donnait l'air "élitiste." » Elle s'interrompit pour laisser le mot « élitiste » faire son effet. Les riches avaient l'habitude de parler d'élitisme et de privilège, comme si cette simple évocation pouvait empêcher quiconque de les accuser de ces maux.

« Ça n'a pas plu à maman, poursuivit Sylvia. Quand ils se sont mariés, elle lui a donné tout son héritage pour qu'il puisse entrer en fonction, mais il a toujours eu honte de ses origines à elle... C'est vrai qu'il y a eu des scandales – notre arrière-grand-père aurait paraît-il mangé de la viande humaine quand il a visité le Kenya – mais au final, c'est Ted, l'hypocrite. Notre mère est sa deuxième femme ; Gideon te l'a dit ? » Ivy secoua la tête. « Ouais, bref, reprit Sylvia. Il était marié pendant deux ans, après avoir servi dans la marine. Mais on n'en parle jamais... Enfin... » Elle partit d'un petit rire ironique et affligé. « Je suppose que tu es d'accord avec Roux. Je ne suis qu'une fille pourrie gâtée qui se plaint de ses problèmes sans importance. » Ivy ayant mis un peu trop de temps pour protester, Sylvia ajouta d'un air déçu : « Peu importe. Ça fait longtemps que je me fous complètement de ce que les gens pensent de moi.

— Aucune famille n'est parfaite », déclara Ivy. Sans savoir au juste quel ton adopter pour limiter les dégâts, elle parla avec vivacité. « Et puis, vous avez très bien tourné, Gideon et toi.

— Tu n'imagines pas combien Ted et Poppy peuvent être étroits d'esprit. Elle a traité Roux comme un chien toute la semaine. Si, si, insista Sylvia face au regard incrédule d'Ivy. Ils détestent le fait que personne n'ait jamais entendu parler de lui. Tu savais qu'ils ont demandé à mon cousin Francis de faire des recherches à son sujet ? Francis travaille pour le gouverneur Patrick. Et puis elle n'arrête pas de me rabâcher qu'il n'est jamais allé à la fac. Toute la semaine, ça a été “mais l’éducation n’a pas de valeur à ses yeux” et “il te traite mal parce qu’il n’a pas de bon exemple”. Qu’est-ce qu’elle attend de lui, qu’il se balade avec ses badges de boy-scout ? »

Plongée dans la stupeur comme elle l’avait été par les antihistaminiques et son manque de confiance, Ivy ne s’était pas rendu compte de se qui se passait autour d’elle.

« Tu étais là quand c’est arrivé ? demanda Sylvia.

— Quoi donc ?

— Roux a dit qu’il a abandonné le lycée en terminale pour s’occuper de sa mère. Elle avait un cancer. »

Ivy expliqua qu’elle était déjà partie vivre dans le New Jersey depuis longtemps. Sylvia le savait, alors pourquoi prétendait-elle le contraire ?

Sylvia hocha la tête.

« Mais il a très bien réussi, dit Ivy. Poppy se rend forcément compte de tout ce qu’il a accompli, non ?

— Tu crois que Roux a réussi ?

— Ce n’est pas le cas ? »

Les deux femmes se dévisagèrent, étonnées. Comme Sylvia se taisait, Ivy aborda de nouveau le sujet de la famille.

« J’aurais aimé que mes parents se montrent plus exigeants envers mon frère et moi. On n’a pas du tout la même notion de ce qui constitue une vie épanouie… et je ne trouve pas que Poppy et Ted soient étroits d’esprit. Ils ont… des traditions. » Sylvia leva les yeux au ciel. « Je suis sérieuse ! poursuivit Ivy. Le sens vient de l’importance qu’on attache aux choses anodines. Sans principes, pas de culture – ni même de société !

— C’est une façon de voir les choses, répliqua

Sylvia avec un curieux sourire. Ça fait du bien de faire le point avec un étranger. Oh, pas dans ce sens-là ! ajouta-t-elle. Je veux juste dire que tu es vraiment à l'écoute. Tu nous aides à prendre du recul. » Elle passa ses doigts sur le poignet d'Ivy pour contrebalancer l'insulte sous-entendue dans ses propos. Ivy commençait à comprendre que la force de Sylvia résidait dans le contact physique, et qu'elle semblait fonctionner autant sur les hommes que sur les femmes.

« À ce sujet, je voulais te demander un service, reprit Sylvia, baissant la voix. Mes parents veulent nous emmener à St Stephen, dimanche, et je sais que Roux ne voudra pas y aller. Il va dire qu'il ne mettra jamais les pieds dans une église. Est-ce que tu peux lui faire entendre raison ? »

Ivy jeta un coup d'œil à Roux. Il n'avait pas bougé d'un millimètre et dormait, pareil à une poupée de chiffon, la bouche entrouverte. « Qu'est-ce qui te fait croire qu'il m'écoutera ?

— Vous êtes tous les deux extérieurs à la famille, et j'imagine que tu n'es pas religieuse. Il verra que tu veux bien jouer le jeu. Si on s'y met tous... s'il a l'impression que c'est une activité de groupe... » Malgré ses lamentations à leur sujet, Sylvia paraissait étonnamment disposée à se conformer aux exigences de ses parents. « Ta famille a l'habitude d'aller à l'église ? » demanda Ivy. Ted récitait le bénédicité avant le dîner, mais jusque-là, elle n'avait pas remarqué d'autres signes de dévotion.

« Oh que oui, fit Sylvia. Nous attachons beaucoup d'importance à notre religion.

— J'essaierai de lui parler. » Dire non était aussi

une force, dont Ivy avait appris à se servir des années auparavant, mais qu'elle était apparemment incapable d'utiliser contre les Speyer.

Sylvia applaudit avec une joie enfantine. « Est-ce que je t'ai déjà dit combien je suis ravie que tu sois là ? Tu rends maman tellement heureuse. Vous étiez comme cul et chemise, l'autre jour, quand vous rigoliez en regardant les photos de bébé de Gideon. Elle t'a-dore. »

Ivy rit, exprimant ainsi la gratitude timide qu'on attendait d'elle. Elle avait l'impression, quand elle flattait Sylvia, d'être un lèche-bottes mielleux ; cependant, quand Sylvia la flattait, elle se sentait redevable et traitée avec une légère condescendance. Pas moyen de gagner.

Une mouette tournoyait au-dessus de leurs têtes. Elles la regardèrent un moment plonger dans l'eau, ressortir, plonger de nouveau, s'efforçant d'attraper le poisson qui ne cessait de s'échapper en se tortillant hors de son grand bec jaune. C'est moi, le poisson, se dit Ivy, et Sylvia essaye de me picorer à mort. La mort par mille coups de bec.

« Tu sais, confia Sylvia, les yeux toujours rivés sur l'oiseau, Roux ne voulait pas venir passer la semaine ici, au départ. Mais quand il a appris que tu serais là, il a changé d'avis.

— Je ne le savais pas. » Pourquoi ?

Le bateau croisa trop rapidement le sillage d'une autre embarcation, et l'eau vint lécher ses flancs.

« Giddy est un vrai fou de la vitesse, remarqua Sylvia en se levant. Je vais lui dire de ralentir. »

Ils jetèrent l'ancre près d'une minuscule plage de galets, entourée sur trois côtés de falaises rocheuses et d'herbes sauvages. Gideon et Sylvia se déshabillèrent sur-le-champ et plongèrent ; ils nageaient diagonalement par rapport au rivage, les bras apparaissant et disparaissant de façon synchronisée. Ivy enfouit ses orteils dans le sable et pataugea lentement dans l'eau. Les vagues qui s'écrasaient contre sa poitrine étaient si froides que ses côtes tremblèrent en signe de protestation et qu'elle se mit à haleter. Les têtes blondes de Gideon et Sylvia dansaient sur les vagues. Ivy regarda le frère et la sœur parler et s'éclabousser, leurs rires insouciants portés par le vent mais leurs paroles restant inintelligibles. Gideon lui fit signe de les rejoindre à la nage. Sylvia et lui faisaient du sur-place, entourés de l'océan noir sans fin. Ivy secoua la tête en riant, dans l'espoir qu'il viendrait plutôt vers elle. Comme il ne bougeait pas, elle se dit qu'elle devait avoir l'air bête, plantée là sans nager ni jouer, et retourna donc sur la plage où Roux était assis sur la couverture, encore tout habillé, une cigarette à la bouche. Il lui en proposa une, qu'elle refusa. Elle tenait à peine en place. D'après Sylvia, Roux avait su qu'elle devait passer la semaine avec les Speyer. Pourtant, il avait paru aussi surpris qu'elle quand il l'avait vue, ce soir-là. Il dissimulait donc des choses à Ivy et à sa petite amie. Cela le rendait audacieux, si ce n'est légèrement captivant. Ivy se sentait à la fois nerveuse, telle une fille se préparant à un premier rendez-vous galant, et sur ses gardes, comme si elle n'attendait rien de bon d'une conversation franche. Dans les situations les plus délicates, pensa-t-elle, mieux valait se taire.

Ils contemplèrent Gideon et Sylvia dans l'eau.

« C'est tordu, hein ? fit Roux. De vrais tourtereaux.

— Tu as l'esprit très mal placé.

— Tu me fais penser à un proverbe : un truc au sujet de l'hôpital et de la charité... »

Elle partit. Depuis son arrivée à Cattahasset, elle n'avait pas pensé une seule fois à s'allumer une cigarette – elle avait d'ailleurs réussi à se convaincre qu'elle avait arrêté pour de bon. Mais elle s'aperçut, en respirant la fumée de Roux, que son indifférence n'avait été qu'une ruse visant à duper la bête miséreuse en elle qui brûlait tant d'envie de fumer que ses mains tremblaient. Alors qu'elle s'éloignait sur la plage, elle s'imagina même lui voler quelques clopes quand il aurait le dos tourné ; elle les garderait au sec dans l'étui de ses lunettes de soleil et les fumerait toutes plus tard, ce soir-là.

Elle passa la demi-heure suivante à explorer une petite crique près des falaises pour donner l'impression qu'elle s'amusait. À son retour, le frère et la sœur étaient là.

« Tu as fait une bonne balade ? demanda Gideon.

— Merveilleuse. Regarde ce que j'ai trouvé. » Ivy lui montra les petits coquillages et mollusques morts qu'elle avait ramassés. Elle fut soulagée de constater que Sylvia et Roux s'étaient installés sur leurs serviettes, un peu plus loin. Sylvia, allongée sur le ventre, chatouillait le nez de Roux avec une plume. Ivy détourna les yeux, mais elle sentit chacun de leurs mouvements et s'aperçut qu'elle souffrait.

Elle nicha sa tête au creux de l'épaule de Gideon. Ses cheveux, habituellement peignés avec soin, étaient bouclés et rêches à cause du sable ; le bout de son nez avait rosi à l'endroit où il avait oublié de mettre de la crème solaire. Elle se retourna sur le ventre et se pencha pour demander un baiser. Gideon lui fit un petit bisou, mais elle prolongea le contact, s'appuyant contre lui et passant sa langue sur les bords crénelés de ses dents. Elle remarqua sa surprise à la raideur de sa poitrine. Pour une fois, elle ne s'arrêta pas. Pourquoi s'arrêterait-elle ? Elle était sa petite amie. Elle avait des droits. Des besoins.

Gideon se libéra de son étreinte avec un sourire perplexe.

« Je t'aime », dit Ivy.

Il ouvrit la bouche. Une seconde s'écoula. Leur parvint le bruit des vagues contre les falaises rocheuses. Elle s'allongea sur le dos et laissa son regard dériver. Ce n'est pas réel, pensa-t-elle. Rien de tout ceci n'est réel.

« Je tiens beaucoup à toi », répondit Gideon d'une voix tendre. La tendresse s'adressait à lui-même, pas à elle, une tendresse censée réaffirmer la position qu'il était déterminé à adopter. Elle sentit les mains de Gideon sur les siennes, ses lèvres douces qui s'attardaient au centre de sa paume. Elle ne bougea pas. Puis il approcha son visage tout près du sien, s'allongea sur elle et l'embrassa sur la bouche avec une ferveur qu'elle ne lui connaissait pas. D'instinct, elle passa ses bras derrière sa nuque et cambra le dos. Il posa la main sur ses reins ; se libéra alors en elle un désir déchaîné, effréné – elle glissa sa main sous la ceinture humide et froide de son maillot de bain et lui toucha l'entrejambe. Il était complètement flasque. Il continua à l'embrasser goulûment et à lui caresser le dos. Au-dessus d'eux, le ciel s'assombrit. Sylvia leur bloquait le soleil.

« Désolée de casser l'ambiance, mais il ne faudrait pas tarder si on veut attraper des palourdes – on va rater la marée basse. »

La pêche aux palourdes. De toutes les activités ridicules prisées des WASP, celle-ci remportait la palme. Ivy s'était imaginé qu'il faudrait un bateau et des filets, comme pour attraper des homards ou des crabes, mais en réalité, il s'agissait juste de ratisser le sable jusqu'à ce que vous ramassiez quelque chose – le plus souvent, un galet ou un coquillage, en tout cas rien de comestible. À leur arrivée au Grand Bassin, des enfants sautillaient dans les petites mares pendant que leurs parents, vêtus de chinos retroussés et coiffés de chapeaux à bords larges, pêchaient leur dîner avec une conscience professionnelle puritaine qui aurait fait la fierté des ancêtres d'Ivy quand ceux-ci creusaient encore la terre pour récolter des patates douces.

C'était l'heure dorée, de mélancoliques traînées rose et orange balayaient le ciel auréolé de bleu, un mince croissant de lune apparut très haut dans le ciel. Une fois qu'ils eurent ramassé suffisamment de palourdes, ils se rendirent dans un parc avoisinant pour les faire cuire. Gideon sortit la marmite en aluminium de Poppy et la posa sur le gril ; Roux et Sylvia y vidèrent les palourdes accompagnées d'un gros morceau de beurre, d'une demi-bouteille d'albariño et d'une poignée de baies. Assis sur l'herbe, ils se saoulèrent vite, balayant le sable collé à leurs jambes et sous leurs malléoles. Lorsque les coquilles s'ouvrirent d'un coup sec, ils festoyèrent, affamés, et parlèrent peu, occupés qu'ils étaient à mâcher le pain portugais, la chair de palourde fumée au bois flotté, et à boire une autre bouteille de vin. Le ciel s'assombrit peu à peu. Des papillons de nuit voletèrent vers les réverbères. Tous étaient beaux, mais leur beauté avait quelque chose de sinistre, de même que la beauté des masques vénitiens peut cacher la splendeur ou le grotesque. La vue de Roux et de Sylvia qui s'échangeaient un baiser suffit à lui faire monter les larmes aux yeux. *Je tiens beaucoup à toi.* Tenir à quelqu'un, ce n'était pas l'aimer. Tenir à quelqu'un sans l'aimer, ce n'était rien d'autre que de la pitié. Roux la dévisagea. Il était trop tard pour dissimuler son expression. Elle avait le regard orageux et franc – quand, tout autour d'elle, la franchise manquait !

À vingt-deux heures, Gideon annonça qu'ils devaient partir s'ils voulaient arriver avant la marée basse. Il lui tint très fort la main en retournant au bateau. Elle eut envie de lui dire d'arrêter, qu'il était inutile de chercher à l'amadouer avec un geste aussi facile ; il ne fallait pas la prendre pour une nigaude, comme Andrea, le genre de fille naïve qui gobait ce genre d'excuse. Ivy s'aperçut que Gideon et elle ne s'étaient encore jamais disputés. Il n'avait jamais eu de raison de s'excuser. Maintenant qu'il en avait une, c'était elle qui était désolée.

Tout de suite après avoir grimpé à bord, elle descendit dans la cabine et s'étendit sur le lit gigogne. Il était dur, étroit, et sentait l'algue. De la petite fenêtre, elle contempla les coups de pinceau brumeux de la Voie lactée ; des étoiles en feu à des millions de kilomètres de là, où elle aurait aimé se trouver, si seulement elle pouvait se réincarner en autre chose. Elle compta deux cents étoiles avant de plonger dans un sommeil profond et sans rêves. Quand elle ouvrit les yeux, Gideon murmurait : *On est arrivés.*

14

Le lendemain matin, Ivy prépara le petit déjeuner dans la cuisine avant que les autres ne se réveillent. Roux fut le premier à descendre. Posant les yeux sur elle – parfaitement maquillée, les cheveux retenus en arrière par une barrette en nacre, un nouveau tablier attaché autour de sa jupe –, il demanda qui elle venait d'enterrer. « Gideon a découvert le pot aux roses ? Il te fait la gueule ? » ajouta-t-il avant de se verser une tasse de café. Au lieu de partir chercher ses donuts comme tous les matins, il s'assit sur l'un des tabourets de bar et la regarda disposer des framboises en cercle concentrique au sommet d'un bol de yaourt. « Il en manque une, là, dit-il, subtilisant une framboise qu'il enfourna dans sa bouche. Y a plus qu'à recommencer. »

Elle prit le couteau d'office et entreprit de couper un kiwi en quatre. « Sur le bateau, annonça-t-elle d'un ton calme, Sylvia m'a demandé de te convaincre d'aller à St Stephen avec nous demain.

— Pourquoi ?

— Ses parents y tiennent.

— Non. Pourquoi elle t'a demandé à toi de m'en parler ? »

Ivy lui jeta un regard sévère, mais il semblait sincère : il ignorait pourquoi sa petite amie pensait qu'Ivy pouvait avoir une influence quelconque sur lui. Peut-être était-elle la seule à prendre des gants, à s'imaginer une histoire commune que lui trouvait si anodine qu'il n'avait même pas pris la peine de la raconter à Sylvia.

« Bref, j'irai pas, déclara-t-il, avalant une autre framboise.

— Faire le contraire de ce que veulent les autres, c'est puéril. Et pas marrant du tout. »

Il la dévisagea froidement. « Qui a dit que j'essayais d'être marrant ? »

Sentant qu'il cherchait la bagarre, elle riposta en prenant le ton qu'elle employait avec ses élèves. Elle savait que cela l'agacerait au plus haut point :

« Comme tu voudras. Mais si ta copine te pose la question, est-ce que tu peux lui dire que j'ai essayé de te convaincre ?

— Tu es tellement…

— Oui ?

— Laisse tomber. Il est beaucoup trop tôt pour ça.

— De toute évidence, tu as un truc à me dire. Ce n'est pas sain de garder les choses pour soi.

— Tu vois ces singes qui applaudissent et qui poussent des cris quand leurs maîtres font claquer leur fouet ? » Il imita le geste d'un coup de poignet. « C'est toi avec les Speyer. Tu leur prépares le petit déjeuner. Tu fais leurs courses. Depuis quand t'es devenue une lèche-cul de première ? Ça me gonfle rien qu'à te regarder. »

Elle lui demanda s'il avait fini. Apparemment non.

« Ils te prennent pour un pigeon et tu t'en rends

même pas compte. Tu crois vraiment que ces gens s'intéressent à toi ? Ils s'intéressent plus au chat errant. Ils veulent juste que t'applaudisses – applaudis, petit singe, applaudis. »

Ivy porta le couteau à sa bouche et lécha le jus sur la surface plate. « Tu sais quel est ton problème ? dit-elle posément. Tu aimerais être celui qui tient le fouet. »

Elle fit volte-face et se mit à retourner les saucisses une à une sur la gazinière, les mains tremblant de rage, jusqu'à ce qu'elle l'entende s'éloigner. Quand elle sortit de sa torpeur, les saucisses étaient carbonisées et immangeables.

Les Speyer descendirent vers dix heures. Ted et Poppy s'extasièrent sur la nourriture comme si jamais aucun invité ne leur avait préparé des toasts et des œufs brouillés. Ted n'arrêtait pas de demander à Ivy ce qu'elle avait mis dans les œufs, qui étaient tellement délicieux. « Beaucoup de beurre », répondit-elle avec enthousiasme. Elle déposa un petit baiser sur les lèvres de Gideon. Il s'adressait à elle d'une voix normale et enjouée. Pas une once de gêne ne pouvait survivre à la puissance invincible du papotage matinal. Voilà pourquoi elle s'était réveillée de bonne heure pour préparer le petit déjeuner. Elle déposa du yaourt dans un bol, y versa un filet de miel et le tendit à Gideon avec un grand sourire. Montrer qu'on avait été blessé dans la bataille, c'était perdre la guerre.

Roux revint à table. Il prit Sylvia par le bras et l'attira sur le perron, s'adressant à elle d'un ton sec qu'ils feignirent tous de ne pas entendre malgré la minceur des portes coulissantes. Sylvia était immobile ; Roux marchait de long en large. La conversation dura un moment. « Tu sais de quoi je parle, s'écria Roux d'une voix plus forte, tu fais ce… »

Sylvia rentra et monta directement à l'étage ; Roux resta dehors, où il s'alluma une cigarette.

« Ces œufs sont vraiment délicieux, déclara Ted.

— Arrête avec tes œufs », rétorqua Poppy.

Après avoir aidé Poppy à charger le lave-vaisselle, Ivy alla prendre son livre de préparation aux examens dans sa chambre. À sa surprise, Sylvia se tenait près de la fenêtre. Quand Sylvia l'aperçut, elle retira aussitôt sa main qui était posée sur la table.

« Pepper est sorti de ma chambre. Je le cherchais. »

Ivy balaya la chambre du regard. « Il est là ?

— Je ne l'ai pas vu. J'ai vérifié la salle de bains, et il n'y est pas non plus. »

Ivy lui demanda si elle avait regardé sous le lit. Elle se mit à quatre pattes mais ne trouva que des moutons de poussière qui tournoyaient sous les lattes en bois du sommier.

« Je vais aller voir dans le grenier, dit Sylvia. Si tu le trouves, fais-moi signe. »

Quelque chose clochait. Ivy s'approcha de son bureau. Son livre était grand ouvert à un chapitre qu'elle ne reconnut pas. Elle le feuilleta puis le prit par la couverture et le secoua. Le croquis de Roux, celui qu'elle y avait glissé pour ne pas l'abîmer, avait disparu.

Ivy trouva Gideon en train de travailler dans le vestibule après sa baignade. Elle lui demanda s'il avait vu le chat de Sylvia, qui s'était échappé de la chambre. Il répondit par la négative.

« Tu comptes vraiment le ramener à Boston ? s'enquit-elle.

— Je crois.

— Alors je suppose qu'à partir de maintenant, on se verra chez moi… »

Il leva brièvement les yeux de son ordinateur portable pour lui assurer qu'il éviterait de laisser traîner le moindre poil de chat, qu'elle remarquerait à peine la présence de Pepper, et que de toute façon, elle semblait aller beaucoup mieux avec les antihistaminiques et qu'il avait entendu la mère de Tom dire qu'on pouvait développer une tolérance progressive. Ses doigts continuaient à bouger pendant qu'il parlait, comme s'il s'agissait d'entités distinctes de son cerveau.

« C'est juste que Sylvia l'a trouvé, insista Ivy, et qu'elle semble s'y être vraiment attachée. Pourquoi ne le garderait-elle pas ?

— Les animaux domestiques ne sont pas autorisés dans son appartement. Et puis elle tient absolument à ce qu'il soit adopté. C'est la meilleure chose à faire. » Son ton décidé coupa court à la discussion.

Ivy sentit une tension entre ses yeux, comme si elle cherchait à voir quelque chose au loin.

« Tu crois vraiment que tu devrais te prêter à son jeu ?

— Comment ça ?

— On dirait qu'elle trouve normal que tu sois à sa disposition. Elle attend de toi que tu lui parles même quand tu as beaucoup de travail ou quand on est seuls tous les deux. Elle dit qu'elle veut passer plus de temps avec toi mais vous êtes toujours fourrés ensemble. En gros, tu es à son service.

— Je ne suis pas d'accord, répondit Gideon, ses mains s'immobilisant enfin. Sylvia et moi avons traversé beaucoup d'épreuves ensemble. Ça nous a rapprochés.

— C'est ce que j'ai cru comprendre. Dur-dur d'être le fils d'un sénateur. » Elle se montrait injuste. Gideon ne se plaignait jamais.

« Si le comportement de Sylvia te gêne, avança Gideon d'un ton prudent, je peux lui parler…

— Ce n'est pas moi qui suis gênée, elle… » Pendant une fraction de seconde, Ivy eut envie de lui dire qu'elle avait surpris Sylvia en train de fouiner dans sa chambre et de lui voler le dessin de Roux. Mais elle se ravisa. Était-elle idiote ? Gideon accordait plus d'importance à un chat qu'à sa petite amie. Jamais il ne la croirait elle plutôt que sa sœur.

« Peu importe. Ça me dérange de vous voir en désaccord, toutes les deux. » On aurait dit son père, la fois où Ted avait réprimandé Poppy sur la plage : *Allons, allons, Poppy.*

Ivy se leva. « Nous ne sommes pas en désaccord. Je suis désolée. » La voix de Roux résonna à ses oreilles : applaudis, petit singe, applaudis.

« Je monte faire la sieste jusqu'au dîner », lança-t-elle. Allait-il l'en empêcher ? Non. Le cliquetis du clavier reprit avant même qu'elle n'atteigne la première marche.

Elle entra dans la buanderie sur sa gauche. Elle ne voulait pas tomber sur Sylvia, là-haut, ou pire encore, voir Roux la lorgner d'un air triomphant après qu'elle lui eut donné raison – même si finalement, sa soumission docile n'avait fait aucune différence. Il lui paraissait désormais évident que Gideon allait la plaquer. Il ne l'aimait pas, ne la désirait pas, il ne faisait qu'attendre patiemment la fin du séjour. Bientôt, elle deviendrait une anecdote de plus partagée par les Speyer autour de la table, l'été suivant : *Vous vous souvenez d'Ivy Lin ? Une fille très gentille.* Après quoi ils l'oublieraient peu à peu, telle la carte postale d'une ville peu mémorable où ils avaient un jour passé des vacances. Ivy bouillonnait à l'idée qu'elle avait cru se mettre Poppy dans la poche, surtout au vu du comportement odieux de Sylvia. Poppy, préférer Ivy à sa propre fille ? Ridicule. La courtoisie des Speyer l'avait laissée croire qu'elle progressait, alors qu'en réalité elle n'avait pas eu plus d'impact sur ces gens qu'une balle rebondissant contre un carré de mousse. Ivy se souvint d'une expression de Meifeng : L'amitié d'un gentleman est aussi insipide que l'eau. Oui, ce mot décrivait parfaitement les Speyer. Insipides. Fadasses. Informes. Par définition, les choses informes étaient impossibles à blesser ou percer.

Elle frappa du poing contre le couvercle de la machine à laver. Le bruit métallique résonna de part et d'autre de la pièce. Un grognement furieux lui parvint du fond de la buanderie et elle sursauta, effrayée.

Assis sur une pile de vêtements sales à l'intérieur du panier à linge, elle vit le chat de Sylvia, les pattes repliées sous son corps. Il leva sa tête aplatie et la regarda en clignant paresseusement des yeux.

« Tu m'as fait peur », dit-elle.

Le chat ouvrit grand la gueule pour bâiller, découvrant des dents acérées, puis sauta hors du panier à linge. Il se dirigea droit vers la porte qui menait au jardin, tourna la tête et fixa Ivy de son regard jaune imperturbable.

« Tu veux partir ? »

Il frotta sa tête contre la porte et commença à s'approcher d'elle, les oreilles en arrière, la queue basse balayant le sol comme un plumeau.

« Oh, va-t'en, va-t'en ! » Elle lança un coup de pied dans sa direction. Il s'écarta d'un bond en crachant.

Elle tendit la main pour pousser la porte du jardin. Il ne bougea pas. Elle s'empara alors d'un balai au fond du placard et fit mine de lui donner un petit coup. Le chat se précipita dehors. Une fois sur l'herbe, il se retourna pour la regarder ; quand elle le menaça de nouveau avec le balai, il s'éloigna à toute vitesse le long du trottoir.

Ce soir-là, ils dînèrent sur la pelouse. On dressa la table grâce aux talents de décoratrice de Poppy : roses fraîchement coupées dans des bocaux en verre, serviettes blanches amidonnées, flûtes de champagne à côté de marque-places fleuris. L'odeur de beurre et d'herbes, sauge, romarin, thym, leur parvint du barbecue à charbon. Poppy avait passé l'après-midi à enfoncer des champignons et des poivrons sur des brochettes en bois tandis que Ted s'occupait du feu. Ivy portait la robe mi-longue bleu marine qu'elle avait trouvée trop moulante lors de son arrivée à Finn Oaks. Et qu'ils aillent tous se faire foutre. Sylvia affirmait qu'elle ne se souciait plus de ce que les gens pensaient d'elle. Ivy comprenait à présent que c'était faux. Sylvia se souciait du fait que les gens croient qu'elle ne s'en souciait pas.

Poppy, resplendissante dans une robe longue à fleurs avec ses cheveux gris-blond en queue-de-cheval, rassembla tout le monde pour une photo devant le perron. Roux, à la demande de Poppy, servit de photographe. Il haussa les épaules, l'affront glissant sur lui comme de l'eau. Un… deux… trois… Le flash se déclencha, aveuglant.

Ils s'assirent à leur place. Ivy était prise en sandwich entre Roux et Gideon.

« Tu es jolie, dit Gideon.

— Merci.

— Tu veux un verre de vin ?

— Oh oui. Blanc, s'il te plaît. »

Quand Gideon se fut éloigné, Roux se tourna vers Ivy. « Écoute. Désolé pour ce matin. J'ai dépassé les bornes. »

Ses excuses la prirent au dépourvu. Elle s'était attendue à des paroles adroites et mordantes. Elle ouvrit la bouche pour riposter avec condescendance, mais se trouva incapable de parler. La bonté inattendue la faisait pleurer, alors que la cruauté, jamais. « Comment tu comptes te faire pardonner ? » demanda-t-elle après avoir retrouvé son sang-froid.

Il la dévisagea, cherchant à savoir si elle était sérieuse. « Et si j'allais à ce… truc à l'église avec vous demain ? T'as l'air d'y tenir. »

Par la porte moustiquaire, Ivy aperçut Sylvia debout près de Gideon dans la cuisine. Ils étaient en pleine conversation. Gideon secoua la tête. Sylvia posa la main sur son épaule comme pour le consoler : *Je sais que c'est dur mais tu dois lui dire que c'est fini.*

« Laisse tomber, lâcha Ivy, les yeux tournés de nouveau vers Roux. Ça m'est complètement égal. »

Gideon reparut les mains vides.

« Où est mon verre ? »

Il ouvrit la bouche, surpris. « Je suis désolé. Je reviens tout de suite. »

Elle se détourna de lui. « Tant pis. Ted va réciter le bénédicité. »

Quand Ted eut terminé, Poppy leva son verre. « Je suis tellement heureuse d'être en votre compagnie dans ce lieu si particulier. Ivy » – Ivy (Ivy leva la tête) nous te souhaitons bonne chance pour ton examen à venir. Merci d'avoir pris le temps de te joindre à nous. Cette semaine a été formidable. »

Tout le monde trinqua.

Poppy n'avait pas mentionné Roux dans son toast. Ivy comprit d'où venait la rancune de Sylvia. Elle jeta un coup d'œil à Roux pour voir s'il avait remarqué. Fidèle à lui-même, il resta de marbre. Ivy ressentit une bienveillance inhabituelle pour lui, cet autre outsider ; elle comprenait désormais que sa grossièreté était une forme de confiance en lui et peut-être même de supériorité. Elle voyait en sa réserve sa propre revanche.

Elle se versa un verre de vin qu'elle avala d'une traite. Ted proposa de la resservir. Elle tendit la main vers un morceau de focaccia. Roux lui passa la corbeille ; leurs doigts s'entrechoquèrent et quelques petits pains se renversèrent. Il en posa un sur son assiette. Puis il en prit un qui était encore dans la corbeille et le posa sur l'assiette d'Ivy. Par-dessus son épaule, Ivy aperçut le visage de Sylvia ; son apparente indifférence avait disparu, remplacée par un flot de colère glaciale comme la fois où Roux avait donné son dessin à Ivy. Celle-ci sentit sa poitrine se gonfler, comme sous l'effet de l'oxygène, d'un étonnement extraordinaire. Sylvia Speyer était jalouse d'elle.

« Comme c'est charmant, ma chérie », s'exclama Poppy après que Sylvia leur eut parlé du projet de restauration d'une sculpture du seizième siècle que son conseiller allait bientôt lancer. « Le travail d'équipe est très important, comme me l'ont appris mes années de bénévolat pour les œuvres caritatives. Pour aller vite, dit-on, il faut aller seul, mais pour aller loin, il faut aller en chœur.

— Tu as lu ça sur un aimant de frigo ? railla Sylvia.

— Sur un marque-page que m'a donné Cynthia. Je trouve que ce proverbe vise juste – je suis d'accord à cent pour cent.

— Giddy, lança Sylvia, tu te souviens du jour où maman est revenue de chez Cynthia avec un tatouage d'hirondelle et qu'elle nous a dit que c'était un vrai ?

— Ta mère était une rebelle, à l'époque, dit Ted. Quand je l'ai rencontrée, elle manifestait contre la guerre du Vietnam. Elle a fait partie d'un groupe de rock pendant un temps. Elle avait un blouson en cuir et les cheveux roses. J'ai dû la dissuader de se faire faire un tatouage de Led Zeppelin.

— Oh, chut, Ted », gloussa Poppy. *Hâ, hâ, hâ* fit son rire.

— On connaît déjà l'histoire, papa, railla Sylvia avec son plus beau sourire. Il n'y a pas de journalistes dans le coin. »

Le sourire de Ted frémit au milieu de son pâle visage rose, comme chez un homme à qui l'on vient d'annoncer que le bar va fermer.

La jalousie seyait mal à Sylvia, pensa Ivy. Elle avait bien plus de charme quand elle était hautaine.

« Est-ce que je t'ai dit que tu avais de l'allure ? confia Ivy à Roux, prenant soin de parler à voix basse. Tu as l'élégance d'une panthère noire.

— C'est un compliment ?

— Et moi, j'ai l'air comment ? »

Il l'examina. « Bourrée.

— Je ne suis pas bourrée du tout. Et même si je l'étais, c'est impoli de faire remarquer ce genre de chose à une jeune fille.

— Pourquoi pas ?

— Ce n'est pas très courtois.

— Tu veux que je sois plus courtois ?

— Bien sûr.

— Tu en es certaine ? »

Ils flirtaient. Cette nouvelle dynamique entre elle et Roux, qu'elle considérait autrefois comme un personnage répréhensible, avait un côté stressant, déroutant. Et pourtant l'impression d'être foudroyée par ces yeux gris attentifs lui rappelait vaguement quelque chose, comme une chanson qu'elle avait entendue puis oubliée.

« Je voulais te poser une question qui me taraude depuis une semaine, reprit-elle.

— Oui ? » Il lui remplit son verre d'eau. Ils chuchotaient à moitié, leurs têtes proches l'une de l'autre.

« Qui est le meilleur coup, moi ou Sylvia ? »

Roux la dévisagea froidement. « Qu'est-ce qui va pas chez toi ? »

Ivy recula la tête d'un coup. Pour dissimuler son embarras, elle saisit son verre et le vida trop vite, si bien qu'un peu de vin s'écoula des commissures de ses lèvres. Roux lui tendit une serviette.

« Laisse tomber », grogna-t-il.

Après le dîner, Ted sortit des fauteuils de jardin du garage et les disposa autour du feu qui crépitait sur la plage. Gideon ramassa du bois flotté qu'il ajouta au brasier. Tout le monde consola Sylvia au sujet de son chat perdu – était-ce son imagination ou Gideon lui lançait-il des regards inquisiteurs ? Elle garda les yeux rivés sur la mince bande d'écume près du rivage, la seule partie visible de l'Atlantique. Un océan si vaste en grande partie invisible, englouti par une obscurité fluide et lourde, pareille à une serviette mouillée tombant du ciel.

Peu de temps après, Roux disparut dans la maison pour passer un coup de téléphone. Ivy annonça qu'elle commençait à avoir froid et qu'elle allait rentrer elle aussi. « Tu veux que je t'accompagne ? » demanda Gideon. Elle répondit qu'il pouvait rester.

Les lumières étaient éteintes. Du perron, la flambée ne paraissait pas plus grande qu'un ballon de basket. Elle monta les escaliers dans le noir. Seul un rayon de lumière filtrait de sous la porte de la chambre de Roux et Sylvia. Elle frappa du bout des doigts.

Roux ne parut pas surpris de la voir ; ou alors, il n'en montra rien.

« Tu fais ta valise pour demain ? » interrogea-t-elle, refermant doucement la porte derrière elle. Un sac marin était ouvert sur le lit, à moitié plein des rares affaires de Roux.

« Je pars maintenant. »

Toutes les pensées qu'Ivy avait si soigneusement rassemblées s'éparpillèrent comme de la cendre. « Pourquoi ?

— À cause d'une panne de courant dans une de mes usines de Brooklyn. Je dois aller évaluer les dégâts.

— Tu vas à New York ?!

— C'est là que se trouve Brooklyn, oui.

— Maintenant ?

— Oui.

— Et Sylvia ? »

Roux haussa les épaules. « Je lui ai dit de rentrer avec Gideon et toi. » Il parlait d'un ton plat et distrait qui donnait l'impression qu'il se dépêchait, alors qu'il bougeait à peine. Il ferma son sac et parcourut la chambre du regard avant de s'arrêter sur elle. « Bonne continuation », dit-il, attendant de toute évidence qu'elle le laisse passer. Mais elle ne voulait pas s'écarter. Elle voulait rester sur son chemin.

« Tu ne veux pas savoir pourquoi je suis venue te voir ?

— Non, pas vraiment.

— Pourquoi tu n'as pas raconté à Sylvia ce qui s'est passé entre nous ?

— Et qu'est-ce qui s'est passé entre nous, exactement ? » Son apathie était impénétrable.

« D'après Sylvia, tu savais que je serais là. Mais tu as fait semblant d'être surpris de me voir. »

Il ne répondit pas.

« Tu es venu pour moi ?

— La vie tourne toujours autour de toi, répondit-il froidement. Vous avez ça en commun, Sylvia et toi.

— J'étais contente de te revoir.

— Ça ne se voyait pas.

— On était bons amis.

— Des amis ?! » Il la fusilla du regard comme l'une des gargouilles de la bibliothèque des Speyer et lâcha son sac au sol – des gestes prometteurs, se dit Ivy. « Est-ce que t'as la moindre idée de ce qui s'est passé quand t'es partie, cet été-là ? Je suis allé chez toi. Ta grand-mère m'a maudit. Ta mère m'a interdit de m'approcher de toi. Ton père était là – il m'a fait la traduction, mais j'ai compris l'idée générale. C'était moi le méchant ; moi qui t'avais corrompue, toi. Marrant, non ? Les parents connaissent vraiment mal leurs enfants. » Ivy voulut se défendre – elle était à l'étranger, ses parents avaient déménagé sans la prévenir – mais Roux l'interrompit d'un ton sec : « T'aurais pu m'envoyer une putain de carte postale quand t'es rentrée – Salut, c'est moi, Ivy ; je suis vivante.

— Je croyais que tu t'en fichais ! » s'exclama-t-elle. C'était un mensonge. Elle savait qu'il tenait à elle. Mais à l'époque, elle ne s'en préoccupait pas.

« C'est vrai que tu étais contente de me voir ici ?

— Bien sûr. » Elle hésita. « Après tout… c'était ma première fois. Je n'en ai même pas parlé à Gideon. »

Ses lèvres se pincèrent. « Tu m'avais dit que tu l'avais déjà fait.

— J'ai menti.

— J'ai menti aussi. Je veux savoir.

— Savoir quoi ?

— Pourquoi tu es venue ici ce soir. »

C'était ça. La voix de ses rêves. Ses jambes tremblèrent d'excitation. Elle comprit clairement que l'on pouvait diviser les gens en deux catégories : ceux qui agissaient et ceux sur lesquels on agissait.

Elle s'approcha de lui. Les yeux de Roux, qui glissaient sur elle, ressemblaient aux écailles d'un poisson magnifique ; le cœur d'Ivy palpita douloureusement. Il posa ses lèvres sur ses paupières, d'abord l'une, puis l'autre, et fit courir des baisers de sa tempe à sa bouche – tendrement, pour commencer ; puis, quand elle lui mordit la lèvre inférieure, il l'attrapa par le cou et l'embrassa si violemment que leurs dents s'entrechoquèrent – ni l'un ni l'autre ne respirait –, et ils se débattirent pour se rapprocher, se rapprocher encore ! Les mains d'Ivy soulevèrent à tâtons le t-shirt de Roux. Elle appuya sa paume au milieu de son ventre, que son souffle faisait onduler sous sa main. Il lui attrapa les poignets et poussa sa main plus fort encore contre sa peau, jusqu'à ce qu'elle sente le bas de ses côtes. Il émit un son comme s'il souffrait, un bruit qui semblait signifier qu'il capitulait tout à fait. Elle sut alors qu'elle l'avait rallié par la force de sa volonté. Le son déclencha quelque chose en elle : un besoin tenace, ardent, qui liquéfiait sa colonne, une moiteur soudaine entre ses cuisses qui fit flageoler ses jambes, pendant que ses yeux se révulsaient dans leurs orbites. Il la souleva par les fesses et recula de deux pas. Ils tombèrent sur le lit ; elle atterrit sur lui.

D'un geste, il lui retira sa robe et la jeta par terre. Elle l'enfourcha et défit son soutien-gorge, qu'elle lança auprès de la robe. Ce n'était pas la première fois qu'ils se voyaient nus, et cela rendait les choses plus excitantes – ils n'avaient pas à s'attarder sur les préliminaires. Il s'assit, prit le bout de son sein dans sa bouche. Elle poussa un petit soupir, lui passa la main dans les cheveux jusqu'à ce que sa tête parte en arrière et l'embrassa de nouveau sur la bouche, puis plus bas, enfonçant ses dents dans son cou. Son short et son caleçon disparurent quelque part en chemin. Leurs regards se croisèrent. Elle prit appui sur ses genoux ; il la positionna au-dessus de lui – le matelas grinçait sous leur poids – puis elle se laissa glisser sur lui.

Leur tête ploya en arrière au même moment. Un feulement s'échappa de la bouche d'Ivy tandis qu'elle faisait pivoter ses hanches contre les siennes, un mouvement infime qui suffit à faire frissonner tout son corps. Elle se pencha en avant et plaça ses mains sur les siennes et les leva au-dessus de sa tête. Elle serra plus fort encore ses jambes autour de ses hanches – elle était prête à exploser à tout moment – et se mit à se balancer d'avant en arrière. La bouche de Roux formait un ovale. Ivy était couverte de sueur, ses hanches glissaient sur les siennes, sa peau heurtait la peau de Roux et se décollait, heurtait et se décollait. Chaque fois qu'elle ondulait, elle lui arrachait un bruit qui emplissait son ventre du besoin fiévreux de pousser plus loin, plus vite, de l'amener au bord du désir et de l'écarter de nouveau. Elle ouvrit les yeux ; Roux avait la tête appuyée sur l'oreiller. Ses paupières étaient fermées.

Elle expira lentement ; les contours de la chambre se précisèrent. Sa première réaction fut de vérifier la fenêtre – Dieu merci, elle était fermée, et leurs bruits, aussi discrets fussent-ils, n'avaient pas atteint la plage. Puis elle pensa que les Speyer ne tarderaient pas à rentrer pour aller se coucher. Elle s'autorisa malgré tout à appuyer sa joue contre la poitrine de Roux.

« Il te reste des cigarettes ? »

Roux lui montra du doigt son jean roulé en boule. Elle sortit un paquet de Camel esquinté de la poche arrière. Il alluma la cigarette d'Ivy, puis la sienne. Il fumait de la main gauche, la droite reposant dans la vallée des cuisses enflammées de la jeune fille. Elle prit une tasse de café sur la table de chevet et la plaça entre eux sur le lit en guise de cendrier. « Je vais rompre avec Gideon demain, déclara-t-elle tandis que le déluge de plaisir provoqué par la nicotine atteignait son cerveau. Passe la nuit ici. Je n'ai rien de prévu la semaine prochaine. Je peux t'accompagner à New York. »

Il était surprenant de voir le sourire de Roux dénué de sa dérision, de son ironie ou de son dédain habituels. Ce n'était rien d'autre qu'un sourire. Un homme qui souriait de bonheur. « T'es belle », dit-il, faisant courir sa main sur sa jambe. Son cœur palpita de plaisir et de tristesse. *Belle*... Roux était la première personne à l'avoir jamais décrite ainsi.

« Qu'est-ce que tu vas dire à Sylvia ? » demanda-t-elle. L'espace d'un instant, quand sa main interrompit ses caresses, elle prit peur. Mais il fronça les sourcils et répondit qu'il lui dirait la vérité, que de toute façon leur relation n'avait jamais été sérieuse. Contrairement à ce qu'elle aurait cru, elle fut déçue du peu de cas qu'il faisait de sa petite amie. Elle aurait préféré que Roux peine à choisir entre Sylvia et elle. « Alors pourquoi tu sors avec elle ?

— À ton avis ? Pour sa gueule. »

Ivy regarda par la fenêtre, où l'ombre du chêne caressait la vitre comme d'immenses feuilles de palmier. « Je ferais mieux d'y aller. Ils vont bientôt monter. Tu veux bien m'attendre jusqu'à demain ? »

Elle entendit le vrombissement de sa voix résonner contre ses tympans quand il frôla sa tempe avec ses lèvres : « Bien sûr. » Ivy s'aperçut soudain que la vie pouvait toujours être aussi facile que ça. Une cigarette post-coïtale. Des projets sur l'oreiller. Une hypocrisie franche, plutôt qu'une franchise hypocrite infiniment plus éreintante.

J'estime que les souffrances du temps présent ne sont pas comparables à la gloire que Dieu nous révélera. Romains 8:18. Le prêtre referma sa bible. *Prions ensemble.*

Ivy ferma les yeux. L'incertitude l'accablait. Avait-elle encore fait une bêtise la nuit précédente ? Elle imagina le visage morose de Gideon devant l'écran de son ordinateur, distant et oublieux de ses souffrances, ou indifférent à celles-ci. Son cœur se durcit. Puis elle s'efforça d'imaginer la gloire qui l'attendait avec Roux. Ils quitteraient la Nouvelle-Angleterre, délaisseraient ses hivers glaciaux, ses ronds-points rageants, ses bâtiments en brique qui tombaient en ruine pour… pour quoi ? Elle repensa au trou dans la chaussette de Roux. Au jean délavé d'ouvrier. Au moins, il avait de l'argent et une belle voiture. Peut-être pourraient-ils faire un road trip, manger des hamburgers et s'enfiler des bières tout en traversant des villes à casinos comme les couples d'amoureux dans les clips de musique country. Ils iraient jusqu'en Californie, où ils achèteraient un ranch, planteraient un verger de citronniers. C'était là la version d'une vie réussie, pour quelqu'un, quelque part dans le monde.

Autour d'elle, les fidèles se levèrent comme un seul homme, leurs livres de cantiques ouverts. Leurs voix s'échappèrent par la coupole : *Shall we gather at the river... Where bright angel feet have trod...* Ivy tourna la tête vers le banc où des halos de lumière cernaient la tête courbée des quatre Speyer, dont les voix délicieuses chantaient en chœur. Si tu m'aimes, pensa-t-elle, les yeux rivés sur Gideon, regarde-moi. Quel meilleur endroit pour réclamer un signe, sinon dans une église ? Mais il ne la regarda pas. Il ne la regarda pas.

Gideon lui demanda si elle voulait faire une dernière balade sur la plage – il avait quelque chose à lui dire. Elle eut presque envie de lui épargner cette peine ; il avait l'air si pâle et si sérieux, encore vêtu de son costume noir du dimanche comme s'il revenait d'un enterrement, avec deux rides entre ses sourcils froncés. C'est alors qu'elle croisa le regard de Roux, de l'autre côté du plan de travail. Il hocha la tête de façon imperceptible et elle sourit courageusement pour montrer qu'elle avait compris.

Elle suivit Gideon dans le jardin, qu'elle avait, en une semaine, appris à connaître aussi bien que sa propre maison. Le long du sentier étroit bordé de rosiers rugueux aux couleurs éclatantes, luxuriants et immenses après des jours et des jours de pluie, et le sable, humide et doux entre ses orteils jusqu'au bord de l'eau. Gideon marchait pieds nus, son pantalon retroussé à mi-mollet. Elle posa ses pieds dans ses empreintes de pas. Même en sandales, elle ne les couvrait pas entièrement.

Ils parlèrent peu. Gideon lui montrait parfois la maison d'un voisin : *Tu vois celle qui à l'air plate, en face ? Les Scollock y vivent toute l'année... Ils n'ont pas d'enfants et ne fréquentent pas grand monde... M. Scollock se baigne chaque matin pour son arthrite... Les Clark habitent là...* Les banalités d'abord, comme toujours. Ensuite, les choses sérieuses. Chez les gens comme les Speyer, tout se faisait dans un certain ordre.

« C'est bien d'être aussi proche de tes voisins », observa Ivy.

Gideon embrassa l'océan d'un geste de la main : « Tout ceci est dans mon sang. Ce lieu me manque en permanence. Quand j'étais petit, je forçais mes parents à venir d'Andover en plein hiver juste pour grimper sur ces rochers. J'y ai passé mes plus beaux étés. Mon premier baiser, ma première, enfin, tu vois. » Ils s'étaient arrêtés à un endroit de la plage invisible des Clark et des Scollock. Des algues enchevêtrées étaient drapées au-dessus d'un morceau de bois flotté, pareilles à une carcasse en décomposition. Ivy tenta d'imaginer Gideon, jeune et nu, en train de batifoler sur ce bout de plage désert et nauséabond. Elle ne l'aurait jamais cru capable de pareil abandon. Et pourtant, il en avait été capable, autrefois. Mais jamais avec elle.

« C'était il y a longtemps, poursuivit Gideon, ramassant un galet qu'il jeta dans l'eau. En tout cas, j'aimerais y élever mes enfants. Tu as passé un bon moment ici ? »

On lui avait posé la même question toute la semaine : tu es contente, est-ce que tu as bien dormi, tu t'amuses bien ? Et quelle que soit son humeur du moment, elle répétait systématiquement, avec conviction et franchise : Oui, j'adore cet endroit. Parce qu'il valait mieux être accepté que ne pas l'être du tout.

« J'ai l'impression d'avoir attendu toute ma vie de venir ici », répondit-elle, la gorge serrée. Quel intérêt de prétendre le contraire alors que la fin était si proche ?

Ils poursuivirent leur chemin jusqu'à une formation rocheuse qui s'avançait dans l'eau sur plusieurs dizaines de mètres et qui était suffisamment large pour que quelqu'un accède directement à la mer. Le soleil avait disparu derrière des nuages gris. Une vague violente s'écrasa contre les pierres et les aspergea de gouttelettes salées ; ce rappel venant de la mer, si rude et indifférente à sa douleur, précipita en surface la détermination d'Ivy telle l'algue sur le morceau de bois flotté. Mieux valait être celle des deux qui quittait l'autre. « J'ai quelque chose à te dire. » Elle se retourna. Gideon avait mis un genou à terre.

La main qui saisit la sienne était froide et dure. La voix de Gideon, qui pourtant se tenait juste au-dessous d'elle, paraissait diffusée de très loin, d'un endroit où le réseau était de mauvaise qualité, si bien qu'elle ne comprit que des bouts de phrase bourdonnantes et disjointes : « … inattendu… tu m'as dit l'autre jour que tu m'aimais… au dépourvu… j'ai fait un… plutôt… ne veux pas te perdre… » Sa voix lui parvint distinctement vers la fin. « J'aimerais que tu sois ma f-f-ffemme. Ivy, v-veux-tu m-m-m'épouser ? »

Plaisantait-il ? Non, non, pas Gideon. Jamais il ne jouerait un tour aussi poussé. Et puis son visage était si blanc, ses lèvres si exsangues qu'elles paraissaient violettes.

Un flot de bonheur la submergea comme un seau d'eau chaude par une nuit glaciale. Ses épaules se convulsèrent, une main se leva pour couvrir sa bouche grande ouverte. Comment le remercier ? Comment exprimer sa gratitude débordante ?

« Ivy ?

— Oui ! Oh oui ! »

Puis ils s'étreignirent en riant. Il sortit une boîte en velours noir de sa poche et ouvrit le couvercle. La pierre, un saphir bleu brillant, était cerclée de petits diamants. Il prit sa main gauche et glissa la bague à son doigt. Elle était trop grande. Ivy serra le poing pour éviter qu'elle ne tombe.

« On la fera ajuster, suggéra Gideon.

— Tu l'avais sur toi pendant tout ce temps ? »

S'était-elle trompée en tout point ?

— Elle appartenait à mamie Cuffy. Maman l'avait gardée pour moi… Je la lui ai demandée ce matin. »

Ivy en eut le souffle coupé ; elle buvait chacune de ses paroles. « Quant à Sylvia, je sais qu'elle t'aime beaucoup. Elle a passé la semaine à me dire que tu es formidable, que tu as ta place dans notre famille. J'espère que tu lui laisseras une chance.

— Ça n'a aucune importance. » Ça n'en avait vraiment pas. « J'étais de mauvaise humeur, c'est tout. Je m'imaginais des choses.

— Elle n'a que de bonnes intentions. »

Elle posa son doigt sur sa lèvre inférieure. « Tu sais… Je pensais que tu m'avais amenée ici pour rompre avec moi. » Elle sentit sa surprise au tressaillement de sa gorge.

« Pourquoi ?

— Quand je t'ai dit que je t'aimais, tu as répondu que tu "tenais beaucoup" à moi. » Il voulut s'expliquer, mais Ivy ajouta : « Et après, on s'est disputés au sujet du chat, hier.

— Est-ce que c'était vraiment une dispute ? » Son ton de voix indiquait qu'il ne voyait pas les choses ainsi.

Ivy tenta de justifier ses certitudes passées – pourquoi avait-elle été si furieuse, si certaine que Gideon s'éloignait d'elle ? – mais, comme quelqu'un qui après un festin ne peut plus évoquer la sensation de faim, elle ne parvenait plus à se remémorer le moindre incident prouvant que Gideon ou sa famille lui avaient causé du tort. Persistait une once de mesquinerie obstinée, une voix en elle qui s'acharnait à dire qu'elle n'avait rien imaginé, mais elle fut aussitôt étouffée sous la réalité indéniable de l'étreinte chaude et rassurante de Gideon.

« Et tu ne m'as pas laissé finir, l'autre jour, poursuivit-il, le nez dans ses cheveux. Je t'aime.

— Tu quoi ? murmura-t-elle.

— Je t'aime. » Il posa une main sur son bras. « Ne bouge pas. Je crois qu'une mouette vient de faire caca sur ton épaule.

— Ma grand-mère disait que se faire chier dessus par un oiseau est un excellent présage… Gideon, les dieux chinois nous ont bénis ! »

Ils rirent à s'en tenir les côtes.

Les yeux de Poppy, dépourvus de mascara, étaient écarquillés tant elle trépignait d'impatience. « Est-ce que… ! » Ivy leva la main. Poppy émit une sorte de fredonnement guttural. « On va se marier ! » s'exclama Gideon.

Des oh ! et des ah ! résonnèrent dans toute la pièce. « Oh, mon petit garçon ! » balbutia Poppy. Ted tapota le dos de sa femme : « Tu étais au courant, Poppy ? ». Sylvia accourut et embrassa Ivy sur la joue ; *Je suis ravie*, chuchota-t-elle. Puis Poppy l'attrapa pour la serrer dans ses bras. L'étreinte n'avait rien de délicat, Ivy sentit ses côtes appuyer contre celles de la mère de Gideon, les clavicules anguleuses de Poppy lui rentrer dans la poitrine. Gideon et son père s'embrassaient. « Je suis fier de toi, Giddy », fit Ted. L'espace d'un instant, Gideon ressemblait au garçon espiègle qu'Ivy avait connu au collège. Elle sut alors que Sylvia s'était trompée au sujet de leur enfance, du moins au sujet de la version de son frère. Gideon avait sans doute été fier de son père, fier d'être le fils d'un sénateur, et avait voulu emprunter la même voie infaillible que ses ancêtres avant lui, ces gens sur les photos en noir et blanc dont il avait parlé avec tant de fierté le jour de leur arrivée à Finn Oaks.

Quand Poppy lui tourna le dos, Ivy se retrouva en dehors du cercle familial. Les Speyer, regroupés autour de Gideon, riaient, pleuraient et s'ôtaient les mots de la bouche. Au milieu du remue-ménage, Ivy remarqua Roux qui, à quelques pas de là, contemplait la scène avec l'air de quelqu'un qui assiste à une grande mascarade. Elle s'approcha de lui d'un pas décidé.

« Je suppose que tu ne viens pas à New York avec moi, dit-il.

— Écoute, rétorqua-t-elle à voix basse, regardant autour d'elle pour s'assurer que personne n'écoutait.

On a fait un truc idiot hier soir. On était tous les deux bourrés. Est-ce qu'on peut juste faire comme si rien ne s'était passé et ne plus jamais en parler ?... Inutile de blesser les autres et de gâcher ce moment. » Comme tous les gens aveuglés par leur propre bonheur, elle le dévisagea, certaine qu'il lui pardonnerait et ferait preuve de bonne volonté ; car comment imaginer que quelqu'un puisse émettre une objection au moment où l'on célébrait la promesse sacrée d'une union matrimoniale ?

Roux se pencha sur elle. Ivy crut qui allait l'embrasser. Elle recula d'un pas. Le bord de ses lèvres, retroussées en un sourire, était exsangue, ce qui choqua Ivy davantage que ne l'aurait fait sa colère. « Tu n'as pas changé du tout, déclara-t-il d'une voix forte et distincte.

— Pense à Sylvia, siffla-t-elle.

— Qu'est-ce qu'il y a ? » lança Sylvia.

Roux posa les yeux sur sa petite amie. « Il faut qu'on se sépare. » Sylvia hésita, puis une sorte de rictus mécanique se peignit sur son visage. C'était le visage le plus humain qu'Ivy ait jamais vu.

« Ça n'avait aucune chance de marcher, ajouta Roux. Passe chercher tes affaires quand tu seras rentrée. » Son regard méprisant glissa sur chacun d'eux avant de s'arrêter sur Gideon, qui s'était avancé pour se placer devant sa sœur.

« Est-ce que le moment est bien choisi, Roux ? » demanda Gideon.

Roux secoua la tête. « Pauvre pigeon. » Puis il jeta son sac marin sur son épaule et partit, la porte claquant derrière lui.

Personne ne bougea. Puis : « Bon débarras. » C'était Poppy, qui retirait des peluches invisibles sur sa jupe. « Je t'avais prévenue que ça allait arriver, Sylvia, fit-elle d'un ton sec. Pourquoi ne m'écoutes-tu jamais ? Pourquoi personne ne m'écoute jamais ? »

QUATRIÈME PARTIE

15

L'immeuble d'Astor Towers était un de ces nouveaux gratte-ciel au bord du fleuve, imposants et un peu menaçants, doté des infrastructures d'un hôtel cinq étoiles – jacuzzi, salles de conférence, pressing, chauffage par le sol – comme l'indiquaient les énormes panneaux publicitaires devant lesquels Ivy passait quotidiennement quand elle se rendait à ses cours de préparation aux examens. Et pourtant, chaque fois qu'elle s'y rendait, l'ascenseur était vide et l'aspirateur avait été passé dans les couloirs du vingt-huitième étage, de sorte qu'aucune trace de pas hormis les siennes n'apparaissait sur les poils drus de la moquette. C'était le jour de Thanksgiving, il était déjà trois heures et quart, et elle n'avait encore rien mangé de la journée. Par les baies vitrées, le soleil de l'après-midi dardait ses rayons sur le saladier en bois où des fruits – pêches, pommes, poires, le tout posé sur le plan de travail en ardoise – paraissaient aussi appétissants que les fruits en cire d'une nature morte. Elle avait soif. Le réfrigérateur à écran tactile proposait de l'eau sous trois formes : bouillante, à température ambiante, et en glaçons. Elle ajouta trois cuillérées de poudre de matcha dans une grande tasse et appuya sur le bouton d'eau bouillante. Il y avait du lait dans le frigo, mais elle ne trouva de sucre dans aucun des placards. Elle posa son thé sur la table du petit déjeuner et regarda les piétons en bas, engoncés dans leurs manteaux d'hiver aux couleurs sombres, pareils à des fourmis bouffies, qui filaient, se hâtaient, éternellement pressés. L'automne était venu puis reparti comme un rêve érotique des plus réalistes, trois semaines splendides et courtes au feuillage orange et rouge laissant la place aux mornes pluies glacées de novembre, le ciel net si vaste qu'il donnait l'impression d'être vu par l'objectif d'un télescope.

Elle sirota son thé et fuma une cigarette, passant en revue la liste sans fin des choses à faire la semaine suivante pour le mariage. Déco. Gâteau. Fleurs. Musique. Tout cela aurait dû la rendre heureuse, mais ce n'était pas le cas. Elle était épuisée. Essayer d'étudier pour la fac de droit tout en organisant un mariage pour deux cents invités lui donnait l'impression de porter un sac de briques en équilibre sur un fil. Trois mois s'étaient écoulés depuis ses fiançailles et ses craintes de voir quelque chose lui arracher son bonheur augmentaient de jour en jour. Gideon changerait d'avis et ne voudrait plus l'épouser. Sylvia convaincrait Gideon qu'Ivy était inacceptable. Sa famille se couvrirait de honte devant les Speyer. Elle aurait un accident de voiture qui la rendrait invalide. Gideon mourrait. Chaque soir avant d'aller se coucher, son dos et son ventre se couvraient d'urticaire, même jusque sur ses paupières ; elle développa des brûlures d'estomac et le médecin lui recommanda d'éviter de s'allonger après les repas. Mais en raison de sa fatigue constante, elle préférait s'abstenir de manger avant de s'allonger.

Le mariage imminent ne semblait pas du tout affecter Gideon. Au cours des semaines qui suivirent leur séjour à Cattahasset, elle l'avait observé, guettant le moindre changement, car elle pensait qu'il pouvait désormais enfin se détendre en sa compagnie. Elle ignorait quand elle avait commencé à le considérer comme quelqu'un de stressé ou d'anxieux, en bref comme quelqu'un qui était tout le contraire de détendu. Quand elle l'avait vu pour la première fois à la fête de Sylvia, elle l'avait trouvé gentil. Facile à vivre. Mais ce comportement, censé évoquer une intériorité humble, représentait aux yeux d'Ivy des barreaux de prison durs et infranchissables qui tenaient Gideon à l'écart d'elle et de tous les autres. Depuis les fiançailles, il était devenu encore plus doux et prévenant à son égard. Jamais il ne lui parlait d'un ton sec. « Qu'est-ce que tu n'aimes pas, chez moi ? » lui avait-elle demandé un jour. « J'aime tout chez toi », avait-il répondu.

Cette douceur lui avait donné une fausse impression de sécurité. Un jour, dans un fast-food, elle avait demandé un gobelet à la caissière pour prendre de l'eau au distributeur automatique. Mais une fois arrivée devant la machine, elle avait changé d'avis et avait rempli le gobelet en plastique blanc d'eau pétillante à la framboise. Quand elle était retournée s'asseoir, Gideon avait pris une gorgée et dit : « Ce gobelet est réservé à l'eau, non ? » Elle ne comprit tout d'abord pas de quoi il parlait. Puis elle s'aperçut qu'elle n'avait pas payé sa boisson. Le gobelet blanc, pour l'eau, était gratuit. Le gobelet bleu, pour les boissons gazeuses, coûtait deux dollars. Gideon lui assura qu'il s'agissait d'une erreur involontaire, qu'il n'y avait pas de mal à ça. Il se leva de table pour aller régler les deux dollars. Cet incident avait beaucoup secoué Ivy. Elle avait agi de façon impulsive parce qu'une occasion s'était présentée ; c'était un peu comme garder les colis d'un voisin livrés à la mauvaise adresse ou ne pas dire au caissier qu'il avait oublié de compter un article – personne ne vous verrait faire, et personne ne vous ferait remarquer que vous faisiez quelque chose de mal ; les gens comme Meifeng vous féliciteraient même pour vos réflexes. Elle avait toujours eu l'habitude de faire ce genre de petites économies ; combien allait-elle devoir en éradiquer à présent ? Gideon avait supposé qu'il s'agissait d'une erreur involontaire, mais qu'en serait-il de la prochaine ? Combien de fois avant qu'il ne commence à se rendre compte que sa fiancée ne possédait pas l'intégrité morale pour laquelle il avait tant d'estime ?

Ivy avait parfois l'impression d'être deux personnes différentes – la citoyenne gentille, généreuse, de grande moralité qu'elle s'efforçait d'être avec Gideon, et son moi insatisfait, pragmatique et opportuniste. Elle aurait donné n'importe quoi pour être naturellement comme Gideon – pour être quelqu'un de bon – mais elle n'était pas bonne. Elle était jalouse, mesquine, revancharde ; elle avait appris par expérience à cacher ces caractéristiques derrière un vernis de gentillesse et d'humilité. Plus elle se montrait scrupuleuse en présence des Speyer, plus il lui était difficile de maîtriser ses pulsions répréhensibles quand elle se retrouvait seule.

Déprimée par cet autoportrait peu flatteur, Ivy termina sa cigarette, rinça sa tasse et retourna dans la chambre. L'appartement entier était organisé comme une galerie d'art, les pièces n'étant pas séparées par des murs mais par un éventail déconcertant de verre, d'acier, de marbre onyx, de meubles flottants ainsi qu'une poignée d'œuvres d'art – un champ de courses, des croquis de l'anatomie humaine, une série d'agrandissements noir et blanc de mains parcheminées par l'âge. Tout cela dans le but de plaire à une catégorie bien précise de célibataires autosatisfaits. Le lit reposait sur une plate-forme en verre, semblable aux plateaux tournants installés dans les restaurants chinois, et à côté se dressait une table de nuit qui contenait les seuls objets personnels présents dans tout l'appartement : une grande pile de papiers, documents juridiques, bloc-notes jaunes, enveloppes non décachetées. En dessous de cette pile, un petit étui en argent qu'Ivy avait un jour ouvert et qui contenait un pistolet confortablement niché dans le velours noir tel un bijou hors de prix. Elle prit une grosse chemise en papier kraft jaune et en retira une liasse de billets. Elle compta dix billets de cent dollars puis replaça le reste dans la chemise.

« Roux. Tu dors ? Je dois partir. »

Roux plissa des yeux dans sa direction puis se retourna et se rendormit.

Elle le regarda encore quelques secondes. Gideon

avait le sommeil léger, il était sujet aux insomnies, qu'il régulait chaque soir à l'aide d'un demi-milligramme de mélatonine. Les habitudes de sommeil de Roux rendaient inutile le pistolet de la table de nuit : un intrus pouvait lui tirer dessus avant même qu'il s'aperçoive que quelque chose clochait. « Joyeux Thanksgiving », murmura-t-elle. Le bruit assourdi des talons de ses bottes retentit sur le chemin de l'ascenseur. En quittant le vestibule, elle leva encore une fois la tête vers la façade imposante. Toutes les fenêtres étaient sombres.

C'était elle qui avait pris l'initiative de la liaison.

En septembre, Gideon et elle avaient dîné avec Tom et Marybeth dans un restaurant de tapas pour annoncer leurs fiançailles. Elle s'était attendue à ce qu'ils fêtent cela avec une soirée bien arrosée, comme lorsque les Cross avaient annoncé les leurs, elle avait même attendu ce moment avec impatience, imaginant la nostalgie croissante de Tom et la jubilation triomphale de Marybeth. Mais Ivy sut dès qu'elle s'assit à table que quelque chose n'allait pas. Tom parvint à peine à sortir une grimace ; Marybeth était froide et distraite. Ils ne semblèrent pas surpris quand Gideon leur apprit la nouvelle.

« Eh ben, c'était rapide, remarqua Tom.

— Je suppose que vous allez emménager ensemble ? ajouta Marybeth.

— Pas avant le mariage, répondit Gideon. De toute façon, le bail d'Ivy ne prendra fin qu'à cette période-là et on ne sait pas encore dans quelle fac elle va aller. »

Il y eut un blanc pendant qu'ils étudiaient le menu. Ivy voulut meubler le silence avec des anecdotes humoristiques sur leurs vacances – Le toit a fui ! Un chat errant m'a mise KO ! – mais elle ne reçut en retour que des sourires froids et finit par se taire, consciente que son enthousiasme était aussi éloigné de l'ambiance du moment que des supporters tapageurs l'étaient de la solennité discrète d'un grand opéra.

Pendant le reste de la soirée, Tom et Gideon discutèrent surtout travail. Tom avait passé son bras autour du dossier de la chaise de Gideon comme un oncle dégarni donnant des conseils à son neveu attentif. Ivy tenta de poser une question de temps à autre, mais chaque fois qu'elle exprimait son opinion, Tom la descendait en flammes en affirmant le contraire d'un ton dédaigneux : « Où est-ce que tu as entendu ça… » ou « Mais n'est-il pas vrai que… » ou encore « Tu crois vraiment que… » Si bien qu'Ivy, dans l'espoir de se rapprocher de Marybeth, lui demanda des conseils pour trouver une salle de mariage dans les environs.

« Oh, je ne te serais pas d'une grande aide, dit Marybeth. On a décidé de se marier à Kauai. On voulait garder notre date d'anniversaire qui est au mois de mars, donc il fallait choisir un endroit tropical. Mes parents voulaient le faire à Palm Beach, où habitent mes grands-parents, mais Tom et moi avons déjà assisté à trois mariages en Floride l'an dernier. Miriam – la mère de Tom – n'aime pas voyager à l'étranger, d'où Hawaï. Même si je ne vois pas en quoi douze heures de vol pour Hawaï valent mieux que huit heures pour l'Italie. »

Ivy remarqua le regard de Tom se poser brièvement sur elles quand Marybeth mentionna sa mère, mais il poursuivit sa conversation avec Gideon. Les hommes avec les hommes. Les femmes avec les femmes. La même chose s'était produite chez Dave et Liana, la semaine précédente. Ivy avait rejoint les autres femmes au foyer dans la bibliothèque pour la réunion du club de lecture, où on leur avait servi du thé Darjeeling, des sandwiches sans croûte, de petits légumes verts récoltés dans le jardin potager de Liana, et Dave avait emmené Gideon jouer au tennis avec ses associés. Et même chez les Speyer, Poppy et Ivy se retrouvaient de plus en plus fréquemment d'un côté et Gideon et Ted de l'autre. Peut-être existait-il une règle tacite relative au mariage, qui impliquait la séparation des sexes, un peu comme un club dont l'unique raison d'être serait de vous débarrasser de votre moitié.

« Du moment qu'on a droit à la cérémonie catholique intégrale dans la cathédrale de St Mary, poursuivit Marybeth, et que William peut jouer au golf sur le terrain de Princeville, tout le monde est content. » Elle prit une tranche de pain à la tomate grillé, la renifla, puis la lâcha dans son assiette d'un air indifférent. « Sans vouloir te harceler, Gideon, reprit-elle, essuyant ses doigts sur sa serviette, est-ce que tu as déjà confirmé ta présence ?

— Pas encore. Euh...

— Je suis vraiment navrée que le nombre d'invités soit aussi restreint, dit Marybeth à Ivy.

— Pourquoi ça ? » s'enquit Ivy.

Marybeth regarda Gideon en clignant des yeux,

mais avant qu'il puisse réagir, elle déclara : « Vu l'endroit où aura lieu le mariage, il a fallu limiter le nombre d'invités aux couples mariés.

— Oh ! s'exclama Ivy, un temps trop tard quand elle comprit le sous-entendu. Je comprends tout à fait. » Et pour compenser la chaleur qui lui montait aux joues, elle se mit à justifier le choix de Marybeth, au nom de Marybeth, au groupe : « Vous avez tous deux des familles nombreuses, dit-elle, hochant la tête en direction de Tom pour l'inclure dans sa bienveillance débordante, et tellement de vieux amis. Il vaut mieux un petit mariage que d'inviter n'importe qui. » D'invisibles grimaces parcoururent le visage de Marybeth et Gideon.

« J'allais t'en parler, mais ça m'est complètement sorti de la tête, fit Gideon d'une petite voix.

— Ce n'est pas grave. » Ivy se remit à rire et souleva son verre de sangria.

Tom sourit. « Ne sois pas méchante, chérie, lança-t-il à Marybeth. Maintenant qu'ils sont fiancés, il est encore temps d'ajouter Ivy à la liste des invités, non ? »

Marybeth hésita. Ivy voyait bien qu'elle était gênée d'avoir été désignée comme la preneuse de décisions. Ivy sentit une douleur tout au fond de sa poitrine. Elle avait cru que Marybeth et elle étaient amies. Que c'était Tom, le méchant.

« Ce n'est pas nécessaire, assura-t-elle, transpirant pour de bon dans sa fine robe en coton. Vraiment.

— Ça traîne en longueur, fit Gideon d'un ton sec. Pourquoi ne rentreriez-vous pas chez vous pour réfléchir…

— Non, Tom a raison, l'interrompit Marybeth. On serait ravis de t'avoir parmi nous, Ivy. Gideon me donnera ton adresse tout à l'heure. »

Ivy envisagea de protester, mais l'effort l'avait épuisée.

« En mars, les fleurs de bananier sont magnifiques à Kauai, confia Tom à Ivy. En tout cas, c'est ce que Marybeth n'arrête pas d'affirmer. Ça ressemble à une plante qu'on peut fumer. Et elles ne sont même pas jaunes mais rose fluo. Moi, je dis – qu'est-ce qu'on s'en fout, des fleurs de bananier ?

— Moi, je ne m'en fous pas, rétorqua Marybeth, aigrie d'avoir ainsi été livrée en pâture par Tom.

— Ma mère tient absolument à ce qu'on se marie à Cattahasset, déclara Gideon tandis que le serveur posait leurs tapas sur la table. Ou à Martha's Vineyard. Tom, tu te souviens de l'été avant la première année de fac ?

— Et comment ! Ton Finn Oaks est un dinosaure comparé à ce que c'était avant. » Il s'adressa de nouveau à Ivy : « On avait une piscine chauffée, le salon couvert de futons, la plus vieille bouteille de whisky de Ted – aujourd'hui encore, il croit qu'un raton laveur est entré en pleine nuit et l'a renversée. Blake Whitney a dû pisser autour de la bouteille. Je ne sais pas pourquoi, mais sa pisse à lui avait exactement la même couleur que ce scotch hors de prix. »

Ivy éclata de rire, reconnaissante de faire partie de la conversation. Tom pouvait donc se montrer attentionné, pensa-t-elle.

Elle avait tort.

Tom prit son verre. « Je dois admettre que je t'ai sous-estimée.

— Qu'est-ce que tu veux dire ? dit-elle avec un sourire vaillant, se préparant à une de ses blagues.

— Tu travailles vite. Tu as déjà mis le grappin sur Gideon. Tant mieux pour toi.

— Quoi ?

— Tu peux parler, lança Gideon, brandissant sa fourchette en direction de Tom. Marybeth te tient par les… » mais Tom continua à s'adresser à Ivy, d'un ton de plus en plus jovial.

« Ça y est, je me souviens de toi. Dans l'album photo de quatrième. Ivy Lin. À l'époque, tu suivais Gideon partout. Pas bavarde, très effacée. Alors que maintenant… On prend le taureau par les cornes, hein ? Une belle arnaque pour gravir l'échelle sociale, comme… c'est qui, déjà, cette Asiatique qui a épousé le vieux Murdoch ? Bref, je parie que tu étais impatiente de te faire mettre en cloque… »

Gideon se leva d'un bond. « Fais attention à ce que tu dis », lança-t-il, le visage pâle, mais prononçant chaque syllabe sans l'ombre d'un bégaiement. Le serveur accourut pour leur demander s'ils avaient besoin de quelque chose.

Ivy tira Gideon par le bras. Il resta debout.

Tom s'essuya le visage avec sa serviette en lin sur laquelle le raifort des anchois fumés avait laissé des traces jaunes.

« Allez. Tu sais que je plaisante. Je suis content pour vous. Sans rancune, hein, Ivy ? » Il leva la main en l'air.

Ivy comprit qu'il attendait qu'elle tope là. Elle s'exécuta, pleine de mépris pour elle-même, mais encore plus pour Tom.

« Tu vois Gideon ? Ivy et moi, on est les meilleurs amis du monde. Assieds-toi, assieds-toi… Je suis vraiment ravi… C'est pas bon, d'être en vie ? » Il porta son poing à ses yeux puis, à la stupéfaction et au grand dégoût d'Ivy, se mit à pleurer.

« Je suis désolé pour Tom, dit Gideon sur le chemin du retour. Il n'a pas toujours été ainsi. »

Oh que si, pensa Ivy. « Ce n'est pas grave », répondit-elle, changeant aussitôt de sujet de conversation. Si Gideon continuait à en parler ne serait-ce qu'une seconde de plus, elle fondrait en larmes.

« Tu te souviens de Henry Fitzgerald, à Grove ? lui demanda Gideon. Il faisait partie de l'équipe de crosse avec Tom et moi.

— Non.

— Le père de Henry était le PDG de Biogene Pharmaceutiques.

— … D'accord.

— Il y a quelques années, quand papa était encore sénateur, il a découvert des pratiques douteuses chez Biogene. Alors il a demandé à la commission fédérale du commerce d'enquêter sur eux pour infraction aux lois antitrust. Bref, M. Fitzgerald a non seulement été licencié, mais aussi condamné à quelques années de prison pour avoir limité la distribution de médicaments afin de faire grimper les prix. La famille de Henry a tout perdu. Henry a commencé à faire des conneries. Il a lâché l'équipe, il séchait l'école. Il a été surpris en train de fumer de la marijuana dans les toilettes pendant le bal de fin d'année. La plupart des professeurs fermaient les yeux, mais Henry était déjà dans la merde jusqu'au cou, alors ils l'ont viré. Il avait été admis à l'université de Columbia, qui est revenue sur sa décision. Une semaine après la remise des diplômes, Henry et d'autres gars ont voulu m'agresser près du parking. Tom les avait entendus en parler dans les vestiaires ; il est arrivé avec l'avocat de sa famille. Il a fait rédiger une ordonnance restrictive : si Henry et les autres s'approchaient à moins de trois mètres de moi, je porterais plainte. Ç'aurait été considéré comme un crime parce qu'ils portaient leurs crosses. L'avocat de Tom a dit qu'il s'agissait d'armes meurtrières.

— C'était très malin de la part de l'avocat.

— Tom m'a toujours protégé. Je crois que depuis ce temps-là, il est devenu un peu paranoïaque. Il pense que ceux qui ne sont pas ses amis sont des ennemis. Il a du mal à faire confiance aux personnes qu'il ne connaît pas et se méfie de leurs intentions. » La voiture s'arrêta au feu rouge. Ivy sentit les yeux de Gideon sur elle, mais elle continua à regarder droit devant elle.

« En tout cas, ça n'excuse pas ses paroles. J'aimerais… enfin, on ne choisit pas ses amis en fonction de leur mérite.

— Je comprends. » C'était du Gideon tout craché, loyal jusqu'au bout des ongles. Elle avait toujours cru que la loyauté demandait un certain aveuglement, comme la foi religieuse ; or, Gideon voyait Tom tel qu'il était mais choisissait malgré tout de le défendre. Était-ce ça, l'amour ? Elle se demanda comment Gideon la défendrait, elle, si l'occasion se présentait. Puis, se remémorant l'air froid et pas du tout étonné de Tom et Marybeth lorsque Gideon leur avait annoncé les fiançailles, elle s'aperçut que l'occasion s'était déjà présentée. Gideon n'avait fait que l'en protéger jusqu'à présent.

Quelques instants plus tard, elle sentit des doigts chauds caresser sa joue. Ce geste faillit lui briser le cœur. Elle tourna vite la tête vers la fenêtre et se pinça le poignet pour éviter aux larmes de couler. Le temps d'arriver chez elle, elle s'était ressaisie. Il n'y avait pas un chat dans sa rue ; les gangsters s'étaient retirés là où se retirent les gangsters le mardi soir, quand tout est calme. Ou peut-être faisaient-ils le tour de Boston pour cambrioler et violenter les gens. Le silence régnait, mais pas forcément la paix.

Une fois à l'intérieur, elle lut son courrier, but un verre d'eau, remplit le vase où trônaient les lys Casa Blanca que l'admirateur d'Andrea lui avait envoyés, et dont les grands pétales en forme d'étoile s'ourlaient telle la gorge tendue d'une femme. Enfin, elle s'autorisa à aller dans sa chambre, où elle entreprit de frapper son matelas et son oreiller en poussant des cris étranglés, jusqu'à ce qu'Andrea accoure, inquiète, son masque d'argile dégoulinant sur son visage. « Va-t'en ! hurla Ivy. Va-t'en ! Va-t'en ! » Andrea battit en retraite.

C'était tellement injuste, pensa Ivy, dont la fureur était si grande qu'elle n'avait plus envie de pleurer. *Fais attention à ce que tu dis.* De toutes les choses que Gideon aurait pu rétorquer, voilà ce qu'il avait choisi. Sans doute une phrase de Poppy. Sylvia, elle, avait certainement de meilleures répliques dans son arsenal. Sylvia, qui avait volé le dessin de Roux. Sylvia, qui obtenait toujours ce qu'elle voulait, qui n'aurait jamais tapé dans la main de Tom. Meifeng disait que les hommes ne vous respectaient que s'ils vous craignaient. Mais Ivy avait affirmé aux meilleurs amis de Gideon qu'elle n'était qu'un individu lambda. Une personne de passage dans sa vie. Qui ne méritait pas leur respect. Elle ne pouvait s'en prendre qu'à elle-même.

Jusqu'alors, elle n'avait encore jamais envisagé la possibilité de rompre les fiançailles ; seule sa vanité surpassait son désir d'être avec Gideon. Au lieu de quoi, elle retrouva l'agenda où elle avait noté le numéro de téléphone de Roux pendant son séjour à Finn Oaks. Un mois s'était écoulé depuis qu'ils avaient couché ensemble. Elle l'appela et lui demanda de la rejoindre pour prendre un verre. « Je veux t'expliquer ce qui s'est passé à Cattahasset », dit-elle. Après un long moment de silence à l'autre bout du fil, il accepta de la revoir.

Roux choisit un bar dans un quartier miteux. Ivy arriva sur place à minuit. Elle s'en souviendrait plus tard parce qu'elle avait consulté son téléphone dans l'espoir, certes lamentable, que Gideon ait appelé. Maintes fois, elle avait joué à ce jeu : s'il appelle, je rentre chez moi. Il n'avait pas appelé. Des posters de vieux groupes de musique recouvraient chaque centimètre carré des murs du bar ; les surfaces en bois, poisseuses à force de bière renversée et de résidus huileux, restaient impossibles à nettoyer. Des hommes baraqués à longues barbes et bottes coquées étaient assis, seuls, devant des pintes mousseuses de bière pression. Le genre d'homme qu'était Roux quand il ne conduisait pas sa Bugatti à un million de dollars avec ses phares en forme d'yeux d'insectes et son aileron de dauphin.

Après quatre vodkas, Ivy se retrouva dans l'appartement de Roux sans trop savoir comment elle était arrivée là. Elle ne se souvenait que de ce qu'elle avait ressenti en voyant Astor Towers pour la première fois : une admiration dédaigneuse. *Bien joué*, voulut-elle dire, mais finalement, elle ôta sa robe.

Cette nuit-là, au bord d'une gueule de bois terrible, elle fut envahie de haine de soi. « C'est la première et la dernière fois, déclara-t-elle d'un ton froid.

— Bien sûr », ironisa Roux.

Six jours plus tard, elle était de retour, cette fois parce que Gideon avait annulé leur dîner en tête à tête après qu'elle eut passé l'après-midi à faire mijoter un cioppino. Toutes ces moules bien fraîches qu'elle avait ouvertes non sans mal avaient fini à la poubelle car elle détestait les moules et qu'Andrea suivait un nouveau régime cent pour cent fruits.

Lors de leur troisième rencontre, elle ne se fatigua même pas à prétendre qu'il s'agissait d'une aventure passagère. À son arrivée, Roux l'attrapa par la taille et la jeta sur le lit. Quand elle fit mine de s'échapper, il agrippa sa cheville et lui mordit le mollet, laissant une empreinte de dents bien nette sur sa peau. Elle ne savait plus à quand remontait la dernière fois que Gideon et elle avaient couché ensemble. Elle qui autrefois attirait les hommes d'un simple haussement de sourcils se retrouvait étendue dans le noir, impuissante, au côté de son fiancé, pendant qu'une brise froide soufflait par la fenêtre ouverte, et le son de son souffle léger dans son oreille, quand elle attendait le sommeil, suffisait à tailler son cœur en pièces. Puis elle retournait dans le lit de Roux... Roux, qui lui écartait bras et jambes sur le matelas, admirait son corps et lui disait : « Il n'y a pas de quoi avoir honte ici. Tu es charmante ici... et là... et là... » Oui, elle aimait ça. Elle aimait chaque seconde. C'était un plaisir simple dont elle ressortait pantelante, épuisée et vidée. Mais qu'en était-il de son âme – cette créature capricieuse plus difficile à satisfaire ?

Au cours de leur cinquième rendez-vous, Roux et elle s'assirent sur son balcon avec vue sur le fleuve pour fumer, un verre de whisky tiède à la main. C'est alors qu'il lui parla de sa mère. « Cancer du poumon », répondit-il quand Ivy lui demanda de quoi était morte Irena Roman. À l'époque, il venait de sortir de prison et travaillait au Nouveau-Mexique.

« Attends... s'écria Ivy. Tu étais en prison ?

— Seulement pendant huit mois. Comme j'avais tout juste dix-huit ans, ils ont réduit ma peine. »

Elle n'en revenait pas. « Pour agression ? » Ce fut la première chose qui lui vint à l'esprit.

« Vol. J'étais pas aussi doué que toi, apparemment.

— Qu'est-ce que tu volais ?

— Des voitures. Surtout devant ces nouvelles résidences qu'ils construisaient autour de West Maplebury. Les gens garaient leurs vieux monospaces pourris dans leur garage, par contre, leurs Ferrari et leurs Porsche, ils les laissaient dans l'allée pour que les voisins les voient. » Il secoua son verre sous le nez d'Ivy. « D'ailleurs, c'est toi qui m'en as donné l'idée. Tu me racontais que ta grand-mère et toi alliez dans les vide-greniers pour voler, tu te souviens ? Tu disais que rien n'a de valeur aux yeux des riches ? »

Elle ricana et secoua la tête. « On piquait des vieilles ceintures et des cuillères tordues. Comment tu as pu être aussi stupide ?

— Ça m'a servi de leçon, crois-moi. Il existe des moyens bien plus efficaces de gagner sa vie.

— Comme les pizzerias ?

— Comme savoir faire pression. »

Elle réfléchit à la question. Après tout, la pression n'était autre qu'une forme de pouvoir inutilisé. C'était la possibilité de pouvoir qui conférait du pouvoir. Une possibilité qu'elle avait toujours trouvée plus grisante encore que les résultats plus triomphaux.

« Le pistolet, il te sert à quoi ? demanda-t-elle. Ça me fout les jetons. Tu pourrais me tirer dessus dans mon sommeil. »

Il leva les yeux au plafond et lui dit d'arrêter de dramatiser. « Je le garde par habitude.

— Tu parles d'une habitude de merde ! C'est complètement tordu.

— Alors disons que je le garde pour faire pression. » Il sourit d'un air suffisant, mais elle n'était pas dupe. Il ne cherchait qu'à l'impressionner, à sous-entendre *J'ai de quoi faire pression sur toi.*

« Sylvia savait que tu avais fait de la prison ?

— Je cache pas ce genre de chose. »

Mais Sylvia avait confié à Ivy que Roux avait abandonné le lycée non pas parce qu'il s'était fait arrêter, mais pour s'occuper de sa mère mourante. Malgré son impudence, Sylvia pouvait donc avoir honte.

« Tu n'es pas impliqué dans des histoires… illégales, si ?
— Ah… c'est chiant, de parler boulot.
— Tu peux tout me dire, kangourou, susurra-t-elle d'une voix de bébé. Je sais garder les secrets. »
Roux écrasa sa cigarette et posa sur elle un regard brûlant. Elle crut qu'il allait la prendre, ici même, sur le balcon.
« T'as pas besoin d'être Sylvia », dit-il. Puis il se leva et retourna à l'intérieur.

La fois suivante, Roux poursuivit son histoire. Au Nouveau-Mexique, après sa sortie de prison, il avait trouvé du travail dans un ranch, où il ramassait du crottin de cheval. Il avait investi l'argent sale gagné en vendant les voitures dans une entreprise de fabrication d'engrais qui utilisait du crottin de cheval dans une formule qui permettait de multiplier la production céréalière, ce même crottin que produisait la ferme de Roux et dont le propriétaire avait préféré donner à Roux deux pour cent des parts de ses bénéfices nuls plutôt que de lui payer un vrai salaire. Au bout d'un moment, chaque pelletée de merde de cheval rapporta à Roux environ cinq cents dollars en Bourse. Quand Irena parvint enfin à le joindre pour lui annoncer sa maladie, il ne lui restait plus que quelques semaines à vivre, sous oxygène. Pendant toutes ces années, elle était restée la maîtresse de Baldassare Moretti – la principale source de conflit entre la mère et le fils. Baldassare l'installa dans un appartement à côté de chez lui avec une infirmière à domicile ; l'appartement était toujours plein de fleurs et de plats au four envoyés par toute la famille de Baldassare, y compris sa femme et son fils, Ernesto. Une énorme putain de famille, apparemment. « Je me souviendrai toujours de cette odeur, juste avant sa mort, confia Roux. Les fleurs. » La façon dont les membres de la famille de Baldassare s'étaient unis pour Irena avait beaucoup ému Roux – ils avaient payé pour les funérailles, la crémation, l'urne, et avaient même proposé à Roux de continuer à vivre dans l'appartement de sa mère. De fil en aiguille, Roux se retrouva à la gestion des salaires dans les restaurants de Moretti, puis fut promu directeur général, avant de recevoir le feu vert pour lancer ses propres entreprises ; la ligne qui séparait l'argent de Roux de celui des Moretti devint aussi trouble que leur cadre de vie.

« On dirait le Parrain », remarqua Ivy. Elle partit d'un rire nerveux ; Roux, non. Elle aurait pu le pousser à livrer d'autres détails, mais elle ne tenait pas vraiment à savoir. Une grande partie de la vie de Roux lui paraissait inquiétante et menaçante. Le pistolet, par exemple. Seuls les extrémistes gardaient des armes chez eux. Elle aurait préféré des fusils, surtout s'ils étaient exposés dans une vitrine. Les fusils faisaient plus chic, on s'en servait pour le sport, alors qu'un pistolet caché dans la table de nuit avait quelque chose de sordide. Et puis, il y avait du liquide dans des enveloppes rangées au fond des tiroirs ou empaqueté dans du papier paraffiné sous l'évier. Les téléphones portables à l'ancienne, aussi massifs que du ciment. Pas d'amis ni de famille en dehors des Moretti, et Ernesto Moretti n'était pas ce qu'on peut appeler un ami. À West Maplebury, Ernesto avait été un enfant colérique et hargneux, doté d'un ego fragile et d'un embonpoint orgueilleux qui faisaient de lui à la fois une cible facile pour les petites brutes et une petite brute lui-même ; les faibles s'en prenaient aux plus faibles qu'eux. Cette dérision, Ivy l'entendait dans la voix de Roux quand il parlait d'Ernesto. Sous l'éclat de ses biens luxueux, la vie de Roux, passée comme présente, était un affreux trou noir dont elle cherchait à s'éloigner, de la même façon qu'elle évitait de regarder de trop près les sans-abris quand elle marchait dans la rue.

Oublier ces détails douteux lui permettait d'apprécier la situation. Roux aimait tout ce qui était moderne, pratique et si possible inaccessible. Il voulait les meilleurs services, la meilleure nourriture, il voulait se sentir riche. Ivy, elle, préférait le savoir-vivre de son fiancé, ce qui ne l'empêchait pas de profiter largement de la prodigalité hédoniste de Roux. Après l'amour, Roux visionnait un film étranger sur sa télévision dernier cri et commandait un festin composé de homard, de steak de wagyu, de thon rouge gras expédié le matin même de Tokyo. Quand le temps commença à se rafraîchir, ils prirent l'habitude de se plonger dans sa baignoire japonaise avec des cristaux de sel chauffés, hanches et jambes imbriquées comme des pièces de Tetris ; après quoi il lui rinçait les cheveux avec un petit ustensile en bois qu'il avait obtenu, à force de cajoleries, d'un moine tibétain qui s'en servait pour mesurer le riz. Aux yeux d'Ivy, Roux et elle étaient deux braves pirates ayant temporairement arrêté de piller le monde. Il avait ses joujoux, son argent, son art, ses entreprises, et elle avait Gideon. Les règles, Dieu, la société – rien de tout cela ne les concernait au cœur de ce sanctuaire impersonnel qu'était son appartement.

Au bout d'un mois, elle se mit à dérober de l'argent dans les enveloppes en papier kraft – d'abord vingt dollars, puis des centaines, puis des milliers. S'il lui posait un jour la question, elle comptait lui dire qu'elle ne cherchait qu'à s'acheter de beaux habits. Lui-même prenait grand plaisir à s'habiller comme un clochard millionnaire : pulls à col bas, jeans déchirés, t-shirts blancs, bottes en cuir brun clair. Mais il aimait la couvrir de cadeaux. Il était heureux de la voir glapir de joie devant une magnifique paire de boucles d'oreilles ou un beau collier, qu'elle ne portait pas en dehors d'Astor Towers. Elle ne voulait pas que Gideon remarque ces soudaines dépenses excessives.

Roux savait forcément qu'elle le volait – une fois qu'une personne a connu la faim, disait Meifeng, elle comptera chaque grain de riz – mais jamais il n'évoqua le sujet. Car c'était désormais Ivy qui avait un moyen de pression sur lui. En effet, elle pouvait arrêter de le voir quand elle le souhaitait, alors que lui ne pouvait s'empêcher de la désirer. Et elle savait pertinemment que le désir était le moyen de pression le plus puissant. Roux serait toujours disposé à faire ce qu'elle lui demandait. Elle appréciait l'admiration qu'il avait pour elle, une admiration authentique, et elle aimait la façon dont il la regardait, les douces flaques grises de ses yeux pareilles à la mer avant la tempête, sa bouche formant un sourire qui semblait chanter *Belle, belle !* En de pareils moments, elle sentait la bienveillance monter en elle et elle se montrait alors particulièrement douce, particulièrement affectueuse, afin de lui rendre un peu de ce qu'elle lui avait pris.

16

Deux heures après avoir quitté Roux, Ivy arriva chez Ted et Poppy, dans leur maison de ville de Beacon Hill. La rue entière n'était qu'une rangée de portes en chêne bleu marine à heurtoir bleu marine, semblable à une rangée d'écolières en uniforme. Poppy les accueillit dans la cuisine, vêtue d'un pull bleu en cachemire et d'un pantalon beige moulant qui affleurait ses chevilles maigres. Ivy portait une tenue presque identique, sauf que son pull était à pois et son pantalon noir. Les deux femmes avaient des perles autour du cou et d'énormes bagues à l'annulaire.

« Tu maigris à vue d'œil ! s'exclama Poppy, frottant le dos d'Ivy et dévisageant son fils. Gideon ne te nourrit pas ?

— Pardon, mais je suis un excellent cuisinier, rétorqua Gideon, les mains sur les hanches. Je sors la pizza de la boîte, je la pose sur une assiette, et je la mets trois minutes au micro-ondes. C'est très difficile. Ivy adore mes petits plats.

— J'ai attrapé froid la semaine dernière, expliqua Ivy une fois que les rires avaient cessé. Sans compter qu'il a fallu que je garde de la place pour ce soir, sachant combien vous, vous cuisinez bien, Poppy.

— J'aurais aimé faire preuve d'autant de prévoyance », dit Ted, tapotant son petit ventre. Il fit le tour de l'îlot pour serrer Ivy dans ses bras. « Comment ça va, petite ? demanda-t-il d'un ton chaleureux.

— Très bien, répondit Ivy sur le même ton. Merci pour cette invitation à dîner. »

Les joues roses et d'humeur joviale, tous papotaient autour de l'îlot central ; ce long rituel de bienvenue qu'Ivy trouvait prétentieux autrefois car inutilement exubérant – ils s'étaient vus pour déjeuner quelques jours plus tôt – lui semblait désormais aussi naturel et automatique qu'une poignée de main. Ted et elle avaient rarement autre chose à se dire que ces expressions toutes faites, et pourtant l'affection d'Ivy à son égard augmentait chaque fois qu'il l'appelait « petite » et lui demandait comment elle allait. Les gens raffinés l'avaient compris depuis longtemps : la simple répétition d'interactions superficielles pouvait engendrer de l'intimité – certes différente mais tout aussi importante que celle engendrée par une profonde vulnérabilité.

Les hommes gagnèrent rapidement le salon pour regarder le match de football américain. Ivy retroussa ses manches et aida Poppy à préparer la salade au fromage de chèvre et aux canneberges. Elle eut l'impression d'être de retour à Finn Oaks. L'odeur de beurre et de viande rôtie emplissait la cuisine ; à la télévision s'époumonait un journaliste sportif, le même, semblait-il, qui présentait tous les matchs jamais diffusés.

« Je suis si heureuse que nous ayons décidé d'organiser ce dîner, dit Poppy, empilant la laitue dans l'essoreuse à salade. Quand Sylvia est partie au Belize avec Jeremy, Ted et moi nous sommes sentis abandonnés. Nous pensions qu'il nous faudrait accepter l'invitation de ma sœur Ellen à la dernière minute... Bien sûr, nous serions ravis de voir cette chère Arabella, mais Ellen devient ingérable pendant les fêtes. Tu sais, son mari, John, est... » Elle continua à parler longuement des différents membres de sa famille – Ivy ne savait pas comment elle était censée réagir –, s'interrompant parfois pour l'interroger sur les préférences culinaires des Lin, par exemple pour savoir si Nan aimait agrémenter son maïs de beurre.

« Avec ou sans beurre, c'est comme vous préférez », répondit Ivy. À sa connaissance, Nan n'aimait que la nourriture chinoise. Elle consulta sa montre. Sept heures moins dix. Pourvu que les Lin ne soient pas pris dans les bouchons, pensa-t-elle. Elle avait avisé Shen trois fois de partir avant midi.

« Avec une noix de beurre supplémentaire, alors », déclara Poppy. Une fois le maïs terminé, elle ouvrit le four, qui exhala une bouffée chaude et odorante. Ivy aperçut la dinde de dix kilos qui cuisait dans son jus, ainsi que le plat de haricots verts sur la grille inférieure.

« Ça a l'air délicieux, Poppy », remarqua Ivy tout en émincant des feuilles de menthe. Elle vérifia de nouveau sa montre. « Mon frère va vous adorer. C'est un grand gourmet.

— Merci, ma chérie. Ted et moi mangions très souvent au restaurant, autrefois, mais depuis qu'il a pris sa retraite, je prends beaucoup de plaisir à cuisiner. Voir son mari manger la nourriture qu'on lui a préparée est une source de plaisir indicible. » Elle lança un clin d'œil à Ivy. « Tu t'en rendras compte d'ici peu. » Elle entreprit d'aider Ivy avec les feuilles de menthe. « Combien d'années d'écart avez-vous, ton frère et toi ?

— Quatre ans.

— Il vient donc de terminer ses études supérieures.

— En réalité, il a pris une année sabbatique. » Ivy l'avait déjà dit à la mère de Gideon, qui avait une mémoire infaillible.

Poppy hocha vaguement la tête. « Sylvia avait pris un semestre pour faire un stage de sérigraphie à Florence. C'est comme ça qu'elle a su qu'elle voulait poursuivre avec un doctorat en Histoire de l'art. Est-ce qu'Austin a une idée de ce qu'il veut faire une fois qu'il aura obtenu son diplôme ?

— Il aime les ordinateurs. Il est toujours à bricoler des gadgets dans sa chambre. Il préfère construire des choses et apprendre sur le terrain plutôt que de rester assis dans une salle de classe.

— Toute ta famille est certainement très douée, s'émerveilla Poppy. Austin fera un ingénieur formidable. » Ivy cligna des yeux, gênée. « Quant à toi, poursuivit Poppy, quel courage de poursuivre ainsi ton rêve de devenir avocate. » Ivy rougit pour de bon. « Et tes parents, qui ont créé leur propre entreprise de A à Z, ils doivent être très intelligents.

— C'est plus une question de travail acharné que de talent », objecta Ivy. Elle ne savait jamais si la mère de Gideon faisait preuve d'une gentillesse excessive ou si les éloges dont elle couvrait ses amis et connaissances étaient authentiques – auquel cas Poppy Speyer avait une vision du monde bien optimiste.

« Si Austin s'intéresse aux ordinateurs, reprit Poppy pensivement, il pourrait sans doute faire un stage dans l'entreprise de Spencer, mon cousin. Dès qu'ils peuvent mettre la main sur un technophile, ils l'embauchent. Mais peut-être Austin trouverait-il ce travail trop ennuyeux. Il a l'air vraiment très calé. »

Ivy répondit qu'elle en parlerait à son frère. Elle doutait qu'Austin fût capable d'autre chose que de dormir, ces derniers temps. Le programme optimiste élaboré par les Lin pour le jeune homme – une université locale, trente minutes de lecture par jour, un jogging matinal dans le quartier – avait duré en tout et pour tout deux semaines avant que chacun n'admette qu'Austin était encore trop anémié pour se plier à un emploi du temps aussi rigoureux. Les vitamines, avait reconnu Nan, n'avaient pas eu l'effet escompté.

Heureusement, avant que Poppy n'ait eu le temps d'appeler son cousin pour lui poser la question – quand Poppy avait une idée en tête, il était difficile de lui faire lâcher prise –, on sonna à la porte.

« Oh, ce doit être eux », s'écria Poppy, se recoiffant d'un geste charmant. Elle appela Ted et Gideon.

Ivy sentit soudain le trac l'envahir. Elle emboîta le pas à Poppy d'un air déterminé : menton relevé, yeux plissés en un sourire accueillant. L'odeur du beurre était irrésistible – elle n'avait rien ingéré d'autre que ce thé matcha chez Roux – et elle dut ravaler l'acidité qui remontait de son œsophage.

« Mais bonjour ! s'exclama Poppy. Merci d'être

venus jusqu'à nous ! Entrez, entrez ! » Elle accueillit les quatre Lin à l'intérieur avec de gros câlins, qu'ils lui rendirent avec la lenteur maladroite des gens peu habitués au contact physique.

En voyant ses parents arriver vers elle, Ivy resta bouche bée : ils étaient parés de la tête aux pieds de vêtements griffés. Chacun de leurs habits ou presque portait un nom de marque à un endroit bien visible : sur la poitrine du pull sans manches de Shen, sur les manchettes de sa chemise parfaitement repassée, sur les grandes boucles argentées de ses mocassins. Nan arborait une lourde veste ornée de perles sur un chemisier en soie rouge ; un énorme logo en onyx rehaussé de doré était cousu sur son sac à main. Heureusement, Meifeng portait sa tenue habituelle : une veste raide boutonnée jusqu'au cou, un pantalon gris, des chaussures de marche. « J'ai appelé pour te prévenir mais tu n'as pas décroché, marmonna Meifeng. Ivy voulut l'aider avec sa canne mais elle refusa d'un geste. « Laisse. J'en ai besoin en ce moment, mes genoux me font souffrir. » Elle adressa un sourire aux Speyer et lança dans un anglais bancal : « Bonjour ! Bienvenue !

— Bienvenue », répéta Poppy, et Ted ajouta : « C'est cela, bienvenue.

— Qu'est-ce que tu penses de ma veste ? » chuchota Nan à Ivy en chinois. Ivy fit la grimace. Quand les autres s'écartèrent, elle aperçut Austin qui se cachait au fond, vêtu d'un blazer en tweed mal ajusté par-dessus un pull ras-du-cou noir. Il avait perdu beaucoup de poids et, pour une raison ou pour une autre, suait à grosses gouttes alors qu'il venait juste d'entrer.

Ivy se mit sur la pointe des pieds pour embrasser sa joue cendreuse, envahie d'une tristesse que seul Austin suscitait en elle, une tristesse à la fois pleine de colère et de culpabilité. Ils avaient été élevés par les mêmes parents. Pourquoi n'arrivait-il pas à s'adapter, comme elle l'avait fait ?

« Tu aimes l'appareil photo que je t'ai offert ? demanda-t-elle.

— Je ne m'en suis pas encore servi. »

Gideon, tout sourire, couvrait Shen et Nan de compliments. Ivy voyait bien qu'il était nerveux : il bégaya plus d'une fois, même si aucune gêne ne se lisait sur son visage. Shen semblait nerveux, lui aussi ; la tête enfoncée dans ses épaules, il acquiesçait vigoureusement à tout ce que disait Gideon. Seule Nan restait indifférente. Elle examinait Gideon des pieds à la tête, sans même prendre la peine de dissimuler les critiques qu'on lisait dans son regard noir brillant.

Après plusieurs interruptions, faux départs et rires polis, Poppy les mena au salon, où elle leur servit l'apéritif et ce qu'elle appelait des « mini-bouchées » de fromage et de fruits.

« Votre maison est magnifique », commenta Nan avec un fort accent, la tête levée vers le lustre d'où le cristal tombait en cascade, les moulures sculptées de fleurs de lys, la tête en marbre blanc rapportée de Grèce, posée sur un petit meuble en bronze. S'adressant à son mari en chinois, elle dit : « Regarde leurs plafonds. On devrait s'occuper des nôtres.

— Depuis quand vivez-vous ici ? demanda Shen.

— Voyons… répondit Poppy. Nous avons emménagé il y a près de quatre ans, n'est-ce pas, Ted ?

— C'est exact.

— Combien ça coûtait pour acheter ? » fit Nan.

Poppy cligna des paupières. « Ah, euh, la maison ? Le loyer est d'environ quatre mille dollars. » Elle regarda Ted en gloussant. « C'est tout à fait abordable pour une maison pareille.

— Nous avons vendu notre maison d'Andover », expliqua Ted à Shen. Ted semblait incapable de garder les yeux sur Nan ; il lui souriait avec une sorte d'appréhension timide, hochait un peu la tête avant de se tourner de nouveau vers Shen. « Une fois les enfants partis, elle était devenue trop grande. Nous voulions revenir en ville et une location nous apporte une certaine liberté. Nous pouvons partir quand ça nous chante.

— Comme des sans-abri », railla Meifeng en chinois. Elle comprenait beaucoup mieux l'anglais depuis qu'elle regardait des émissions de télé-réalité. Elle tourna la tête pour étudier chaque recoin du salon des Speyer, jusqu'à ce que Poppy propose : « Ivy, est-ce que ta famille veut visiter la maison ?

— Oui », répondit Meifeng d'une voix forte, se relevant à l'aide de sa canne. Ivy, désespérée, se leva elle aussi.

Poppy mena les quatre Lin et Gideon de pièce en pièce. Ted avait quant à lui choisi de rester sur le canapé avec Austin. Nan enregistrait chaque détail de ses yeux de lynx – les deux chambres modestes mais de bon goût, la bibliothèque d'angle, le petit salon solennel aux rideaux brun-roux – et émettait des sons pour signifier son approbation, tandis que Meifeng montrait du doigt une table ou une lampe en lançant des adjectifs monosyllabiques tels que « Vieux ? » ou « Vrai ? » Poppy s'empressait alors d'expliquer en détail l'origine de chaque objet et Ivy ou Shen servaient d'interprète. « Tout tombe en ruine, confia Meifeng à Ivy en chinois. Leur richesse est faite de bouse : elle est inutile, même quand on l'étale. » D'une petite chiquenaude, elle fit tomber un petit morceau de plâtre du mur puis le renifla. « C'est une vieille maison », siffla Ivy, qui aurait préféré que Meifeng reste chez elle à Clarksville. Elle remarqua que Poppy les observait d'un air nerveux, le cou dévissé tant elle s'efforçait de comprendre ce que les deux femmes disaient. Ivy lui décocha un petit sourire : « Ma grand-mère dit qu'elle adore la… la couleur de la peinture.

— Elle s'appelle *Sherwood Green*, répondit Poppy, s'illuminant d'un coup. Je peux vous noter la référence. Quand nous avons emménagé, nous sommes allés chez Benjamin Moore… »

Ivy avait l'impression qu'une flèche perçait son cœur à chacun des mouvements de Poppy. Si les sourcils de Poppy se haussaient d'incrédulité, Ivy sentait son cœur tressaillir et si les yeux de Poppy s'écarquillaient de curiosité, Ivy le sentait gonfler. Frémissant de voir Poppy perplexe ou agitée, elle s'empressait de la mettre à son aise. Si Nan ou Meifeng discutaient trop longtemps en chinois, elle leur ordonnait, d'un ton doucereux qui masquait l'âpreté des propos, de parler en anglais. Quand elles regagnèrent enfin le salon, Ivy eut l'impression qu'elle venait de faire classe à une multitude d'enfants de six ans illettrés et remuants. Elle brûlait d'envie de se cacher dans la salle de bains, mais avait trop peur de ce qui pourrait se passer en son absence.

Les choses se calmèrent un peu une fois que les Lin commencèrent à grignoter les mini-bouchées de Poppy. Austin avala un cube de fromage, puis un autre. Il les mangeait si vite qu'il ne resta bientôt plus qu'un cube ; quand il tendit le bras pour prendre le dernier, Meifeng lui frappa adroitement la main du revers de sa canne.

« Il en reste dans le frigo. Je t'en prie, mange ! » s'écria Poppy d'une voix aiguë avant de s'élancer vers la cuisine. Ivy foudroya sa grand-mère du regard, auquel Meifeng se contenta de répondre d'un simple : « Le docteur nous a dit que ton frère avait un taux élevé de cholestérol. Pas de nourriture grasse.

— On s'est rencontrés au collège, expliquait Gideon à Shen, qui était assis sur le canapé, les poings serrés posés sur ses genoux. Ivy était l'institutrice de ma petite-cousine. Ma sœur, Sylvia, l'a reconnue et nous a remis en contact.

— Les hommes qui ont des sœurs, déclara Shen, savent comment traiter les femmes. Comme mon fils. Il a un cœur très doux. » Il tapota le genou d'Austin et se mit à raconter comment Austin suivait Ivy partout – il pleurait dans les magasins parce qu'il voulait aller dans les toilettes des femmes avec sa sœur plutôt que dans celles des hommes avec son père.

Poppy reparut avec trois fois plus de fromage sur un plateau, qu'elle déposa devant Austin. « Et voilà, mon grand », dit-elle avec enthousiasme. Austin rougit jusqu'à la racine des cheveux.

« L'histoire d'amour d'Ivy et Gideon est très

romantique, confia Poppy à Nan une fois qu'elle s'était rassise. Bien sûr, j'ai été surprise par... la... vitesse à laquelle tout s'est passé. Mais comme ce sont des amis d'enfance, je trouve qu'il y a déjà entre eux une relation de confiance qui n'existe pas avec quelqu'un que l'on vient de rencontrer.

— En chinois, on appelle ça *mingyùn...* » Nan regarda son mari.

— Le destin, expliqua Shen. Ma femme dit que Gideon et Ivy ont un destin commun. Ils sont faits l'un pour l'autre. Quand on vivait encore dans le Massachusetts, je me souviens être venu un jour chez vous récupérer Ivy.

— C'est exact », répondit Ted comme s'il venait lui aussi de s'en souvenir. Ses yeux se posaient sur Nan et se détournaient aussitôt. Il s'éclaircit la gorge.

« Elle ne nous a pas parlé de Gideon, à l'époque, reprit Shen. Ma femme était très stricte – plus de travail scolaire, moins de petits amis. Mais Ivy est sortie en cachette pour venir chez vous. Elle était furieuse quand on est arrivés ! » Il regarda avec tendresse Ivy, qui brûlait de honte face à l'histoire revisitée par son père.

« Gideon et moi n'étions encore que des amis, dit-elle d'un ton plaisant.

— Eh bien, fit Poppy, les yeux embués par l'émotion, le destin, je ne sais pas, mais je dirais que c'est la volonté de Dieu si vous vous êtes retrouvés.

— La volonté de Dieu, répéta Shen.

— Vous êtes chrétiens ? demanda Ted.

— Oui, intervint Ivy avant que son père puisse répondre. Mes parents nous emmenaient à l'église chaque semaine quand nous étions petits. » Elle s'abstint d'ajouter que c'était pour chercher sa mère qui prenait des cours d'anglais avec le pasteur chinois du coin.

Poppy leva son verre. « À Ivy et Gideon ! Ivy, nous sommes tellement contents que tu rejoignes notre famille. Buvons à la rencontre de nos deux familles, j'espère que nous en apprendrons plus sur nos cultures respectives.

— Shen, Nan, mamie Lin, Austin, renchérit Ted, merci d'être venus chez nous pour Thanksgiving. Nous avons tant de raisons de nous montrer reconnaissants. » Ils trinquèrent. Meifeng émit un petit rot, que tous feignirent de ne pas avoir entendu.

« Ma femme et moi sommes des amis d'enfance, confia Shen après avoir vidé son verre d'un trait. Nous nous sommes rencontrés au lycée. Elle est venue dans mon village. C'était la plus belle femme que j'aie jamais vue. J'ai toujours su que j'allais l'épouser. »

Nan rougit, très fière.

« Ted et moi nous sommes rencontrés à la fac, gloussa Poppy. Il m'a couru après pendant deux ans avant que j'accepte de sortir avec lui. Je trouvais qu'il avait trop la cote avec les femmes.

— Allons, allons, dit Ted. Je n'étais pas un Casanova.

— Quand tu sais que tu être amoureux d'Ivy ? demanda Nan à Gideon.

— J'ai toujours admiré Ivy, déclara Gideon, s'éclaircissant la gorge. À l'école déjà, elle était la fille la plus gentille et la plus intelligente de notre classe. Et elle est devenue une femme encore plus incroyable. »

Ivy sourit avec gratitude et lui prit la main.

« Ivy est très intelligente », acquiesça Nan. Shen traduisit le reste : « Ma femme dit que lorsque Ivy était petite, les autres enfants demandaient à leurs parents de leur acheter des jouets, mais Ivy, elle, déblayait la neige et tondait la pelouse pour gagner un peu d'argent. Tout ça pour s'acheter un petit avion au magasin de jouets. Elle ne nous demandait jamais rien. Elle a toujours été indépendante.

— C'était moi », grogna Austin. Tout le monde se tourna vers lui, surpris. Il baissa la tête, apparemment stupéfait de s'être emporté ainsi.

« Je suppose que chacun a sa version des faits, conclut Ted avec gentillesse. Tu ne veux pas que quelqu'un d'autre s'attribue le mérite, pas vrai, petit ? »

Austin s'enfonça encore plus dans le canapé.

« Tu travaillais si dur que ça ? » plaisanta Shen, donnant une petite tape sur la tête d'Austin. Mais celui-ci repoussa sa main d'un geste si brusque que les Speyer détournèrent le regard. Nan réprimanda son fils en chinois. Austin se tut.

« Que diriez-vous de passer dans la salle à manger ? » proposa Poppy.

Le passage à table se fit dans la plus grande agitation. Après beaucoup de remue-ménage, Ivy s'assit entre Gideon et Austin, face à ses parents et Meifeng. Ted et Poppy prirent place chacun à un bout de la table. Poppy avait disposé sur sa plus belle nappe un festin digne d'un magazine : dinde saumurée à la poire et au thym et rôtie à la perfection, croustillante et brun doré, sauce bourbon-romarin, gratin de choux de Bruxelles, deux sortes de salade, farce aux pommes et aux noisettes, purée de pommes de terre au beurre noir, haricots verts à l'ail et à la chapelure d'amande. Nan et Austin refusèrent de boire le cabernet millésimé de Ted mais les autres en burent un verre.

Shen s'extasia devant chaque bouchée et reprit de tout. Ivy et Gideon firent chacun leur tour le récit de leurs fiançailles, surtout pour les Lin, Poppy et Ted ayant déjà entendu l'histoire à maintes reprises. Puis on aborda le sujet du mariage. La cérémonie aurait lieu à St Stephen, la réception au dernier étage du Millenium Hotel. Ivy avait fait appel à une organisatrice de mariage au mois de septembre – démarche qui s'était avérée inutile puisque Poppy avait pris le contrôle des opérations avec courtoisie mais intransigeance. C'était elle qui avait suggéré le lieu, la date, la liste des invités, et qui avait envoyé à Ivy par e-mail les noms de chaque Whitaker et Speyer sous forme d'un énorme tableur à quatre colonnes qui indiquait leur âge, leur adresse et leur lien exact avec Gideon. « Ne serait-ce pas formidable, avait-elle dit à Ivy la dernière fois qu'elles avaient pris un café ensemble, si nous incorporions certains aspects de vos traditions à la réception – comme un petit spectacle ou une cérémonie ? » Ivy lui avait promis de réfléchir à des idées. Sans personne pour l'aiguiller au sujet des fastueux mariages américains et des traditions à l'œuvre, Ivy avait, sans l'ombre d'une hésitation, laissé la mère de Gideon s'occuper de tout, y compris semblait-il d'un hommage à ses racines chinoises.

Nan lança un regard insistant à Shen, dont le visage se fit grave.

« Ma femme et moi… nous voulons payer le mariage. » Au milieu du silence stupéfait, il ajouta : « Dans la culture chinoise, c'est à nous de nous en occuper. Notre fille est sous notre responsabilité. Nous serions honorés de payer. »

Gideon regarda Ivy. Poppy regarda Ted. Ted regarda Gideon.

Ted toussota. « C'est très généreux de votre part, Shen. Seulement, euh, dans notre culture… Nous partions de principe que Gideon et Ivy seraient responsables financièrement… Bien sûr, la décision leur appartient… C'est très généreux, vraiment…

— Très généreux », renchérit Poppy.

Ivy en fut estomaquée ; à en croire leur ton de voix, Ted et Poppy aussi. « On en parlera plus tard », déclara-t-elle, mais comme Gideon répondait, reconnaissant, qu'ils réfléchiraient à la proposition, Nan se mit à insister.

« Qu'est-ce que tu en penses ? » demanda Gideon, se tournant vers Ivy.

Elle sourit et hocha la tête, cherchant à dissimuler son étonnement. « Dans ce cas. Merci. Mama. Baba. » Gideon se confondit en remerciements et se leva pour serrer la main de Shen.

En fond sonore, Ted expliquait qu'il avait toujours cherché à inculquer l'indépendance financière à ses propres enfants, mais qu'il comprenait très bien – il décocha à Poppy un regard en coin – qu'un peu de générosité de la part des parents pouvait avoir son importance.

Ivy ignorait ce qui la troublait le plus – que ses parents, économes comme ils l'étaient, aient proposé de payer de leur poche un mariage pour deux cents invités, ou que Poppy, avec ses idées bien arrêtées sur la façon d'organiser les choses, n'avait eu aucune intention de participer financièrement. Jusque-là, l'organisation du mariage avait été une opération délicate, puisque Ivy ne pouvait se résoudre à parler franchement d'argent avec les Speyer. Le plus gênant avait toutefois été de faire face à des gens qui, comme Meifeng, manquaient de tact : sa grand-mère la harcelait au moins une fois par semaine pour savoir combien d'argent gagnait Gideon, ce à quoi Ivy répondait de manière évasive et d'un ton irrité, sans fournir aucun chiffre. En réalité, elle n'avait aucune idée du montant du salaire de Gideon ni de celui de son fonds en fidéicommis (ni même s'il en avait un) – il dépensait son argent facilement et résolument, s'opposait à de petites dépenses aussi souvent qu'il consentait aux grandes, ne révélant ainsi aucun indice sur sa situation financière. Que Meifeng s'en préoccupe autant alors que Nan n'avait même pas songé à interroger sa fille sur ce genre de questions d'ordre privé irritait beaucoup Ivy.

« J'espère que la réception sera à la hauteur de vos attentes, Nan, fit Poppy. Vous avez très bon goût, quelle merveilleuse veste Chanel…

— Ces chèques que tu nous envoyais chaque année, chuchota Meifeng à l'oreille d'Ivy, ta mère les a tous mis de côté pour toi. Et plus encore. »

Ivy ne put que hocher la tête avec raideur. Était-elle censée se mutiler pour montrer sa reconnaissance ?

D'abord le prêt pour couvrir son loyer pendant un an. Et maintenant ça. Je rembourserai chaque centime une fois que je serais devenue avocate, se jura-t-elle, se sentant soudain très insipide. Autour d'elle, les conversations se poursuivirent par paires ; tous avaient l'air vieux, fatigués, gris, leur peau pendait comme du papier mâché sous la lueur tamisée du lustre en cristal. « Les pistes sont très verglacées sur la côte Est, comparé au Colorado, disait Gideon. Est-ce que vous aimez skier, Nan ? »

Nan sursauta, surprise. « Appelle-moi "maman" ordonna-t-elle. Tu es mon fils, maintenant. »

On entendit une chaise racler brusquement le sol. Toutes les têtes suivirent Austin qui quittait le salon à grandes enjambées. « Tu cherches les toilettes ? » lui lança Ivy tandis qu'il s'éloignait. Mais il avait déjà disparu.

Nan ne quittait pas Gideon des yeux.

« Ah… d'accord fit celui-ci. Maman… » Il avala une grande bouchée de fromage de chèvre et, grimaçant, attrapa son verre d'eau.

« Regarde-le, il est au supplice », marmonna Meifeng.

Nan se fendit d'un sourire puis se tourna vers Poppy. Elle décrivit un large cercle avec ses mains. « Maintenant nous sommes tous une famille.

— Oui… » acquiesça Poppy, dont les cils presque invisibles battaient deux fois plus vite que d'habitude.

Ted s'éclaircit la gorge. « Tu peux m'appeler "papa", proposa-t-il à Ivy d'un air malicieux.

— Ce ne sera pas nécessaire », intervint Poppy. Elle

regarda autour d'elle avec une gaieté à toute épreuve. Qui veut de la tarte ? »

Quinze minutes plus tard, Austin n'était toujours pas revenu. Ivy demanda à sortir de table. Elle le trouva assis sur les marches de l'escalier, faisant mollement défiler l'écran de son téléphone.

« Qu'est-ce que tu fais ? Viens dîner. » Il ne bougea pas. « Allez », dit-elle, plus insistante. Silence. Elle lui prit le téléphone des mains mais il glissa et atterrit sur le sol avec fracas. Il ne chercha même pas à le ramasser.

« C'est mieux si je ne suis pas là. » Il était de nouveau en sueur, son teint blanc cendreux avait la couleur d'un ventre de poisson. Une goutte de sueur dégoulina le long de son cou et disparut à l'intérieur du col serré de sa chemise.

« Allons-y », répéta-t-elle, le prenant par le coude. Cela n'eut aucun effet ; il était trop costaud. Des éclats de rire leur parvinrent de la salle à manger ; le hâ hâ hâ caractéristique de Poppy dura plus longtemps que les autres. « Austin, reprit-elle d'un ton sec. Tu dois revenir à table.

— Pourquoi ?

— Tu fais partie de la famille.

— J'aimerais mieux ne pas en faire partie. »

Des paroles familières montèrent aux lèvres d'Ivy. Elle lui en voulait de lui faire rabâcher les mêmes choses toute sa vie. « Détends… » Elle ne put finir. Le visage d'Austin se contorsionnait, son menton tremblait ; il couvrait ses yeux d'une main. *Détends-toi un peu*, voilà ce qu'elle allait dire, une phrase enfantine qui semblait englober parfaitement tout ce qu'elle souhaitait pour son frère : de l'aisance, de l'assurance, savoir faire la différence entre ce qui avait de l'importance et ce qui n'en avait pas.

Avant qu'Austin ait eu le temps de se ressaisir, Poppy s'approcha d'eux, arborant son sourire empressé d'hôtesse. « Tout va bien ici ? J'ai cru que vous vous étiez perdus.

— Tout va bien », affirma Ivy. « Je suis désolé », dit Austin au même moment.

Poppy s'assit à côté d'Austin sur l'escalier. « Je parlais avec ta sœur tout à l'heure. Il paraît que tu aimes travailler avec les ordinateurs ? »

Austin jeta un coup d'œil à Ivy, qui hocha la tête. « Euh, si on veut, répondit-il.

— Mon cousin Spencer cherche un stagiaire pour son entreprise de logiciels à New York. Est-ce que ça pourrait t'intéresser ?

— Quel genre de stagiaire ?

— Tu sais, je ne lui ai jamais demandé de détails. Mais je suis sûre qu'il serait ravi d'en parler avec toi. »

Austin se mit à marmonner qu'il n'avait pas les qualifications nécessaires, ce à quoi Poppy dit : « Oh, tu apprendras sur le tas. Ils ne s'attendent pas à embaucher un stagiaire qui a déjà de l'expérience... Je crois que tu serais fantastique... » Comme Austin ne répondait pas, elle poursuivit : « Alors c'est décidé. Ivy me donnera ton adresse e-mail et Spencer te contactera directement. » Elle ramassa le téléphone d'Austin et le lui tendit. Austin fixa des yeux l'écran fissuré sans bouger. Poppy glissa un bras autour de ses épaules massives, d'abord hésitante, puis avec plus d'assurance quand, au lieu de se raidir, il baissa la tête. « Allons, allons », le réconforta Poppy. Ivy ne comprit le sens de cette remarque que lorsqu'elle vit les larmes couler du nez d'Austin et tomber sur ses genoux.

« Apporte-nous des mouchoirs, veux-tu, Ivy ? » chuchota Poppy.

À son retour, Austin s'essuyait le visage sur son pull, son blazer drapé sur ses jambes. Poppy lui parlait à voix basse ; il hochait la tête et se tordait les mains. Ivy n'entendit que les dernières phrases : « … entre nous… pas de quoi s'inquiéter. Pourquoi n'irais-tu pas te rafraîchir dans la salle de bains, ensuite nous irons prendre le dessert. Tu aimes la tarte aux pommes ?

— Oui », bredouilla Austin. Ivy aperçut le visage de son frère tandis qu'il se dirigeait vers la salle de bains ; on eut dit qu'un nœud en lui s'était enfin défait. Il parvint même à esquisser une petite grimace en guise de sourire d'excuse.

L'étonnement d'Ivy était tel qu'il effaça toute autre émotion. Tous ces cours ratés, ces projets méticuleux, ces visites chez le médecin, ces injections de vitamines, alors qu'Austin n'avait besoin de rien d'autre que d'une épaule maternelle sur laquelle pleurer ? Que Poppy lui tapote le dos de ses mains douces comme du beurre en disant *Allons, allons* ? Elle n'en revenait pas : le respect et l'oreille attentive que son frère cherchait depuis toujours lui avaient été prodigués, curieusement, par Poppy Speyer, la femme qui se préoccupait de savoir où trouver la cuillère en argent fin de style géorgien des années 1830 qui compléterait sa collection.

Pour la première fois de sa vie, Ivy comprit que son mariage avec Gideon, qu'elle avait protégé des Lin comme un dragon protège son plus précieux trésor, pouvait permettre, à elle ainsi qu'à sa famille, de se créer une nouvelle identité. Comme le disait Meifeng : un mariage réussi nourrit trois générations. Jusqu'à présent, elle ne l'avait pas crue.

17

Austin commença son stage juste après le Nouvel An. Chaque matin, il prenait le train de sept heures quarante jusqu'à Manhattan et rentrait le soir avec les autres travailleurs. Shen l'emmena dans les magasins d'usine acheter quatre costumes de couleur neutre, bleus et gris, des cravates en soie à rayures, des chaussettes en coton fines qu'Austin assortissait à ses cravates. Il avait besoin d'un nouveau téléphone portable – à cause de l'écran fissuré – mais aussi d'un nouvel ordinateur portable parce que le ventilateur de l'ancien ne fonctionnait plus. Le stage n'étant pas rémunéré, Nan lui confia une carte de crédit pour ses dépenses quotidiennes. Il aimait s'acheter un bagel et un smoothie au yaourt à Penn Station pour son petit déjeuner, et déjeuner dans un restaurant de sushis du centre-ville très apprécié du public. Et comme il se sentait coupable d'habiter chez ses parents alors que ses nouveaux collègues devaient payer leur loyer, il leur offrait souvent des plateaux de sashimis.

« Si tu voyais ton frère, fanfaronnait Nan quand elle avait Ivy au téléphone. Il est né pour travailler. Il va se coucher dès qu'il rentre à la maison et règle son réveil.

Il a acheté une planche à repasser et il repasse ses costumes tous les soirs. Et il s'est enfin fait des amis. Ils veulent partir en vacances au Mexique tous ensemble. Jamais personne ne l'avait invité en vacances. Baba a peur que le Mexique soit trop dangereux. Qu'est-ce que tu en penses ? »

Ivy se demandait comment ses parents pouvaient se permettre ces dépenses supplémentaires. À Noël, Nan lui avait envoyé l'argent pour le mariage, quatre chèques accompagnés de consignes très strictes : Ivy devait les encaisser à un mois d'écart pour que « les banques ne se doutent de rien. » Se douter de quoi, Ivy ne voulut pas demander. L'époque où elle avait accès au chéquier de sa mère était bien loin – les Lin faisaient sans doute des économies ailleurs – si bien qu'elle réprima ses pensées et affirma : « Austin se débrouillera très bien au Mexique… Je suis contente pour lui. » En effet, son frère répondait désormais à ses appels et semblait surexcité chaque fois qu'il lui parlait de son nouveau travail, qui consistait à aller chercher le café, faire des études de marché, écrire des comptes rendus longs de vingt pages ; tout le monde louait son comportement exemplaire. « Mon directeur, Allen, dit que si je continue comme ça, ils m'offriront peut-être un poste à plein temps une fois que j'aurai obtenu mon diplôme. » Ivy lui conseilla de ne pas s'emballer. Elle avait peur pour lui, peur de ses fragiles espoirs.

Peut-être était-elle mal placée pour donner des conseils, sachant qu'elle venait de passer les examens d'entrée en fac de droit et qu'elle les avait ratés, à tel point qu'elle avait effacé de sa boîte mail le message qui indiquait son score, puis l'avait de nouveau effacé définitivement de la poubelle. Quand Gideon l'interrogea sur ses résultats, elle répondit qu'elle n'était pas contente de son score – il eut la délicatesse de ne pas demander le chiffre précis – et qu'elle repasserait les examens en septembre. Il la prit dans ses bras. « Je suis fier de toi, tu n'abandonnes pas », dit-il.

Ce soir-là, ils allèrent boire un verre chez Dresdan. Ivy, qui ne voulait pas qu'on s'apitoie sur son sort toute la soirée, portait sa robe préférée en taffetas brun à manches travaillées et un ras-du-cou orné d'une clochette, comme un collier de chat, si bien que chaque fois qu'elle tournait la tête, la clochette faisait *da-ding da-ding*, le son joyeux des cloches d'église. Ivy avala un cocktail après l'autre pendant que Gideon, qui sirotait une bière, riait et lui conseillait de ralentir. Sa voix semblait plus grave que d'habitude ; ce bel homme en chemise blanche avec ses manchettes retroussées, la surface brillante de sa montre produisant un arc-en-ciel sur le mur de bouteilles d'alcool derrière le bar. « Tu es heureuse ? Tu es heureuse ? » demanda-t-il toute la soirée, et elle répondait : « Bien sûr. Je t'ai, toi. »

Elle confia également à Roux qu'elle avait raté ses examens. Comme elle pouvait s'y attendre, sa réaction fut complètement différente de celle de Gideon.

« Évidemment que tu t'es fait recaler. Tu serais nulle, comme avocate.

— Pourquoi ?

— T'as aucun raisonnement déductif. Tu agis sur des coups de tête et par passion. Tu te laisses intimider par les autres et influencer par les apparences extérieures. J'ai jamais compris pourquoi tu tenais à faire du droit. Enfin quoi, t'es sans doute une instit médiocre mais tu serais pire, comme avocate. Fais-moi confiance, j'en ai rencontré un tas dans ma vie et pour eux, le monde est un énorme objet piégé. Toi, tu verrais pas arriver un train de marchandises avant qu'il te rentre dans la figure.

En temps normal, Ivy aurait été furieuse d'entendre Roux se méprendre ainsi sur son compte, mais elle était soulagée de pouvoir enfin parler à quelqu'un de Dave et Liana Finley, ainsi que des autres amis de Gideon qui, pleins d'ambition, regardaient de haut son absence de réussite, et comment allait-elle obtenir un score suffisamment élevé pour lui permettre d'intégrer une bonne fac ?

« Dave Finley ? interrogea Roux, posant les jambes d'Ivy sur ses genoux pour lui masser les mollets. Le type du capital-risque ?

— Tu le connais ?

— Je l'ai vu à une vente aux enchères. »

Ivy leva les yeux au plafond et étala du caviar sur une chips de bagel. Roux aimait parfois faire allusion à ses allées et venues parmi la crème de la crème, histoire de lui rappeler son nouveau statut social. Gideon, lui, ne citait jamais personne. Gideon était allergique à toute forme d'autopromotion. Les clubs privés, le yacht, la maison « shabby chic » au bord de la mer, l'abonnement saisonnier aux matchs des Celtics – tout cela découlait des goûts naturels de Gideon, des goûts qui s'étaient affinés et transmis par l'éducation, de génération en génération ; Roux, lui, aimait savoir combien coûtaient les choses, combien de copies avaient été réalisées, combien de personnes se trouvaient sur la liste d'attente avant qu'il ne finalise un achat.

« Écoute, dit-il, lui tendant une serviette en papier. Tu voulais faire quoi, quand t'étais petite ? »

Que voulait-elle faire ? « Je n'en sais rien. » La seule chose dont elle se souvenait, c'était de vouloir être populaire. Et d'échapper à ses parents.

« Comment t'as commencé à enseigner ?

— Oh, comme pour le reste. L'occasion s'est présentée et j'ai pensé que ce serait un boulot facile en attendant d'y voir plus clair. »

Roux la dévisagea avec malice. « Pourquoi tu ferais pas ce que faisaient les femmes avant – la cuisine, le ménage, s'occuper des mômes. J'ai jamais rencontré de femme qui se soit plainte d'avoir un mari qui fasse bouillir la marmite.

— Les femmes que tu connais, rétorqua froidement Ivy, sont probablement trop stupides pour faire autre chose. Heureusement, mes amis à moi sont plus intelligents.

— Et moi qui pensais que t'avais de la ressource. Si c'est de l'argent, qu'il te faut…

— Tu veux devenir mon mécène ?

— Ce serait une solution.

— Pas pour moi. » Elle prit une olive, la mit dans sa bouche avant de la recracher dans sa serviette. Trop saumâtre.

Roux repoussa les jambes d'Ivy. « Tu sais ce que c'est, ton problème ? T'as jamais travaillé dur pour obtenir quoi que ce soit. Jusque-là, tu t'en es sortie grâce à tes mensonges et à ton intelligence. Tu crois que t'as eu une enfance difficile, mais t'as toujours été une privilégiée… »

Ivy éteignit la télévision.

Cela faisait des semaines qu'il se comportait ainsi : chaleureux, froid, tendre un instant, furieux celui d'après. Il avait toujours été lunatique, mais ses sautes d'humeur paraissaient plus intenses que d'habitude. Elles mettaient la patience d'Ivy à rude épreuve. Roux exprimait de plus en plus souvent son mécontentement quand elle refusait de passer la nuit chez lui ; il insistait pour l'emmener en balade dans une de ses voitures de luxe, qu'il gardait à l'abri dans le garage privé d'Astor Towers, et bien qu'Ivy ait toujours refusé par crainte de rencontrer une de ses connaissances, à présent Roux se rembrunissait et restait de mauvaise humeur jusqu'à ce qu'elle l'apaise par des moyens détournés – la plupart du temps, sexuels. Il avait aussi pris l'habitude de lui proposer des escapades exotiques. Il se plaignait d'avoir trop de travail – il prenait souvent l'avion quand Baldy (le surnom donné par Ivy à Baldassare Moretti) lui confiait des tâches – et voulait emmener Ivy à Cuba, en Toscane, à Marrakech, où vivait son ami Andre Pascal, qui l'avait invité à passer une semaine dans sa villa familiale. Roux trouva aussitôt des photos de Marrakech sur son ordinateur portable. Ivy s'extasia obligeamment sur celles de parapluies bleus sous un ciel trouble balayé par les sables, de villas en ruines de la couleur rouge orangé d'une mangue mûre, de mosquées ornées de vitraux à l'intérieur desquelles s'agenouillaient des hommes au teint olivâtre pour prier sur des tapis tressés. Elle avait l'impression d'y être, dit-elle, elle pouvait même sentir les figuiers et les dattiers qui ployaient par-dessus les murs du jardin.

« Je réserve tout de suite les billets, annonça Roux.

— Non.

— Pourquoi pas ?

— Il faut que j'étudie, Roux. Je viens de foirer mes examens, tu te souviens ?

— Ce serait juste pour une semaine.

— J'ai dit non. »

Il resserra son étreinte sur son poignet. « Tu vas me faire attendre encore longtemps ? »

Elle lui donna une tape sur la main. « Je te ferai attendre aussi longtemps que je le voudrai. »

Quand Roux jouait les martyrs, Ivy n'y voyait que la pavane d'un homme qui voulait manifester sa supériorité sur les femmes – chose qu'elle pouvait se permettre de ne pas prendre au sérieux, plutôt que de faire face à la réalité : il s'agissait là d'un homme désespéré qui en avait assez d'attendre la récompense qu'il pensait avoir amplement méritée.

Au début du mois de mars, l'une des start-ups du portefeuille de Dave Finley annonça une offre publique initiale imminente d'une valeur marchande d'un milliard de dollars. Pour fêter l'événement, Dave loua une suite prestigieuse au Gonford et invita tout Boston, semblait-il, à cette fête somptueuse. « Emmène ta petite Ivy et tous tes amis. Envoie les noms à Nancy pour qu'elle les ajoute à la liste des invités », indiquait l'e-mail qu'il avait envoyé à Gideon. Celui-ci avait invité, en plus de toute son entreprise,

Tom et Marybeth ainsi que Sylvia et son nouveau petit ami, Jeremy Lier, qui « bossait dans la tech » – quand il décrivit son travail à Ivy, elle eut plutôt l'impression que cela consistait à se filmer en train de jouer à des jeux vidéo et à lancer des choses du toit de son immeuble. Il affirmait qu'il tournait des documentaires.

Ivy n'avait pas prévu d'inviter Andrea. Ce fut Gideon qui le lui suggéra. « Je pense qu'elle s'amusera bien. Au pire, il y aura un tas de types célibataires. Sans parler du fait qu'ils seront tous millionnaires avant la fin de la semaine », ajouta-t-il d'un ton plein d'humour, sans la moindre trace de cynisme. Les nouveaux riches ne l'intéressaient pas ; en revanche, il comprenait qu'une femme célibataire en âge d'être mariée puisse accorder de l'importance à ce genre de choses. Ivy réprima sa réticence instinctive et répondit qu'elle poserait la question à sa colocataire.

Andrea s'était coupé les cheveux – un carré long qui retombait sur ses mâchoires en vagues plumeuses – et elle avait échangé sa garde-robe moulante et ultracourte contre des pantalons taille haute, des chemises d'homme, des mocassins en cuir verni noir à glands. Elle avait consulté un conseiller couleurs qui avait affirmé que sa saison était « automne frisquet », ajoutant qu'elle devait donc arrêter de porter des couleurs claires et des motifs de couleurs vives. Selon Andrea, la saison d'Ivy était « printemps limpide », ce qui voulait dire qu'elle devait éviter les habits noirs, qui représentaient justement la moitié de ses affaires. Le soir de la fête, devant le miroir triptyque de la chambre d'Andrea, Ivy se dit que son amie méritait de passer une bonne soirée. Son père venait d'avoir une crise cardiaque et elle avait pris l'avion pour Toronto afin de s'occuper de lui pendant deux semaines ; par-dessus le marché, elle avait pris l'habitude de s'enfoncer les doigts dans la gorge quand elle prenait des cuites, ressortant de la salle de bains avec le visage gonflé et les yeux injectés de sang. Si ce soir, songea Ivy, elle faisait pâle figure à côté d'Andrea, ravissante dans sa combinaison bleu marine à col roulé, les cheveux ondulant comme du taffetas, cela n'avait pas d'importance car rien de tout cela n'était réel : tôt ou tard, la véritable Andrea suinterait de sa coquille immaculée et gâcherait cette magnifique illusion.

À leur arrivée, la suite était déjà noire de monde, les invités se serraient les uns contre les autres comme sur une piste de danse de boîte de nuit tandis que des groupes de femmes légèrement vêtues poussaient Ivy en braillant : « Excusez-moi, excusez-moi ! » et que des hommes en sweat-shirt et baskets portaient quatre verres à la fois. Main dans la main, Andrea et elle se frayèrent un chemin à travers la salle jusqu'au gigantesque drapeau orné du logo de la start-up (un cube prismatique) qui flottait au-dessus de leurs têtes telle une bannière. Une brise venait d'énormes générateurs de vent positionnés aux coins de la suite et qui soufflaient de la fumée blanche sentant le bonbon à la pastèque. Gideon lui avait envoyé un SMS indiquant que lui et les autres se trouvaient sous le drapeau. Ivy retrouva Gideon, Sylvia et Tom debout autour d'une table haute blanc givré en forme de tulipe. La surface était à peine assez grande pour y poser quelques verres de vin.

Après que Gideon eut fait les présentations, Sylvia adressa un signe de tête à Andrea : « Jolie combinaison. Très rentre-dedans. »

Andrea choisit de le prendre comme un compliment et répondit par un sourire enthousiaste. « Et toi, tu es superbe ! Cette couleur saumon va parfaitement avec ton teint. » Elle entreprit alors de lui raconter en détail le rendez-vous avec le conseiller couleurs qui avait changé sa vie. À son regard impassible, qui ne fixait pas vraiment le visage d'Andrea mais un point au loin, Ivy comprit que Sylvia n'écoutait pas un traître mot.

« Andrea est l'amie violoniste dont je t'ai parlé », dit Ivy.

Sylvia sourit d'un air absent.

« Elle joue pour l'orchestre symphonique de Boston.

— Ah oui, je me souviens que tu m'en as parlé... »

Ivy s'adressa à Andrea : « C'est l'ami de Sylvia qui a composé l'album que je t'ai donné, *L'Horloger*.

— Ohhh ! s'exclama Andrea. J'ai adoré... »

Ivy se tourna vers Gideon et Tom. « Où est Marybeth ?

— Elle n'a pas pu venir, déplora Gideon.

— Elle déteste ce genre de soirée, précisa Tom avec un rictus censé exprimer son propre dédain. Je viens de passer vingt minutes à écouter un groupe de trous du cul se chier à la gueule parce qu'ils ne "voyaient pas les choses en grand" et affirmer qu'ils voulaient "révolutionner ceci" et "faire le bien" et "améliorer l'humanité". Ce qui ne les empêche pas de raconter aux filles combien ils ont de fonds propres dans cette petite entreprise. Dans la banque, au moins, les gens disent ce qu'ils pensent : *Je veux gagner du fric.* Un bon gros tas de fric qui pue la merde. » Remarquant l'air désapprobateur de Gideon, il se radoucit. « Je sais, je sais – vous êtes différents, vous. Les services de santé à but non lucratif… Je suppose que tu t'es résigné à vivre le restant de tes jours comme un moine aux pieds nus… »

Sylvia et Andrea avaient cessé de parler, ou plutôt, Sylvia restait silencieuse tandis qu'Andrea n'était pas longue à la détente au point de ne pas sentir le manque d'intérêt flagrant d'une autre femme. Pardessus la table haute, elle décocha à Ivy une sorte de sourire faussement enjoué qui reflétait son angoisse.

« Les documentaires de Jeremy avancent bien ? demanda Ivy.

— Sa vision des choses s'élargit, répondit Sylvia, tapotant un pétale de la tulipe de ses ongles rouges manucurés. Il compte se diversifier, ne plus s'en tenir aux start-ups mais filmer aussi de plus grandes organisations pour voir comment fonctionnent les équipes. Il veut filmer la grève des machinistes de chez Boeing dans l'Oregon. S'il le monte à temps, le film sera présenté l'an prochain au Festival du film de Berlin.

« Ça a l'air formidable, dit Andrea.

— Il est brillant, rétorqua Sylvia d'un ton méprisant. C'est un véritable visionnaire. Tout ce qu'il fait, il le fait à dessein. Il ne souffre pas de l'inertie qui afflige le reste du monde. La plupart des gens ne sont que des moutons qui se font passer pour des êtres intelligents, en attendant de se faire égorger. »

Andrea eut un rire hésitant. « Tu as tout à fait raison.

— On dirait le bon gros tas de merde dont je parlais tout à l'heure. »

Sylvia sourit de toutes ses dents. Elle aurait très bien pu lui jeter de l'eau à la figure. Au lieu de quoi, son regard glissa sur Tom sans s'arrêter et elle fit signe à un homme qui s'approchait d'eux avec des cocktails mousseux décorés de tranches de fruits. Ivy pensa qu'en dehors de ses yeux verts, Jeremy Lier ressemblait beaucoup à Roux – grand, mince, le contour lisse de ses larges épaules s'effilant jusqu'à sa taille fine. Comme Roux, il s'habillait avec une sorte d'indifférence décontractée, baskets, bonnet gris et besace en velours côtelé, mais Ivy savait pertinemment qu'il n'avait rien d'un artiste maudit. Avec ce beau monde, l'argent coulait de toute évidence à flots, bien qu'on n'évoquât jamais les moyens par lesquels il était obtenu.

« Oups, je ne savais pas qu'il en fallait deux de plus », s'excusa Jeremy en distribuant les cocktails. Andrea proposa d'aller en chercher pour Ivy et elle afin d'éviter à Jeremy de repartir. « Je peux t'accompagner », proposa Ivy, mais Andrea répondit que ce n'était pas nécessaire. Elle semblait soulagée d'avoir quelque chose à faire. Avant même qu'elle eût parcouru trois mètres, un homme maigrichon chaussé de lunettes à monture noire l'aborda avec un sourire affecté. Il portait un des t-shirts jaunes distribués gratuitement aux invités dans le vestibule, dont le slogan disait SWINGBOX, VOTRE NOUVELLE RÉALITÉ.

« Eeet voilà, on ne la reverra plus de toute la soirée, murmura Ivy à l'oreille de Gideon.

— Ça ira pour elle ?

— C'est une grande fille. » Ivy lui décocha un grand sourire. « Ne gâchons pas son plaisir. »

Un célèbre DJ monta sur scène et l'assistance déferla sur la piste de danse. Sylvia et Jeremy partirent à la recherche de la piscine chauffée. Tom se querellait avec un homme aux cheveux argentés au sujet de l'enjeu déontologique de la vente de données récoltées sur les réseaux sociaux. Gideon consultait son téléphone, sans doute pour vérifier ses e-mails. Il paraissait fatigué ; la lumière qui se reflétait sur leur table tulipe blanc givré baignait ses pommettes saillantes d'une lueur de marbre froid. Ivy se blottit contre lui et passa son bras autour de sa taille. Dans des moments pareils, au milieu d'une foule d'inconnus tapageurs, elle éprouvait toujours le besoin de chercher son contact, pour se rassurer en quelque sorte.

Elle vit, sur la plateforme trapézoïde à l'autre bout de la pièce, la silhouette imposante de Liana Finley qui se déhanchait dans un kimono de soie très ouvragé. Elle avait un boa de plumes lové autour du cou comme une hermine bleu-noir. Gideon dit à Ivy qu'il devait aller aux toilettes. « Ça ira ? » lui cria-t-il à l'oreille.

Ivy indiqua la plateforme d'un geste. « Je vais aller danser avec Liana.

— Je te retrouve là-bas. » Gideon lui lâcha le coude.

Ivy alla se chercher un verre au bar, puis se faufila au milieu de la foule de corps en sueur. Liana l'aida à monter sur l'estrade. Sans un mot, elle passa son boa autour du cou d'Ivy et s'approcha d'elle en dansant, les bras levés, la tête rejetée en arrière. Des sifflets résonnèrent à l'autre bout de la pièce. Quelqu'un hurla : « Vas-y, Liana ! » La musique se fit plus forte encore. Ivy riait, les vapeurs de champagne lui chatouillaient agréablement la gorge. Elle sentait les regards admiratifs de centaines de personnes sur son corps qui ondulait, collé à celui de Liana. Si seulement elle pouvait se sentir ainsi en permanence, comme si elle volait en rêve, laissant errer à travers la pièce son regard à la fois détaché et émerveillé, jaugeant ceux qui la jaugeaient avec une satisfaction mutuelle. Au plafond, des néons éblouissants se mirent à clignoter, des filles poussèrent des cris, et à la faveur d'un de ces parfaits éclairs de lumière, Ivy aperçut Roux dans un coin, qui la regardait danser.

C'était bel et bien lui. N'est-ce pas ? Elle avait pu se tromper. Un nouvel éclair jaillit, et elle vit, encore une fois, le visage de Roux, la tignasse noire, la grande silhouette pâle en t-shirt blanc et jean noir.

Elle s'arrêta de danser. La hanche de Liana vint cogner douloureusement contre la sienne. Liana tourna le menton d'Ivy vers elle. Comme les gens paraissaient inhumains quand on les voyait de près. Tout jugement esthétique perdait son sens quand le visage se réduisait à des formes, des courbes et des lignes ; c'était comme regarder la tête d'un animal de ferme, complètement vide de sens. Ivy tenta de synchroniser ses mouvements sur ceux de Liana, mais elle était déconcentrée et n'entendait plus la musique ni les gens qui hurlaient. Le regard de Roux l'avait enfermée dans une boîte invisible, l'isolant du monde extérieur. Elle se défit du boa de Liana et sauta de l'estrade. Un homme tendit le bras sous prétexte de l'empêcher de tomber, cherchant en réalité à faire glisser sa main sur ses fesses. Elle tenta de trouver Roux, mais malgré ses talons de dix centimètres, elle était encore trop petite pour voir autre chose que l'énorme drapeau qui flottait dans le vent artificiel. Elle l'avait perdu.

Elle se rendit dans chaque pièce de la suite de luxe avant d'apercevoir Jeremy et Sylvia qui faisaient trempette dans le jacuzzi près d'une piscine où la fête battait son plein.

« Où est-ce que vous avez trouvé des maillots de bain ? demanda-t-elle, se penchant tant bien que mal dans sa robe courte.

— Ils les donnent là-bas », répondit Sylvia, indiquant une table le long du mur derrière laquelle deux filles d'Europe de l'Est en uniforme de femme de chambre distribuaient des maillots une pièce et des shorts de bain fluorescents. Quelques hommes qui faisaient la queue, ne pouvant attendre plus longtemps, se déshabillèrent et sautèrent dans la piscine, entièrement nus.

« Dégoûtant, commenta Sylvia. C'est pour ça qu'on n'est pas allés dans la piscine. » Elle dévisagea Ivy, encore agenouillée maladroitement au-dessus d'eux. « Saute », suggéra-t-elle.

Ivy hésita. Elle n'avait pas envie de rester mais ne voulait pas non plus retourner dans la foule. L'odeur chaude et musquée du chlore lui rappela le gymnase de l'école. Une odeur réconfortante. Elle enleva ses chaussures, s'assit au bord du jacuzzi et plongea ses jambes dans l'eau bouillonnante. Jeremy et Sylvia discutaient de tout et de rien, faisant peu d'effort pour inclure Ivy dans leur conversation. Cela ne la dérangeait pas. Son esprit vagabondait ici et là tandis qu'elle regardait les filles qui posaient pour des photos au côté de jeunes hommes au teint terreux vêtus de t-shirts jaunes ; des hommes qui, selon Gideon, seraient millionnaires avant la fin de la semaine. L'arrogance pointait déjà le bout de son nez, avant même l'arrivée de l'argent – cela se voyait à l'imprudence avec laquelle ils s'attrapaient et se poussaient dans la piscine, conscients qu'on les observait, et enfourchaient des bouées en forme de flamants roses. Ivy écoutait d'une oreille distraite quand Sylvia dit à Jeremy : « … au moins, c'était un grand défenseur des arts. Vous vous seriez bien entendus, tous les deux.

— L'Italien qui était dans la mafia ?

— Il était roumain. »

Ivy tourna brusquement la tête vers Sylvia. « Qui ça ?

— Ce type avec lequel je sortais, Roux Roman. Ah mais oui, tu l'as rencontré… Ivy a passé quelques jours à Cattahasset, l'été dernier », expliqua-t-elle à l'intention de Jeremy. Elle semblait avoir totalement oublié qu'Ivy et Roux se connaissaient déjà, bien avant qu'elle-même ne le rencontre. « Bref, mon cousin Francis travaille pour la brigade des stupéfiants et il a fait des recherches sur lui. Roux travaille pour une bande d'usuriers. Ils possèdent des restaurants – une fromagerie dans le North End, des sandwicheries – qui leur servent de couverture. Ils ont aussi des casinos à Vegas. Au début, j'ai été surprise qu'ils laissent entrer un outsider comme lui, mais je suppose que leur lignée se réduit… Et puis il y a cette histoire de vieux entrepôts, ceux qu'il a achetés pour les convertir en épicerie – oh merde, le revoilà… Tu crois qu'il me suit ? »

En effet les yeux de lynx ambrés de Sylvia avaient repéré Roux, debout près de la grappe de ballons jaunes et blancs en périphérie d'un petit groupe de personnes.

« Tu crois qu'il est là pour toi ?! s'enquit Ivy, incapable de dissimuler son incrédulité.

— Tu as une autre explication ? répliqua Sylvia, plissant des yeux. Il m'est déjà arrivé de demander des injonctions d'éloignement.

— Est-ce qu'il t'a abordée ?

— Pas encore, reconnut Sylvia. Je l'ai vu arriver il y a un moment. Mais je sais qu'il ne va jamais à ce genre de soirée… et il savait que je serais là ce soir pour soutenir Gideon.

— Tu me rends jaloux », dit Jeremy, lui embrassant les cheveux. Sylvia lui gratta le menton.

Les yeux verts de Jeremy s'écarquillèrent de joie. « Tu crois que ce type a déjà tué quelqu'un ?

— Je suis sûre que oui. La seule fois où je suis allée chez lui à Evansville, j'ai vu deux ouvriers, sauf qu'ils étaient en costume-cravate, qui versaient du béton sur le sol de sa cave. En dessous, il y avait de la terre, rien d'autre. En tout cas, rien qui n'ait déjà été enterré… » Elle braqua son regard sur le dos de Roux, comme pour le défier de venir la contredire, mais il ne se tourna pas vers eux ; pourtant, Ivy était persuadée qu'il les avait vus en entrant dans la pièce.

« Ça serait intéressant de filmer la mafia de Boston, déclara Jeremy. Si je pouvais me débrouiller pour avoir accès… au grand chef. Tu crois que ce mec serait d'accord pour me parler ? En interview ?

— J'en doute, chaton. » Sylvia s'éventa avec ses mains. « Je suis en train de cuire. On y va. »

Ivy sentit qu'il lui fallait continuer à bouger, comme un requin qui mourrait dès l'instant où il se reposerait. Elle se souvint que Gideon devait la chercher sur la plateforme où elle avait dansé avec Liana. Combien de temps s'était-il écoulé depuis leur séparation ? Elle retourna sur la piste de danse, mais Liana était partie, et à sa place, une petite bande de femmes portant les maillots de bain promotionnels dansaient comme des folles, pieds nus, éclaboussant la foule en délire de gouttelettes d'eau de piscine avec leurs longs cheveux.

Gideon ne faisait pas partie de la foule. Ivy se dirigea tout droit vers un coin de la pièce, puis un autre, pour se donner l'air d'avoir un but. Elle aperçut Andrea sur un canapé-lit gonflable, au côté du jeune homme maigrichon rencontré plus tôt. Assis en tailleur, il aurait pu passer pour le petit frère d'Andrea ou son fils adolescent. Une femme bien en chair aux cheveux lavande heurta Ivy de plein fouet. Elles se mirent à parler des dangers d'une piscine intérieure. La femme lui tendit son joint électronique. Ivy tira deux longues bouffées avant de le lui rendre. « J'adore tes cheveux. Ma coloc te décrirait comme un « hiver fringant ». » La femme sourit : « Viens. » Ivy la suivit dans les escaliers. Elles grimpèrent, et grimpèrent encore, se tenant à la rampe en fer forgé qui semblait décrire une spirale sans fin sous le dôme de verre du plafond. « Ma petite Ivy ! » s'écria une voix masculine au-dessus de leur tête. Dave Finley se tenait sur la dernière marche dans un costume couleur mandarine, dont le col ouvert laissait entrevoir sa peau tachetée de vieil homme.

« Très heureux de te voir, ma chère ! Je ne t'ai pas encore félicitée pour tes fiançailles. »

Il l'avait félicitée, à maintes reprises, mais elle le remercia quand même. Elle regarda derrière elle. La femme aux cheveux lavande l'avait abandonnée.

« Est-ce que vous avez vu Gideon ? demanda-t-elle.

— J'ai dit à Gideon, l'été dernier : "Tu t'es trouvé une licorne, Gideon. Une femme belle, intelligente, et douée de bon sens par-dessus le marché. Une rareté absolue." Il leva un pistolet en plastique jaune qui lançait des bulles de savon et visa les cheveux d'Ivy.

« Arrêtez », dit-elle, avalant une bulle.

Il appuya sur la détente, encore et encore et encore.

« *Arrêtez.* »

Il l'attrapa et écrasa sa bouche contre la sienne. « Comme tu es belle, souffla-t-il. J'ai une suite, ici, au huitième étage, si tu veux visiter.

— Vous êtes complètement saoul, rétorqua Ivy en riant, cherchant à traiter l'incident comme une plaisanterie. Vous avez vu le boa de votre femme ? Il est fabuleux.

— Quoi ?

— Est-ce qu'il est en fourrure ou en plumes d'oiseau ? Les gens ne portent plus de fourrure, de nos jours, ils trouvent ça cruel. En tout cas, Liana ressemble à une superbe autruche. Avec son long cou et sa petite tête fine… »

Comme elle s'y attendait, Dave ne supportait pas

d'entendre une femme papoter quand il avait beaucoup trop bu ; il interrompit Ivy en tirant un coup de pistolet au plafond et en criant le nom de sa femme.

Ivy s'enfuit. Enfin, elle atteignit le toit. Là, sur de confortables fauteuils de jardin à l'abri d'une lampe chauffante, étaient assis Gideon et Tom. « Je t'ai cherché partout, lança-t-elle, essoufflée, craignant de partir à tout moment d'un rire incontrôlable.

— Tu devrais me remercier, Ivy, dit Tom. Je viens de sauver ton fiancé, qui a failli se faire mettre en pièces par un groupe de cougars affamées. On a réussi à filer in extremis.

— Merci, Tom. Merci d'être toujours là pour sauver Gideon. Tu es un vrai héros. »

Les lèvres de Gideon bougèrent mais elle ne put se concentrer sur ses paroles. Un chuintement emplit ses oreilles, comme le vent soufflant sur un champ d'herbes hautes.

« Je ne t'entends pas, ici, dit-elle. On peut aller parler ailleurs ? »

Gideon se leva et lui prit le bras. « Là. » Il la guida vers l'aire d'attente devant les toilettes. « Tu te sens bien ? »

Elle répondit qu'elle avait bu un verre de trop et se sentait nauséeuse. Apercevant une silhouette aux cheveux sombres derrière Gideon, son cœur tressaillit. Mais ce n'était qu'une femme de chambre, les bras chargés de serviettes tachées d'un liquide qui ressemblait à du Tang.

« Viens, on va te mettre un peu d'eau sur le visage », suggéra Gideon. Comme elle ne bougeait pas, il l'emmena dans les toilettes pour femme.

« Je suis tombée sur Dave, dans les escaliers, dit-elle.

— Ouais, je l'ai vu tout à l'heure. Il est bien éméché.

— Tu savais qu'il avait une suite au huitième étage ?

— Ah bon ? Ça doit être sympa. »

Il sait, pensa Ivy, les yeux rivés sur le visage impassible de Gideon. Il sait et il ne veut pas que je lui dise. « Viens là. » Elle poussa Gideon dans une des cabines et referma la porte derrière elle. Il fut d'abord plus perplexe qu'abasourdi ; puis, comprenant ce qu'elle attendait de lui, son visage se détendit. Il prit les mains d'Ivy et les porta à ses lèvres. Mais elle ne voulait pas de tendresse. Elle se dégagea et s'accroupit à hauteur de ses hanches, baissa son pantalon et le prit dans sa bouche. Elle se montra particulièrement brutale ; la chair froide et spongieuse qui durcissait et appuyait contre sa langue l'excitait autant qu'elle l'écœurait. Les mains chaudes et confortables qui encerclaient sa tête lui donnaient l'impression de porter une couronne. Une minute plus tard, elle se leva et le guida en elle, une jambe passée par-dessus sa hanche, le dos contre la cloison. Ils bougèrent à l'unisson, avec des gestes lents, puis, son excitation allant crescendo, elle posa l'autre pied sur le bord de la lunette des toilettes. Il se retira. Elle essaya de nouveau, mais dans la mêlée, Gideon se cogna le coude sur la cloison et laissa échapper un petit cri. « Allez faire ça ailleurs, c'est dégueu », lança une femme dans la cabine voisine. Gideon se pétrifia. Il pâlit, ferma la bouche, honteux. Ivy regarda son fiancé comme si elle le voyait de très loin. Son humiliation l'attrista.

Elle était triste qu'il soit humilié et triste d'en avoir été la source.

Il remonta son pantalon sans un mot. Elle défroissa sa robe. Comme des voleurs filant chacun de leur côté, ils rejoignirent en douce la fête pour se fondre dans la foule anonyme.

18

« Pourquoi tu étais là, hier soir ?

— On m'a invité.

— Qui ça ?

— Le maire en personne. Une invitation plaqué or livrée sur un plateau-repas. Tu veux la voir ?

— Ce n'est pas pour ça que tu es venu. »

Roux écarta les doigts comme pour dire *Tu m'as eu*. « T'as raison. Je voulais te voir dans ton environnement naturel. Dans une robe de pétasse. En train de danser sur la table. De baver sur l'abondance d'hommes riches. Jette un lasso et t'en choperas un. Est-ce qu'ils ont glissé des billets dans tes sous-vêtements ?… Oh, attends. T'en portais pas. » Il arborait un sourire narquois mais un regard cruel loin d'être amusé.

« Ça s'appelle un podium, corrigea Ivy.

— Quoi ?

— Je ne dansais pas sur une table. »

Roux éclata de rire, incrédule. « Gideon était là, au moins ?

— Oui.

— Quel minable.

— Tu es vert de jalousie, le tança gentiment Ivy. Et ça te donne l'air d'un vilain kangourou vert.

— Arrête de m'appeler comme ça. »

Elle prit son temps pour allumer une cigarette et lui souffla la fumée dans les yeux. « Pourquoi ? Avec ton argent sale et tes invitations plaqué or envoyées par le maire de Pègre-Ville, tu n'es rien d'autre qu'un vilain kangourou vert. »

Il la gifla. Une grosse claque sur la joue gauche. La tête d'Ivy bascula sur le côté. Elle eut conscience que sa cigarette s'était échappée de sa main et avait roulé sur l'oreiller. Elle porta sa main à sa joue. La peau était chaude et collante, la douleur d'abord inexistante, puis féroce.

Elle se jeta sur lui, les bras levés, s'attaquant à ses cheveux. Elle se battit comme un animal, les yeux fermés, lançant des coups à l'aveugle, silencieuse hormis le souffle furieux qui sortait de ses narines. Roux lui attrapa les mains et les immobilisa contre ses hanches. Elle tenta de lui mordre le bras. Il la poussa, face contre le matelas. Les jambes d'Ivy s'agitèrent mais ne rencontrèrent que du vide. « Ça suffit ! » hurla-t-il.

Lorsqu'il s'aperçut qu'elle ne se débattait plus, il la relâcha lentement. L'oxygène emplit les poumons d'Ivy avec un sifflement gênant. Elle voulut se lever, réagir, mais se trouvait incapable de bouger le moindre muscle. Par-dessus les battements de son cœur galopant, elle entendit le tic-tac de l'horloge du salon.

Roux lui colla son visage sous le nez. « Ça va ?

— Ne m'approche pas.

— Regarde, s'emporta-t-il, lui montrant son profil.

Je saigne. » C'était vrai. Elle vit les entailles qui couraient sur sa joue en deux courbes parallèles, telles des traces de ski rouges, qu'il couvrit d'une main pour empêcher le sang de tomber sur les draps.

Il voulut lui prendre la main, mais se ravisa quand elle sursauta. « Je vais te chercher de la glace », lança-t-il d'un ton inexpressif avant de disparaître dans la cuisine.

Elle l'entendit fouiller dans le réfrigérateur, ouvrir et fermer les placards. Qu'est-ce qui venait de se passer, exactement ? Existait-il un manuel qui expliquait comment réagir quand votre amant vous giflait ? Que ferait Sylvia à sa place ?

Elle resta allongée un instant avant que, poussée par une curiosité morbide, elle n'aille s'examiner dans le miroir de l'entrée. Le côté gauche de son visage était marbré de rose et couvert de mascara et de rouge à lèvres. Elle essaya de se recoiffer avec les doigts mais ceux-ci étaient trop raides. Elle ressemblait à une femme violée. Ou à une femme ravagée. Ce qui en gros revenait au même.

Roux reparut avec une poche de glace. Il avait essuyé le sang sur son visage, mais les griffures et les morceaux de cuir chevelu de la taille d'une pièce de dix *cents*, qui apparaissaient là où les cheveux avaient été arrachés, étaient blancs et grumeleux, comme du tofu, et mouchetés de sang. Leurs regards se croisèrent dans le miroir ; ils s'immobilisèrent un instant devant ce portrait licencieux. Les yeux gris et durs, attachés au moindre mouvement d'Ivy, semblaient dire qu'elle le méritait, qu'il ne regrettait rien, qu'il le referait volontiers, et pire encore.

Sylvia se montrait parfois froide et indifférente ; Ivy se rappelait la façon mécanique dont son visage s'était recomposé quand Roux l'avait plaquée devant toute sa famille. Peut-être était-ce Roux, et non Sylvia – comme elle l'avait cru – qui avait été à l'origine de leur versatilité. Roux, qui n'avait pas connu son père et qui ne savait que recourir à la violence sordide.

Ivy regagna le salon. Roux lui emboîta le pas.

« Tu veux regarder un film ? » demanda-t-il, la voyant regarder l'écran de la télévision. Elle ne cherchait qu'à voir son propre reflet.

« D'accord. »

Roux tamisa les lumières. C'était un film français qu'ils avaient déjà vu et qui parlait d'une lycéenne, devenue prostituée par ennui, qui tuait accidentellement son client septuagénaire pendant leurs ébats. Au beau milieu du film, Roux glissa sa main sous le t-shirt d'Ivy et lui toucha le sein. Ils firent l'amour sur le canapé, vite, dans l'urgence, sans préliminaires. Les flammes de la cheminée à gaz vacillèrent sur le corps nu de Roux, illuminant sa peau de marbre blanc, sa poitrine puissante, son corps bien plus massif que le sien. Os pour os, chair pour chair, il pouvait l'écraser s'il le voulait. Il pouvait la tabasser, l'asphyxier avec son oreiller, lui éclater le crâne contre le mur ; il avait la capacité de faire tout cela et elle n'aurait pas la force de l'en empêcher.

Il lui attrapa la jambe et s'en entoura la taille. Ils roulèrent au sol. *Je t'aime*, murmura-t-il, plantant ses dents dans son cou. Elle enfonça ses ongles dans ses cuisses charnues, glissantes de sueur, au point de le faire grogner de douleur et de plaisir. Quand ils eurent terminé, il s'écarta et ils restèrent étendus au sol, côte à côte, à quelque distance l'un de l'autre, haletant en direction du plafond. Le générique du film démarra en fond sonore. Ivy put voir la dernière scène – l'héroïne, souple et virginale, allongée au lit à côté du corps sans vie de son amant, fumait une cigarette tandis que les voitures de police se garaient devant chez elle – avant le fondu au noir. Roux et elle regardaient souvent ce genre de film étranger. La langue inconnue, le détachement des personnages, les relations sexuelles décrites comme un acte clinique, tout cela la déprimait, bien qu'elle y trouvât également un certain réconfort. D'une certaine façon, ces films illustraient sa propre réalité.

Quand sa mère lui donnait une correction, Ivy savait au moins qu'on la laissait tranquille quelques jours. En cas de raclée particulièrement violente, il arrivait même à Nan de lui préparer ses plats préférés et de l'autoriser à regarder la télévision avant de faire ses devoirs. Nan ne se justifiait pas ; elle ne s'excusait pas non plus. En revanche, la culpabilité de Roux le rendait agressif. Il voulait qu'Ivy comprenne exactement pourquoi il avait agi ainsi, pourquoi il l'avait frappée, pourquoi elle le rendait fou – c'était parce qu'il l'aimait. Voilà ce qu'il lui avait dit alors qu'ils faisaient l'amour, ce qui, comme tout ce qui pouvait être confié dans ces moments-là, ne comptait pas. Pourtant, admettre ses sentiments avait semblé libérer en lui une possessivité masculine jusqu'alors inexploitée. Il ne l'avait encore jamais courtisée, n'avait jamais cherché à être son petit ami, mais à présent, son romantisme ne tarissait plus.

Le lendemain de leur dispute, au matin, Ivy reçut un colis FedEx expédié le jour même sans adresse de retour. À l'intérieur, elle trouva une paire de boucles d'oreilles dans une boîte en velours noir. En forme de grue en origami, chacune avait la taille d'un dé à coudre. Les contours du bec de la grue, les angles droits de ses ailes, la surface saillante de sa queue dessinaient un mouvement vers l'avant, comme si l'oiseau s'apprêtait à prendre son envol. Elle sut aussitôt qui les avait envoyées. Ce qui l'effrayait était que Roux avait son adresse. Elle jeta un coup d'œil de l'autre côté de la rue, où les hommes aux SUV fumaient à leur endroit habituel. Les ayant vus entrer et sortir de la maison, elle s'était dit qu'ils traficotaient quelque chose à l'intérieur. À présent, elle se demandait si Shen avait eu raison de les appeler des gangsters. Et s'ils étaient bel et bien des gangsters, faisaient-ils affaire avec Roux ? Elle s'empressa de fermer les rideaux.

La semaine suivante, Roux appela tous les jours, demandant à la voir. Au début, elle décrochait et inventait des excuses – elle avait ses règles, quelque chose de prévu, des problèmes de voiture. Il l'accusa de mentir : *T'es une putain de mythomane, tu sais ?* Elle l'accusa d'être un misogyne féroce. Puis elle lui demanda d'arrêter d'appeler ; comme il refusait, elle menaça de bloquer son numéro. « Essaye un peu, tu verras bien ce qui va se passer », fut sa réponse glaçante.

Elle vendit les boucles d'oreilles en forme de grue à un prêteur sur gages. Avec l'argent, elle se rendit dans une boutique de luxe de Back Bay, où elle acheta une robe de soirée en organza rose, des talons aiguilles Ralph Li-Ping en cuir verni, et une pochette en croco. Ce serait sa tenue au mariage des Cross, un événement qu'elle redoutait depuis des mois, mais où elle avait désormais hâte de se rendre pour échapper à Roux. Maintenant qu'il connaissait son adresse, elle vivait dans la crainte qu'il vienne frapper à sa porte quand Andrea était là, ou pire encore, quand Gideon était de passage. La ville elle-même semblait l'oppresser, hostile avec ses bruits discordants, les foreuses sur les chantiers, les sirènes de police. Chaque soir, elle rayait un jour sur son calendrier. Le 22 mai, le jour de son mariage, était entouré d'un cœur rouge. Plus que soixante-douze jours, se dit-elle. Elle le répéta comme une prière : Soixante-douze jours. Soixante-douze jours. Soixante-douze jours.

Il avait plu, ce matin-là à Kauai, à l'atterrissage, mais dès le début de l'après-midi, le soleil inondait la cathédrale St Mary à travers les vitraux. La tante de Marybeth, celle à qui ils avaient rendu visite dans son ranch du New Hampshire l'été précédent, était assise à côté d'Ivy sur le banc en bois de cerisier noir. Elle n'arrêtait pas de cogner le coude d'Ivy chaque fois qu'elle levait son miroir de poche pour se repoudrer le visage avec une poudre bronzante parfumée à l'amande. « Êtes-vous une amie de la mariée ou du marié ? » chuchota-t-elle, ce à quoi Ivy faillit répondre : *Ni l'un ni l'autre.* Elle se contenta de dire qu'elle était la fiancée du témoin. « Le très beau blond ? » interrogea la tante. Ivy hocha la tête fièrement. Gideon, devant l'autel en compagnie des autres témoins, était en effet très beau avec son costume gris sur mesure, les mains jointes devant lui, l'air grave. Il avait assurément meilleure allure que le marié, qui portait son smoking comme une camisole de force, les bras raides collés aux côtés.

Alors qu'Ivy attendait que Marybeth passe les portes, elle sentit son téléphone vibrer dans sa pochette. La tante de Marybeth ajusta son appareil auditif, cherchant d'où venait le bruit. L'organiste se mit à jouer la *Marche nuptiale* de Mendelssohn et l'assistance se leva. Le temps d'éteindre son téléphone, Ivy suivit le mouvement. Une exclamation de joie parcourut la salle. Inondée de dentelle et de perles de la tête aux pieds, Marybeth ressemblait à une peinture préraphaélite avec sa chevelure orange foncé ondoyant sous un voile de tulle de soie ivoire long d'un mètre cinquante, aboutissement de milliers d'heures de travail pour la main-d'œuvre chinoise qui avait brodé toutes ces cascades de fleurs délicates. Son bras ganté tenait celui de son père, un homme à l'air jovial et aux yeux bleus ronds peu espacés. Les larmes qui coulaient sur ses joues finissaient leur course dans le nœud papillon autour de son gros cou. On dit que les filles veulent épouser des hommes qui ressemblent à leur père ; Ivy imaginait bien Tom d'ici une vingtaine d'années, avec le même cou épais, les mêmes joues rouges parsemées de taches de rousseur. Mais le temps ne le rendrait pas jovial. Ivy avait rencontré peu de personnes aussi malheureuses que lui. Et pourtant, elle ne pouvait pas le plaindre. Sa morosité, contrairement à celle d'Andrea, d'Austin et même de Roux, avait quelque chose de malveillant. Il avait besoin de faire du mal aux autres. En cela, Tom Cross et Nan avaient un point commun.

Ivy avait un jour demandé à Marybeth ce qui lui avait plu chez Tom quand elle l'avait rencontré pour la première fois. « Il déteste les idiotes, avait répondu Marybeth, les fortes en gueule, les aguicheuses, les grosses, les catholiques, les Juives, les femmes qui ronflent, celles qui ne tiennent pas l'alcool… tu vois le topo. Je me suis dit : Au moins, je n'ai pas de souci à me faire, il ne va pas me plaquer pour une poufiasse. Bien au contraire. Bref, quand il a insisté pour sortir avec moi, j'ai pensé que je devais avoir un truc en plus. Alors j'ai décidé de lui accorder une chance. Mais je me suis toujours demandé : pourquoi moi ? Je suppose que si je l'épouse, c'est pour obtenir la réponse. » Alors que Marybeth s'avançait vers l'autel d'un pas léger, sur son petit nuage de bonheur et de sérénité, Ivy repensa à ces paroles. Drôle de raison pour se marier. D'un autre côté, de nombreuses personnes se mariaient pour moins que ça.

La cérémonie fut ennuyeuse – ils avaient déjà eu droit à l'hymne processionnel à l'arrivée à St Mary, et maintenant, il fallait endurer les lectures de la Bible, l'échange des vœux, l'échange des bagues, une nouvelle prière, la bénédiction nuptiale, encore des prières, encore des chants. Quand Ivy ne regardait pas Gideon, elle ne pouvait s'empêcher d'observer le père de Tom, dont la voix grave de baryton résonnait plus fort que toutes les autres dans la pièce quand il chantait *Ave Maria.* Pendant la messe, il ferma les paupières mais ses lèvres continuaient à s'agiter en silence ; de temps à autre, il faisait un geste vers le plafond comme pour diriger un orchestre invisible. Dans son discours, lors de la réception, le vieux Cross déclara que son fils était dévoué à Dieu, qu'il avait foi en cette institution sacrée qui respectait la volonté de Dieu, que lui-même espérait que Tom resterait un véritable guide pour la paroisse. Pas une fois le vieux Cross ne mentionna Marybeth, qui avait avalé son champagne depuis belle lurette et mâchonnait les glaçons de son verre d'eau vide.

« C'était magnifique », chuchota Ivy à l'attention de Gideon tandis que l'assistance applaudissait.

« C'était charmant », répondit Gideon sans sourire.

Puis ce fut au tour de Gideon de porter son toast en tant que témoin – une mise en boîte brève et badine suivie d'histoires amusantes qui mettaient en valeur les qualités de Tom. Vers la fin du discours, le visage de Tom se fripa comme un abricot sec. Ivy crut qu'il allait se mettre à pleurer mais il n'en fit rien. Les invités rirent. Applaudirent. Trinquèrent. Dès que Gideon regagna son siège, des serveurs gantés de blanc servirent les entrées sur des plats dorés chauffés. De la nourriture contemporaine américaine avec un petit côté hawaïen. Les portions minuscules passaient au second plan derrière les garnitures exotiques : brins vert émeraude, spirales fuchsia éclatantes, une grappe d'étranges billes turquoise – « de l'azote liquide », expliqua un invité à son voisin. Après le repas, les plus jeunes se rassemblèrent sur la piste de danse improvisée sur le sable, entourés de vraies torches, tandis que les sept musiciens interprétaient à pleins tubes des ballades traditionnelles en version rock. La vraie vedette était le pahu, un tambour traditionnel joué par une Hawaïenne trapue vêtue d'une jupe en rafia, de deux coquilles de noix de coco en guise de soutien-gorge et d'un *lei* rose et blanc qui oscillait sur sa poitrine voluptueuse. On aurait dit qu'elle avait cherché sur Internet quelle tenue porter pour avoir la tête de l'emploi.

Ivy se rendit aux toilettes. Elle commençait à être prise de migraine, à force d'avoir mélangé différents alcools, et la douleur se faisait plus forte à chaque battement des tambours. Quand elle ressortit, Gideon lui tendit sa pochette : « Ton téléphone n'arrête pas de vibrer. J'ai eu peur que ce soit une urgence, alors j'ai regardé qui t'appelait. Un certain Kang Rou ? » Ivy manqua défaillir de sa propre stupidité. « C'est un de mes amis de fac », s'empressa-t-elle de dire. Elle lui reprit le téléphone des mains – douze appels en absence. Elle remercia le ciel : heureusement, Roux n'était pas du genre à envoyer des textos. « Je l'appellerai plus tard, ajouta-t-elle, éteignant son téléphone. Allons danser. »

Ils rejoignirent les autres sur la piste de danse. Gideon retira sa veste. En dessous, il portait un gilet gris clair orné de boutons noirs satinés. Elle posa délicatement ses mains autour de son cou. Ils se balancèrent avec lenteur, front contre front. Leur dernier contact aussi intime remontait à la fois où ils s'étaient retrouvés dans les toilettes sur le toit du Gonford. Cela faisait partie des choses dont ils ne parleraient jamais, comme son score aux examens ou la première épouse de Ted Speyer ou encore les mœurs légères de Dave Finley. Pour les gens comme Roux et Nan, l'amour consistait à dire haut et fort ce que l'on pensait, sans retenue aucune – moins il y avait de retenue, plus il y avait d'amour – mais Ivy fréquentait Gideon depuis assez longtemps pour comprendre que le silence et la retenue, cette façon soigneuse de distiller ses pensées les plus inconvenantes, était le geste le plus aimant et le plus respectueux que quelqu'un puisse accomplir à l'égard de son conjoint. Autrefois, cette maîtrise minutieuse la troublait ; à présent, elle la trouvait non seulement admirable mais aussi héroïque. Il était facile de s'en prendre aux autres quand on était en proie à la colère. En revanche, peu d'hommes savaient déclarer tendrement à leur fiancée : « J'aime tout chez toi », avant de consacrer leur vie à mettre en application ce principe.

Des cousins de Tom vinrent chercher Gideon pour prendre une photo. Ivy aperçut la tante de Marybeth tournoyer sur la piste de danse. Elle s'approcha d'elle, prit ses mains parcheminées dans les siennes, et entama une gigue. Par les portes-fenêtres de la terrasse, elle entendit scander : *bois, bois, bois, bois* et vit la tête blonde de Gideon rejetée en arrière. Elle parcourut les tables du regard. Hormis les mariés, elle ne connaissait personne ici. La vieille femme aux cheveux blancs qui sentait l'amande était sa seule amie.

Gideon reparut quatre chansons plus tard, beaucoup moins stable qu'avant. Il portait deux coupes de champagne, qu'il renversa un peu en lui en tendant une.

« Gideon, tu es saoul ! » Jamais elle n'aurait cru le voir ivre un jour.

Gideon se frotta le visage. « J'ai pris quelques shots. C'est Tom qui m'a forcé. Je ne sais plus combien. »

Un couple qui portait des lys violet et blanc identiques s'approcha en dansant. Ils tapotèrent l'épaule de Gideon. Ils s'appelaient Nettie et Hilton. Ils venaient d'Ann Arbor. Quand Gideon leur présenta Ivy, ils la saluèrent de la même poignée vigoureuse et du même sourire niais. Au cours de la soirée Ivy avait remarqué que les couples présents au mariage des Cross se ressemblaient, sinon par leur apparence, du moins par leur façon de parler, leur teint et leur tempérament.

Nan parlait souvent de *qizhi* : « Cette femme a plus de *qizhi* que tous ses frères et sœurs » ou « La *qizhi*, ça ne s'achète pas, peu importe si tu es riche ou non. » Nan voulait dire que cette qualité insaisissable ne pouvait pas s'apprendre ni s'imiter ; il s'agissait d'une aura émise inconsciemment. Ivy ignorait si les couples pouvaient développer la même *qizhi* – comme ils développeraient le même goût pour la nourriture exotique – ou s'ils se trouvaient délibérément des compagnons possédant une *qizhi* semblable à la leur, à l'instar de la façon dont le plus bel homme et la plus belle femme s'attiraient l'un l'autre d'instinct dans une pièce pleine de monde. Puis Ivy se demanda si sa *qizhi* et celle de Gideon allaient ensemble, ou si les gens voyaient en eux un couple pas tout à fait bien assorti.

Un ancien élève de Grove vint dire au revoir à Gideon. Cela rappela à Ivy les filles de sa jeunesse. Elle revit, comme dans un livre de contes, les jumelles Satterfield, blondes et sveltes, Liza Johnson avec sa peau laiteuse, sa grande bouche et ses yeux de chat, sauf qu'elles ne ressemblaient plus à des gamines de quatorze ans mais à de vraies femmes capables d'infliger à Ivy la solitude et l'humiliation qu'elle avait ressenties à la préadolescence.

« Tu es encore en contact avec Nikki et Violet ? demanda-t-elle à Gideon. Et Liza Johnson. Elle sortait avec Tom, à un moment, non ? »

Gideon écarquilla les yeux. « C'est vrai… tu n'es pas au courant.

— Au courant de quoi ?

— Elles sont mortes.

— Qui est morte ? interrogea Ivy, bêtement.

— Nikki et Liza.

— Quoi ?! Comment ça ?! »

Gideon cessa de remuer les jambes. « C'était juste avant la remise de diplômes, au lycée. Un camion de marchandises est arrivé de nulle part et a percuté leur voiture. Jordan – Jordy, il est là, quelque part – était au volant. Chris aussi se trouvait dans la voiture. Ils se rendaient au café. Les mecs n'ont rien eu, mais les deux filles… » Il la prit par l'épaule. « Désolé, je pensais que tout le monde le savait… Toute la ville est venue à l'enterrement. Le cercueil de Nikki était ouvert, mais pas celui de Liza ; son visage était trop abîmé… Tu te souviens que Nikki avait de longs cheveux blonds ? Ils étaient tressés et enroulés autour de sa tête. Avant qu'ils ne fassent descendre le cercueil, Violet a posé une couronne de fleurs sur ses cheveux. Elle ressemblait à un ange… Je suis désolé, c'est morbide. Est-ce que tu étais proche de ces filles ?

— Non. Je les connaissais à peine… C'est si

triste. » De minuscules pas glacés semblaient piétiner son cœur. Dire qu'elle était jalouse de ces rivales imaginaires quelques secondes plus tôt. Mais ces filles étaient mortes, à présent. Depuis des années, sans aucune raison.

« Et Una Kim ? demanda-t-elle. Qu'est-ce qu'elle est devenue ?

— Qui ça ? »

Ivy secoua la tête. « Ce n'est pas grave. »

Gideon l'observait, la tête penchée. « Tu es quelqu'un de gentil. L'une des personnes les plus gentilles que j'aie jamais rencontrées.

— Je ne suis pas gentille du tout, rétorqua-t-elle, se détournant.

— Eh bien moi, je pense que si. » Il lui ébouriffa les cheveux. Ce geste lui parut si tendrement protecteur, si *fraternel*, qu'elle eut envie de tout lui raconter. Son Gideon, si fort et si digne, qui ne ferait jamais rien pour la blesser ou la décevoir, qui saurait exactement quoi dire, et dont la dignité bienveillante permettrait peut-être d'expier sa propre dépravation, ses propres erreurs. Elle lui dirait qu'elle l'aimait, qu'elle l'avait toujours aimé, qu'il avait été son idole et que les idoles de l'enfance sont impérissables. Elle était seule, et désolée, et elle voulait… elle voulait…

« Je ne me sens pas bien », déclara Gideon. Il posa une main sur son estomac, recula d'un pas et dégobilla son dîner sur ses talons aiguilles Ralph Li-Ping en cuir verni.

Le lendemain matin, Gideon n'était pas en grande forme. Il s'excusa abondamment de son comportement inconvenant, et insista pour lui racheter la même paire de chaussures une fois à Boston, puisqu'elle avait jeté celles sur lesquelles il avait vomi – l'odeur étant trop infecte pour qu'elle puisse les emmener à bord de l'avion. Puis il fit descendre deux Advil avec une bouteille de Perrier et dormit pendant tout le vol du retour.

Après avoir atterri à Logan, il l'embrassa, lui dit au revoir et prit un taxi qui l'emmena directement à son bureau, comme en guise de pénitence. Ivy attendit qu'il ait disparu à l'angle avant de sauter dans un taxi, elle aussi. « Astor Towers, s'il vous plaît. À l'angle de Summer et de Hawley. » Elle alluma son téléphone et appela Roux.

Elle crut qu'il décrocherait dès la première sonnerie, après avoir attendu toute la semaine son appel en retenant son souffle, mais elle tomba deux fois sur la messagerie et faillit demander au chauffeur de changer de destination ; la troisième fois, il décrocha enfin.

« Où t'étais ? fit-il d'un ton sec.

— À Hawaï.

— Putain… T'as pas le temps de partir en voyage avec moi, par contre, t'as le temps d'aller à Hawaï ?

— J'arrive. »

Des volutes de nuages tombaient du ciel, pareilles à d'épais moutons gris. De la fenêtre de son taxi, elle vit une femme vêtue d'un manteau d'hiver arctique marcher à côté d'un adolescent en petite veste en jean. À Boston, les mois de mars et d'avril étaient une étrange période intermédiaire pendant laquelle les gens tombaient malades, les chiens aboyaient furieusement, museau au ciel, le soleil brûlant de la veille laissait place à un blizzard le lendemain. Elle consulta le calendrier sur son téléphone. Soixante-neuf jours.

« Ici, ça ira. » Elle sortit devant la boutique du fleuriste, à deux pâtés de maison d'Astor Towers. Avec le plus grand soin, elle sélectionna une fleur après l'autre, la propriétaire énumérant chaque espèce comme s'il s'agissait des noms de ses enfants : freesia, lisianthus, chrysanthème blanc, thlaspi, eucalyptus, pittosporum.

« Soixante-neuf dollars quatre-vingt-six, s'il vous plaît. »

Ivy sortit un billet de cent de son portefeuille. C'était l'argent de Roux, celui qu'elle lui avait volé, et qui allait servir à acheter ses propres fleurs de consolation.

Il ouvrit la porte avant même qu'elle n'appuie sur la sonnette. « Je t'ai vue entrer dans l'immeuble », souffla-t-il d'un ton las, un mégot pendillant à ses lèvres gercées. Quand elle le frôla pour entrer elle sentit l'odeur nauséabonde si familière d'une gueule de bois, ainsi qu'un parfum qu'elle ne reconnaissait pas. Roux était torse nu et portait, chose improbable, une blouse d'hôpital bleue en guise de pantalon. Les extrémités du cordon en coton lui arrivaient aux cuisses.

« Tu as eu ça où ? »

Il baissa les yeux sur ses jambes. « À l'hôpital.

— Tu étais à l'hôpital ?

— Non.

— Alors ça appartient à qui ? »

Il haussa les épaules.

C'est alors qu'Ivy comprit la raison de son comportement étrange et de son accoutrement. Elle avait d'abord cru que le parfum venait des fleurs, avant de se rendre compte que l'odeur n'avait rien de floral : elle était entièrement artificielle et clairement féminine, comme l'odeur du comptoir maquillage d'un grand magasin.

« Soirée mouvementée ? dit-elle.

— Pourquoi tu réponds pas à mes coups de fil ?

— Comment elle s'appelle ? »

Il refusa de répondre.

« Je suppose que tu ne lui as pas demandé. Et moi qui venais te consoler. » Elle lui tendit le bouquet d'un geste brusque. Il ne le prit pas. « Il faut qu'on arrête ça, Roux. Ce n'est plus drôle. Je me marie dans soixante-neuf jours. De toute évidence, toi aussi, tu es passé à autre chose. Appelons un chat un chat. »

Il la dévisagea, l'air vaseux et épuisé. « Calme-toi.

— Je suis calme. » Elle posa les fleurs sur sa table basse et alla emplir un vase à la cuisine. Il la suivit.

« J'étais bourré, hier soir.

— Tu es toujours bourré.

— J'ai pas envie de m'engueuler si tôt le matin.

— Ce n'est pas une engueulade. C'est un au revoir. »

Il ouvrit le frigo et se versa un verre de jus d'orange, qu'il but à grosses gorgées, un peu de liquide dégoulinant aux coins de sa bouche.

Comment avait-elle pu trouver cet homme attirant ?

« Je suis sérieuse. Je ne veux plus jamais te revoir ni avoir de tes nouvelles. C'est fini. Je suis venue te le dire en personne. En l'honneur de notre amitié. »

Il s'essuya les lèvres d'un revers de la main. « Notre amitié ?! On en est encore là ? Quand est-ce que tu vas arrêter de mentir…

— Tu savais que j'allais épouser Gideon…

— Je croyais que t'allais le quitter ! »

Ivy ouvrit puis referma la bouche. « Et quand est-ce que j'aurais dit une chose pareille ? finit-elle par lâcher.

— L'été dernier. Chez les Speyer.

— C'était avant mes fiançailles.

— T'es venue me voir un mois plus tard. Tu pouvais pas résister. Tu détestes ta vie. Tu te plains des Speyer, de leurs amis BCBG. Tu voulais que je te sauve.

— C'est ridicule, s'emporta Ivy. Il n'a jamais été question d'autre chose que de sexe. Je pensais qu'on était d'accord sur ce point. »

Il la regarda avec compassion. « Tu essayes de me punir. Pour l'autre jour. »

Elle réfuta cette affirmation d'un geste impatient de la tête. « Ne sois pas ridicule. J'avais prévu d'y mettre un terme avant mon mariage. » Elle voyait bien à son obstination et son regard vitreux qu'il ne comprenait pas. Une femme ne ment jamais avec plus de perfidie que lorsqu'elle dit la vérité à un homme qui ne la croit pas. Frustrée, elle ouvrit le robinet et commença à remplir le vase.

« Tu vas annoncer à Gideon que tu le quittes ou c'est moi qui le ferai. »

Elle ferma le robinet. « Qu'est-ce que tu as dit ?

— Tu m'as bien entendu. »

Pendant un instant, elle ne le prit pas au sérieux.

Puis, si. Une fureur incroyable monta en elle, la fureur d'un maître face à une mutinerie. Elle pouvait tolérer la violence, mais pas la violation.

« Si tu fais ça, répliqua-t-elle, c'est fini entre nous. Je te détesterai. Je te détesterai !

— Ah, mais je croyais que c'était déjà fini entre nous. »

La colère d'Ivy l'avait réanimé. Elle lui avait donné l'impression qu'il avait pris le dessus.

« Laisse-moi t'expliquer comment ça va se passer, reprit-il. Tu vas te marier. Moi, je vais me barrer comme un chien, la queue entre les jambes. Quand t'en auras marre de jouer au papa et à la maman, tu m'appelleras. C'est toujours la même putain de rengaine. Arrête de croire à ton mariage bidon. »

Ivy fit deux pas en avant, leva le bras, et laissa échapper le vase.

« Qu'est-ce que… »

Des éclats de verre se répandirent sur le sol de la cuisine. Roux, pieds nus, s'écarta d'un bond, les oreilles aussi rouges que des braises de chaque côté de son visage blême. « T'es folle ou quoi ? »

Elle ne répondit pas. Dans le congélateur, des glaçons dégringolèrent bruyamment. « Tu vas encore me gifler ? » demanda-t-elle.

Roux secoua la tête, encore et encore, jurant dans sa barbe. Ivy eut soudain l'idée de passer au bureau de Gideon un peu plus tard pour lui apporter un plat à emporter de son restaurant grec préféré. Il allait sans doute travailler toute la nuit. Il avait une grande réunion prévue au Costa Rica avec quelque éminent ministre. Roux, à genoux, ramassait le verre cassé à l'aide de serviettes en papier. Du verre cassé sur le sol de la cuisine – voilà à quoi ressemblait l'univers de Roux. Du travail important, des missions efficaces, des décisions basées sur la logique et des objectifs précis – voilà à quoi ressemblait l'univers de Gideon, celui qu'il emportait partout avec lui, un lieu immunisé contre tout ce qui était sordide, trivial, violent, honteux, pauvre. Et Roux voulait lui enlever ça, à elle.

Il fulminait encore, proférant sans nul doute des menaces, comme si elle avait besoin d'un peu de brutalité pour reprendre ses esprits. À l'instar de la plupart des hommes, il aimait sa passion quand il en était la cause, mais sa passion à elle, qui n'avait rien à voir avec lui, n'était à ses yeux que pure sottise. Rien de ce qu'elle pourrait dire à présent ne pourrait le convaincre de la prendre au sérieux. Il ne pouvait pas se le permettre.

Ivy se souvint d'une chose. « Si tu fous en l'air mon mariage, je foutrai ta vie en l'air. Je sais que les Moretti sont dans la mafia. J'irai voir la police, les fédéraux. »

Il se mit à sourire. « La mafia ?! Ivy, tu sais que dalle de mon boulot.

— Tout argent est traçable, qu'il soit virtuel ou réel. » C'était ce que Sylvia avait dit lors de la soirée de lancement, quand Jeremy et elle discutaient du fonctionnement de la pègre.

Le sourire de Roux se figea.

D'instinct, Ivy avait mis dans le mille. « Je témoignerai contre toi. Je suis au courant, pour la maison d'Evansville. Pour le ciment que tu as fait couler dans ton sous-sol. Les casinos, les entrepôts convertis. » Elle balança tout le jargon qu'elle connaissait : *témoin, pègre, racket, détournement, paris*… Elle regarda son corps se redresser, ses bras se décroiser, ses doigts se replier comme pour agripper une poignée invisible. La bouche pouvait mentir ; le corps, jamais.

Roux se pencha vers elle. « T'as déjà vu un flingue de près ? » Il vit arriver sa gifle et lui attrapa le poignet. Ils se regardèrent dans les yeux.

« Tu me dégoûtes, dit-elle. Tu es un porc. Tu es pire qu'un porc. Tu es un… un criminel.

— Je suis un joueur », rétorqua-t-il. Il lui tourna le dos et se dirigea vers le canapé. Elle le suivit à contrecœur. Il resta longtemps à regarder par la fenêtre du balcon. Elle craignait de rompre le silence, de peur qu'il n'ait une révélation soudaine quant à la vérité de ses propos.

« Je te propose un pari, déclara-t-il enfin. Parle de notre liaison à Gideon. S'il t'épouse quand même, je te donnerai la moitié de ma fortune. »

Ivy ne put s'empêcher de rire. Elle aurait dû le voir venir. Avec Roux, il était toujours question du prix sur l'étiquette.

Il indiqua la chambre d'un geste. « Tu crois que j'ai pas remarqué que tu me volais ? Qui d'autre que moi t'accepterait, Ivy, s'il savait qui tu es vraiment ? Tu vis à tâtons comme une sourde-muette. T'es incapable de choisir une carrière, incapable de choisir un homme. T'as pas la moindre idée de ce que tu veux.

— Non mais tu t'entends, un peu ? explosa-t-elle. Qui je suis vraiment ? Tu – ne – me – connais – pas. On vient littéralement de se recroiser après dix ans.

— Les gens ne changent pas.
— Oh, mais bordel de merde. »

Roux se dirigea vers la porte et l'ouvrit. « Ça devient pénible. »

Ivy grimaça. Entre eux, la prise de contrôle était un jeu à somme nulle : l'un des deux devait l'arracher à l'autre.

« Deux semaines, poursuivit-il, tenant la porte ouverte avec son pied. Si je découvre que t'as rien dit à ton cher Gideon, j'aurai une petite discussion avec lui. Ma proposition tient toujours. Si tu lui dis…

— Roux…

— Si tu lui dis et qu'il te pardonne, alors j'avais tort sur tous les points. Je me ferai une joie de passer à la caisse. Et s'il ne te pardonne pas, alors je suppose que mon fric te semblera pas si sale que ça, finalement.

— Tu es si…

— Va-t'en.

— Va te faire foutre.

— Va-t'en ! »

Elle se baissa, retira une de ses chaussures et la lui jeta à la tête de toutes ses forces. Le talon vint heurter le mur près de l'épaule gauche de Roux, laissant une trace noire de la taille d'une pièce de vingt-cinq *cents*.

« Eh bah voilà, railla-t-il. T'es bien plus sincère quand t'es en colère. »

Elle se précipita sur lui mais il était préparé. Il la balança dans le couloir et l'empêcha d'entrer avec ses bras d'acier. Abandonnant toute dignité, Ivy le traita de tous les noms, insulta sa mère, ses origines modestes, affirma qu'il était corrompu, critiqua son esprit tordu, ses habitudes dégoûtantes, sa lâcheté, son manque d'intégrité. Au moment où elle lançait sa dernière insulte, Roux dégaina son portefeuille et fit tomber sur elle une pluie de billets froissés. « La voilà, ton intégrité », dit-il, puis il claqua la porte.

Le sexe était une sorte de maladie, s'aperçut Ivy ; une maladie qui avait commencé et prenait fin avec Roux. Peut-être y avait-il quelque chose de logique dans le fanatisme religieux du père de Tom, dans le fait de vénérer un dieu sincère et vertueux qui ne vous trahirait jamais. Elle se demanda si pareille dévotion provenait de la simple volonté ou d'autre chose, de quelque indicible secret dont elle n'avait jamais entendu parler. Elle avait gardé des secrets sa vie entière. Ils l'avaient maintenue à flot comme des échasses sur du sable mouvant, sans lesquelles elle aurait sombré depuis longtemps, rien d'autre qu'un des moutons de Sylvia attendant de se faire égorger. Elle sentait qu'il lui fallait prendre sa vie en main. Mais par où commencer ? *C'est moi qui contrôle ma vie, oui ou non ?* se demanda-t-elle.

Ces pensées se bousculaient dans sa tête, en vrac. Elle demanda à Gideon de prendre ses distances pour éviter d'attraper son rhume avant sa grande réunion. Puis elle jeta toute fierté au vent et appela Roux. Supplier était aussi une façon de prendre le contrôle. Elle l'implora d'admettre la futilité de sa revendication. Ça ne changera rien, expliqua-t-elle, tu ne fais que nuire à des gens innocents. « Tu parles de Gideon ou de toi ? répondit Roux. Parce qu'aucun de vous n'est ce que j'appellerais innocent. » Mais écoute-moi, cria Ivy, écoute-moi ! Après cet échange, il arrêta de répondre à ses appels. Dans le silence étouffant de sa chambre, son regard s'attardait désormais sur un autre jour du calendrier – l'échéance à laquelle Roux prévoyait de révéler leur liaison à Gideon n'était pas marquée sur la page mais gravée pour toujours dans son esprit d'un grand X noir. Douze jours… onze… dix…

Elle reçut un e-mail de la part d'une amie de Liana qui travaillait comme consultante aux admissions en fac de droit. Pour la somme raisonnable de huit mille dollars, elle proposait différents services, parmi lesquels une aide à la rédaction de la lettre de motivation, une préparation aux entretiens ou encore des sessions de travail en ligne hebdomadaires en amont des examens. Ivy accepta d'y réfléchir sans grande conviction, mais perdit par la suite le numéro de la consultante. Étudier alors qu'elle traversait une crise de cette ampleur lui semblait aussi absurde que de chercher à faire griller du pain dans une maison en feu. Elle se mit à faire le pied de grue devant Astor Towers, à cogner à la porte de Roux – « Je sais que tu es là, bordel ! » – mais il ne répondait jamais. Elle avait beau attendre, coller son oreille contre la porte, elle n'entendait rien de l'autre côté. Des projets insensés tourbillonnaient dans sa tête quand elle essayait de s'endormir. Gideon et elle pourraient disparaître dans la nature et vivre sans ordinateur et sans téléphone pour que Roux ne puisse jamais les retrouver. Elle pourrait simuler leur propre mort. Elle pourrait se rendre au FBI, rejoindre le programme de protection des témoins en échange d'informations sur Roux et les Moretti. Mais Roux pourrait toujours passer des coups de fil et envoyer des lettres de sa cellule, non ? Quand elle s'aperçut qu'il n'existait de nos jours aucun moyen d'empêcher deux personnes de se contacter, elle abandonna tout espoir de lui faire changer d'avis et se prit à rêver au moyen de le punir après. Du goudron et des plumes. Le supplice de la goutte d'eau. Démolir ses voitures adorées à coups de machette – inutile, il n'aurait qu'à en racheter d'autres. « Après ». Quel mot horrible. Elle ne pouvait se retenir de guetter la fissure qui diviserait bientôt l'avant de l'« après », la fameuse Confession. Comment Gideon la quitterait-il ? Dans une version, il était furieux et la traitait de salope, de pute, de femme immorale, il criait qu'il la détestait, qu'il ne voulait plus jamais la revoir. Dans une autre version, il avait le cœur brisé – il ne l'aurait pas crue capable de lui causer autant de peine, il ne lui pardonnerait pas, il aurait préféré ne pas la rencontrer. Le dernier scénario, celui qui l'empêchait de dormir la nuit, était celui où il se montrait indifférent. *Je ne t'ai jamais aimée. Tu n'es pas celle que je croyais.*

Un soir, elle se persuada que si elle arrêtait de fumer, elle serait capable de reprendre sa vie en main. Depuis qu'elle avait allumé sa première cigarette dans la chambre de Roux à l'âge de quatorze ans, elle n'avait pas passé plus d'une semaine sans fumer. Elle décida donc d'arrêter tout net. D'imposer sa volonté sur un corps qui n'en avait aucune. Elle se mit à errer dans la ville. À chaque angle de rue, dans chaque ruelle, devant chaque bar, boîte et café, elle voyait des gens fumer en petits groupes d'une chaleureuse camaraderie, camaraderie dont elle était à présent exclue. Sans même y réfléchir, elle s'approcha d'un vieil homme au bras tatoué qui portait un tablier de cuisine, et lui demanda s'il pouvait lui en donner une. Il coinça sa cigarette entre ses lèvres et sortit un paquet de Lucky Strike de sa poche arrière. La détermination avec laquelle il fit cliqueter son briquet et protégea la flamme du vent lui apparut comme le plus grand acte de bonté dont on ait jamais fait preuve à son égard. À peine eut-elle jeté le mégot dans le caniveau qu'elle s'empressa d'aller acheter son propre paquet de Lucky Strike, bavant presque d'impatience, les mains tremblantes, les pupilles dilatées. Elle fuma la moitié du paquet sur le chemin du retour, une cigarette après l'autre, dans un état de ravissement absolu. Ensuite, elle appela Roux. Il ne répondit pas. Elle s'y attendait. Après tout, elle n'avait pas réussi à arrêter de fumer. Demain, pensa-t-elle. Demain, j'arrête.

Andrea rentra de son rencard à deux heures du matin et trouva Ivy qui jouait au solitaire dans le salon. Une bouteille de vin rouge vide était renversée sur le tapis. Andrea renifla la bouteille et grimaça. « C'est avec ça que j'ai fait mon bœuf bourguignon, la semaine dernière ? » Ivy haussa les épaules. Peut-être l'alcool lui troublait-il la vue, mais Andrea semblait dégager une vigueur lascive, ses cheveux brillants tombaient en boucles lâches, elle se mouvait non pas avec son inhibition habituelle mais avec une aisance sensuelle associée à une soirée agréable au coin du feu copieusement arrosée de vin, d'ébats amoureux jusqu'à l'aube, ébats auxquels Ivy ne se livrait plus avec personne.

« Aujourd'hui, il m'a demandé comment on sait quand on a trouvé la bonne personne, confia Andrea.

— Qui ça ? » Ivy était en train de se demander si elle n'allait pas embaucher un des gangsters pour attendre devant Astor Towers et la tenir au courant des allées et venues de Roux, afin qu'elle tende une embuscade.

« Le mec avec qui je sors, Norman.

— Je n'arrive plus à suivre tous ces mecs qui défilent. »

Andrea, trop surexcitée pour s'offusquer, se fit un plaisir de rapporter tout ce qu'elle avait déjà raconté des milliers de fois au sujet de Norman Moorefield. Ils s'étaient rencontrés à la soirée de Dave Finley deux semaines plus tôt. Il occupait un poste important dans la start-up, blablabla, il était si romantique, elle n'avait encore jamais ressenti cela pour personne, et est-ce qu'Ivy pensait qu'ils allaient trop vite ou est-ce que quand on sait, on sait ? Elle appuya une joue chaude contre l'épaule d'Ivy. « J'ai tellement envie d'avoir des enfants », chuchota-t-elle d'un ton torturé… Ivy lutta pour garder les yeux ouverts, elle sentit quelque chose de mouillé sur sa peau…

Elle se réveilla le lendemain matin, le souffle coupé par un nouveau cauchemar. Elle s'était endormie sur le canapé. Andrea avait dû la couvrir d'un plaid. Les cartes de poker étalées sur la table basse formaient un éventail parfait, hormis la reine de cœur, qui avait été déchirée en petits morceaux empilés sur le côté. Avait-elle fait cela ? Elle se rappelait vaguement avoir été incapable de bouger les mains, avoir battu des cartes, s'être verni les ongles, avoir tiré sur ses cuticules jusqu'à saigner. Dans la salle de bains, elle étudia l'épouvantable spectacle, mis en relief par la lumière crue de l'après-midi : le visage blanc et bouffi, les paupières cernées de rouge, les lèvres gonflées, le bouton monstrueux qui poussait sur son menton. Elle consulta son téléphone et vit qu'il était déjà quinze heures.

Elle ne savait plus à quand remontait la dernière fois qu'elle avait mangé. La douleur lancinante dans son estomac la transperça soudain du ventre à la tête, la pliant en deux au-dessus du lavabo. Elle se rendit à la cuisine, ou elle dénicha de la soupe en boîte et un vieux paquet de petits biscuits salés dans le tiroir où elles gardaient tous les menus à emporter. La nourriture avait un goût étrange, ces temps-ci – un goût métallique, d'anchois. Elle avait mal aux dents et mâcha les biscuits avec précaution ; quand elle se brossa les dents, ses gencives se mirent à saigner et ne s'arrêtèrent que lorsqu'elle enfonça du coton dans sa bouche.

Gideon vint la voir le samedi soir… où était-ce dimanche ? Ivy jeta un coup d'œil à son téléphone sous son oreiller. Dimanche. Il restait une semaine. Sept jours. Cent soixante-huit heures. Peut-être pouvait-elle supplier Roux de lui laisser plus de temps, sous prétexte qu'elle était malade. Il pouvait tout de même lui accorder ça.

Dehors, il grêlait. Le présentateur météo avait annoncé ce matin-là un autre épisode de froid venu du nord. De lourdes tempêtes de neige toute la semaine. Le présentateur météo était actuellement son seul compagnon ; il lui parlait des heures entières de sa voix répétitive mais apaisante, toujours à lancer des avertissements : ciel nuageux… mauvaise visibilité… températures minimales ressenties autour de moins onze…

Un V profond s'était dessiné entre les sourcils de Gideon.

« Pardon ? fit Ivy

— J'ai dit : est-ce que tu te sens mieux ?

— Ouais.

— Ça a l'air de gratter. »

Ivy recouvrit l'urticaire sur ses poignets avec les manches de sa robe de chambre.

« Qu'est-ce qui s'est passé ?

— J'ai fait une réaction allergique à un bracelet.

— J'ai remarqué que tu avais la même chose sur le cou, la semaine dernière. »

Le cœur d'Ivy s'emballa. Elle pensait avoir caché tous les bleus et les marques de sa dispute avec Roux à l'aide de son anticernes, mais Gideon les avait-il quand même repérés ? Aurait-elle dû faire plus attention encore ? Pourtant, le visage attentif et serein de Gideon ne laissait rien paraître.

« Tu manges un peu ? Tu as l'air d'avoir minci. » Il renifla l'air. « Est-ce que ton voisin fait un barbecue ? On dirait que quelque chose brûle.

— Je crois qu'Andrea a fait la cuisine, tout à l'heure.

— Est-ce que tu as vu un médecin ? J'ai l'impression que tu as de la fièvre.

— Non.

— Il te faudrait peut-être des antibiotiques pour te débarrasser de ce rhume.

— Ça va bien, je te dis ! » Aussitôt prise de remords en le voyant reculer, elle s'adoucit : « Je n'ai pas de fièvre. Je te promets que j'irai voir un docteur si ma température augmente… Allez, raconte-moi ta journée. »

Mais elle n'écouta pas ce qu'il disait. Elle étudiait son visage. Quel visage magnifiquement symétrique et juste. Elle parcourut en pensée son front aristocratique, la pente de son nez, fit glisser d'invisibles doigts sur ses longs cils bruns, la pointe saillante de son menton, la courbe rebondie de sa bouche en cœur… Avec un frisson, elle s'aperçut qu'elle mémorisait ses traits pour s'en souvenir plus tard.

La pièce était silencieuse. Gideon la dévisageait. Il attendait une réponse de sa part.

« Je te laisse dormir ? » dit-il d'un ton calme.

Elle ferma les yeux. Avait-elle envie de dormir ? Oui, elle avait envie de s'assoupir et qu'à son réveil, Roux Roman soit mort.

« Je culpabilise de m'absenter les deux prochaines semaines. »

Elle ouvrit grandes les paupières. « Attends, tu vas où ? »

Il sourit avec tristesse. « Ça doit être terriblement ennuyeux de m'entendre parler de travail à longueur de temps. »

Ivy baissa le regard d'un air coupable.

« Enfin, bon. Deux semaines au Costa Rica avec l'équipe.

— Ah d'accord… Est-ce que tu auras du réseau,

là-bas ? » Elle se disait que si Roux cherchait à le contacter, il ne pourrait répondre au téléphone.

Gideon lui assura qu'il avait un forfait international ; et puis, l'hôtel avait la fibre optique, donc elle pourrait l'appeler sans problème. Ivy se mit à claquer des dents. La torpeur provoquée par la procrastination avait laissé place à la panique alimentée en adrénaline. Gideon allait partir quinze jours. La date butoir fixée par Roux arriverait pendant son absence. Si elle voulait lui parler de sa liaison en personne, il faudrait qu'elle le fasse maintenant. Elle avait l'impression d'être Bip Bip, l'oiseau du dessin animé, qui venait d'arriver tout à coup au bord de la falaise.

« Hé… Ça ne va pas ? s'enquit Gideon, ayant remarqué son agitation. Il y a autre chose qui te tracasse. Qu'est-ce qui se passe ? » Elle sentit son menton trembler. « Dis-moi, ma puce. » Il n'avait encore jamais employé ce terme affectueux. Le cœur d'Ivy était douloureux, elle reconnut qu'il s'agissait de désespoir. Elle manquait de temps, il fallait qu'elle lui avoue tout. Elle voulut parler, mais ne fit que hoqueter.

« C'est à propos du mariage ? Est-ce que maman met trop son grain de sel ?

— Non. Ce n'est pas ça. » Mettre son grain de sel. Comme ces expressions vieillottes allaient lui manquer. « C'est moi. J'ai… » Sa langue se colla à son palais. Elle tendit la main et avala tout son verre d'eau, priant pour avoir le courage de parler. « Tu te souviens de l'été dernier ? Depuis qu'on est rentrés de Cattahasset, je me sens un peu perdue et seule. Alors j'ai…

— Je t'écoute.

— Je…

— Tu m'as trompé ou quoi ? »

Ivy eut un mouvement instinctif de recul, comme un enfant s'étant approché de trop près du feu. « Comment ?! Pourquoi tu dis une chose pareille ?

— Laisse tomber, s'empressa-t-il de répondre en lui tapotant le genou. C'était une blague idiote. Tu parlais de Cattahasset ? »

Mais Ivy ne s'attendait pas à une question aussi directe ; elle en fut toute secouée.

« Je disais que… » Elle sauta sur la première chose à lui venir à l'esprit – une vérité d'un autre ordre. « Je ne vais pas repasser les examens d'entrée en fac de droit. Je ne veux pas être avocate.

Le silence qui s'ensuivit tandis que, aussi étonnés l'un que l'autre, ils digéraient ces paroles, était presque comique. Entendait-il le battement perfide de son cœur dans sa poitrine ?

Gideon croisa les bras comme il le faisait toujours quand il s'apprêtait à avoir une discussion sérieuse. « Vraiment ? Qu'est-ce qui t'a fait changer d'avis ?

À présent que cet abcès-là avait été crevé, Ivy éprouva un certain soulagement à confesser ses sentiments en toute franchise. Elle expliqua qu'elle se voilait la face, qu'elle ne pensait pas être faite pour le droit, qu'elle n'aimait pas les longues heures de travail, les lectures fastidieuses, l'atmosphère de concurrence féroce.

« Donc tu veux reprendre l'enseignement ? »

Elle hésita, s'efforçant de détecter dans son expression attentive s'il pensait que ce serait acceptable. « … Non.

— Alors qu'est-ce que tu veux faire ?

— Je veux... » Mais elle était fatiguée, bordel, elle ne voulait rien faire du tout. Elle frotta ses yeux endoloris. « Franchement, personne ne m'a jamais posé cette question. Je me suis lancée dans l'enseignement pour éviter de faire médecine. Mes parents ont toujours voulu que je devienne médecin. Ils avaient peur que je n'arrive pas à trouver du travail. Que je ne me trouve pas un bon mari.

— Quel est le rapport avec le mariage ? »

Oh, Gideon ! Comment pouvait-il comprendre une chose pareille ? Et comme elle l'aimait d'autant plus qu'il ne comprenait pas ! « Tu n'es pas fâché ?

— Pourquoi ? Parce que tu ne veux pas être avocate ? » Il fronça les sourcils. « Mais pourquoi je serais fâché ? Tu peux faire tout ce qui te fait plaisir... C'est ça qui te tracasse depuis si longtemps ? Tu me prends pour quoi, un ogre ? Écoute, tu ne veux ni être avocate ni enseignante – ça me va. Tu es intelligente et débrouillarde » – Ivy tressaillit – « alors prends tout le temps qu'il te faut et trouve ce que tu veux vraiment faire, d'accord ?

— Mais question timing... » Elle s'interrompit, gênée, car elle ne pouvait pas lui dire que l'argent que ses parents lui avaient donné pour le loyer, pour le mariage, commençait à manquer et qu'il était hors de question qu'elle leur en demande plus. À moins qu'elle n'accepte la proposition de Roux, auquel cas elle perdrait Gideon et alors quel serait l'intérêt d'avoir de l'argent ?... L'argent, l'argent, ce fichu argent, ce chien enragé et tenace qui la taraudait depuis toujours, de sorte qu'elle n'arrivait jamais, jamais, à avancer.

« Quand on sera mariés, on emménagera ensemble. Comme ça au moins tu n'auras pas à te préoccuper du loyer », déclara Gideon, qui venait de lire parfaitement dans ses pensées et y répondait avec son tact habituel.

Quand on sera mariés… ! S'il y avait eu un couteau sur la table, elle l'aurait pris sans hésiter et l'aurait plongé dans son propre cœur. La douleur aurait été proportionnelle à ses remords.

Gideon lui frottait le dos avec des gestes circulaires, comme pour apaiser un cheval agité. « À l'avenir, dit-il, parle-moi. Ensemble, on peut tout affronter. » Elle hocha faiblement la tête. « Alors c'est réglé. » Il prit le verre vide d'Ivy. « Jus d'orange, thé, ou encore de l'eau ?

— Du thé, s'il te plaît. »

Après son départ, Ivy conclut qu'il ne lui restait plus qu'à se suicider. Quand une jeune personne meurt, son amour reste pur et éternel. Les gens se rendent à son enterrement et disent des choses poignantes à son sujet. Ils la comparent à un ange. Elle pourrait être l'ange de Gideon. Peut-être même que Roux se suiciderait par repentir. La seule certitude absolue était qu'elle préférait affronter la mort que de trahir la confiance de Gideon, et qu'est-ce que c'était que ce bruit putain…

Son téléphone vibrait. Espérant autant qu'elle redoutait que ce soit Roux, elle se précipita pour voir l'identité de son correspondant. Ce n'était que Nan. Ivy ignora l'appel. Nan rappela trois fois de suite. Au bout de quatre fois, Ivy s'apprêtait à mettre son téléphone sur silencieux quand elle se demanda si

Roux n'avait pas contacté Nan. Peut-être étaient-ils de mèche. Elle décrocha.

« Ce n'est pas le moment, mama. Je suis au lit avec un rhume… Allô ? » Elle entendit une clameur suivie de bips. « Allô ? Allô ? C'est mama. Tu m'entends ? Mamie est à l'hôpital. Il faut que tu rentres. »

19

Meifeng était tombée dans la douche et s'était fracturé la hanche. Elle allait bien, d'après Nan, mais devait subir une opération pour se faire poser une prothèse. Gideon insista pour conduire Ivy à Clarksville. « Tu as été malade toute la semaine, dit-il d'un ton ferme, et d'ailleurs, ta voiture fait toujours des siennes. Ils prévoient beaucoup de neige.

— Mais ton voyage…

— J'ai le temps. »

La fameuse tempête qui se préparait au-dessus de l'Atlantique n'avait pas encore touché Boston, mais Ivy sentit le froid tranchant d'une catastrophe imminente quand elle baissa la vitre côté passager, quelque part au nord de New York. « J'ai la nausée », annonça-t-elle à Gideon, qui, saisissant l'urgence de la situation, s'arrêta aussitôt. Elle ouvrit la portière et vomit la soupe et les biscuits salés. Elle se rinça la bouche avec une bouteille d'eau de source, puis Gideon se remit en route.

Ils arrivèrent à l'Hôpital presbytérien juste après minuit. Le paysage du New Jersey n'avait pas changé d'un iota : les mêmes nids-de-poule sur la Route 1, la même odeur de bouse de vache, les centres commerciaux de plain-pied, le smog qui provenait des usines d'Elizabeth. Nan les attendait devant l'ascenseur du quatrième étage. Elle avait vieilli de dix ans, deux mèches cendreuses tirées en arrière, pareilles à de la paille blanchie, la ligne brisée de ses veines vertes palpitant sous sa peau blafarde. La présence de Gideon parut la troubler, elle parlait chinois en se touchant le cou, regardait par-dessus son épaule comme si elle attendait que Shen traduise ses explications maladroites dans un anglais courant. « Mamie vient juste de sortir de la salle d'opération, annonça-t-elle à Ivy. Elle est encore sous sédatif, mais tu peux entrer. Ils ont dit qu'il ne pouvait y avoir qu'une personne à la fois. » Gideon eut la délicatesse d'aller leur chercher du café. Ivy entra. Meifeng dormait, une sonde à oxygène dans le nez. Ses lèvres entrouvertes étaient gercées. De temps à autre, les machines rattachées à ses bras émettaient d'étranges bips, mais aucune infirmière ne se précipita dans la salle. Le cœur, ce cœur merveilleux, continuait à battre.

Elle tint la paume rêche de sa grand-mère jusqu'à ce que Nan passe la tête par la porte dans un état de panique totale : « Le docteur est là, viens, viens ! Oh, ton baba a bien choisi son moment pour aller aux toilettes. Il a l'estomac fragile... » Ivy sortit pour traduire. Le médecin leur apprit que tout s'était bien passé, qu'il s'agissait d'une opération relativement courante. Il se lança dans des explications alambiquées et jargonneuses que ni l'une ni l'autre ne comprit. Nan ne cessait de tirer Ivy par le bras : « Qu'est-ce qu'il dit, qu'est-ce qu'il dit ? » et Ivy lui demandait de se taire.

« Il dit qu'elle ira bien… laisse-moi écouter… » Ivy donnait en effet l'impression d'écouter attentivement, mais, alors qu'elle était soulagée pour Meifeng, elle ne put s'empêcher d'observer que ce médecin était jeune et beau, avec ses cheveux châtains bouclés et sa fossette au menton, comme Superman. Sa garde rapprochée, constituée d'infirmières, d'internes et d'étudiants, attendait respectueusement en rang, quelques pas derrière lui. Où que se réunissent les hommes, il existait une chaîne alimentaire. Il y avait forcément quelqu'un au sommet.

La blouse bleue du médecin ressemblait à celle que Roux portait la semaine précédente. Ivy essaya d'imaginer Roux en tant que chirurgien, ici même à l'hôpital presbytérien, leur donnant des nouvelles rassurantes de Meifeng. Si elle épousait Roux, Nan serait ravie. « Mon gendre est chirurgien », se vanterait-elle auprès de ses sœurs. Ivy lui masserait les épaules après ses opérations. Elle organiserait des levées de fonds pour les hôpitaux, comme Liana Finley, et déballerait les paniers garnis que ses patients reconnaissants lui enverraient à leur domicile. Cette jolie scène allégea un instant le cœur d'Ivy. Puis elle se souvint. Roux n'était pas médecin. Sur lui, la blouse n'avait été qu'un déguisement. Roux n'avait même pas fini le lycée. Sa mère était morte dans l'appartement payé par son amant marié. Roux était tout le contraire d'un guérisseur : il infligeait la violence.

Elle eut de nouveau la nausée, mais il ne lui restait rien à vomir.

« Vu son âge, conclut le médecin, nous devrons la garder quelques jours en observation. Pas d'inquiétude, nous ferons notre maximum pour la renvoyer chez elle aussi vite que possible. Plus elle restera, plus elle aura de risques de contracter une infection… Je vais aller jeter un coup d'œil… » Il entra dans la chambre de Meifeng pour un contrôle sommaire pendant que son entourage s'entassait sur le seuil, griffonnant chacune de ses paroles. Peu après, la horde de blouses blanches s'éloigna, telle la mer se retirant au large, laissant derrière elle un vide qui n'était pas encore un soulagement, seulement le dégonflement de l'action. Nan demanda à Ivy si Gideon et elle avaient déjà mangé.

« Non… on est partis tout de suite après ton coup de fil. »

Nan secoua la tête, inquiète. « Vous devriez passer chez nous et vous réchauffer les restes. »

Ivy expliqua que Gideon devait rentrer parce qu'il devait prendre l'avion tôt le lendemain matin.

« Un aller-retour en une soirée. Il va être fatigué. Et s'il s'endort et a un accident ? »

Ivy ne chercha pas à discuter. Elle était épuisée, alors qu'elle n'avait rien fait. Elle n'avait rien fait de la semaine. L'inaction était exténuante.

Nan vit Shen s'approcher au pas de course. Elle passa si vite de l'inquiétude à l'agacement qu'Ivy en eut le tournis. « Tu étais où… ? »

Gideon marchait quelques pas derrière Shen. « Je suis désolé de devoir partir aussi vite », dit-il tendant à Ivy un gobelet de café en polystyrène.

Avec cette même fluidité surhumaine, les traits de Nan s'adoucirent en un sourire maternel. Dans son anglais approximatif, elle le remercia d'avoir fait tout ce chemin et s'excusa de l'avoir importuné. Elle lui conseilla de conduire lentement et de les prévenir quand il serait arrivé à Boston.

« Je t'appellerai demain pour voir comment ça va », chuchota Gideon à l'oreille d'Ivy.

— Je t'aime », murmura-t-elle, au supplice. Il l'embrassa, serra la main de Shen puis embrassa Nan sur la joue. Celle-ci rougit ; elle porta encore une fois la main à son cou.

Ils restèrent là jusqu'à ce que les portes de l'ascenseur se furent refermées sur le visage souriant de Gideon.

« C'est un homme bon, fit Shen.

— On peut compter sur lui », renchérit Nan.

Ivy se toucha les yeux. Ils étaient humides. Nan dévisagea sa fille avec suspicion. « Va nous chercher de l'eau, ordonna-t-elle à Shen.

— Elle a déjà du café.

— Moi, je veux de l'eau. On sera dans la salle d'attente. » Elle escorta Ivy dans le couloir. À l'instant où la porte se referma derrière elles, Nan lança : « Qu'est-ce qui ne va pas ? »

Ivy s'affala dans un fauteuil en plastique et attrapa la boîte de mouchoirs sur la table d'appoint branlante. Elle avait l'impression d'être prisonnière d'un de ses cauchemars plus vrais que nature. Six heures plus tôt, elle était allongée dans son lit à Boston. À présent, sa grand-mère respirait par une sonde à oxygène et elle était coincée en compagnie de sa mère dans la salle d'attente d'un hôpital, en train de regarder un talk-show de deuxième partie de soirée avec le son coupé sur le petit écran de télévision fixé dans un coin.

« Tu as encore plus mauvaise mine qu'Austin, remarqua Nan d'un ton sévère. Tu n'as plus aucune couleur. Est-ce que tu essayes de perdre du poids ?

— Je vais passer la nuit ici avec mamie. Vous devriez rentrer, baba et toi. »

Le visage de Nan se radoucit. « Mamie ira très bien. Les infirmières américaines sont très compétentes. On pourra revenir demain matin à la première heure. C'est pour ça que tu pleures ?

— Je n'en sais rien.

— Tu t'es disputée avec Gideon ? Il te maltraite ?

— Quoi ? Non. On ne se dispute jamais. »

Bien qu'elles fussent seules dans la pièce, Nan baissa la voix. « C'est une autre femme ? Tu peux le dire à mama. »

Ivy blêmit. Ce n'était pas la première fois qu'elle se demandait de quelles profondeurs tordues émanaient les pensées de sa mère.

« *A-ya*, tu es toujours aussi susceptible ?... Tiens-toi droite ! s'écria-t-elle, frappant le dos de sa fille d'un air réprobateur. On dirait une bossue. Ne va pas t'imaginer que tu peux t'enlaidir une fois que tu seras mariée.

— Je ne vais pas me marier.

— Comment ça ? Tu ne vas pas te marier ?

— Gideon va annuler le mariage. »

Les sourcils de Nan faillirent rejoindre la racine de ses cheveux. « Qu'est-ce que tu as fait ? demanda-t-elle après un petit instant de silence.

— Tu ne pourras sans doute pas récupérer ton argent du mariage.

— Oh, l'argent. On s'en fiche. »

Ivy rit sans conviction. Elle attira son attention sur le fait qu'elle venait juste de se plaindre des frais d'hospitalisation de Meifeng.

« Ce sont deux choses différentes. » Nan lui prit des mains le stylo avec lequel elle jouait. « Il n'y a pas que l'argent qui indique le succès. C'est le lignage qui compte, chez un homme. Les qualités qui coulent dans ses veines. Ça, ça ne s'achète pas.

— Oh bon sang, lâcha Ivy. Encore ces conneries de *qizhi*. » Elle récupéra le stylo et le fit cliqueter, furieuse, au creux de sa paume.

« L'amour ne suffit pas à faire un bon mariage, poursuivit Nan sans l'écouter. Seuls les imbéciles peuvent croire le contraire. Les riches ne sont pas des imbéciles. Ne sous-estime pas ton homme. Il est ambitieux, ça se sent. On ne se montre pas aussi prudent si on n'a pas de grands projets. Rien qu'à sa façon de marcher, il a l'air important, il nous observe pour voir comment on cadre avec sa vie. Parfois, je le surprends à te regarder. Il essaie de voir si tu peux lui être utile pour la suite.

— Pour quelle suite ? »

Nan écarta la question d'un geste. « Les hommes parlent peu. Ils agissent. Tu te souviens du fils de l'amie de tante Ping, Kevin Zhao ?

— Non.

— Il n'y a rien qui rentre dans ta petite tête ou quoi ? C'est ce garçon qui est venu jusqu'à Boston pour te rencontrer l'an dernier.

— Et alors ? »

La voix de Nan se teinta de fierté quand elle annonça que Kevin avait épousé une fille venue du

Yunnan. « Une ballerine. Il vient de terminer ses études de médecine et a trouvé un poste à l'hôpital. Ils ont acheté une maison à Clarksville. À vingt-neuf ans. » Elle secoua la tête d'un air nostalgique. « Baba et moi avions la quarantaine quand nous avons pu acheter notre première maison. Et encore, il a fallu emprunter. Mais Kevin a acheté une maison à sa femme. Il envoie de l'argent à ses beaux-parents… Qu'est-ce que Gideon a fait pour toi ? Tu viens demander de l'argent à baba parce que tu n'as pas confiance en ton futur mari. Il aurait au moins dû te proposer de payer la fac de droit.

— Il l'a fait. » Techniquement, c'était vrai.

— Ah bon ?

— Mais j'ai changé d'avis. Je ne veux plus faire de droit. »

Nan ne sembla pas surprise. « Il y a un proverbe chinois qui dit : "Mari et femme sont comme les oiseaux dans les bois ; à l'approche du danger, ils s'envolent séparément."

— Voilà qui est optimiste. C'est mamie qui te l'a filé, celui-là ?

— Tu sais quel est le secret d'un mariage qui dure ?

— Des chambres séparées ? »

Nan y réfléchit sérieusement un instant. « Non. Je vais tout te dire… Avant baba, je fréquentais un jeune homme de mon village. Mamie t'a raconté l'histoire ? » Comme Ivy baissait les yeux – elle se rappelait la fois où, encore au lycée, elle avait hurlé *Tu es morte avec ton petit ami, en Chine. On n'est rien d'autre que ta famille de rechange !* –, Nan ajouta : « Qu'est-ce qu'elle t'a dit, exactement, mamie ? »

Trop gênée pour entrer dans les détails intimes – l'idée de parler de sexe ou d'amour à sa mère l'embarrassait encore –, elle résuma le récit de Meifeng : « Elle a dit qu'elle vous a séparés de force en t'envoyant vivre avec ta tante. Tu ne lui as jamais pardonné. Ton petit ami a fini par mourir dans les camps de travail… Quelqu'un l'a tué pour avoir volé une patate douce. » Ce dernier détail avait été source de nombreux cauchemars à l'adolescence.

Nan fronça les sourcils. « Alors c'est ça qu'elle raconte depuis tout ce temps ? Après toutes ces années, ma propre mère ne me comprend toujours pas. » Ivy ricana mais l'ironie de la situation échappa à sa mère. « La vérité, reprit Nan, c'est que je l'ai aimé un moment – Anming Wu. Mais ça ne s'est pas passé comme ma mère l'imaginait. »

« Je ne me suis jamais vraiment intéressée à l'apparence, mais on m'a dit toute ma vie que j'étais jolie. J'avais aussi une idée de ce que je voulais dans la vie. Il faut que tu comprennes le contexte historique. À l'époque, tous les gens que nous connaissions se faisaient enlever. Parent contre parent. Les voisins devenaient espions. Les Wu… c'était une famille corrompue. Ils ont soudoyé des fonctionnaires à Beijing pour continuer à faire tourner leur entreprise de *qipao*. Anming se croyait invulnérable aux dangers de son statut social. Il n'arrêtait pas de parler de son argent comme s'il s'agissait d'un gilet pare-balles. J'étais jeune. J'étais sous le charme de ses promesses d' avenir où je serais la *taitai* de sa famille et mè une vie tranquille. Oh, je suis tombée amo lui, c'est sûr, du moins de la version qu'il présentait de lui-même.

« Un soir après le festival de l'école, on s'est retrouvés tous les deux dans les vestiaires, et il s'est jeté sur moi. J'ai essayé de le repousser, mais il était fort et convaincant. Je me suis dit que ce n'était pas grave, qu'il m'aimait, qu'il prendrait ses responsabilités. J'étais si bête qu'il me paraissait inconcevable qu'il s'agisse là d'autre chose que de la première étape d'une demande en mariage.

« Après cet incident, j'ai attendu qu'il me déclare son amour et me promette de m'épouser. J'ai attendu des mois. Et puis un jour, quand je rentrais de l'usine, je l'ai vu derrière un arbre avec une autre fille de l'école. Il avait la main sous son chemisier. C'était la première fois que je le voyais sous son vrai jour. Je me suis rendu compte qu'il m'avait utilisée. Il n'avait jamais eu l'intention de m'épouser – pourquoi l'aurait-il fait ? Mes parents étaient de pauvres agriculteurs, sans argent ni relations, qui subvenaient aux besoins de leurs quatre filles. Je n'avais rien à offrir à sa famille.

« J'étais morte de peur. Une femme de notre village avait été embarquée parce qu'on l'avait surprise dans les rizières avec un garçon. Son humiliation a fait le tour de trois comtés. Son père, le boucher du village, a perdu tous ses clients ; sa mère s'est suicidée. J'étais terrifiée à l'idée qu'il m'arrive la même chose, ce qui gâcherait mon avenir mais aussi celui de mes sœurs. Anming avait une grande gueule. Il se vantait de ses secrets de famille, de leur argent, de leurs relations au sein du gouvernement. Je devais l'éloigner de moi. J'y ai réfléchi pendant des jours, et enfin, j'ai trouvé la solution.

« Il y avait une communiste fanatique qui vivait en périphérie du village. Elle s'appelait Mu Xiao. C'était une partisane de Mao qui rêvait de faire ses preuves et de monter en grade. Dans une lettre anonyme, j'ai écrit tout ce qu'Anming m'avait dit au sujet des pratiques malhonnêtes de sa famille – le nom des fonctionnaires qu'ils avaient soudoyés, les sommes d'argent qu'ils cachaient sous les lattes du parquet, leurs affinités politiques pour la droite, tout. Elle a utilisé la lettre pour organiser l'arrestation de la famille et a été promue secrétaire de section. Les Wu ont été jetés en prison – les hauts fonctionnaires avec lesquels ils faisaient affaire ont été exécutés – et tous les enfants, y compris Anming, ont été envoyés à la campagne. On peut dire que j'ai, à moi seule, causé leur perte. Qui sait ? Sans ma lettre, peut-être qu'ils auraient été protégés jusqu'à la fin de la révolution. J'ai été désolée d'apprendre sa mort. J'ai pleuré à chaudes larmes et j'ai prié pour mon âme pendant des mois. Mais si c'était à refaire, je le referais.

« À la même époque, j'ai commencé à remarquer un garçon dans la ville où habitait ma tante ; je savais qu'il s'intéressait à moi. Ce n'était pas le plus beau, mais il était intelligent et venait d'une longue lignée d'intellectuels. Sa mère travaillait comme infirmière ; son père comme directeur de l'hôpital. Shen Lin m'a plus tout de suite. Il ne parlait pas beaucoup, mais il était fiable. Il passait chaque jour à l'usine me donner un œuf dur. J'ai commencé par le maudire. Je lui dis que plus je mangeais, plus j'avais faim, et il a répondu que ce n'était pas grave parce qu'il me donnerait tous les œufs que je pourrais manger, autant que je le désirais. Je lui ai dit que j'en voulais vingt. Le lendemain, il m'a apporté un sac qui contenait vingt œufs. J'ai raconté à ma mère que j'avais trouvé le sac au bord de la route.

Beaucoup de filles aimaient Shen, ou du moins elles aimaient la situation de sa famille, mais il ne leur prêtait aucune attention. Il avait entendu dire que j'étais amoureuse d'un mort, mais curieusement, ça n'a fait que renforcer ses sentiments pour moi.

« Quand je me suis renseignée, j'ai découvert que les Lin étaient connus pour deux choses : leur travail acharné et leur faiblesse pour les paris. Ils travaillaient d'arrache-pied pour obtenir quelque chose puis le misaient sur un coup de tête. Shen était sur le point de passer médecin à l'hôpital local, et moi j'en avais marre de Xing Chang, marre de m'occuper d'un père malade, marre de mes sœurs et surtout, marre de ma mère, qui vénérait les Wu depuis toujours, leur léchait les bottes et s'extasiait devant leurs enfants. Je voulais surtout m'éloigner d'elle.

« Un jour où Shen m'a croisée dans la rue, j'ai fait en sorte qu'il m'entende dire à mon amie que je mourais d'envie de quitter la Chine pour aller en Amérique. Que j'aurais aimé rencontrer un homme qui ambitionnait de vivre à l'étranger. Un peu plus tard, j'ai entendu des rumeurs : Shen avait annoncé à son père qu'il ne voulait pas devenir médecin mais allait passer le TOEFL. Son examen en poche, il est venu chez moi et a demandé ma main. J'ai rechigné un peu, et puis j'ai accepté.

« Plus jeune, tu me demandais souvent comment ton père et moi nous sommes mariés. Maintenant, tu sais. C'était parce que j'ai tout fait pour. Si j'avais été quelqu'un de stupide, ton père ne m'aurait jamais regardée. Mais j'ai saisi ma chance et je me suis inventé une histoire – même si elle était fausse. Il faut donner aux hommes une raison de se battre. C'est ça, le secret d'un mariage qui dure. »

Quand Nan cessa de parler, Ivy resta bouche bée. Elle enfonça le stylo dans sa paume.

Meifeng lui avait un soir raconté, avant de s'endormir, l'histoire de la grenouille qui vivait dans un vieux puits. La grenouille était née dans le vieux puits sombre ; elle ne connaissait du monde extérieur que la faible lumière, loin au-dessus de sa tête, qu'elle prenait pour le soleil. Un jour, un oiseau vola au fond du puits et dit à la grenouille « Viens là-haut, découvrir le monde extérieur quand il fait chaud et lumineux. » La grenouille se moqua de l'oiseau, certaine que le puits était en réalité le monde entier. Ivy voyait bien qu'elle avait été la grenouille, croyant que sa souffrance était unique, propre à sa famille chinoise, à son propre cas de figure. Mais elle n'était qu'une jeune fille désespérée de plus qui avait rêvé de belles choses, des rêves que Nan avait elle aussi dû caresser au même âge. Nan, qui comme Ivy avait lutté pour fuir. Pour fuir, mais aussi pour s'épanouir, elle avait lutté de toutes ses forces pour obtenir ce qu'elle désirait.

« Je l'admets – je n'ai pas été enchantée quand j'ai appris que tu n'allais pas épouser un Chinois, reprit Nan. Mais tu as toujours su ce que tu voulais. Alors ne t'inquiète pas, ta famille ne va pas te décevoir. On ne va pas te mettre des bâtons dans les roues. » La voix de Nan s'étrangla. Elle croyait sans doute que c'était à cause des Lin que Gideon allait annuler le mariage.

« Arrête ça ! » Nan lui arracha le stylo. Elle prit les mains d'Ivy et, du bout des doigts, parcourut le réseau de sillons à l'intérieur de ses paumes.

« N'abîme pas tes mains. Elles ont toujours été si belles. Regarde. Une longue ligne de vie. » Elle caressa la ligne inférieure. « Une ligne de cœur brisée. Une ligne d'argent précaire. C'est la chance avec laquelle tu es née. » Elle ferma la main d'Ivy pour en faire un poing. « Tu sais comment on a choisi ton nom ? En chinois, Jiyuan signifie “risquer sa chance”. Ce n'est pas le moment de baisser les bras. Ressaisis-toi. Bon… qu'est-ce que tu vas faire à propos de ton mariage ? »

Il était deux heures et demie du matin quand Ivy entra dans sa vieille chambre, à Clarksville. Rien n'avait changé depuis qu'elle était partie pour l'université, se jurant de ne plus jamais revenir. Ses vieux habits étaient soigneusement pliés dans les tiroirs, les t-shirts rectilignes au col jauni, les costumes de scène brillants du club de théâtre, les tongs en caoutchouc et les chaussures en toile aplaties dans des boîtes en carton. Dans le tiroir du bas de son bureau, elle trouva son vieil album du *Club des Baby-Sitters*, sur lequel elle avait collé des photos de Blanches maigrichonnes pourvues d'appareils dentaires pour faire semblant qu'il s'agissait de ses amies.

Elle passa un doigt sur le cadre photo posé sur la table de nuit – Austin et elle devant l'arrêt de bus, vêtus de leurs énormes parkas d'hiver – et ne recueillit aucune poussière. Nulle poussière non plus sur l'horloge en plastique, ni sur la petite figurine en verre d'un chien sur son bureau. Meifeng la lui avait donnée quand elle était allée à l'université. 1982 était l'année du Chien d'eau, son signe du zodiaque combiné à son élément astrologique. Les Chiens d'eau étaient censés être courageux, égocentriques, égoïstes. « Tu es courageuse, égocentrique et égoïste », lui avait toujours asséné Meifeng.

Depuis les problèmes de genou de Meifeng provoqués par son passé d'*ayi*, Nan s'occupait du ménage chez les Lin. Ivy imagina sa mère essuyant les meubles, l'horloge, le chien en verre, avec le torchon rayé dont elle se servait toujours, le rinçant dans la bassine en plastique dont Ivy s'était servie pour détruire son journal. Elle éprouvait de la colère. Elle en voulait à Nan. Seuls des imbéciles s'attacheraient aussi assidûment à nettoyer une chambre que personne n'occupait. Quelle leçon sa mère s'était-elle efforcée de lui inculquer à grand renfort de claques, déjà ? Ivy soupçonnait Nan de ne plus s'en souvenir.

Le lendemain matin, par habitude, elle consulta son téléphone pour voir si Roux avait appelé ; son cœur battait au rythme de *six jours, six jours*. Mais elle ne trouva qu'un SMS de Gideon qui demandait des nouvelles de Meifeng.

Tandis que Nan préparait le petit déjeuner, Shen montra à Ivy tout ce qu'ils avaient changé dans la maison : le lustre à gradins en forme de gâteau de mariage renversé, les moulures de plafond très travaillées qui ressemblaient étrangement à celles de la maison de ville de Ted et Poppy, le patio qu'ils avaient construit dans le jardin, après avoir enfin démoli le poulailler, agrémenté de carreaux en pierre lisses et d'une rangée de jeunes arbres taillés en sucette. Ivy dut admettre que cette maison, qui conservait dans ses souvenirs l'humidité froide et la décrépitude d'une cave, avait été bien améliorée, et était même – oserait-elle le dire ? – décorée avec goût. Le genre de maison dont elle aurait sans doute tiré de la fierté quand elle était enfant. Le genre de maison qui aurait pu sauver Austin.

Ivy n'avait pas encore vu son frère. À son retour de l'hôpital, la veille au soir, de la lumière filtrait sous sa porte, mais quand elle avait frappé, elle n'avait pas obtenu de réponse. Elle avait frappé de nouveau ce matin-là, et il l'avait de nouveau ignorée. Lorsque Ivy voulut prendre de ses nouvelles au petit déjeuner, Nan se décomposa soudain, comme si quelque cheville qui tenait son sang-froid en place s'était détachée quand Ivy avait prononcé le nom d'Austin.

« Ton frère a arrêté de travailler.

— Pourquoi ? » demanda Ivy, le cœur gros. Aux dernières nouvelles, il mordait la vie à pleines dents.

« Il y a deux semaines, il n'a pas entendu son réveil sonner et il est arrivé en retard au travail. Son chef l'a grondé. Le lendemain matin, rebelote. Il ne voulait pas se lever. Baba a dit qu'il devait y aller et assumer les conséquences, mais Austin a refusé. Il a affirmé qu'il ne se sentait pas bien. Depuis, il n'a pas quitté sa chambre. Baba a dû envoyer un e-mail de sa part expliquant qu'il démissionnait pour se concentrer sur ses études. » Nan soupira et tendit à Ivy un pain farci au porc tout chaud qui sortait du cuiseur vapeur. « Qu'est-ce qu'on peut faire ? Il ne grandira jamais. Pourquoi mes deux enfants sont-ils si fragiles ? »

Ivy se souvenait, à présent, pourquoi elle avait gardé ses distances toutes ces années. La maison était un fardeau qu'on ne pouvait jamais poser une fois qu'on se retrouvait dans son orbite. « Il vient avec nous voir mamie ? s'enquit-elle.

— On lui a demandé de venir hier », répondit Shen, qui avala son gruau de riz en secouant la tête. « Il a dit qu'il ne pouvait pas. Je ne comprends pas. On parle de sa grand-mère, celle qui l'a élevé. Qu'est-ce qui ne tourne pas rond chez ce garçon ? On aurait dû l'envoyer à l'armée. Il n'a jamais connu la discipline. Voilà le problème.

— Ce n'est pas du tout ça, le problème », rétorqua Ivy, jetant ses baguettes sur la table. Ni sa mère ni son père ne la contredirent.

Ils se rendirent à l'hôpital dans un silence quasi total. À leur arrivée, Meifeng était réveillée et de mauvaise humeur. Elle avait faim, la nourriture de l'hôpital avait le goût de lait pourri, elle voulait manger des nouilles, boire du vrai thé, pas ce Lipton tiédasse, elle voulait son lit, sa voisine de chambre n'arrêtait pas de marmonner, on l'attendait pour jouer au mah-jong chez Xiaoxing. Quand elle lui lança d'un ton grincheux : « Alors tu attends que j'aie un pied dans la tombe pour venir me rendre visite », Ivy décida d'accepter la proposition de son père, qui voulait lui montrer son nouvel entrepôt. Sur le chemin de l'hôpital, Shen avait déjà abordé le sujet deux fois, ce qui dénotait combien il était impatient.

« Dis à Mimi qu'elle doit réécrire à la dame qui a acheté la montre, lança Nan alors qu'ils s'éloignaient. Précise bien : *aucun remboursement.*

— Qui est Mimi ? interrogea Ivy, une fois dans la voiture.

— Notre employée.

— Vous avez des employés ? »

Shen ne répondit pas. Au bout d'un moment, il demanda : « Depuis quand tu fumes ? »

Ivy nia.

« Je t'ai vue sur le patio hier soir.

— Je ne fume que de temps à autre. C'est à cause de tout ce stress lié à l'organisation du mariage. »

Shen lui tendit le paquet de Marlboro qu'il gardait toujours dans la poche de sa veste. Ivy le prit, saisie d'une curieuse timidité face à cet inconnu assis à côté d'elle, ce vieil homme qui lui offrait une cigarette. Ils n'avaient sans doute pas échangé plus de quelques centaines de mots de toute leur vie. Que savait-elle vraiment de Shen Lin, outre ce que Nan et Meifeng lui avaient raconté ? Quelle était son identité intime en dehors de celle que la famille avait forgée ? Elle remarqua la barbe de trois jours grise sous son menton courbe ; les lèvres qui tenaient la cigarette, violettes et minces. Elle ne pouvait imaginer un monde dans lequel l'épouser représentait la réussite ultime de la vie de Nan. Mais si sa mère ne l'avait pas fait, Ivy serait probablement à Chongqing, où elle vivrait dans l'appartement minuscule à côté de chez Jojo et serait employée dans la boutique de Yingying. Les filles se mariaient encore tôt en Chine, vers vingt-deux ans, et elle n'aurait pas dérogé à la règle. Elle aurait peut-être même déjà un enfant. Austin ne serait pas né, en raison de la politique de l'enfant unique.

« Tu te souviens de ce que tu m'as dit quand je suis partie à l'université ? demanda-t-elle. Tu as affirmé que je trouverais toujours des gens meilleurs que moi.

— Ah bon ? »

Ivy se mit à trembler. « Comment tu peux dire un truc pareil à ta propre fille ? Tu n'as pas eu peur que ça provoque des problèmes de confiance en moi ? Pourquoi tu crois que tout le monde vaut mieux que nous ? Pourquoi ?! »

Shen fit tomber sa cendre par la fenêtre. « Je ne vois pas où est le mal. Tu es devenue une femme indépendante. Tu as appris l'humilité. La vie t'a récompensée en te donnant un bon mari, des beaux-parents distingués. Qu'est-ce que tu veux de plus ? »

La colère d'Ivy se transforma en un dégoût empreint de tristesse. Jamais elle ne pourrait faire comprendre à cet homme simple et droit que chez une femme, les morceaux les plus fragiles étaient composés de millions de coups d'œil furtifs et de commentaires insoucieux lancés par autrui ; c'était ça, l'identité. Le désir d'obtenir une identité différente avait poussé Nan à détruire un homme et à en épouser un autre.

« Laisse tomber, dit-elle d'un ton cynique. Tu ne me croirais pas, même si je te le disais.

— On est arrivés. »

Shen se gara près d'un bâtiment d'angle blanchi à la chaux dans une rue bordée d'arbres. De chaque côté se dressaient des immeubles de bureaux qui portaient des plaques identiques avec le nom de dentistes et de cabinets d'avocat. « C'est le bureau de notre comptable, indiqua Shen. Très pratique. »

L'entrepôt était bien plus profond qu'il n'y paraissait de l'extérieur : un espace immense aux plafonds hauts, aux fenêtres fraîchement repeintes empilées les unes au-dessus des autres ; quinze rangées d'étagères en acier soutenaient des boîtes en carton portant chacune des codes à six chiffres. Des échelles coulissantes permettaient d'atteindre les étagères supérieures. Il y avait une partie réservée aux vieux meubles, au fond, tous sous plastique, que Nan et Shen achetaient à des ventes par licitation. Shen montra à Ivy les vitrines de bijoux, les peintures à l'huile aux cadres dorés, le vaste bureau à l'arrière, avec ses meubles en acajou, deux énormes écrans d'ordinateur, une imprimante laser et des piles et des piles de boîtes en carton aplaties. Dans le fauteuil en cuir, une jeune Asiatique vêtue d'un jean skinny et d'un col roulé blanc tapait à l'ordinateur. Quand elle vit Shen, elle se leva d'un bond et lança en chinois : « Déjà trois e-mails à propos du Sony… » Puis, apercevant Ivy : « J'ai beaucoup entendu parler de vous, fit-elle, rougissante.

— Que du bien, j'espère », répliqua Ivy.

La jeune fille s'illumina. « Vous devriez entendre *taitai* se vanter ! Je suis désolée pour mamie. *Taitai* dit que ça va aller. Je suis vraiment soulagée. Au fait, félicitations.

— Pour quoi ?

— Pour vos fiançailles.

— Ah !… Merci.

— J'ai acheté ma robe l'autre jour… J'ai hâte d'être au mariage. *Taitai* dit qu'il y aura deux cents invités, et que le père de votre fiancé était sénateur… J'ai vu des photos de vous deux. Votre fiancé est tellement beau, il ressemble à Brad Pitt… Il paraît que vous êtes partis en vacances à Hawaï. Qu'est-ce que c'est romantique ! »

Ivy n'avait appris l'existence de cette fille, Mimi, que le matin même, et pourtant celle-ci savait tout sur Gideon et elle, elle était invitée à son mariage, elle appelait Meifeng « mamie ».

Shen demanda à Mimi de lui montrer le poste de travail où les articles étaient photographiés et catalogués. Elles se dirigèrent vers une petite pièce dans laquelle un appareil photo haut de gamme monté sur un trépied était posé devant un fond vert sur un côté du mur. « *Taitai* resterait travailler ici toute la nuit si elle le pouvait, confia Mimi. Votre père a installé des caméras de surveillance pour qu'elle puisse travailler seule en toute sécurité. Vous voyez ? » Elle indiqua le petit écran qui montrait les portes de sortie et les trottoirs. « *Taitai* a l'œil. Elle sait comment placer et mettre en valeur chaque article pour qu'il ait l'air tout neuf sur les photos. Elle a aussi très bon goût. Votre maison est décorée avec beaucoup d'élégance. »

Mimi voulait l'impressionner en soulignant combien elle était proche des Lin ; Ivy n'en fut que plus tentée, instinctivement, de se taire. Elle lâcha un sourire peu enthousiaste, un petit tressaillement des pommettes qu'on pouvait à peine qualifier de sourire, et laissa son regard errer à gauche du lobe d'oreille de

Mimi. Sylvia m'aura appris quelque chose, finalement, pensa-t-elle.

« Je commence à avoir faim, dit-elle à Shen en regagnant le bureau.

— Tu veux prendre des hamburgers sur le chemin de l'hôpital ?

— J'ai apporté des plats chez vous hier, intervint Mimi. Mais rien d'extraordinaire, ajouta-t-elle, rougissant de nouveau.

— Mimi est une très bonne cuisinière, fit Shen. Elle nous apporte souvent de quoi dîner. Ta maman et moi rentrons si tard, parfois vers minuit, et tu connais ta mère – elle n'a jamais aimé cuisiner. Elle n'a même plus le temps de faire le ménage.

— Alors qui s'en occupe ? lança Ivy d'un ton brusque.

— Une des femmes qui joue au mah-jong avec ta grand-mère vient faire le ménage une fois par semaine. On la paye vingt dollars de l'heure, et elle reste toujours prendre le thé. »

Donc en plus d'une employée et d'un comptable, les Lin pouvaient se payer une femme de ménage. Ce n'était pas Nan mais une inconnue qui époussetait le chien en verre d'Ivy. Elle repensa aux vêtements griffés que sa famille portait à Thanksgiving, chez les Speyer, un étalage qui l'avait horrifiée à l'époque car elle pensait qu'ils cherchaient à les impressionner de façon grossière. Mais les nouveaux vêtements, les embellissements effectués dans une maison désormais à peine reconnaissable, la carte de crédit dont Austin se servait aveuglément, les chèques que Nan avait envoyés à Ivy pour payer son loyer et le mariage

– rien de tout cela n'avait eu pour but de sauver la face, comme l'avait cru Ivy, mais reflétait simplement la vraie vie de ses parents.

Mimi serra Ivy dans ses bras en guise d'au revoir. « Vous êtes encore plus belle qu'en photo », confia-t-elle.

Au ton mélancolique de la jeune fille, Ivy compris qu'elle était l'objet d'un coup de foudre familial.

À un moment de leur vie, Shen et Nan étaient devenus un homme et une femme d'affaires dotés d'un peu d'argent et de pouvoir. Le mensonge qu'Ivy entretenait depuis si longtemps s'était réalisé.

Toujours pas de réponse de Roux. Étrangement, on pouvait s'habituer à tout. L'effroyable panique avait disparu, laissant derrière elle un détachement assourdi. Pas tout à fait de la résignation, plutôt une sorte de mise en condition. Elle connaissait ce sentiment. Elle l'avait éprouvé pour la première fois à quatorze ans, quand elle avait frappé à la fenêtre de Roux avec sur la tête une bosse de la taille d'une orange.

Meifeng quitta l'hôpital le mardi matin. Pour fêter ça, Nan commanda un festin de leurs plats favoris au restaurant sichuanais du coin : côtes de porc braisées accompagnées de patate douce, aubergine froide à l'ail et aux piments frais, langue de bœuf marinée, petites tranches ovales de galettes de riz gluant luisantes d'huile sur lit de poireaux. Toute la famille fit pression sur Austin pour le convaincre de descendre dîner. Celui-ci se donna la peine de prendre une douche et de se raser ; il arriva à table en costume à rayures et cravate en soie, comme si les habits pouvaient déclencher en lui un mode de vie différent. Ivy n'avait jamais rien vu d'aussi peu convaincant. Nan sourit, pleine d'espoir, et Shen fit remarquer d'un ton jovial qu'Austin avait perdu beaucoup de poids. Ni l'un ni l'autre ne souligna qu'il était peu pratique de manger de la nourriture huileuse vêtu de son meilleur costume. Shen but trop d'alcool. Nan amoncela de la viande dans le bol de riz de ses enfants. En d'autres termes, rien n'avait changé. Du moins en surface. Pourtant, Ivy remarqua que son père ne buvait plus de bières bon marché mais des alcools chers, et que Nan portait une fine chaîne en or sur son col roulé. Elle ne portait pas de bijoux, autrefois. La nouvelle Nan portait des bijoux et commandait pour quatre-vingts dollars de plats à emporter au lieu de reprocher à Meifeng d'avoir payé un Happy Meal à Austin. Le frigo était couvert d'une ribambelle de flyers et de bons de réduction pour des restaurants chinois, ce qui laissait entendre qu'ils y avaient régulièrement recours. Quel luxe. Peut-être Austin et elle auraient-ils été différents s'ils avaient mangé pour quatre-vingts dollars de plats à emporter quand ils étaient petits. Peut-être que ci. Peut-être que ça. Qui savait ce qui faisait de vous ce que vous étiez. Ivy aurait aimé le savoir.

Elle mangea à peine. Elle regarda Shen glousser dans sa barbe au sujet de ce que Nan venait de dire. Quand Nan se plaignit d'avoir mal à la tête, il se leva pour aller lui chercher un verre d'eau. Ils se chamaillèrent au sujet d'histoires anciennes, pas méchamment, c'était leur façon à eux de parler, sans considérer l'autre comme un « autre » mais comme une extension d'eux-mêmes. Ivy se demanda si Gideon et elle apprendraient un jour le langage intime des époux. Se querelleraient-ils à cause de la lessive et de la cuisine, feraient-ils pipi la porte ouverte, se disputeraient-ils pour savoir où partir en vacances ? Elle n'imaginait pas une vie pareille avec Gideon. Le bonheur en sa compagnie avait toujours ressemblé à une peinture impressionniste – il fallait reculer d'un pas pour apprécier la scène. Leur mariage, s'ils se mariaient, serait comme les pivoines qui flottaient dans leur coupelle d'eau dans la chambre d'Ivy à Finn Oaks : tranquille, élégant, sans trace de conflit. Quelle importance si elle ne connaissait pas la banale familiarité qui existait entre ses parents ? Elle n'avait jamais voulu ce genre d'amour, de toute façon. Elle n'avait jamais voulu qu'un amour pittoresque, héroïque.

La rencontre de Gideon avec le ministre de la Santé du Costa Rica s'était bien déroulée. Son équipe recevrait le chèque de subvention lors d'un dîner officiel le vendredi suivant. Il demanda des nouvelles de Meifeng.

« Rien ne l'arrête, dit Ivy. Elle a mangé plus que toute la famille réunie et se plaignait de ne pas avoir le droit de boire d'alcool.

— J'espère avoir l'esprit aussi vif à quatre-vingts ans.

— Quatre-vingt-sept.

— Ouah. »

Ivy entendit une voix masculine et Gideon s'éloigna un instant de son téléphone pour lui répondre. Ivy se sentait toujours un peu seule quand elle entendait du bruit derrière Gideon. Il semblait mener une vie si trépidante sans elle ; sa propre ligne téléphonique était toujours libre.

« Comment tu trouves le Costa Rica ? interrogea-t-elle.

— Humide. On se fait dévorer par les moustiques, ici. Un de nos ingénieurs a été malade toute la nuit à cause du dîner.

— Tu veux que je te fasse répéter ton discours ?

— Ça ne te dérange pas ?

— Bien sûr que non. »

Elle attendit pendant qu'il allait chercher son ordinateur. À son retour, elle s'étendit sur le lit en diagonale, ferma les paupières, et laissa la cadence apaisante de sa voix la submerger comme un bain chaud. Nan disait que pour avoir un mariage durable, il fallait donner aux hommes une raison de se battre. Mais Gideon n'était pas Shen Lin. Il n'avait rien d'un combattant ni d'un joueur, et il ne croirait pas qu'une femme qui couchait avec un autre puisse vraiment l'aimer, l'aimer d'autant plus qu'elle avait couché avec un autre pour lui épargner sa propre dépravation. Cinq jours. Ivy tenta d'imaginer l'avenir qui l'attendait dans cinq jours. Un avenir sans Gideon. C'était aussi impossible à imaginer qu'un désert informe où elle errerait sans but, courant dans la chaleur scintillante vers des palais dorés et des palmiers luxuriants qui n'existaient pas.

Ce soir-là, elle se glissa dans le lit avec Meifeng. Elle voulait rester allongée à panser ses plaies, comme un chat malade. « Ne me donne pas de coups de pied, dit Meifeng, surprise mais ravie. Ou je risquerais de me fracturer l'autre hanche. »

Ivy lui demanda si sa chute avait été douloureuse.

« Un tout petit peu. J'ai appelé à l'aide, mais Shen n'était pas à la maison. Ta mère m'a portée sur son dos jusqu'à la voiture et m'a conduite à l'hôpital. » Meifeng soupira. « Nan n'est plus une jeune femme. Je n'aurais pas cru qu'elle en aurait la force. C'est bien, d'avoir des enfants, Baobao. C'est une assurance pour ses vieux jours.

— Je ne veux pas avoir d'enfants.

— Pour comprendre l'amour que nous portent nos parents, il faut avoir des enfants à soi.

— Trop risqué. On ne sait jamais quel genre de monstre on va créer. » Ivy savait quel sang coulait dans ses veines. Elle n'avait aucune envie de le transmettre.

« Un monstre ! Quelle idée idiote ! Si tu n'as pas d'enfants, qui va s'occuper de toi si tu tombes dans la douche ?

— Une infirmière à domicile. Les infirmières n'attendent rien de toi. Tu les payes pour faire leur boulot. C'est propre et net.

— On ne peut pas discuter avec toi quand tu es dans cet état-là », ricana Meifeng. Elle tendit la main vers sa tasse de thé, grimaçant un peu de douleur. « Tu as toujours eu de drôles d'idées au sujet des enfants. Tu te souviens de la fois où tu as fait pipi au lit parce que tu avais vu le fantôme d'une petite fille ? Tu m'as suppliée de laisser la lumière allumée.

— Je venais de regarder *L'Exorciste.* » Ivy rit, puis frissonna. « Je croyais que le diable qui avait pris possession de la fille pouvait traverser la télé et m'attraper. » À huit ans, elle avait été pétrifiée par l'image de l'esprit maléfique entrant en elle, la transformant en un enfant-monstre qui se débattait violemment.

« Mais je ne l'ai pas laissée allumée, poursuivit Meifeng. Je trouvais que c'était du gâchis. J'ai toujours regretté de ne pas t'avoir apporté de réconfort, cette nuit-là. Je n'arrête pas de me dire que tu devais avoir très peur, au point de faire pipi au lit. C'est bizarre, de vieillir. Tous ces petits regrets t'empêchent de dormir la nuit. »

Ivy se blottit contre l'épaule de Meifeng pour la rassurer. Au bout d'un moment, elle murmura : « Tu crois que nos mauvaises actions reviennent nous hanter ?

— Pas vraiment. Des choses pas bien, j'en ai fait beaucoup. J'ai été punie pour certaines d'entre elles, mais en général, j'ai bien vécu. » Ivy sentit Meifeng hausser les épaules. « Pose-moi la question après ma mort. Peut-être que je serai punie dans ma prochaine vie.

— Qu'est-ce que tu as fait de mal ?

— Ha ! Qu'est-ce que je n'ai pas fait, plutôt ? » Elle se mit à énumérer ses pêchés d'une voix sombre qui trahissait un soupçon de fierté – Meifeng, au moins, n'avait pas changé depuis qu'Ivy était petite. Elle considérait encore ses méfaits comme une forme de survie, une façon de prendre le dessus sur un monde qui avait toujours cherché à prendre le dessus sur elle.

L'esprit d'Ivy avait tournoyé toute la journée comme une buse autour de quelque chose qu'elle n'arrivait pas encore à identifier. Elle pensa à Roux, au pistolet. Elle pensa au passé de Nan, au stoïcisme et à l'ignorance de Shen, à Mimi l'employée qui était sans doute une bien meilleure fille que ne l'était Ivy envers Nan et Shen, au costume classieux d'Austin, à la famille, à l'argent, aux erreurs passées, et à Gideon, surtout à Gideon.

« Tu as déjà tué quelqu'un ? demanda-t-elle, interrompant le monologue nostalgique de Meifeng.

— Une fois. »

Meifeng ajusta la couverture autour de ses hanches. Ivy s'immobilisa. « Tu ne me l'as jamais dit.

— C'était quand ton grand-père et moi avons commencé notre propre ferme. Ta mère n'était pas encore née, mais Hong, si. Un voleur est entré chez nous, sans doute à la recherche de nourriture et d'argent. Il faisait si noir que je ne voyais même pas où je mettais les pieds. Je l'ai entendu qui bougeait dans la cuisine. Je sentais son odeur, aussi. Il faisait un bruit de gargouillis et quand je lui ai crié de partir, il est venu vers moi. Je l'ai poignardé avec notre couteau de cuisine.

— Il est mort ?

— Ton grand-père l'a mis dans le chariot et l'a transporté jusqu'à la petite colline près de notre maison, où on l'a enterré.

— Est-ce que quelqu'un est venu à sa recherche ?

— C'était un vagabond. Personne ne connaissait son existence. »

Ivy fut effrayée par l'euphorie qu'elle ressentit soudain ; elle s'efforça de parler sur un ton sévère pour masquer son agitation : « Tu ne t'es pas sentie coupable ? Après tout, tu as tué quelqu'un ! »

Meifeng laissa échapper un gloussement sinistre.

« En Chine, une vie peut paraître insignifiante. J'ai vu mourir des centaines de personnes – des enfants, des vieillards, des femmes. Ils s'écroulaient, tout simplement, à cause de la faim ou des maladies. Et tous les gens passaient devant les corps jusqu'à ce que quelqu'un se décide enfin à les écarter du chemin, pour éviter qu'ils ne se fassent piétiner. Ma sœur est morte aux toilettes alors qu'elle était en train de chier. Ma meilleure amie est morte quand un marchand de légumes lui a donné un coup sur la tête pour un yuan qu'elle lui devait. Les vies sont comme des rivières. Elles finissent par aller là où elles doivent aller, pas là où on veut qu'elles aillent. » Tout à coup, Meifeng poussa un grognement. « Ma jambe me fait mal. Allez, on dort. »

20

Nan déposa Ivy à la gare le lendemain matin. Elles n'échangèrent pas un mot sur le trajet, mais alors qu'Ivy sortait de la voiture, Nan lui demanda si elle voulait bien parler d'Austin à la mère de Gideon. « Dis-lui qu'il a été très grippé... Tu penses qu'elle peut demander à son cousin de lui donner une deuxième chance dans son entreprise ? » Sous le ciel sombre et nuageux, Ivy trouvait que Nan ressemblait plus que jamais à Meifeng. Néanmoins, alors qu'elle avait toujours cru voir en sa grand-mère un côté coriace et en sa mère de la faiblesse, elle se rendait à présent compte que c'était le contraire. Meifeng était faible. Elle avait toujours été motivée par la peur. Nan était forte et dure. Elle avait été motivée par l'avidité.

« Austin est déprimé, affirma Ivy.

— Quoi ?

— La dépression. C'est une maladie. Il n'a ni besoin d'un nouveau job, ni d'aller à la fac, ni d'un de vos emplois du temps. Il a besoin de voir un psychiatre. Arrêtez de faire semblant qu'il est anémique ou faible ou je ne sais quelle autre bêtise. »

Une myriade d'expressions défila sur le visage de

Nan, qui s'empreignit pour finir d'un cynisme stoïque, l'armure préférée de millions d'immigrants chinois.

« Et pourquoi il serait déprimé ? On est tous déprimés. Moi, je suis déprimée.

— Non, tu ne l'es pas. »

Nan passa sa langue sur ses lèvres. « Qu'est-ce qu'on a fait de travers ? On a toujours fait de notre mieux.

— Parfois, on n'y peut rien. » Comme les yeux de Nan commençaient à rosir, Ivy ajouta : « Ce n'est pas ta faute. » Au loin, un léger crissement annonça l'arrivée du train. « Je dois y aller. » Elle s'avança sur le quai et s'installa dans le premier fauteuil disponible. De la fenêtre, elle aperçut le monospace argenté de Nan qui attendait sur le parking, aussi brillant que le jour où elle l'avait acheté, jusqu'à ce que le train s'éloigne et qu'Ivy ne puisse plus voir que son propre reflet blafard sur la vitre.

Ils s'arrêtèrent une heure dans le Connecticut ; la pluie heurta de biais les fenêtres, suivie du crépitement de la grêle. Elle rangea son livre et envoya un SMS à Roux : *Ma grand-mère est à l'hôpital. Appelle-moi.* Elle espérait que la semaine passée avait émoussé sa détermination – il ne restait que quatre jours avant sa date butoir arbitraire.

Lorsqu'elle arriva à la maison, le crépuscule descendait déjà. Dans la cuisine, Andrea buvait du thé avec un jeune homme efféminé. Ivy eut l'impression de le connaître ; avec son sweat-shirt gris délavé, son pantalon en velours brun clair, ses lunettes à monture noire qui glissaient de son nez plutôt retroussé, il aurait pu passer pour un des employés de Gideon. Il se présenta à Ivy.

« Je t'ai vue à la fête, dit-il.

— Quelle fête ?

— Celle pour Swingbox.

— Qu'est-ce que c'est que ça ?

— Ah. Euh. On est un service de stockage de fichiers...

— Au Gonford, Ivy, gloussa Andrea. Norman et moi nous sommes rencontrés là-bas.

— Oui, bien sûr, fit Ivy. Ton nouvel ami. » L'homme en t-shirt jaune qui avait suivi Andrea toute la soirée tel un ballon filiforme attaché à son coccyx.

Norman finit son thé et monta utiliser l'ordinateur d'Andrea pour un appel vidéo – « juste une petite interview avec TechCrunch », dit-il, embarrassé.

« On va au Machu Picchu le mois prochain, chuchota Andrea, serrant l'avant-bras d'Ivy des deux mains comme s'il s'agissait d'une balle de massage. Il faut absolument que tu viennes faire les boutiques avec moi. Je suis tellement contente que vous vous soyez enfin rencontrés... Je crois qu'il va me demander ma main là-bas ! Oh mon Dieu, je n'arrive pas à croire que je viens de le dire à haute voix... Chuuut ! » Andrea laissa échapper un petit rire effrayé. « Désolée, je croyais l'avoir entendu descendre. Tu te rends compte à quelle vitesse les choses se sont passées ? Quand il m'a abordée à la fête, je me suis dit : "Il n'est pas du tout mon genre", mais ensuite, on a continué à parler – il est tellement intelligent – et je me suis rendu compte qu'on a plein de choses en commun...

— Je vais me faire un sandwich, l'interrompit Ivy en se levant. Tu en veux un ?

— Oh merde, lâcha Andrea d'un air morose, je vais

le regretter dans quelques heures quand mon visage va gonfler avant la répétition. » Elle haussa les épaules. « Tant pis, tu peux m'en faire un aussi. »

Ivy étala la pâte de chamallow et le beurre de cacahuète sur quatre tranches de pain blanc. Ce n'était pas la marque allégée qu'achetait Andrea, mais elle ne le lui précisa pas.

Elle se retourna pour tendre son sandwich à Andrea. Il y avait deux Andrea.

« Hého ? Ivy ? »

Ivy cligna des yeux et l'illusion disparut. « Je crois que je couve quelque chose. Je vais rester au lit cette semaine. Tu peux t'assurer que personne ne m'embête ? Il faut que je dorme. »

Andrea jura qu'elle monterait la garde, et lui promit de lui apporter une soupe phở en rentrant du travail. Dans un accès de tendresse, Ivy se pencha pour caresser la joue d'Andrea. « C'est toi que j'épouserais, si je pouvais », déclara-t-elle.

Andrea éclata de rire, avant de se mettre à raconter sa dernière soirée, au cours de laquelle Norman et elle avaient pris des acides dans une rave-party – la drogue vous faisait vraiment baisser la garde – et Ivy avait raison, il fallait apprendre aux hommes comment vous traiter…

Il était épuisant de regarder quelqu'un faire tant d'efforts pour obtenir des choses ordinaires. Andrea voulait être désirée, acceptée, elle voulait que quelqu'un lui dise : *Je vais prendre soin de toi.* « C'est moi qui vais prendre soin de toi », dit Andrea, et Ivy s'aperçut qu'elle avait pensé à haute voix. Andrea lécha la pâte de chamallow aux commissures de ses lèvres et baissa la voix ; Ivy comprit que son amie s'apprêtait à lui confesser ce qu'elle prenait pour un grand secret mais qui en réalité était totalement insignifiant.

« Tu vois, je ne savais même pas qu'il était… tu sais, quand je l'ai rencontré…

— Qu'il était quoi ?

— Le fondateur de Swingbox. »

Ivy eut un déclic. « Attends… la start-up à l'OPI ? Le fondateur milliardaire ?

— Il a détesté cet article du *Times* », rétorqua Andrea fièrement. Elle attrapa une cuillère et se mit à manger le beurre de cacahuète au fond du bocal.

Norman reparut. Il approcha sa chaise de celle d'Andrea avant de s'asseoir, passant un bras autour de son épaule. Tous deux se tenaient immobiles avec un grand sourire aux lèvres, comme s'ils attendaient qu'Ivy lance *Cheeeeese* et les prenne en photo. Elle s'excusa et rejoignit sa chambre. Quelques instants plus tard, elle les entendit monter discrètement les marches. Allongée sur son lit, elle attendit. Bientôt résonnèrent les grincements rythmés d'un matelas, le bruit d'une tête de lit cognant contre le mur, les gémissements assourdis d'une femme – les sons de la passion qu'Ivy aurait autrefois pris pour ceux de l'amour. Ou peut-être s'agissait-il des deux. Amour. Passion. Argent. Qu'ils puissent tous coexister au sein des corps ordinaires, si peu spectaculaires d'Andrea et Norman lui parut tenir du miracle.

En raison sans doute de ses cheveux et de son pantalon en velours, le nouveau petit ami d'Andrea lui rappelait Daniel Sullivan, l'homme qui, pensait-elle, allait lui aussi faire sa demande en mariage lors de leur grande escapade dans le Vermont, mais qui lui avait finalement annoncé qu'il ne se voyait pas l'épouser, qu'elle était sur la réserve, qu'il ne savait pas qui elle était réellement. Daniel était le seul homme à qui elle ait jamais réclamé de l'amour, sans doute la seule véritable peine de cœur de son existence jusqu'à présent. Malgré cela, il ne lui avait pas fait confiance. Elle avait cru qu'il voulait lui demander sa main et il l'avait plaquée. Elle pensait que Gideon allait la plaquer et il lui avait demandé sa main. Alors pourquoi Andrea ne pourrait-elle pas obtenir son Machu Picchu avec son nouveau milliardaire ?

Quand ils avaient commencé à sortir ensemble, Daniel l'avait emmenée passer un week-end dans les White Mountains du New Hampshire pour faire de la randonnée. Ils avaient marché six heures, jusqu'à ce que les talons d'Ivy se mettent à saigner et que ses orteils cloquent sous ses chaussettes en laine. Elle ne s'était pas plainte parce qu'elle voulait l'impressionner en s'appropriant ses hobbies. Andrea le découvrirait bientôt par elle-même : tout le sang et l'eau versés par les femmes ne servait généralement à rien.

Le sentier qu'ils avaient suivi ce jour-là avait été tracé par Daniel lors de ses randonnées en solo. Ivy le visualisait encore à présent, parce qu'il lui avait demandé de le mémoriser au cas où ils se perdraient de vue. Il n'y avait ni réseau téléphonique ni garde forestier à des kilomètres à la ronde. La montagne comportait beaucoup de virages serrés et de surfaces moussues, avait-il expliqué, mais cela vaudrait le coup car la vue était spectaculaire. Et il avait raison. Au sommet de cette falaise, le ciel était la plus belle chose qu'elle ait jamais vue.

En redescendant, Daniel avait fanfaronné, affirmant que seuls les randonneurs aventureux pouvaient affronter un terrain pareil. « Tu sais combien de personnes sont mortes dans ces montagnes ? » Il avait alors énuméré les dangers qui les entouraient : les serpents et les ours, la noyade en traversant la rivière, le simple faux pas qui vous ferait chuter de trente mètres au fond du ravin. Ivy s'était dit qu'il ne devait pas accorder beaucoup de valeur à sa vie, lui qui l'avait emmenée là au tout début de leur relation, sans avoir pris de mesures préventives pour assurer sa sécurité. Avec le recul, cependant, elle s'était félicitée d'avoir vécu une telle expérience. Le danger créait souvent des occasions uniques. Daniel l'avait bien compris.

Cette nuit-là, le bruit de la grêle heurtant la fenêtre devint, dans ses oreilles, celui des chaussures de randonnée de Daniel, marchant devant elle à grandes enjambées sur le sentier étroit et trempé de pluie. L'arrière de ses talons était recouvert de boue et d'herbe séchée, un peu de boue était même étalée sur ses chaussettes en laine grises à chevrons. Elle vit de nouveau la poussière jaune dans le virage sinueux et bourbeux ; les minuscules fleurs des champs qui sortaient la tête du passage souterrain ; la plateforme cachée en haut de la corniche ; le ravin en forme de V, trente mètres plus bas, couvert de rochers escarpés et d'éperons rocheux, impossibles à escalader une fois qu'on y tombait, tombait, tombait.

Elle s'éveilla avec le goût de la boue dans la bouche. Sa chambre était si sombre qu'elle pensa qu'il faisait encore nuit, mais lorsqu'elle alluma la lumière, son horloge indiquait midi et demi. Elle consulta la météo de la semaine sur son portable. De petits symboles de givre décoraient le calendrier. *Trois jours*, tambourina son cœur. Elle appela Roux. Elle ne s'attendait pas à ce qu'il décroche ; d'ailleurs, elle se préparait déjà mentalement à se lever, s'habiller et à se rendre à Astor Towers pour frapper à sa porte. Son « Allô ? », bref mais résigné, la prit par surprise. Elle resta bouche bée jusqu'à ce qu'il lance : « Écoute, va pas te faire des idées. Je voulais juste savoir comment allait ta grand-mère.

— Ma grand-mère ?

— Tu m'as envoyé un texto pour me dire qu'elle était à l'hôpital. Qu'est-ce qui s'est passé ?

— Oh ! » Émue par sa sollicitude, Ivy lui raconta l'opération qu'avait subie Meifeng.

— Heureusement que c'était pas si grave que ça, fit-il.

— Je t'ai dit que mes parents avaient un nouvel entrepôt ? » Sans attendre de réponse, elle se mit à parler de l'entreprise des Lin d'un ton enjoué et excessif, comme une personne qu'on aurait soudain poussée sur scène en la menaçant de lapidation si jamais elle ne captait pas l'attention du public.

« Alors ils ont enfin atteint la respectabilité de la classe moyenne, ironisa Roux. Comme tu l'as toujours voulu.

— Je suppose que oui.

— Tant mieux. Je suis content pour toi.

— Roux ?

— Quoi ? »

En entendant l'inflexion agressive de son « Quoi ? », elle retira la question qu'elle avait eu l'intention de lui poser, à savoir s'il voulait bien oublier son chantage ridicule. Au lieu de quoi, les mots : « On n'a jamais fait ce voyage dont on avait parlé » glissèrent sans peine de sa langue, comme s'ils avaient toujours été là et n'attendaient que le moment où son déni et ses prières futiles s'envoleraient, telles les dernières feuilles mortes d'une fragile branche d'arbre.

Il y eut un long silence. Puis : « Tu veux dire que c'est moi qui voulais t'emmener en voyage. Toi, tout ce que t'as fait, c'est inventer des excuses.

— Qu'est-ce que tu penses de dimanche ? Tu es libre dimanche ? » Le fait qu'il s'agissait là de l'échéance qu'il lui avait fixé pour parler à Gideon ne leur échappa ni à l'un ni à l'autre.

« Ça dépend de la destination, répliqua-t-il avec gravité.

— C'est une surprise. J'ai quelque chose à t'annoncer. »

Même la respiration de Roux paraissait revêche : « Si tu crois…

— Allez, viens. S'il te plaît.

— Faut pas t'attendre à ce que ça change quoi que ce soit.

— Je sais.

— D'accord. »

Ivy se mit à trembler de la tête aux pieds. Toute cette tension l'avait étourdie ; elle avait à la fois l'impression de perdre le contrôle et la certitude de son pouvoir absolu.

« Crois-moi, dit-elle, ça changera tout. Cet endroit est un peu loin, mais il vaut le détour. Je te le promets. »

Il lui demanda si elle les conduirait.

« Je n'ai pas de quatre-quatre. Tu peux passer me chercher. Habille-toi chaudement. Et apporte une bouteille de ton meilleur whisky.

— Pour quoi faire ?

— On va fêter ça. » Elle ferma très fort les yeux.

La neige se mit à tomber le vendredi. Doucement, recouvrant Newbury Street du duvet d'un nouveau-né. Au loin, on entendait le bruit des sirènes, des gens qui mouraient et de ceux qui se précipitaient à leur secours. Ivy marchait, engourdie par le froid, sous le ciel lugubre.

À la pharmacie, elle acheta ses Lucky Strike habituelles, des médicaments contre le rhume, un pack de six boissons énergisantes, des bretzels au levain qui étaient en promotion, et une petite bouteille de vernis à ongles rouge appelé Tout feu tout flamme. À côté de la pharmacie se trouvait un joli petit salon de coiffure doté de confortables fauteuils en velours rouges et de sols lustrés en marbre blanc brillant. Soudain, rien ne lui parut plus important que de se faire couper les cheveux. Elle entra. L'air parfumé à l'excès laissait deviner l'odeur de produits chimiques. Les coiffeurs, vêtus de jean en cuir noir et de Dr. Martens noires, étaient plus beaux que les clients assis sur les fauteuils.

« Qu'est-ce qu'on vous fait aujourd'hui ? » demanda la coiffeuse, passant ses doigts dans les cheveux noirs et informes d'Ivy, qui n'avaient pas été lavés depuis quatre jours et lui arrivaient à la poitrine.

Elles examinèrent le même reflet – la coiffeuse avec un regard professionnel, Ivy avec un profond dégoût. Elle en avait assez de ce visage qui la fixait : le pragmatisme sévère des yeux brun-noir, les joues rondes d'autrefois creusées jusqu'à former deux croissants, la bouche exsangue et pincée, une bouche de fumeuse, qui la faisait paraître âgée de dix ans de plus.

« Je veux changer de tête », annonça-t-elle. Elle observa les cheveux lisses et blond platine de la coiffeuse. Celle-ci était asiatique ; elle avait les cheveux blond platine parce que personne ne le lui avait interdit, et c'était d'une arrogance resplendissante. « Je veux votre couleur à vous, fit Ivy. Exactement la même nuance. »

La coiffeuse frotta les cheveux d'Ivy entre le pouce et l'index. « Vous n'avez jamais fait de couleur ?

— Non.

— Ça risque d'être compliqué. » Elle expliqua à Ivy que les cheveux noirs étaient difficiles à éclaircir – il faudrait du décolorant, beaucoup de décolorant, cela prendrait plusieurs séances...

« Non, il faut le faire en une fois.

— Je ne le recommande pas. Ça va vous abîmer les cheveux.

— Vous pouvez y arriver ?

— C'est possible, mais...

— Faites-le. »

Neuf heures plus tard, Ivy sortait du salon de coiffure, méconnaissable, même à ses yeux. Ses cheveux avaient la couleur du blé, un lin cendré qui soulignait les angles de son visage, sa peau fine et délicate sur les petits os, ses yeux vides et caverneux. La coiffeuse avait même coloré ses sourcils d'un brun noisette. Ivy aimait sa nouvelle coupe. Elle ressemblait à un extraterrestre – pas tout à fait asiatique, pas tout à fait blanche, quelque part entre les deux, une fille de sang mêlé, ou même un véritable phénomène de la nature. Elle imagina la réaction de Meifeng et Nan en la voyant. Sans doute diraient-elles qu'elle s'était enlaidie, défigurée de façon irréparable. Austin était déprimé et Ivy, irréparable. Ce n'est pas ta faute, avait-elle assuré à Nan dans la voiture. Elle ne cherchait qu'à réconforter sa mère. À présent, Ivy savait qu'elle avait dit vrai. Les cheveux pouvaient être réparés, mais son besoin de détruire, de fuir, de refaire, formait des ténèbres que les efforts conjugués de Meifeng et Nan n'avaient su anéantir.

Gideon lui avait envoyé un extrait d'une vidéo qu'un de ses employés avait faite, et qui montrait Roland et lui en train d'accepter le chèque. Derrière eux, la scène était éclairée en vert fluo. Une vieille femme vêtue d'une robe longue à sequins y monta pour parler de l'impact qu'avait eu l'entreprise de Gideon sur son pays. Lorsqu'elle s'avança vers Roland pour lui serrer la main, elle trébucha sur un fil. Gideon la rattrapa et lâcha une petite plaisanterie pour détendre l'atmosphère. Il avait l'air de passer un bon moment ; il était comme un poisson dans l'eau, défendant une cause qui n'avait rien à voir avec lui, une cause purement altruiste. Certaines personnes naissaient ainsi : altruistes. Tout le monde ne s'amusait pas à poignarder un vagabond qui fouillait la maison en quête de nourriture. Quand Gideon s'approcha du micro pour faire son discours, Ivy entendit un murmure d'excitation, le bruit de spectateurs qui se penchaient en avant comme un seul homme et retenaient leur respiration. Gideon parla d'avoir un impact sur la vie des autres, d'apporter les changements que l'on voulait voir s'opérer à travers le monde, de bonté, d'humilité, d'espoir. Sa voix se fit passionnée quand il évoqua le travail effectué par son entreprise dans le but d'améliorer la vie des plus démunis. Tous étaient hypnotisés. Ivy était hypnotisée. Au milieu de son discours, alors qu'il prenait une gorgée d'eau, l'employé qui filmait la scène fit un panoramique sur le public. Des hommes en smoking à la peau sombre et des femmes à la poitrine plantureuse et aux mèches blondes impeccables étaient assis autour de tables rondes sur lesquelles trônaient des couverts et des flûtes de champagne. On discernait parfois la lueur de bijoux scintillants, un rouge à lèvres rouge vif ; une femme se tamponnait les yeux avec sa serviette en tissu. La caméra s'arrêta de nouveau sur Gideon. Alors qu'elle le regardait sur l'écran de son ordinateur portable, il lui parut plus éloigné que jamais – et pourtant, jamais ce sentiment qu'il lui appartenait n'avait été aussi fort. Elle tripota le saphir sur son annulaire et l'imagina, qui sortait de la douche, les muscles de ses épaules ondulant tandis qu'il glissait un bras dans la chemise de son pyjama orné d'un monogramme. Tout le plaisir d'Ivy reposait dans cet espace, cet insaisissable fossé entre la familiarité et l'admiration, l'intimité et l'énigme.

Le samedi matin, elle remarqua que quelqu'un avait garé sa voiture juste devant chez elle. C'était une Audi noire, couverte d'une fine couche de neige. Elle se demanda lequel de ses voisins avait touché le gros lot – les gangsters d'en face avaient peut-être été récompensés par leur chef –, mais fut surtout irritée de constater qu'on lui avait pris sa place.

Quand elle sortit chercher le courrier, elle découvrit une enveloppe à bulle sur laquelle on avait inscrit son nom au feutre noir indélébile. Aucune adresse de retour. Elle ouvrit le paquet. Deux clés identiques en tombèrent. Rien d'autre. Son regard se posa sur l'Audi. Elle se précipita chez elle, récupéra son téléphone sous son oreiller. Roux lui avait envoyé un SMS : *C'est toi qui conduis*.

Dimanche. À son réveil, elle vérifia aussitôt la météo. Chutes de neige prévues dès quinze heures.

Il faisait encore nuit, la lune se dessinait en léger filigrane sur un ciel cendreux, rendu brumeux par les nuages pâles qui apporteraient la neige promise. Elle entendit le grognement des canalisations quand Andrea fit couler l'eau de la douche ; vingt minutes plus tard, les pas de sa colocataire résonnèrent dans les escaliers, la porte d'entrée s'ouvrit, se referma, laissant dans son sillage l'impuissance soudaine et feutrée d'une vieille maison.

Ivy passa à l'action. Elle enfila les habits qu'elle avait préparés la veille au soir : survêtement noir, vieilles chaussures de randonnée, plusieurs couches de vêtements thermiques, une casquette des Red Sox qu'elle avait trouvée dans le placard à parapluies. Elle laissa la lumière et le chauffage allumés dans sa chambre et ferma la porte. L'air froid lui picota la peau quand elle se dirigea vers la voiture au pas de course ; elle la déverrouilla et se glissa sur le siège en cuir glacé de l'Audi. Elle avait beau ne rien connaître aux voitures, elle savait qu'il s'agissait là d'un très bel engin. La courbe du siège épousait parfaitement le contour de son dos ; une légère pression sur l'accélérateur et elle passait à cent kilomètres heures sans effort et sans bruit. Traverser une ville déserte au volant d'une voiture de luxe, sous les yeux de mannequins magnifiquement vêtus dans les vitrines sombres des boutiques closes, dépasser les gratte-ciel dressés de chaque côté d'une vaste avenue, éprouver le sentiment inébranlable d'une terre créée pour elle et rien que pour elle, lui donnait l'impression d'être téméraire et libre. Roux disait que les voitures étaient une affaire d'hommes, que les femmes, surtout les Asiatiques, ne devraient pas avoir le droit de s'approcher des belles voitures. En tant que passagère, si. En tant que conductrice, non. Mais il lui laissait conduire cette Audi. C'était son rameau d'olivier.

Quand elle arriva à Astor Towers, le *diner* de l'autre côté de la rue ouvrait tout juste ses portes. Elle alluma ses feux de détresse et envoya un SMS à Roux pour l'avertir qu'elle l'attendait en bas. Quelques minutes plus tard, il sortit du vestibule, vêtu d'un pantalon large et d'une polaire marron. De loin, son visage était fermé, elle ne lisait rien dans ses yeux gris, plissés face au soleil, ni sur sa bouche parfaitement immobile. Il tira longuement sur sa cigarette avant de la jeter dans le caniveau.

Elle avait prévu de l'accueillir avec quelques propos légers, mais il lui épargna cette peine en éclatant de rire aussitôt après s'être glissé sur le siège passager. « Qu'est-ce que t'as foutu ? lança-t-il, lui touchant les pointes.

— Ça te plaît ?

— Ils étaient pas bien, avant ?

— Tu sais que j'ai toujours détesté mes cheveux !

— Tu ressembles à un albinos. Ou à un mutant radioactif.

— N'importe quoi. » Elle lui décocha un sourire charmeur et lui caressa la mâchoire. « Tu t'es rasé.

— Oui. »

Ils s'embrassèrent tout naturellement.

« Merci de t'être réveillé avant trois heures », murmura-t-elle.

Il appuya ses doigts à l'arrière de son crâne et vint poser avec douceur son front contre le sien. Ils restèrent ainsi une seconde de plus que n'aurait dû le permettre un comportement aussi désinvolte.

Quelle était cette sensation ? se demanda Ivy. De la peur, de la confusion, de la haine tendre entremêlées et teintées du pressentiment d'un danger imminent. Comme un otage cherchant à faire plaisir à son ravisseur. Mais qui était le ravisseur et qui était l'otage ?

« Alors ? fit Roux en la relâchant. La voiture te plaît ? » Il examina le levier de vitesse, ouvrit la boîte à gants, tapota le tableau de bord d'un air paternel.

« Elle est superbe. Merci de m'avoir laissée la conduire.

— Tu peux la garder.

— Sérieux ?!

— T'es toujours en train de te plaindre que ta bagnole tombe en panne.

— Vu mes antécédents, je risque de la bousiller d'ici peu. » Une pensée terrifiante lui traversa soudain l'esprit. « Est-ce qu'elle est immatriculée à mon nom ? »

Roux la dévisagea, un sourire sardonique aux lèvres, prenant sa peur atroce pour de l'irritabilité puérile. « Bien sûr que non – c'est moi qui l'ai achetée. Mais si t'y tiens tellement, je peux te transférer le certificat…

— Non ! » Le soulagement la faisait paraître brusque et trop enthousiaste ; elle sourit timidement. « Allons-y. » Elle mit son clignotant. Roux attacha sa ceinture.

« Et où on va, exactement ? demanda-t-il tandis qu'elle rejoignait l'autoroute.

— Faire de la randonnée. »

Il fronça les sourcils. « En plein hiver ?

— Je t'ai dit de t'habiller chaudement. Je vais devoir accélérer un peu. Il paraît qu'il va neiger tout à l'heure. »

Il suivit son exemple et parla peu, tripotant la radio, baissant les vitres pour fumer. Le vent rabattit sur ses yeux ses cheveux noirs ébouriffés ; il ressemblait moins à un bel homme dans une voiture de sport qu'à un acteur incarnant un bel homme dans une voiture de sport. Ivy aussi avait l'impression de jouer la scène d'un vieux film, une scène proche du générique de fin par exemple, dans laquelle le couple s'éloigne de la ville et emprunte un tunnel à toute allure à bord du véhicule en fuite. Voilà où je suis, pensa Ivy. Dans un véhicule en fuite.

Au bord de la Route 93, la neige fondue et le verglas

avaient pris une teinte brune. De temps à autre, ils apercevaient la carcasse d'une biche ou d'un rongeur, traînée sur le bas-côté et à moitié ensevelie sous un monticule de neige fraîche. Pour chaque kilomètre qui les éloignait de Boston, la température extérieure chutait d'une fraction de degré. La radio se mit à grésiller, puis ils n'entendirent plus que le ronronnement du moteur. L'Audi se conduisait toute seule, elle répondait au plus léger contact, sans saccade ni cahot lorsqu'ils roulaient sur des nids-de-poule. Roux lui prit la main droite, qu'il tint mollement sur ses genoux pendant qu'elle conduisait de l'autre.

Les routes devinrent étroites et sinueuses ; Ivy décrivit des cercles ascendants autour de la montagne. Leur souffle se fit plus court ; ils virent apparaître les montagnes pourpres et les lignes brunes de la cime des arbres. Ils n'avaient pas croisé d'autre voiture depuis trente minutes.

« Ça caille, aujourd'hui, remarqua Roux, remontant sa vitre. T'es sûre, pour la rando ? On pourrait aller là-bas, plutôt. » Il montra du doigt un panneau publicitaire pour le Red Wingz Bar et Grill, deux pour le prix d'un, à la sortie suivante en direction de Stocksfield. Malgré son appétit pour le luxe, Roux aimait ce genre d'endroits – les *diners* au bord de la route, les casinos de Vegas, les stands de hot-dogs. Sur ce plan-là, c'était un vrai Américain. Ces endroits lui allaient bien, tout comme les bateaux allaient à Gideon et les roseraies à Liana Finley. « Je veux te montrer un coin superbe, répondit Ivy d'un ton ferme. C'est aujourd'hui ou jamais. »

Dix minutes plus tard, elle se gara sur le bas-côté, au

niveau d'un petit belvédère d'où les voyageurs photographiaient la vue. L'été, les touristes pouvaient suivre des marches branlantes jusqu'à une minuscule chute d'eau qui coulait de la montagne. Bien sûr, tout était gelé à présent. « Nous y voilà, annonça-t-elle en coupant le moteur. »

Roux balaya du regard ce lieu coupé du monde. Les quelques arbres environnants, aux branches desquels pendaient des stalactites de glace, étaient nus et dégageaient une forte odeur de pin, de gel et de bitume mouillé. « J'aurais jamais cru que t'étais du genre à aimer le plein air, dit-il, se frottant vigoureusement les bras.

— Je suis superstitieuse, c'est tout. Je voulais que ça se passe ici. »

Il ne posa pas la question qui s'imposait : que *quoi* se passe ici ? Depuis le jour où il l'avait giflée, il avait commencé à prendre ses supercheries pour de la retenue.

« Il commence où, le sentier ? demanda-t-il.

— Il n'y a pas de sentier.

— Tu connais le chemin ?

— Je suis déjà venue.

— Avec Gideon ? »

Cette première entorse à leur contrat tacite la fit grimacer. « Non. »

Ils parcoururent un kilomètre à pied et s'arrêtèrent devant une fourche ; un panneau portait l'inscription RESPECTEZ LES VOIES ATTRIBUÉES. Ivy consulta son plan dessiné à la main. « C'est là.

— Je te suis », fit Roux avec une bonne humeur résignée.

Ils commencèrent à grimper.

Elle portait trois couches sous son manteau, mais lui n'avait qu'un gilet en coton sous sa polaire. « Donne-moi ton téléphone et ton portefeuille, dit-elle. Je vais les ranger dans mon sac à dos pour que tu puisses mettre tes mains dans les poches. »

Fumeurs et peu habitués à faire de l'exercice, ils avançaient lentement ; par ailleurs, Ivy avait de temps à autre des étourdissements quand elle s'arrêtait pour boire, et sa vue se brouillait de petits points blancs. Les nuages s'écartèrent momentanément pour laisser passer le soleil, fort et distant, qui leur brûlait le dos et la nuque. Elle agitait parfois son col pour laisser un peu de chaleur s'échapper de son t-shirt thermique, et parfois elle marchait, les mains coincées sous ses aisselles.

« On est bientôt arrivés ? » s'enquit Roux au bout de trois kilomètres. Il retira sa polaire et l'attacha autour de sa taille. La première étape de la randonnée avait été raide et impitoyable. À certains moments, ils avaient dû contourner tant bien que mal des rochers couverts de neige, trébuchant sur des branches. Les chaussures de randonnée d'Ivy étaient solides, mais Roux portait des chaussures en daim fines. Il tapa ses pieds contre un rocher pour retirer la neige qui s'était agglutinée autour de ses chevilles.

« Tu veux mes gants ? demanda-t-elle.

— Ça va. »

Elle prit les mains de Roux entre les siennes et lui réchauffa les doigts de son souffle. Elle aurait dû lui dire d'apporter des gants.

« Tu me détestes, Ivy ?

— Pourquoi je te détesterais ?

— À cause de ce que je t'ai obligée à faire.

— On en parlera plus tard, s'empressa-t-elle de répondre, retirant ses mains. On est presque à la moitié. »

Leurs halètements s'agrémentaient parfois de sifflements dans les pentes particulièrement raides. Daniel avait marqué son sentier de petits repères triangulaires rouges. Ivy, les ayant perdus de vue un instant, fut prise de panique à l'idée qu'elle ne parviendrait pas à trouver la corniche. Pendant que Roux se reposait sur un rondin renversé, elle chercha les repères. Une brise puissante écarta les branches, révélant une légère marque rouge sur une branche, à moins de quinze mètres de là.

« Je croyais qu'on était perdus, souffla-t-elle, posant sa main gantée sur sa poitrine.

— J'ai confiance en toi », répondit Roux.

Enfin, une clairière s'ouvrit sur leur gauche, une étendue rocheuse plane qui donnait sur des montagnes à perte de vue. Il n'y avait nulle trace de technologie, de routes ni de civilisation ; le vaste silence semblait préhistorique, comme s'ils étaient les premiers à avoir posé les yeux sur cet endroit de la Terre et à l'avoir honoré de leurs voix.

« C'est là ? interrogea Roux.

— Presque. Encore un kilomètre environ. Je pensais qu'on pourrait s'arrêter manger ici. »

Ils admirèrent la vue un moment. Puis Roux étendit la couverture en laine polaire sur les rochers et Ivy tira le déjeuner de son sac à dos : des sandwiches au beurre de cacahuète et aux chamallows, un thermos de café, des fruits secs. Roux sortit le whisky – un Dalmore 1942 d'une profonde couleur ambrée, qu'il ouvrit et versa dans une flasque en cuir. Il le lui fit goûter. « Merde alors ! », s'exclama Ivy, se martelant la poitrine. Encore quelques gorgées et elle risquait de croire que la magie poignante qui émanait des montagnes était bien réelle.

Pendant qu'ils mangeaient, Roux lui raconta l'histoire du Dalmore. Il l'avait gagné lors d'une vente aux enchères : la bouteille appartenait à un lord écossais qui avait aussi mis en vente son château, dans les caves duquel le Dalmore avait été stocké des décennies entières. « Mais qu'est-ce que j'allais foutre d'un mur de briques en ruine ? s'exclama Roux. Je préférerais avoir encore dix de ces bouteilles. Délicieux, hein ? » Ses joues étaient roses, son regard vif et détendu. Ivy lui recommanda de finir la flasque : « Ça t'empêchera d'avoir froid. » Elle arracha la croûte de son sandwich, creusa un petit trou dans le sol et enterra les miettes.

« Qu'est-ce que tu fais ?

— Rien. Je tiens pas en place, c'est tout. » Roux lui offrait toujours le top du top : whisky, bijoux, voiture. Il lui achèterait sans doute ce foutu château si elle le lui demandait. « Comment vont les affaires ? demanda-t-elle.

— J'ai ouvert une laverie à Roxbury la semaine dernière.

— Fascinant. »

Ayant remarqué son ton de voix, il lança, sèchement : « Tu as une idée du chiffre d'affaires d'une laverie ?

— Cent mille ?

— Une seule laverie peut rapporter un million par an.

— Je devrais conseiller à mon père d'en ouvrir une», rétorqua Ivy, qui ne plaisantait qu'à moitié. Puis, quand il se mit à énumérer les chiffres de l'investissement initial, elle ajouta, exaspérée : « Pourquoi cette obsession de gagner toujours plus ? Tu es déjà millionnaire, non ?

— Et alors ?

— Où est-ce que ça s'arrête ? » La question n'avait rien de rhétorique – elle voulait vraiment savoir. Mais Roux se contenta de hausser les épaules.

« Je me le demande, dit-il, les yeux perdus au loin, l'air sombre qu'il arborait toujours quand il pensait à sa mère décédée.

— Alors c'est quoi, l'idée ? Tu comptes travailler pour les Moretti jusqu'à la fin de tes jours ? »

Il la dévisagea. « Ça te dérange ?

— Pas du tout. » Elle le regarda droit dans les yeux. « Tu me connais. Est-ce que je me suis jamais préoccupée d'obéir aux règles ? » Elle fit semblant de boire une autre gorgée de whisky.

« Viens là », dit Roux avec tendresse.

Ivy le rejoignit. Elle s'assit entre ses genoux ; les bras de Roux encerclèrent sa taille et elle s'appuya contre sa poitrine, sentant son cœur battre à travers les couches de leurs habits. Ses cheveux lui chatouillèrent les joues tandis que sa voix, rendue rauque par l'alcool, lui chuchotait des promesses complexes à l'oreille : ils se marieraient, il emporterait son argent et ils recommenceraient de zéro, loin des Moretti, peut-être en Asie, et il s'occuperait d'elle, de sa famille, de l'avenir de leurs enfants, et il ne la blesserait plus jamais – les promesses d'un homme au seuil de l'ivresse qui révélait ses rêves les plus purs. « Tu me connais, conclut-il, comme s'il devinait ses doutes. Tu sais que je tiens toujours mes promesses.

— Tu m'as dit un jour que tu n'étais pas du genre à te marier », observa-t-elle.

Il éclata de rire, puis poussa un soupir, puis rit de nouveau. « On peut compter sur toi pour te souvenir de toutes les conneries que j'aie jamais dites. »

Ivy se laisser aller contre le corps ferme qui la soutenait, les bras musclés qui l'enveloppaient telles des chaînes, et leva la tête vers le ciel enrubanné de blanc, le soleil pâle. Elle ne prendrait plus jamais la force physique pour de la puissance.

« Roux. Qu'est-ce que tu ferais si je te disais que j'avais parlé de nous à Gideon et qu'il m'avait pardonné ? Qu'il allait quand même m'épouser ?

— C'est impossible.

— Comment tu peux en être si sûr ? »

Son étreinte se resserra autour de sa taille. « Regarde comment il te traite. Il te prend encore pour la petite fille qui était amoureuse de lui au collège. Je parie que tu le suivais partout pour lui faire ses lacets. Voilà ce qu'il attend de toi : une femme qui lui noue ses lacets pendant le restant de ses jours. » Il lui fit tourner la tête d'une main pour qu'elle le regarde. « J'ai peut-être été dur l'été dernier quand je t'ai dit ces choses, dans la maison de vacances de Gideon. Mais il fallait que tu l'entendes. Les Speyer… c'est tous des escrocs. » Ivy se mit à se moquer, mais Roux insista : « Crois-moi, personne dans cette famille n'est honnête. J'ai connu des arnaqueurs plus honnêtes qu'eux. Gideon a l'air de se choper une hernie chaque fois qu'on lui pose une question personnelle. Et Ted et Poppy ? Ils sont toujours si énergiques et si nerveux... Non, c'est pas du charme, Ivy, c'est une espèce de mascarade perverse. Ils cachent quelque chose.

— Et Sylvia ? Qu'est-ce qu'elle cache, elle ?

— Sylvia est la pire d'entre tous. Elle a jamais levé le petit doigt. Elle attendait que je lui paye ses vacances, ses billets d'avion, que je lui réserve ses hôtels et ses villas. Comme si sa naissance lui donnait droit à tout sans rien faire. Ce fameux charme que t'admires tant, elle s'en est servie sa vie entière – ah oui, elle savait se montrer charmante quand elle le voulait – mais c'était aussi une enfant pourrie gâtée et une dingue. » Il libéra un bras pour ramasser la flasque. « Pourquoi les femmes font ça ?

— Quoi donc ?

— Ce jeu du chat et de la souris. C'est dément. Un jour elle se vexe parce que je lui raconte pas mon enfance en Roumanie, le lendemain elle me dit que j'habite en Amérique et qu'il faut que je m'intègre. Ou que j'en veux au monde entier. » Il frissonna. « J'ai toujours pensé qu'elle me trompait, mais impossible de le prouver.

— Tu l'as vue... ?

— Non, juste une intuition. Tous ces musiciens, ces acteurs, ces écrivains... J'arrivais jamais à savoir si c'étaient vraiment des amis ou des gens qu'elle avait trouvés dans la rue. J'avais parfois l'impression que Sylvia m'arnaquait, moi.

— Pour obtenir quoi ? »

Roux haussa les épaules. « J'en sais rien. Mon argent. Au final, c'est toujours une question d'argent.

— Mais imagine que Gideon m'ait pardonnée, répéta Ivy, que le vent fit trembler. Qu'est-ce que tu ferais ?

— On vit pas dans ce monde-là », rétorqua-t-il froidement. Il lui tendit la flasque mais elle secoua la tête. « Sinon j'aurais pas eu besoin de nous mettre au pied du mur. On serait déjà ensemble. Plutôt que de se retrouver sur cette montagne gelée, on serait dans mon lit. En train de prendre un bain. Tu serais en train de redécorer mon appart. »

Ivy imagina les choses telles qu'il les décrivait. Le lit. La baignoire. Le nouveau départ. Les enfants. L'Asie. La sérénité qu'elle avait ressentie en sa compagnie, cette nuit-là à Cattahasset sur le lit à baldaquin de Poppy, lui revint en mémoire, fredonnant sa mélodie envoûtante et irrésistible.

« Dis-moi la vérité. » Il l'attrapa par le menton et la regarda dans les yeux. « Tu lui as parlé ? Si tu l'as pas fait, c'est pas ce geste romantique qui va me faire changer d'avis.

— Je lui ai parlé de nous. On a rompu. »

Il tiqua. « Je te crois pas.

— Je t'aime. » Elle lui sourit avec tendresse, la tendresse d'une mère.

Roux baissa la tête. Il l'embrassa au creux du cou, à l'endroit où son pouls faisait frémir sa peau. Elle comprit, à la douleur au fond de sa gorge et à ses yeux chauds et secs, qu'elle n'avait pas menti. Il était Roux, et elle Ivy. Qui d'autre dans tout l'univers pouvait comprendre ce que cela signifiait ?

Elle crut que lui aussi était ému, mais s'aperçut quand il leva la tête que c'était le rire et non l'émotion qui secouait son corps. Ses yeux gris limpides scintillaient comme un lac gelé dans lequel des gouttes de rosée restaient suspendues, éternellement belles ; elle eut l'impression d'apercevoir les profondeurs d'un monde souterrain, rien qu'en regardant ces yeux froids et gris.

« Allons-y », dit-il, se levant d'un bond.

Elle ne bougea pas. Le chagrin lui labourait les tempes.

« Tu es sûr que tu veux continuer ? Les températures chutent. Et il va bientôt neiger.

— De quoi tu parles ? On a fait tout ce chemin.

— Allez, Roux, on rentre. J'ai changé d'avis.

— Petite flemmarde. » Il l'aida à se lever. « J'ai un regain d'énergie. Viens, je vais porter le sac. » Il se mit à siffler en frottant la neige sur son pantalon.

« *S'il te plaît, on rentre !* »

Il s'interrompit, stupéfait. « Ça avait l'air de te tenir à cœur, tout à l'heure, de me montrer cet endroit magique, dit-il avec douceur, scrutant son visage apeuré. Je crois pas aux présages, mais je pense qu'on était censés se retrouver ici aujourd'hui. Je saurais pas l'expliquer. J'ai envie d'être ici avec toi. Pour que ce jour reste gravé dans nos mémoires. Tu comprends ? »

Elle ne parvint qu'à hocher la tête, épuisée par son accès de panique au point d'en rester muette. Il serra sa main dans la sienne.

Ivy secoua lentement la couverture et rangea tout dans son sac à dos. Roux l'avait bien dit. Ils allaient voir son endroit magique. La réalité était une question de point de vue, d'après Gideon. « On va redescendre, indiqua-t-elle, le menant au bord des rochers. Fais attention où tu mets les pieds. »

Depuis toujours, elle cherchait quelque chose qu'elle ne pouvait identifier. L'amour ? La richesse ? La beauté ? Aucun de ces termes ne correspondait tout à fait. Ce qu'elle cherchait, c'était la tranquillité d'esprit. Celle qui consistait à posséder quelque chose que personne ne pouvait vous prendre. Avait-elle jamais connu cette tranquillité, ne serait-ce qu'une minute ? Elle était lasse de se battre pour obtenir cette simplicité innocente qu'elle admirait chez les gens un peu vieux jeu comme les Speyer, ou encore l'élégance aisée et hautaine de Sunrin, des traits de caractère qui semblaient si naturels chez les autres mais qu'elle ne pouvait imiter que par la ruse. Elle en avait assez de faire ces efforts. Par-dessus tout, elle voulait se reposer.

« Te reposer ? » fit Roux.

Ils descendirent le sentier étroit qui serpentait entre les rochers, prenant appui sur ses fissures minces où la neige avait gelé.

« Me reposer sachant que j'ai atteint le sommet », répondit Ivy. Elle sentait son agacement dans son dos tandis que sa voix sèche résonnait contre les blocs immenses.

« Ivy. Il. N'y a. Pas. De sommet. On est tous dans le même enfer. Qu'est-ce que tu cherches ? La sérénité ? Ça n'existe pas. »

Ils atteignirent la corniche, large d'une soixantaine de centimètres, au bord de la montagne. Les rochers à flanc de falaise cachaient le ciel. La température ici était encore plus froide que là-haut. Ils scrutèrent le gouffre étroit en contrebas dans une position identique – un pas en avant, le cou tendu. Ivy en fut si étourdie qu'elle s'appuya aussitôt contre la paroi pour empêcher ses jambes de vaciller. Elle avait toujours eu le vertige. Absurde, compte tenu de la situation. Ses bras tremblèrent contre son corps.

« Ça a l'air artificiel, hein ?

— La divine nature, observa Roux. Qu'est-ce que c'est ?

— Des sédiments gelés, je crois. Le surplomb où on a déjeuné le protège des intempéries. C'est une espèce de trou secret que j'ai découvert il y a longtemps.

— Comment tu l'as trouvé ?

— Grâce à un ex-petit ami qui se prenait pour un homme des bois. Il a glissé sur le rocher là-haut ; heureusement que cette plateforme était là. »

Roux siffla. « Il a eu de la veine. Si tu tombes d'ici, y a pas moyen de remonter.

— Et personne ne te retrouverait non plus, chuchota Ivy. C'est trop loin des autres sentiers de randonnée. » Elle regarda le mince éclat de poussière deux cents mètres plus bas, au fond de la vallée conique. Les parois lisses et argentées étaient couvertes de glace. Des éperons rocheux tranchants dessinaient des formes complexes, pareilles à des flocons de neige gelés, leur pointe irrégulière se dressant vers un ciel qu'elle n'atteindrait jamais.

« Je ne comprends pas pourquoi tu m'aimes, cria-t-elle soudain, se tournant vers Roux d'un air angoissé. On serait malheureux, ensemble. On se disputerait en permanence. Tu me tromperais. Je te volerais. On serait des parents horribles. On mourrait d'une mort affreuse et vaine. Tu as dit que les gens ne changent pas. Voilà ce qu'on est, ensemble. » Roux avait dépeint une version de leur avenir ; Ivy en dépeignait la face cachée. Elle le suppliait de comprendre, d'être d'accord avec elle, car elle ne voyait pas d'autre moyen de les sauver tous deux. Pourtant, malgré son angoisse, une petite voix continuait à railler sa théâtralité : tu n'en crois pas un mot, tu essayes juste de te sortir de la mouise, comme d'habitude, tu ne ressens rien, tu n'es qu'un monstre égoïste…

« Tu as peur, c'est tout, fit Roux d'une voix rauque. Quand j'étais gamin, je pensais pouvoir contrôler mon destin. Faire ce que je voulais une fois que j'aurais de l'argent. Mais maintenant, je crois que nos vies ont été décidées à notre place il y a longtemps. Tout ce qui s'est passé jusqu'ici, la façon dont on s'est retrouvés – ça te paraît pas inévitable ?

— Oh, je n'en sais rien, je ne sais plus rien ! » Ivy secoua violemment la tête et se mit à pleurer, des pleurs hoquetants, étouffants, mais dénués de honte pour une fois. L'immensité de la montagne, le silence oppressant, le sifflement du vent lui donnaient l'impression qu'elle voyait tout de très loin, comme si elle se regardait du hublot d'un avion, à des milliers de mètres du sol. Elle était à la fois dans l'avion et sur la corniche, à la fois la participante et l'observatrice de sa petite vie.

Mais elle savait ! Il s'agissait de sa vie à elle ! Qu'importe si elle était petite ou insignifiante, c'était la sienne !

Roux lui caressait l'arrière de la tête, qu'elle avait

posée sur sa poitrine, et lui murmurait des paroles de réconfort. Les vibrations de sa voix gagnaient directement ses os; la sensation l'apaisa. Aussi vite qu'elles avaient commencé, ses larmes se tarirent; son esprit se tranquillisa. Les vies sont comme des rivières. *Elles finissent par aller là où elles doivent aller.*

Elle leva la tête. Il prit son visage dans sa main. Lui essuya les yeux avec le pouce. Roux… !

« Si tu te mets au bord, dit-elle, que tu fermes les yeux et que tu fais un vœu, peut-être qu'il se réalisera.

— Ça m'étonnerait.

— Allez, j'y vais en premier. » Elle s'avança tout doucement.

« Attention. »

Elle fit encore un pas en avant… ses orteils avaient atteint le bord de la corniche. Un pas de plus et elle tombait.

Ivy ouvrit la bouche. Elle hurla la première chose qui lui vint à l'esprit. *J'aimerais être un ange !* Sa voix rebondit contre les parois, revenant droit sur elle : aannggee-anggee-ggee.

Elle entendit le rire de Roux derrière elle, qui se mêlait à l'écho. « Il va falloir un miracle, lança-t-il.

— À ton tour. » Elle se recula et s'adossa à la surface de la falaise. Son cœur cognait si fort qu'elle eut l'impression d'être avalée par son battement frénétique. Mais son esprit était on ne peut plus lucide.

Roux avança. Il regarda le gouffre. Le temps se ralentit.

« Attends… Roux. »

Il se retourna. « Quoi ?

— Je ne t'ai jamais remercié.

— Remercié de quoi ?
— De m'avoir aimée. »
Elle se souviendrait toute sa vie de son sourire en cet instant précis. Ses oreilles se mirent à siffler. Roux se détourna pour faire face à l'abîme, ses paupières se fermèrent (comme ces yeux bleu-gris allaient lui manquer !), son corps chancela au bord du vide…
« J'aimerais… »
Elle tendit les bras, et poussa de toutes ses forces.

CINQUIÈME PARTIE

21

Il ne fit pas un bruit. Il ne cria pas. Ses bras et ses jambes battirent l'air pendant une fraction de seconde, puis Roux dégringola le flanc de la vallée, rebondissant avec une vitalité surprenante pour quelqu'un d'aussi grand et dégingandé. Elle entendit les bruits sourds chaque fois que son corps heurtait les rochers. Aux trois quarts du chemin, sa polaire s'accrocha à une arête particulièrement saillante et le corps arrêta de rouler. Elle remarqua l'angle étrange formé par les membres, contorsionnés comme ceux d'un acrobate de cirque chinois ; la tête pendait, trop proche des épaules. Elle pouvait voir le sang sur la falaise, une légère tache rouge semblable au repère du sentier qui avait mené Roux à sa fin, ici, dans cette vallée gelée où nulle créature ne bougeait.

Elle attendit cinq minutes pour s'assurer que le corps ne bougeait plus. Si le cœur ne s'était pas encore arrêté de battre, il le ferait sans nul doute avant le matin, par hypothermie. Des randonneurs mouraient chaque jour sur les sentiers non balisés. C'était un accident. Un accident tragique. Tragique. Tragédie. Une tragédie accidentelle. Ivy se dégourdit les jambes à grand-peine et remonta jusqu'à la surface plane où quelques moments plus tôt, Roux et elle avaient bu le Dalmore et échangé des mots d'amour, un souvenir qui de seconde en seconde se transformait en un rêve vague duquel elle se réveillerait en croyant que les bras robustes de l'homme qui l'avait serrée contre lui étaient ceux d'un inconnu.

Qu'est-ce que je fais ici ? se demanda-t-elle. Elle trébucha sur une branche et s'ouvrit la paume ; deux gouttes de sang éclaboussèrent la neige, formant une fleur épineuse, une fleur épineuse rouge vif dont elle ne se rappelait plus le nom mais qu'elle avait vue un jour – au mariage des Cross, peut-être. *Un accident tragique.* Sans s'en rendre compte, elle avait commencé à courir, glissant et chancelant dans la neige comme un animal blessé dont le dernier instinct serait de chercher refuge dans son repaire obscur. *Un accident tragique.* Elle se répéterait cette phrase jusqu'à ce qu'elle ait rejoint l'autoroute.

La neige tombait en touffes épaisses au fond de la vallée. Chacun de ses pas s'emplissait aussitôt de poudre fraîche. Elle atteignit le chemin de gravier où elle s'était garée juste au moment où le soleil disparaissait derrière le sommet de la montagne. Les vitres de la voiture avaient givré, le toit était recouvert de trois centimètres de neige. Elle alluma le chauffage à fond. Sans attendre que l'air se réchauffe, elle se déshabilla et enfila la tenue qu'elle avait préparée ce matin-là : un bas de jogging gris, une chemise en flanelle, un vieux t-shirt d'université, des chaussettes propres, des bottines en mouton retourné, une parka épaisse en duvet d'oie qui lui arrivait aux genoux. Avec la chaleur, sa mâchoire se détendit enfin et elle se mit à claquer des dents sans pouvoir s'arrêter. Au moment de retirer ses chaussettes, elle vit des pieds grotesques : ils avaient perdu leur couleur et leur forme et n'étaient plus que des blocs de chair blanche si exsangue qu'ils semblaient faits de caoutchouc. Elle avait plusieurs ecchymoses sur les membres, comme si elle avait fait une chute, et la peau autour de ses chevilles, étirée sur ses jointures gonflées, lui fit mal quand elle serra les lacets de ses bottines. Elle essuya le volant, le levier de vitesses, les boutons avec ses gants en daim tout propres. Puis elle examina le moindre recoin à la recherche de cheveux, les mèches décolorées bien visibles sur le cuir noir. Une fois son inspection terminée, elle verrouilla la voiture, glissa son sac à dos sur une épaule, et se mit en marche.

Stocksfield se trouvait à quatre-vingt-cinq minutes à pied. Hormis Red Wingz, la seule attraction touristique était un arrêt de bus où le Concord Coach passait quotidiennement à dix-sept heures vingt en chemin pour South Station. En principe, elle devait y arriver une heure en avance.

Le soleil avait disparu depuis longtemps, mais la lumière s'accrochait encore en bordure du ciel, qui s'imprégnait peu à peu de couleur, roses et mauves épars et bleus azur, plus elle s'éloignait des montagnes. Elle avait craint que des automobilistes, la voyant marcher le long de l'autoroute, ne s'arrêtent pour lui demander où elle allait, mais en dehors d'un SUV ou d'un camion de temps à autre, il y avait peu de circulation et personne ne s'arrêta, ni sembla même la remarquer. Vingt minutes plus tard, ayant atteint un rythme de croisière proche de la transe, elle ne sentit plus le froid. De temps à autre, elle avait la sensation qu'il manquait quelque chose, comme la fois où elle avait laissé son sac à main dans un restaurant. Elle s'immobilisait alors et se creusait la cervelle, passant une nouvelle fois en revue tous les détails. Portefeuille. Téléphone. Voiture. Vêtements. Corps. Neige. Ce n'est que lorsqu'elle avait la certitude qu'aucun détail ne lui avait échappé qu'elle se remettait à marcher. Elle se sentait vide, seule et engourdie. Retourner dans le ventre de sa mère ressemblerait sans doute à cela, entourée de liquide amniotique, le monde extérieur n'étant qu'un lieu étrange et lointain qui ne la touchait pas.

Apparurent bientôt des signes de civilisation. Les voitures se firent plus nombreuses, l'autoroute à deux voies céda la place à une nationale baptisée Crest Lane. Ivy remarqua les véhicules qui passaient, les piétons qui attendaient près des clous. Quand elle était enfant, les agents de la circulation l'effrayaient. Quelle petite idiote. Elle était si fatiguée. Il ne lui restait plus qu'une cigarette.

Quand elle arriva enfin en ville – BIENVENUE À STOCKSFIELD, BERCEAU DE LA PREMIÈRE TAVERNE annonçait sans grand enthousiasme un panneau sale et couvert de graffitis –, elle emprunta la grand-rue et aperçut un Dunkin' Donuts. Elle consulta son téléphone. Seize heures vingt, une heure pile avant l'arrivée du bus. Elle s'émerveilla de sa ponctualité. À l'intérieur, elle commanda une demi-douzaine de donuts et un grand café, puis engloutit le tout à une table avec vue sur le parking désert. Les donuts étaient délicieux.

Un policier entra dans la boutique. Ivy baissa la tête si brusquement qu'elle renversa son café. Le liquide brûlant imprégna les fibres épaisses de son pantalon de jogging, lui ébouillantant les cuisses. Elle attrapa son sac à dos et se précipita aux toilettes. Elle vomit aussitôt dans la cuvette, rejetant une bouillie de glaçage rose et de vermicelles arc-en-ciel non digérés, suivie d'un liquide jaunâtre vers la fin. Elle s'assit sur le sol froid, la tête entre les genoux. Des secondes passèrent, voire des minutes, elle n'en savait rien. Un gémissement la fit sursauter. Il provenait de sa gorge.

Quand ses haut-le-cœur cessèrent, il était dix-sept heures deux. Elle regarda discrètement par la porte. Le policier était parti. Elle se rinça la bouche et sortit des toilettes. Une fois dehors, elle ouvrit son sac à dos et en tira le sac en plastique qui contenait ses chaussures de randonnée, ses sous-vêtements thermiques, sa veste polaire, ses gants, ses chaussettes en laine, les clés de l'Audi et le téléphone de Roux, réduit en miettes à l'aide d'un grand morceau de ferraille qu'elle avait trouvé au bord de l'autoroute – puis elle balança le tout au fond de la benne à ordures à l'arrière de la boutique.

Elle arriva à l'arrêt de bus avec cinq minutes d'avance. Elle dormit pendant tout le trajet jusqu'à Boston.

Quand Andrea frappa à la porte de sa chambre, avec à la main une grande soupe de nouilles au bœuf qu'elle lui rapportait de chez Le, Ivy était si faible et fiévreuse que sa colocataire l'emmena de force à la clinique. Ayant jeté un bref coup d'œil à Ivy, l'infirmière de nuit, débordée par les patients bronchitiques, conseilla aussitôt à Andrea de la conduire aux urgences.

Après moult prises de sang, échantillons d'urine et examens réalisés par des blouses blanches qui palpaient son estomac gonflé, appuyaient leur stéthoscope froid sur sa poitrine et son dos, arborant tous le même masque de perplexité et d'inquiétude distraites, une infirmière au visage poupin finit par l'interroger sur son régime. « Avez-vous consommé des fruits et des légumes au cours de ces six derniers mois ? » Ivy répondit qu'elle ne se souvenait plus. « Vous êtes sa colocataire, poursuivit l'infirmière à l'intention d'Andrea. Qu'est-ce qu'elle mange ? » Heureusement, Andrea, comme tous les habitués des régimes, put énumérer chaque bouchée qu'elle avait vu Ivy enfourner dans sa petite bouche. Nouilles instantanées, pâté en boîte, soupe en boîte, biscuits salés, pain, beurre de cacahuète, pâte de chamallow, pâtisserie et chocolat, nouilles bouillies, alcool, encore de l'alcool, soda, café. Le tout en quantités minuscules – hormis l'alcool. « Laissez-moi deviner, dit l'infirmière, elle fume aussi ? » Andrea hocha la tête avec enthousiasme. « Constamment. Ça coupe l'appétit. Elle se marie dans deux mois. »

Une heure plus tard, une foule de médecins s'était assemblée dans la chambre d'Ivy et se pressait autour de son lit. L'atmosphère était à l'hilarité contenue et à la stupéfaction, de voir ainsi la folle qui, en ces temps modernes, s'était chopé le scorbut, la maladie des marins.

Andrea revint à l'hôpital munie d'un sac de fruits achetés à un marchand au coin de la rue : cinq oranges, trois pommes, une grappe de raisin muscat, et une grenade qu'elle ouvrit avec un couteau de cuisine. « J'ai appelé Gideon pour lui raconter ce qui s'était passé, déclara-t-elle. Il voulait que je te dise qu'il allait rentrer plus tôt. »

Quand Ivy eut fini de manger, son ventre était aussi distendu que celui d'une femme enceinte de cinq mois. Elle passa la nuit sur les toilettes, son corps n'étant plus habitué aux fibres. Mais le lendemain matin, son ventre et ses chevilles avaient dégonflé, la plaie sur sa main avait commencé à coaguler, et on la laissa partir avec de la vitamine C : cent milligrammes par jour pendant les trois mois à venir.

Le soir, à la maison, elle ne reconnut pas son visage dans le miroir de la salle de bains. C'était un visage effrayant, celui d'un déséquilibré qu'elle avait vu un jour dans un film d'horreur japonais. Elle avait une longue balafre sur le cou comme si quelqu'un l'avait griffée. Elle tira sur la croûte fine jusqu'à la faire saigner.

Gideon vint la voir le lendemain matin. « Tu t'es teint les cheveux ! s'étonna-t-il, déposant sur la table de chevet un sac de courses plein de jus de fruits.

— C'est superbe, non ? fit Andrea.

— Elle est toujours superbe », répondit Gideon, dont le ton désinvolte cachait une pointe d'inquiétude tandis qu'il embrassait sa joue creusée.

Il passa chaque soir lui déposer les plats faits maison de Poppy : chou-fleur rôti, côtelettes de porc, poêlées à la sauce hoisin. « Elle s'est acheté un livre de cuisine chinoise », expliqua Gideon. Et des fruits, encore des fruits : pamplemousses, prunes, kiwis pas mûrs aussi durs que des pommes.

« Tu n'as pas besoin de venir tous les jours, dit Ivy. Je vais très bien. » En effet, elle se sentait mieux, en pleine forme, même, en termes de lucidité d'esprit. Ses muscles étaient encore faibles et atrophiés, mais sa léthargie avait disparu ; elle éprouvait une vivacité agréable, semblable à ce sentiment d'euphorie ressenti après une deuxième tasse de café. N'ayant rien d'autre à faire que de manger et de reprendre des forces jusqu'au mariage, elle commença à tricoter une écharpe pour Gideon. Ses pensées désordonnées se concentrèrent sur ce projet comme du coton autour d'une bobine, donnant une raison d'être à des impulsions jusqu'alors informes. Après l'écharpe, elle acheta un appareil photo. Elle aimait photographier les coins – fenêtres, chambranles, dos de livres. Mais elle faisait surtout des autoportraits. Elle avait toujours été vaniteuse, incapable de résister aux miroirs ou à toute surface réfléchissante ; mais à présent, ce souci de son apparence atteignait des sommets véritablement narcissiques : elle ne pouvait s'empêcher de s'examiner, trente fois par jour, dans la salle de bains, sur l'écran de son appareil photo, de son ordinateur portable. Son physique ne lui apportait plus de plaisir car elle ne se trouvait plus belle, et pourtant cette nouvelle laideur la fascinait. C'était la laideur d'une femme mise à nu, sans l'armure du maquillage ou du cynisme forcé, comme si seule la peau blanche translucide qui s'étirait sur ses pommettes hautes séparait l'âme de la chair. Les yeux qui, pareils à ceux d'un masque, la fixaient sur les Polaroid n'étaient pas les siens.

Le jour de son anniversaire arriva. Elle avait vingt-huit ans et se retrouvait au bord du précipice de la trentaine, cette décennie effrayante où la frivolité vient mourir. Elle n'avait encore jamais rêvé d'autant de choses frivoles ; elle voulait aller à Disney World, porter son vieil uniforme de Grove, déguster des sucettes, applaudir devant des cadeaux joliment emballés et ornés de nœuds. Gideon lui prépara des pancakes aux myrtilles et pépites de chocolat pour le petit déjeuner. Il avait posé au sommet une seule bougie à rayures roses et blanches : « Fais un vœu. » Elle souffla la bougie sans en faire aucun.

Après le petit déjeuner, Gideon l'emmena à Cambridge, sur ses vieux terrains de jeu. Il prit deux boules de glace à la menthe et aux pépites de chocolat chez J.P. Licks, puis ils sonnèrent à la porte de Lowell House, échangeant des histoires nostalgiques de leurs années de fac. La tour donnait sur une cour enneigée et les toits pentus d'immeubles en brique où des étudiants emmitouflés entraient et sortaient par la porte à tambour. Cela ressemblait à un monde miniature, mais le froid, le vent, l'altitude donnèrent à Ivy une impression affreuse de déjà-vu. Elle redescendit à la hâte. Au dîner, Gideon lui tendit un livre enveloppé dans du papier de soie. « Un petit cadeau de rien du tout… » C'était un journal intime, pas un livre, à la reliure en vélin couleur beurre si délicate que les doigts nus d'Ivy l'éraflèrent rien qu'en la touchant. Son nom était gravé en bas à droite. « Tu es très préoccupée en ce moment, dit Gideon, et j'ai pensé qu'écrire tes pensées t'aiderait. »

Ivy lui prit la main.

« Aujourd'hui… » Elle reprit : « J'ai beaucoup de chance de t'avoir.

— Bientôt on sera mariés.

— Oui.

— Comment tu te sens ?

— Merveilleusement bien. Incroyablement bien. J'ai hâte de t'épouser. »

Il sembla sur le point de dire quelque chose, mais se ravisa.

« Et toi ? s'empressa-t-elle d'ajouter.

— Moi aussi », répondit-il, serrant ses doigts dans les siens. Il eut un nouveau moment d'hésitation. « C'est juste que je veux que tu sois sûre. Ces derniers temps ont été mouvementés et je crois qu'on devrait en profiter pour reprendre notre souffle. Faire le point. »

L'oreille affûtée d'Ivy entendit le doute dans sa voix – c'était lui, et pas elle, qui voulait être sûr. Elle y répondit en s'accrochant encore plus à lui ; elle se mit à passer la nuit chez lui, à lui préparer le petit déjeuner, à l'accueillir après le travail avec des bouteilles de vin et des plateaux de fromage soigneusement présentés. Désespérée, elle avait perdu son talent pour la subtilité. Elle pensait que ses péchés commençaient à se voir et amenaient Gideon à douter.

Une nuit, elle s'éveilla comme si quelqu'un avait crié dans son oreille. Elle haletait. Une petite liseuse était allumée ; à côté d'Ivy, Gideon travaillait sur son ordinateur portable.

« Je t'ai réveillée ? demanda-t-il, l'air désolé.

— Non. » Ses mains tremblantes formèrent des poings sous les draps en lin.

« Tu parlais dans ton sommeil. »

Ivy se figea. « Qu'est-ce que j'ai dit ?

— Tu parlais de chats. C'était mignon. »

Elle miaula, les joues rosies par le stress. Ils pouffèrent de rire et Gideon reprit son travail.

Le lendemain, Ivy alla consulter un spécialiste du sommeil.

« Je souffre de terreurs nocturnes, affirma-t-elle, énumérant les symptômes qu'elle avait trouvés sur Internet. Le médecin lui prescrivit deux cents milligrammes de trazodone. Ivy doubla la dose, par sécurité. Ses rêves cessèrent complètement, en revanche le temps passait désormais à la vitesse de la mélasse coulant le long d'une vitre. Elle n'aimait plus quitter la maison. Elle commença à se faire livrer le journal et les courses chez Gideon et s'abonna en son nom à un club de dégustation de vin.

Trois semaines plus tard, elle lut un article dans le *Boston Globe*. « Chute mortelle d'un randonneur porté disparu. » Elle parcourut rapidement les pages, le souffle court.

Tout était là, les détails qu'elle avait laissés exprès et d'autres qu'elle n'avait pas envisagés : Roux Roman, un restaurateur de trente et un ans, était parti faire une randonnée à l'extrémité sud des White Mountains, où il avait fait une chute mortelle au fond d'un ravin caché. Une voiture couverte de givre avait été trouvée au bord de la route. Au bout de deux jours, comme le conducteur ne revenait pas, les patrouilleurs autoroutiers avaient appelé la police. Lorsqu'ils s'étaient rendus à l'adresse enregistrée dans leurs fichiers, il n'y avait personne. La conclusion qui s'imposait était qu'il se trouvait encore quelque part dans les montagnes et n'avait pas pu rejoindre sa voiture. Une équipe de recherche avait alors été envoyée fouiller les environs. Ils n'avaient rien trouvé. La neige avait effacé les traces.

Ce n'est que lorsque la neige avait fondu qu'un autre randonneur était tombé sur le lieu où gisait Roux. Le quinquagénaire, originaire du New Hampshire, expliqua par la suite que son chien avait aboyé sans relâche en direction d'une corniche; curieux, l'homme s'était approché et avait vu une bouteille de Dalmore vide et un portefeuille au bord de la falaise. Les gardes forestiers, à qui il l'avait signalé, avaient alors fait le rapprochement entre le permis de conduire et le propriétaire de la voiture. Ils étaient ensuite descendus le long de la paroi à l'aide d'une corde et avaient trouvé le corps gelé de Roux Roman, à l'endroit exact où Ivy l'avait laissé.

« Tu es au courant pour Roux ? » demanda Sylvia. Ses yeux alvéolés luisaient de larmes, sa peau rose et gonflée donnait à son visage pâlichon une innocence enfantine. « Je n'arrive pas à y croire – je n'arrive pas à y croire.

— Sib… respire. Raconte-moi ce qui s'est passé. »

Sylvia fourra le journal sous le nez de son frère inquiet. Ils le parcoururent ensemble. Ivy laissa son visage s'assombrir. « Oh non, dit-elle. C'est affreux. »

Gideon s'approcha de sa sœur, qui pleura contre sa poitrine, ses petits poings blottis sous son menton.

« Je ne comprends pas. Qu'est-ce qu'il faisait en randonnée ? Il détestait la randonnée. Il détestait sortir de chez lui. Je n'arrive pas à y croire. »

Gideon réconforta Sylvia. Il fit signe à Ivy de lui passer la boîte de mouchoirs sur la console. Au pincement aigu dans la poitrine, Ivy sut qu'elle souffrait. Mais contrairement à la souffrance qu'elle ressentait avant, chaque fois qu'elle était le témoin du lien qui unissait le frère et la sœur Speyer, à présent sa douleur semblait hors sujet. Tout était question de contraste. Les gens s'adaptaient presque toujours à la douleur chronique.

« Tu as dit que tu l'avais vu il y a quelques semaines ? » demanda Gideon à sa sœur.

Ivy lâcha les mouchoirs.

« On s'est rencontrés par hasard à l'exposition de Frederich, sanglota Sylvia. Et je l'ai ignoré ! Il avait l'air très mal en point… Il y avait une femme qui l'accompagnait… »

Gideon regarda Ivy. Elle ne pouvait plus respirer. Gideon savait. Ses yeux étaient accusateurs… haineux !

Il pencha la tête, la fixant toujours. Sa bouche s'agita mais aucun son n'en sortit. Au bout d'une seconde, Ivy comprit enfin qu'il articulait le mot « mouchoirs » en silence, quand ses yeux se posèrent sur la boîte de Kleenex tombée sur le tapis de Sylvia.

Trempée d'une sueur froide, Ivy tendit une main tremblante…

« Et toi, comment tu te sens ? s'enquit-il trente minutes plus tard sur le chemin du retour.

— Un peu fatiguée. J'ai bu trop de vin.

— Je parlais de Roux. Tu dois être chamboulée.

— Oui, en effet. C'est vraiment un accident tragique.

— Vous étiez proches » – Ivy sursauta – « quand vous étiez jeunes », conclut Gideon. Ses yeux brillaient, rouges, sous les reflets d'un feu de signalisation.

La cérémonie commémorative se tint un mercredi. Il bruinait, les feuilles commençaient tout juste à bourgeonner, les vers, la terre et l'herbe humides baignant le cimetière d'odeurs printanières. À l'arrivée d'Ivy, la cérémonie avait déjà commencé. Il y avait un petit groupe, pas plus de vingt personnes, italiennes pour la plupart, et deux hommes à la mine de papier mâché qui discutaient dans une langue qui ressemblait au polonais. Hormis Ivy, seules trois autres femmes étaient présentes. Toutes avaient plus de cinquante ans et portaient une tenue identique : une jupe mi-longue en laine, des bas noirs et un pull à col roulé orné d'une broche en argent sur le côté gauche de la poitrine.

Ivy savait qu'il était idiot de sa part de venir. Mais depuis l'article annonçant la mort de Roux, les vannes s'étaient ouvertes et elle ne pensait plus qu'à lui. Roux, nu dans son appartement, qui buvait du jus d'orange. Roux à Finn Oaks, les pieds posés sur le pont du bateau, un bras sur les yeux. Roux dans la baignoire, la peau pareille à des galets roses. Les mèches sombres de Roux tombant sur son œil, ses fossettes apparentes tandis qu'il baissait la tête pour allumer une cigarette. Ce corps qu'elle avait laissé derrière elle dans la montagne – elle n'y accordait pas plus d'importance qu'aux animaux écrasés qu'elle croisait sur l'autoroute. Ce n'était pas Roux. Du moins pas le Roux de ses souvenirs. Mais depuis un mois, le temps avait lentement fait fondre ses émotions gelées et elle prenait désormais conscience que Roux était vraiment parti. Elle avait l'impression qu'il s'agissait d'un mauvais rêve. Comme s'il était vraiment mort dans un accident de randonnée, un événement qui n'avait rien à voir avec elle, et qu'elle ne se retrouvait à ses funérailles que pour pleurer leur amitié, à l'instar de n'importe quel autre invité endeuillé.

Ils incinérèrent le corps et placèrent les cendres dans une urne argentée. Au moment où ils mettaient l'urne en terre, une bande de corbeaux perchés sur une ligne électrique prit son envol ; aux oreilles d'Ivy, leurs battements d'ailes, leurs croassements désolés ressemblaient à une accusation. Elle pensait être bien cachée à l'abri d'un chêne immense, dont les branches sombres effleuraient le sol, pareils à des doigts, mais un homme n'arrêtait pas de regarder dans sa direction. Quand il retira ses lunettes de soleil, elle reconnut Ernesto Moretti, trentenaire corpulent au long nez crochu, aux yeux enfoncés et aux cheveux noirs et fins. Elle recula dans l'ombre de l'arbre.

L'officiant prononça quelques paroles, puis les proches du défunt s'approchèrent pour déposer des poignées de terre sur l'urne. Le temps que les employés terminent de remplir le trou, la bruine s'était changée en averse.

« Excusez-moi ? Vous êtes bien Ivy ? » Le visage solide d'Ernesto surgit devant elle. Elle avait été trop absorbée par les employés.

Le sang lui monta aux joues. « Je… non… » Elle recula.

— Vous voulez prendre un café ? »

Avant qu'elle ait eu le temps de refuser, Ernesto la mena vers une Benz noire garée au coin de la rue. Le talon d'Ivy se coinça dans une plaque d'égout. « Faites attention », dit Ernesto, resserrant sur elle son poing charnu.

Il sait tout, pensa Ivy. Puis la peur la quitta. Elle pouvait enfin se rendre ; les faux-semblants n'avaient aucune raison d'être en présence d'une personne omnisciente.

Le conducteur les déposa quelques mètres plus loin devant un Starbucks.

Ivy et Ernesto s'assirent face à face à une table mal éclairée, chacun attendant que l'autre se mette à parler. Le barista appela le prénom Ivy. Elle alla chercher leurs boissons, et posa avec soin l'espresso d'Ernesto devant lui.

« Roux m'a parlé de vous, finit par dire Ernesto.

— Oui. »

Il tira alors de sa mallette un petit paquet emballé dans du papier kraft.

« Ouvrez-le chez vous, précisa-t-il. Si jamais vous avez besoin de quoi que ce soit, mon numéro est à l'intérieur. Appelez-moi.

— Qu'est-ce que c'est ?

— Ouvrez-le chez vous. »

Ils se dévisagèrent – elle, confuse, lui avec l'air d'attendre quelque chose en retour.

« Merci, fit Ivy.

— C'était vous, la petite fille de Fox Hill, pas vrai ?

— Pardon ?

— Je n'oublie jamais un visage. Roux et vous traîniez toujours ensemble dans le quartier. » Toutes les rides sur son visage sourirent avec lui.

« Sans doute », répondit Ivy. Sa gorge se noua de chagrin. Elle attendit.

« Vous savez de quoi il est mort ? interrogea-t-il.

— Je... je l'ai appris dans les journaux.

— Vous y croyez ?

— Et vous ? » chuchota-t-elle.

Ernesto poussa un soupir, un râle venu des profondeurs de son estomac proéminent. « C'est complètement tordu, cette histoire à la con. Pauvre vieux. » Il se leva, puis balaya le Starbucks du regard agressif d'un homme qui vérifie s'il n'y a pas de bombe.

Ivy se rendit compte qu'il partait. Stupéfaite, elle se précipita à sa suite, ses pieds heurtant violemment le sol contre les carreaux de linoléum.

« Attendez », lança-t-elle.

Ernesto se retourna.

Elle eut soudain l'envie délirante de lui révéler la vérité – que c'était elle, c'était *elle*.

« Roux m'a aussi parlé de vous, se contenta-t-elle de dire. Il m'a raconté que votre famille l'a aidé il y a longtemps. Il a parlé de sa mère et de votre père... »

Les épaules d'Ernesto se redressèrent. « Mon vieux est mort », répliqua-t-il sèchement. Puis la porte s'ouvrit et le bruit de la pluie noya le reste de ses paroles. Elle voyait sa bouche bouger – les lèvres larges, les dents tachées de nicotine – mais elle n'entendait pas sa voix à cause du chuintement des pneus et du hurlement du vent. La porte se referma avec fracas.

Ivy rentra chez elle et ouvrit le paquet. C'était un livre. La couverture brillante montrait la photo d'un quelconque magnat souriant de toutes ses dents. Elle l'ouvrit et poussa un cri de surprise. Le centre des pages avait été découpé. À l'intérieur se trouvait une liasse immaculée de billets de cent dollars, de près de cinq centimètres d'épaisseur, ainsi qu'un mot griffonné au feutre indélébile d'une écriture enfantine : *Appelle-moi quand tu seras à court*. L'écriture de la personne qui lui avait laissé les clés de l'Audi dans sa boîte aux lettres. Elle se précipita vers la fenêtre et ferma les stores.

Elle s'allongea, la tête dans l'oreiller. Sans chercher à compter l'argent. L'observait-il en ce moment ? Non, je suis seule. L'angoisse la terrassa d'un coup, brûlante et suffocante. Elle se frappa le côté de la tête, une fois, deux fois. Je suis seule, Roux.

Chaque fois qu'elle surprenait le regard de Gideon sans le vouloir – quand elle arrêtait un instant de couper son steak pour lever la tête, quand elle sortait des toilettes, quand il levait les yeux de son ordinateur sans prévenir –, Ivy éprouvait une sensation de sursaut, comme lorsqu'on se penche trop en arrière sur sa chaise. La peur lui piquait alors les tempes, son cœur se tordait comme s'il cherchait à bondir hors de sa cage thoracique. Elle percevait en lui un éclair de doute et d'incertitude tandis qu'il sentait chez elle la présence de quelque secret furtif.

Puis elle s'éveilla un matin et découvrit que le mois de mai était arrivé. Le soleil brillait et le son de la neige fondue qui tombait goutte à goutte devant sa fenêtre était celui de l'espoir. Gideon vint la voir avec une salade de poulet au sésame et une énorme caisse de fraises. « Les premières de la saison », annonça-t-il. Ivy remarqua qu'il avait retiré les tiges des fraises, y compris la petite partie brune qu'elle lui avait un jour avoué détester.

« Je n-ne sais pas pourquoi je pleure, sanglota-t-elle entre les bras de Gideon. Regarde, j'ai abîmé ton beau p-p-pull... Je suis vraiment d-désolée...

— On n'a pas besoin de précipiter les choses, tu sais, susurra-t-il en lui caressant les cheveux. Si tu as le moindre doute... »

Elle dut presque le supplier de l'épouser ; ce n'était pas à cause du mariage, balbutia-t-elle, elle l'aimait et voulait l'épouser, elle devenait sentimentale, voilà tout, sa grand-mère prenait de l'âge, la pression était si forte...

« Mais c'est ce que je dis », reprit Gideon, agrippant ses épaules, les lèvres pâles, son regard insistant porteur de quelque message indicible qu'il essayait de lui faire comprendre. « Il ne devrait pas y avoir de pression du tout. On peut repousser les choses, prendre notre temps pour être sûrs que c'est vraiment ce qu'on veut, ce que tu veux vraiment. Je n'ai pas envie que tu regrettes quoi que ce soit...

— Tu ne m'aimes plus ? » souffla-t-elle. Il savait. *Il savait.*

Je t'aime, dit-il, bien sûr que je t'aime. Mais il voulait qu'elle soit sûre, il lui arrivait parfois de se sentir coupable parce que...

Elle l'embrassa pour l'empêcher de parler de

culpabilité et d'autres sottises qu'il ne pouvait tout simplement pas comprendre.

Après cet incident, on ne parla plus de reporter le mariage.

De temps à autre, quand Gideon ignorait qu'elle l'observait, elle discernait sur son visage le même air indécis et malheureux qui lui indiquait qu'elle cachait mal sa paranoïa incessante. Elle se surveillait en permanence, examinait son visage chaque matin avec la méfiance qu'inspire un espion ennemi se faisant passer pour un ami. Elle se sentait capable de n'importe quoi, de se faire du mal à elle-même – ses bras pouvaient secouer brusquement le volant et envoyer son corps plonger dans la rivière Charles, ses mains pouvaient l'étrangler dans son sommeil. Si seulement elle pouvait tenir jusqu'au mariage, elle parviendrait à reprendre son souffle. La vitalité optimiste qui l'habitait autrefois serait ressuscitée comme au début de leur histoire d'amour, quand l'air de la ville semblait embaumer le vin et les fleurs parfumées, et que l'indestructible certitude de sa vie était aussi présente que les propres battements de son cœur.

22

Le vestiaire des femmes à St Stephen était une ancienne salle de musique. Les instruments avaient été retirés et remplacés par une causeuse et des fauteuils ; un énorme miroir ancien, appuyé contre le mur près d'une fenêtre ouverte, reflétait obliquement la robe de mariée d'Ivy dans toute sa gloire irisée et bouffante. À onze heures trente, les Lin s'engouffrèrent à l'intérieur. Le miroir donnait l'impression qu'une douzaine de Chinois se trouvaient dans la pièce, réclamant à cor et à cri l'attention de la mariée.

Nan voulait qu'Ivy essaye la robe encore une fois. « Ta tailleuse est nulle, lâcha-t-elle au sujet de la couturière new-yorkaise aguerrie qui avait fait les retouches. Dans la photo que tu m'as envoyée, la robe avait l'air de glisser de ta poitrine. » Elle scruta les seins d'Ivy puis secoua la tête. « Tu vas avoir du mal à allaiter, comme moi. »

Ivy enfila sa robe de mariée, surtout dans l'espoir de faire cesser les critiques de Nan. Le tissu n'en finissait pas : couche après couche de tulle et de soie et de dentelle brodée. N'ayant pas réussi à reprendre le poids qu'elle avait perdu, ses omoplates saillaient dans son dos, pareilles à des ailes rachitiques. Ses bras étaient des os blancs, son visage un triangle acéré. Elle avait reteint ses cheveux en noir pour les photos. Il ne restait de voluptueux chez elle que les lourdes mèches qui pesaient sur sa tête ; et encore, elles étaient fausses, renforcées par quarante extensions capillaires.

Elle vint se placer devant le rideau d'essayage.

« Mets les chaussures aussi, recommanda Meifeng.

Une fois qu'elles l'eurent bien tripotée et pinçotée, Nan et Meifeng furent d'accord pour dire que la taille devait encore être reprise d'un centimètre.

« Est-ce qu'un centimètre compte vraiment ? interrogea Ivy.

— Arrête de bouder, fit Meifeng.

— Je m'en charge, décida Nan.

— C'est Laura qui va s'en occuper, précisa Ivy. Elle a apporté sa machine à coudre, alors ne t'inquiète pas. »

Nan essuya le bord de la lèvre d'Ivy avec un mouchoir qu'elle avait fait apparaître de nulle part. Elle demanda à Ivy si elle voulait de l'eau, puis oublia aussitôt sa proposition pendant qu'elle remédiait à un fil qui dépassait au niveau de l'ourlet de la robe.

Shen et Austin les rejoignirent. « Ouah. Magnifique », dit Shen. « Ça te va bien », ajouta Austin, avant de lui tendre une marguerite qu'il avait sans doute cueillie dans les buissons derrière l'église. Sans réfléchir, Ivy la cala derrière son oreille. Nan la lui retira et la jeta sur la table. « Tu as déjà pris ton médicament ? » s'enquit-elle d'un air sévère. « Non, répondit Austin, j'ai oublié. » Sur ce, il partit en quête d'une bouteille d'eau pour avaler ses « pilules du bonheur », comme Shen s'amusait à appeler le Cymbalta.

« Essaye l'autre robe », dit Meifeng. Elle parlait de celle qu'Ivy mettrait pour la réception, une *qipao* rouge et or à col haut que Meifeng avait fait confectionner sur mesure en Chine. La boîte dans laquelle elle avait été livrée était aussi grande qu'un cercueil. C'était Poppy qui avait suggéré l'idée qu'Ivy porte une robe de style chinois pour la réception. Elles avaient trouvé ce compromis le jour où Ivy avait décidé qu'elle ne voulait ni spectacle ni cérémonie chinoise. Nan avait regardé Ivy sans comprendre quand celle-ci lui avait demandé quels rites leurs ancêtres pratiquaient quand ils se mariaient. « Ils signaient des papiers et sortaient au restaurant », avait répondu Nan. « Alors, pas de danse du dragon ni de cérémonie du thé ? » avait repris Ivy. Nan avait explosé de rire.

En voyant Ivy dans sa *qipao*, Meifeng dut s'asseoir. « Voilà que moi aussi je commence à m'emballer, fit-elle d'un air contrit. Comme une idiote. Ça me rappelle le jour où ton grand-père et moi on s'est mariés. On n'avait que les moyens d'emmener nos familles manger des nouilles. Mais ça m'avait fait exactement le même effet. »

Dehors, Ivy entendit la voix de l'organisatrice du mariage qui envoyait les fournisseurs à droite et à gauche.

« Il faut y aller », déclara Shen après avoir consulté sa montre. Les Lin devaient déjeuner avec Ted et Poppy au célèbre restaurant du Millenium Hotel. Plus tôt, Ivy avait entendu ses parents élaborer une stratégie pour payer l'addition, comme s'ils s'attendaient à ce que les

Speyer s'y opposent, alors qu'elle-même savait bien qu'ils n'émettraient pas la moindre protestation. Son séjour chez Sunrin, des années plus tôt, lui avait appris que toutes les formes de richesses ne se valaient pas ; or celle de Ted et Poppy était semblable à leurs racines – omniprésente mais invisible. Personne ne pouvait la toucher ni la voir, ni même prouver son existence ; mais, comme le grommelait souvent Meifeng, ce n'était pas parce que leur maison de ville ne leur appartenait pas et qu'ils n'avaient pas les moyens de faire réparer leur vieille maison de vacances qu'ils n'étaient pas riches pour autant.

Nan s'adressa à Shen : « Dis-lui.

— Plus tard, répliqua Shen.

— On n'aura pas le temps, plus tard, insista Nan d'un ton impatient. Dis-lui. Ça lui fera plaisir.

— Me dire quoi ? interrogea Ivy.

— Mama et moi voulons vous aider à acheter votre première maison, expliqua Shen. C'est notre cadeau de mariage.

— Vous avez déjà payé le mariage, protesta Ivy. Ça suffit.

— Ça ne suffit pas. Quand tu te seras décidée, viens nous voir. » Shen lui tapota l'épaule puis sortit en hâte, la nuque rougeâtre contrastant avec le col blanc immaculé de sa chemise.

Nan se regarda dans le miroir une dernière fois. « Comment tu me trouves ? demanda-t-elle timidement.

— Très bien, répondit Ivy. Tu es très belle.

— Qui fait plus jeune, moi ou la mère de Gideon ?

— Toi. »

Nan gloussa et lança à Shen qui s'éloignait : « Tu entends ta fille ? Elle trouve… »

Austin serra longuement Ivy dans ses bras en sortant. « Avant, je détestais Gideon, confia-t-il. Je le trouvais tellement coincé.

— Et maintenant ?

— Il n'est pas si mal que ça. »

C'était au tour de Meifeng. Elle prit les mains d'Ivy dans les siennes.

« N'oublie pas que tu peux toujours rentrer à la maison. »

La maison… la maison… la maison ! La bouche d'Ivy, tremblante, esquissa un sourire confus.

« Tu es une brave petite, ajouta Meifeng. Mamie peut mourir en paix, maintenant, après t'avoir vue comme ça. »

Enfin, l'épuisant cortège prit fin et Ivy se retrouva seule. Elle se rassit sur sa chaise et attendit la suite. Elle ignorait de quoi il s'agissait, mais elle était certaine que quelqu'un allait apparaître pour la guider. C'était à cela que ressemblerait sa vie, désormais. Cette pensée lui procura un grand soulagement. Dix minutes plus tard cependant, comme personne ne se manifestait, l'accalmie devint soudain insoutenable et elle décida de sortir pour profiter de sa dernière cigarette. Elle n'en avait fumé que quelques-unes depuis qu'elle avait quitté l'hôpital. L'idée d'arrêter maintenant ne lui parut pas plus difficile que de s'abstenir de manger un plat mal cuisiné dont elle ne raffolait pas. Une dernière cigarette – et voilà.

Elle se promenait dans le petit jardin à quelques mètres de la chapelle, vêtue seulement de son peignoir et des pantoufles de l'hôtel, pensant qu'elle ne rencontrerait personne, quand elle entendit des voix familières qui venaient de sous le saule pleureur. Gideon et ses témoins étaient censés jouer au golf avant de se préparer à l'église vers quinze heures. Au lieu de quoi, elle vit Gideon et Tom en pleine conversation ; leurs têtes se touchaient presque.

« Hé ho », lança-t-elle.

Ils levèrent la tête à l'unisson, clignant des yeux vers la silhouette qui se découpait tout à coup sur le soleil à son zénith. Au fur et à mesure qu'elle s'avançait vers eux sur la pelouse, l'odeur nauséabonde d'alcool s'oxydant sur de la peau brûlée par le soleil se fit plus forte. Elle put bientôt confirmer la source de la puanteur : Tom, pâle et couperosé, serrait un verre de vin dans une main, une couche de sueur luisant sur sa lèvre supérieure. Gideon ne tenait pas de verre mais lui aussi était pâle ; il se leva et s'adossa contre l'arbre avec une immobilité alerte qui manquait de naturel.

Ivy fit mine de regarder sa montre. « Bon Dieu, Tom, il n'est même pas encore midi. »

Tom cligna des paupières avec raideur.

« Où est Roland ? demanda-t-elle.

— Il est parti chercher la voiturette de golf, répondit Gideon. Quelqu'un l'a empruntée ce matin sans savoir qu'on l'avait réservée.

— Tu n'es pas censé me voir », se souvint tout à coup Ivy. Elle fit un pas en arrière, comme pour minimiser les dégâts. « Ça porte malheur.

— Tu veux que je ferme les yeux ? proposa Gideon.

— Trop tard.

— Tu partages ? » fit Tom. Il regardait le paquet de Camel qu'elle tenait dans son autre main. Son peignoir n'avait pas de poches.

« Elles ne sont pas à moi », rétorqua Ivy. C'était vrai. Elles appartenaient à Roux.

« Tu fumes souvent ? » interrogea Gideon poliment.

Ivy se figea, surprise. « Non. Pas souvent. » Elle lança le paquet entier à Tom. Il l'attrapa in extremis.

« Vas-y », dit Tom, allumant le briquet.

Ivy hésita. Elle regarda Gideon, mais il semblait hypnotisé par la fontaine à l'autre bout du jardin. Et merde. Elle en prit une. Une brise lui chatouilla la nuque. Elle écouta le bruit lointain d'une tondeuse à gazon, le pépiement des oiseaux, le gargouillement des deux chérubins en pierre qui faisaient couler de minces filets d'eau de leurs grosses jarres romaines. Des sons polis et ordonnés pour la vie polie et ordonnée qui l'attendait.

« Ce bruit me donne envie de pisser », lâcha Tom d'un ton apathique. Personne ne prit la peine de lui répondre.

Ivy se balança d'un pied sur l'autre. Le silence s'éternisait. Elle avait l'impression de se retrouver à la fin d'une fête débridée où il ne restait plus que Tom, Gideon et elle, chacun étant démoralisé et lassé des deux autres mais réticent à être le premier à partir.

« Il faut vraiment que j'aille pisser », répéta Tom. Il écrasa contre l'arbre sa cigarette à moitié consumée et la jeta dans l'herbe. Il lui fallut un long moment pour réussir à se lever. « Bon, Giddy. On en aura bien profité. On se voit tout à l'heure, les amoureux. » Il serra l'avant-bras de Gideon avec ce geste vigoureux que les machos utilisent en guise de câlin.

« Attends, T-T-T-Tom », lança Gideon. Tom se retourna. « Dessaoule un peu, mon pote. »

Tom leur adressa un salut jovial, son sourire bienveillant donnant presque à son visage, autrefois beau, un air enfantin. Ivy le regarda entrer dans la chapelle d'une démarche paresseuse. Elle se tourna ensuite vers Gideon avec un sourire compatissant, comme s'ils étaient tous deux soulagés de se débarrasser de cet ami encombrant, mais les paroles qu'elle s'apprêtait à dire s'évanouirent sur ses lèvres. Gideon avait encore les yeux rivés sur Tom. Il haletait légèrement ; sa bouche était tordue, ses sourcils si froncés qu'il paraissait souffrir ou fulminer. Elle ne l'avait encore jamais vu dans cet état.

Quand il s'aperçut qu'elle l'observait, il se ressaisit habilement ; on eût dit qu'une main invisible lui avait lissé le visage. « Tes parents se plaisent à Cattahasset ? » De toute évidence, sourire lui demandait un effort.

Elle avait dû réussir à formuler une réponse, car il hocha la tête et sourit et elle lui rendit son sourire – ou alors ils étaient si absorbés par leur propre mascarade qu'ils auraient pu tout aussi bien être deux sourds-muets communiquant par mime.

Ivy ne cessait d'entendre les hésitations infinitésimales entre les « T » de Gideon quand il avait prononcé le nom de Tom. Elle ne pouvait s'empêcher de revoir le regard effrayant de Gideon tandis qu'il suivait Tom des yeux, ni les mains de Tom agrippant le bras de Gideon avec la bravade comique d'un adieu tragique. Mais pourquoi un adieu aussi tragique ? Gideon allait se marier, rien de plus… Et pourtant, il souffrait le martyre – elle n'aurait pu décrire autrement l'expression de son visage – parce qu'il ne voulait pas que Tom s'en aille. Il voulait qu'il reste, parce que… parce que Gideon était amoureux de Tom.

Et Tom… de Gideon… !

Elle s'arrêta de respirer. Un million d'images lui traversa l'esprit – il y avait forcément des indices. Oui, elle se souvenait de beaucoup de choses, maintenant. Les miettes de pain deviennent visibles quand on les voit à travers les yeux d'un oiseau. Mais elle n'avait pas su… elle n'avait pas pris la peine de regarder ! Elle avait cru en l'intégrité de Gideon, en sa nature noble, ses manières et son courage raffinés et élégants qui lui avaient un peu brisé le cœur quand il avait été question de son impuissance. Cependant, chacun de ses défauts n'avait fait que renforcer son innocence, comme s'il était dépourvu du désir animal qui avait détourné tant d'autres du droit chemin.

Elle avait eu tort sur toute la ligne. La présence indistincte qu'elle avait sentie entre eux n'était pas Roux mais Tom. Depuis toujours.

Que faire ? *Que faire ?*

« Voilà Roland, annonça Gideon, hochant la tête en direction de la voiturette de golf verte qui remontait lentement la colline.

« Je rentre », s'entendit répliquer Ivy. Elle répéta les paroles de Tom : « On se voit tout à l'heure. » Les lèvres de Gideon étaient chaudes et sèches contre sa joue. Elle regagna l'église dans un état second. Elle tenait encore sa cigarette. Les dernières cendres tombèrent sur son bras. Elle ne sentit absolument rien.

Étendue sur la causeuse, Ivy regardait l'aiguille des minutes avancer. Pourquoi Gideon l'avait-il demandée en mariage ? Qu'attendait-il d'elle ? Elle devait annuler la cérémonie, songea-t-elle mollement. Elle pourrait rentrer chez elle en taxi. Mais elle ne bougea pas.

Andrea arriva à quatorze heures dans un torrent de sacs de courses et de parfum enivrant. « Ivy, tu es en train d'aplatir tes extensions ! » s'écria-t-elle, lâchant ses sacs devant le miroir. Ivy ouvrit les yeux. Elle se demanda si elle s'était assoupie.

« Tu as mangé ? » s'enquit Andrea. Elle tira d'un sac un grand plateau de sashimis et deux bouteilles de thé vert. Depuis qu'elle était revenue du Machu Picchu avec une bague en diamant huit carats, Andrea n'avait pas perdu de temps pour se mettre au régime. Poisson et algues ; rien d'autre. Elle courait huit kilomètres par jour autour du Boston Common, et avait même continué son jogging malgré une fracture du tibia.

Ivy prit ses baguettes sans discuter. Son estomac se retourna quand elle goûta le poisson cru et huileux. Elle recracha le saumon dans une serviette et se tourna brusquement vers Andrea : « Tu crois qu'un gay peut aimer les femmes ?

— Norman n'est pas gay, protesta Andrea, les larmes aux yeux d'avoir avalé trop de wasabi. Tout le monde le prend pour un homo à cause de son apparence – il se fait tout le temps draguer dans les bars gays – mais fais-moi confiance, il est presque homophobe. » Andrea s'interrompit. « Non, il n'est pas homophobe… mais tu vois ce que je veux dire, hein. »

Ivy se remit à regarder l'aiguille des minutes.

Quand Sylvia passa la porte dans son short en jean et ses bottines cloutées, elle salua Ivy avec une perplexité amicale, comme si elle avait atterri là par accident. Elle se jeta dans un fauteuil.

« Maman voulait que je te donne ça. » Elle sortit un petit diadème argenté de son fourre-tout. « C'est une de ses lubies de dernière minute. Elle a pleuré toute seule pendant une heure, ce matin, en regardant les photos de Gideon bébé. »

Andrea poussa un cri de joie et demanda si les photos seraient exposées sur la table à l'entrée.

« Je ne crois pas, non, répondit Sylvia avec un sourire interrogateur.

— On s'est rencontrées à la soirée Swingbox, lui rappela Andrea. Tu étais là avec Jeremy.

— Tu t'appelles comment, déjà ? fit Sylvia.

Andrea lui donna son nom.

« Tu es la fiancée de Norman Moorefield. »

Andrea parut sur le point de mourir de bonheur.

« Andrea, intervint Ivy, tu veux bien me chercher une glacière et des glaçons ? Il y a une cuisine quelque part dans cette église.

— Pour quoi faire ?

— Pour le seau à champagne, là-bas. »

Après le départ d'Andrea, Ivy proposa des sushis à Sylvia d'un geste de la main.

« Merci, répondit celle-ci. J'adore cet endroit.

— Tu l'as toujours su ? interrogea Ivy, ayant attendu délibérément que Sylvia soit absorbée par la nourriture.

« Su quoi ?

— Pour Gideon et Tom.

— Qu'est-ce qu'ils ont ? »

Ivy n'en revenait pas. Sylvia était passée de la gentillesse à la pugnacité de façon si subtile qu'elle n'avait même pas cessé de mâcher. Ou peut-être la pugnacité représentait-elle son état normal. Son visage impassible ne révélait rien d'autre que l'insensibilité impitoyable d'une personne habituée à mettre les gens au pied du mur.

« Tu savais », conclut Ivy avec un léger soupir. Elle se rallongea sur la causeuse et laissa son bras tomber sur son front. Elle se vit de très loin : *Femme évanouie sur méridienne*. Elle s'efforça de se concentrer. Tout ce chemin parcouru.

Le silence régnait dans la pièce, hormis le bruit de son souffle court. Elle pouvait presque entendre Sylvia se creuser les méninges.

« C'est pour ça que tu m'as poussée dans ses bras ? reprit Ivy, plus à son intention qu'à celle de Sylvia. Tu m'as fait l'article de ta famille avec tellement d'insistance. Tu savais ce que j'avais envie d'entendre. Je me suis toujours demandé pourquoi tu avais joué les entremetteuses alors que tu me détestais. Toutes ces fois où tu affirmais que j'étais faite pour lui… » Elle s'interrompit, choquée par la douleur qu'elle ressentait dans sa poitrine. Pour Tom et Gideon, l'idée romancée qu'elle se faisait d'un amour et d'une famille de sang bleu étaient des chaînes qui les forçaient à avancer à l'unisson au rythme d'un chef d'orchestre patriarcal. Pendant un bref instant, elle éprouva même un éclair de pitié. Savoir que Gideon aimait Tom était moins douloureux qu'apprendre que Sylvia l'avait bernée. Elle se demandait pourquoi.

« J'ignore ce que tu t'imagines, finit par répondre Sylvia en posant ses baguettes. Je ne te déteste pas. Au contraire, je t'admire. La façon dont tu arrives à faire sortir Gideon de sa coquille sans l'étouffer… D'autres s'y sont risqués sans succès.

« Le faire sortir de sa coquille, répéta Ivy. Pourquoi ? Parce qu'il me tient à distance par amour ? "C'est un mécanisme de défense." » Elle ne s'était jusqu'alors pas rendu compte combien les explications de Sylvia – que celle-ci lui avait si judicieusement fournies au début de leur histoire d'amour – l'avaient aidée à se rassurer, à se dire que les hésitations qu'elle sentait en Gideon n'avaient aucun fondement, parce que sa sœur affirmait qu'elles étaient normales et que d'ailleurs, la seule raison pour laquelle Gideon se comportait de la sorte était qu'Ivy tenait une place si particulière dans son cœur.

« J'ai besoin d'un verre », dit-elle, paniquée.

Sylvia prit une des bouteilles de champagne dans un coin de la pièce, la déboucha et lui en servit un grand verre.

« Tiens, avale-moi ça. Essaye de ne pas tomber dans les pommes, d'accord. Je ne sais pas faire les massages cardiaques. »

Ivy but et but encore. Ce n'était pas du champagne, mais une sorte de brandy sucré, dense et corsé, qui descendit tout droit dans son bassin. « Ses ex-petites amies, c'est toi aussi qui les lui as trouvées ? » lança-t-elle d'une voix rauque, s'essuyant la bouche du revers de la main.

Sylvia la dévisagea avec un certain dégoût, celui qu'elle réservait habituellement aux hystériques dans le genre d'Andrea.

« Pourquoi moi ? poursuivit Ivy.

— Gideon et toi êtes vraiment faits l'un pour l'autre. Il a besoin d'une femme comme toi pour se sentir utile. Il veut qu'on le vénère en héros. » Ivy tressaillit. « Et il faut savoir, ajouta Sylvia avec perspicacité, qu'il ne te décevra jamais. Montre-moi un seul homme qui soit aussi fiable ! Oui, bien sûr, ils peuvent être parfaits pendant un mois. Un an. Mais toute une vie ? Tu as roulé ta bosse, toi. Ce n'est pas pour rien que les autres hommes te barbent, alors que Gideon te fait toujours tourner la tête. C'est parce que tu sens sa détermination à toute épreuve. Tu veux le briser, mais tu ne peux pas. »

Malgré sa colère bouillonnante, Ivy ressentit une pointe d'admiration. Elle n'aurait jamais cru cette égoïste capable de se battre pour autrui. Avait-elle jamais fait quelque chose d'aussi héroïque pour Austin ?

« Il a vraiment eu d'autres petites amies ? » répéta-t-elle. Ce point semblait avoir une importance capitale.

« Bien sûr. Il n'était pas moine avant de te rencontrer, même si Poppy pense le contraire.

— Et ils étaient heureux ?

— Qu'est-ce que j'en sais ?

— Est-ce que je devrais le quitter ? »

Le regard de Sylvia l'éclaboussa comme une brise marine glacée. « Pourquoi ? Qu'est-ce que tu crois qu'il a fait, au juste ? Viens, on va le chercher tout de suite pour en discuter. »

Le sentiment d'horreur fut immédiat et écrasant. Ivy aurait été capable de n'importe quoi, de tuer, pour éviter cette conversation avec Gideon. C'était là le dernier atout de Sylvia. La sœur de Gideon savait pertinemment qu'Ivy en était incapable. Qu'elle ne pourrait rien dire. Sylvia avait conscience de la puissance des comportements sociaux. De l'irréprochable code du silence qui avait balayé des scandales sous la nappe en lin de la table de la salle à manger génération après génération.

Sans compter que… Ivy n'avait pas vraiment vu quoi que ce soit qui sortait de l'ordinaire… Sylvia avait raison, de quoi accusait-elle Gideon au juste ? Il n'avait fait qu'appeler Tom par son nom. Ce qui avait provoqué en elle une terreur indicible là-bas dans le jardin, mais ses médicaments, l'alcool, la crainte paranoïaque de voir Gideon la quitter la soumettaient à un stress terrible… *Peut-être son esprit avait-il inventé une raison de quitter Gideon.* Les gens se sabotaient tout le temps, c'était bien connu. Et dans la lumière virginale de la salle de musique, alors que Sylvia se mettait nonchalamment du rouge à lèvres devant le miroir comme si la situation était si anodine qu'elle ne se souciait pas de lui prêter toute son attention, Ivy sentit ses doutes grandir, pareils à des épines, écrasant les bourgeons de sa certitude d'antan.

Sylvia estompa son rouge à lèvres avec la pulpe de son annulaire. « Donc tu comptes laisser Giddy devant l'autel ?

— Non ! »

La réponse lui échappa avec une telle véhémence qu'elles en furent toutes deux surprises.

« Alors voilà », fit Sylvia, l'observant dans le miroir. Ses yeux sévères et ambrés luisaient, triomphants.

« Je me fiche du passé de Gideon », déclara Ivy. Elle prit la marguerite d'Austin sur la table et la fit rouler entre ses doigts. « On a tous nos secrets. Le plus important, c'est qu'on s'aime. » C'était vrai. Elle aimait Gideon. Il l'aimait. Et il y avait la robe blanche bouffante suspendue au miroir, la *qipao* scintillante qui avait fait pleurer Meifeng, deux cents invités sur le point d'arriver dans quelques heures pour une soirée de festivités, le diadème que Poppy lui avait légué, et des années et des années de vacances à Cattahasset qui l'attendaient, la maison que Shen leur offrirait quand ils seraient prêts… *N'oublie pas que tu peux toujours rentrer à la maison…* En effet, même si le monde implosait, elle pouvait toujours rentrer à la maison…

Une quiétude merveilleuse envahit le cœur d'Ivy. Elle comprenait enfin la chose que personne ne pouvait vous prendre – c'était la famille. Ce soutien pesant, incassable, éternel, pragmatique de sa propre famille. Elle se servirait de la force et de la puissance nouvellement acquises par les Lin pour enfin faire face à sa belle-famille sur un pied d'égalité. Elle avait même eu un aperçu de Gideon sous son vrai jour – que pouvait-elle craindre d'autre ? Et peut-être… peut-être que lui l'avait toujours vue sous son vrai jour… Quoi qu'il en soit, elle ne le saurait jamais, car il ne déraperait plus ; cela n'avait donc aucune importance. Il n'y aurait chez les futurs époux aucune contrepartie, rien d'autre que de l'acceptation et de l'admiration mutuelles, intouchées par les choses insignifiantes, comme les espérances. Elle ne s'abaisserait plus jamais à être sous la coupe de quiconque.

Elle posa une main sur son cœur, comme pour confirmer sa décision, son existence. Que son cœur battait vite.

Elle s'avança et passa son bras autour de la taille de Sylvia. «Je suis ravie qu'on ait eu cette petite discussion, murmura-t-elle. Je t'admire aussi. Tu prends ce que tu veux sans demander la permission… Roux a toujours dit que tu étais une arnaqueuse de première, tu le savais ?» – leurs regards se croisèrent dans le miroir ; Ivy coinça la marguerite ramollie derrière l'oreille de Sylvia – «mais je ne le croyais pas parce que tu es tellement belle. J'espère qu'on pourra continuer à parler entre filles – je ne veux pas que Gideon croie que j'ai hésité… Chère Sibbie… on va être sœurs.» Sous ses paumes moites, elle sentit la cage thoracique de Sylvia frissonner de stupéfaction.

Enfin, son avenir était là, se déployant devant elle comme un chemin ensoleillé bordé de fleurs et de verdure. Ivy n'avait pas conscience des invités, de la musique, des lumières, des fleurs, de toutes ces choses que bêtement, elle avait cru constituer la magie d'un mariage. La magie venait d'elle, du fond de son être. Elle ne voyait que Gideon… Gideon debout, bien droit, devant l'autel, Gideon souriant, Gideon arborant une expression qu'elle avait attendue toute sa vie, l'expression qui se reflétait sur son propre visage… de quoi s'agissait-il… oh !

C'était une expression de sérénité, ce sentiment insaisissable qu'elle avait recherché, qu'ils avaient recherché ensemble… Elle monta sur l'autel et ne regarda plus en arrière.

REMERCIEMENTS

Merci à mon agent, la formidable Jenni Ferrari-Adler, d'avoir cru en moi dès le début. Sans vous, rien de tout cela n'aurait été possible ; ma rencontre avec vous a été ma providence et ma *yuánfèn*, vous avoir à mes côtés pour cette aventure a été ma chance.

Je sais gré à mon éditrice, Marysue Rucci, d'avoir été la plus méticuleuse des lectrices et la plus passionnée de mes défenseurs. Vous affirmiez qu'un auteur ne fait ses débuts qu'une fois, et Dieu merci les miens se sont faits avec vous. *White Ivy* ne serait pas le livre qu'il est aujourd'hui sans vos innombrables idées, votre patience et votre foi en cette histoire. Par ailleurs, merci à toute l'équipe de S&S, et plus particulièrement à Zack Knoll, Hana Park, Maggie Southard Gladstone et Elizabeth Breeden. Vous m'avez accueillie chaleureusement et encouragée ; grâce à vous tout s'est déroulé en douceur.

Merci à mes deux familles turbulentes et aimantes : les clans Ye et Yang. À mes parents, grâce à qui je me suis sentie brillante et épaulée ; à mon frère, Derek Ye, mon soutien de toujours, mon compagnon culinaire favori, mon allié jusqu'au bout ; mon Yeye, sur les genoux de qui j'ai appris la magie des histoires ; à ma famille de Chongqing qui m'a gâtée au cours de ces étés chauds et enchanteurs ; et à ma belle-mère, Helen Fan, l'élégance, la grâce et la force incarnées ; j'espère un jour lui arriver à la cheville.

Je n'en serais pas là sans les conseils avisés de Glen David Gold, les encouragements et les corrections ingénieuses de Josh Ferris, ni les fantastiques communautés d'écrivains de Tin House, Sackett Street, 92nd Street Y, the Writers Grotto, Squaw Valley Writers Workshop et Slice Literary Writer's Conference. Ces institutions sont les planches de salut des écrivains en herbe, et elles font toute la différence.

Merci à Stephen Hogsten, Tiffany Jin, Michelle Yang et Emily Yang pour leurs lectures préalables et leurs remarques bienveillantes. Aux nombreux amis qui m'ont soutenue depuis le début, me laissant écrire chez eux ainsi qu'au cours de nos visites transcontinentales : Aneesh Devi, Joosung Kim, Hayang Lee, Rich Lem, Angela Wu. Je voue une reconnaissance éternelle à Lucy Tan, INFJ comme moi, ma jumelle cosmique. Je n'aurais jamais trouvé le courage d'écrire ce roman si tu ne m'avais pas montré l'exemple, prodigué tes conseils sincères et ton empathie d'écrivain – je serai toujours de ton côté.

Enfin, merci à Alex Yang, le meilleur des amis, le meilleur des maris et le meilleur des supporters. Tenter d'énumérer tout ce que tu as fait pour moi et pour ce livre relève de l'impossible. Mais ne t'y trompe pas – je sais. Tu seras toujours mon premier et mon dernier lecteur. Mon chez-moi se trouve partout où tu es.

PAPIER CERTIFIÉ

Le Livre de Poche s'engage pour l'environnement en réduisant l'empreinte carbone de ses livres. Celle de cet exemplaire est de :

350 g éq. CO_2

Rendez-vous sur www.livredepoche-durable.fr

Composition réalisée par Soft Office

Achevé d'imprimer en avril 2023 en France par
Maury Imprimeur – 45330 Malesherbes
Dépôt légal 1re publication : mai 2023
N° d'impression : 269576
Librairie Générale Française
21, rue du Montparnasse – 75298 Paris Cedex 06

21/1776/0